Terug naar Bear Mountain

DEBORAH SMITH

Terug naar Bear Mountain

ᛞB

2000 – De Boekerij – Amsterdam

Oorspronkelijke titel: On Bear Mountain (Little, Brown and Company)
Vertaling: Ans van de Graaff
Omslagontwerp: Studio Eric Wondergem BNO
Omslagfoto: © Zefa

ISBN 90-225-2861-8

© 2000 by Deborah Smith
© 2000 voor de Nederlandse taal: De Boekerij bv, Amsterdam

This edition published by arrangement with Little, Brown and Company (Inc.), New York, USA. All rights reserved.

TOON MIJ EEN HELD EN IK SCHRIJF U EEN TRAGEDIE

F. Scott Fitzgerald

Elk boek groeit binnen zijn eigen unieke structuur, en daarbij ontstaat de vorm van een of ander mysterieus dier dat niemand – ook de auteur niet – ooit eerder heeft gezien. Dit verhaal ontwikkelde zich volgens prachtige, onbekende patronen, deed soms onnodige delen ontspruiten en reabsorbeerde die dan weer, sjokte soms voort op een tiental voeten, sprintte daarna verder op twee. Ik wil de volgende trouwe, liefdevolle en buitengewoon talentvolle vrienden bedanken die me hebben geholpen een wezen te scheppen met een sterk karakter, een trots hoofd en een teder hart: Sandra Chastain, Nancy Knight, Gin Ellis, Donna Ball, Debra Dixon, Ann White en Anne Bushyhead. En ook mijn favoriete *New Yawkers*, Jacqui, Joe en Christopher D'Allesandro.

Dit boek is voor iedere Picasso langs de weg die de hemel schildert op een verweerd bord, voor iedere beeldhouwer van *gevonden voorwerpen* die een frisdrankblikje of een roestige houtzaag verandert in een *objet d'art*, en voor alle andere dromers die de moed hebben uit niets iets kleurrijks te maken.

Dit boek is voor mam, Jack, Rena, Chris, Rachel en Buck en zoals altijd is dit boek voor Hank, die me precies heeft uitgelegd hoe een krukas en een springveer eruitzien, hoe moeilijk het is ankerstaal te buigen en hoe je een roestige ijzeren pan roestvrij maakt. Om die en zo vele andere wijsheden die hij in twintig jaar huwelijk met me heeft gedeeld, houd ik van hem.

Tot slot is dit boek, opgebouwd uit herinneringen uit het verleden en de toekomst, vreugde en verdriet, verlies en hoop, voor Pat en Jack Cunningham, en bovenal voor Ann en George.

PROLOOG

IK ZWOER DAT IK QUENTIN RICONNI TE SCHANDE ZOU MAKEN ALS HIJ het waagde die dag onder de koude winterse hemel op die bergtop in Georgia in mijn armen te sterven. 'Powells rouwen niet zoals andere mensen dat doen,' zei ik met een stem die beefde in de wind die door de hoge bergvallei wervelde. Een zware nacht kondigde zich aan; de vorst zou elk kwetsbaar levend wezen doden, hem incluis.

'Ik zal de rest van mijn leven iedereen die ik ontmoet vertellen wie je was en waarom ik van je hield en waarom ik nooit meer dezelfde ben geworden nadat je stierf. En ik zal je veel beter afschilderen dan je was, sterker en aardiger dan je ooit hebt willen zijn. De mensen zullen zeggen dat je me waarschijnlijk betoverd hebt met mooie praatjes en een knap uiterlijk. Dan zal ik ze moeten vertellen dat je helemaal niet zo veel praatte of er zo goed uitzag. Wil je echt dat ik ga liegen?'

Zijn ogen bleven gesloten en zijn lippen licht vaneen, zijn adem veroorzaakte nog slechts een ijle nevel in de koude vrieslucht. Hij gaf al minstens een uur geen antwoord meer op mijn vragen. Ik lag naast hem, probeerde hem warm te houden. Op zijn gezicht flakkerde het lichtschijnsel van een vuur dat ik had aangelegd. In de dorpen en huizen, de boerderijen en vakantieoorden in de dalen beneden ons straalden haarden en kachels decoratieve warmte uit. Maar hier boven waar alleen de taaisten konden overleven, betekende vuur leven en konden alleen hardop uitgesproken beloften de grootste angst op afstand houden.

'Arthur gelooft in je,' zei ik. 'Nu moet jij ook in hem geloven. Je hebt hem geleerd een man te zijn en hij zal je niet in de steek laten.'

9

De kleur van de hemel boven de beboste toppen van de Appalachen was gerijpt tot koude purper- en goudtinten. Met de grauwblauwe schemering van een vervagende zonsondergang verdwenen de laatste minuten van Quentins leven achter de horizon. Ik bad om een enkel klein wonder. Mijn broer Arthur was uren geleden hulp gaan halen.

Ik drukte met mijn hand op de plek laag aan de zijkant van Quentins ribbenkast, waar de kogel door hem heen was gegaan. *Waren we maar een uur eerder hier geweest*, zouden de reddingswerkers zeggen. Een minuut eerder. Een seconde eerder. Het was altijd de kleine tijdspanne die mensen de das om deed. Ik wist dat er uiteindelijk hulp zou komen, maar dan zou het al te laat zijn. Hij zou de lange tocht de berg af nooit overleven. Ik beroerde zijn lippen, speurend naar zelfs het zwakste spoor van een ademhaling, maar vond niets.

Hij gleed weg met de zonsondergang.

Sommige keuzes worden voor ons gemaakt voor we geboren worden. Sommige tradities liggen vast in patronen die we geacht worden te volgen, de naden aaneen gelast, de sterke en zwakke plekken op hun plaats gesmeed. We werpen zelf pas een schaduw wanneer we weten wie we liefhebben en waar we thuishoren. Pas dan begrijpen we het.

Soms moet je de gietvorm die voor je is gemaakt kapotgooien, of sterven bij je poging dat te doen.

Deel een

I

TOEN IK NOG EEN KIND WAS LAG ONZE AFGELEGEN BOERDERIJ AAN HET
eind van wat naar mijn idee het pad naar een magisch land was waar
alleen Powells en legendes konden overleven. Zelfs naar bergbewo-
nersnormen was Bear Creek te rotsachtig om te bebouwen, te steil om
er hout te hakken, en te afgelegen om er te jagen. Er was maar één vlak
stuk dat ergens bruikbaar voor zou zijn, en dat was onze ruim twee
hectare grote heuveltop die uitkeek over de uitgestrekte bossen in het
dal van de kreek. Het soepele lint van onze smalle zandweg kronkelde
anderhalve kilometer door de bossen omlaag alvorens uit te komen op
een verharde tweebaansweg. De weg naar ons huis droeg alleen een
rand van versiering op plekken waar de zon kon komen. Daar bloei-
den uitbundig de wilde margrieten, haagwindes, ouderwetse rozen
die uit het prieel van een allang overleden Powell waren ontsnapt, en
boterbloemgele narcissen die uit minder wilde bloembedden waren
gemigreerd. Ik woonde daar met ouders die wisten dat we bijzonder
waren. Ik werd geboren op de dag dat het noodlot naar ons toe kwam.

Op een koele ochtend in maart 1966 kwam er een einde aan de lange reis van een goederentrein van Southern Railway uit New York. De
zware locomotief en de lange rij wagons kwamen de laatste met mos
begroeide granieten tunnel onder de oude Appalachen uit en puften
toen een steile helling vol enorme sparren, rododendrons en kale
loofbomen op alvorens een hoog plateau dicht bij de grens tussen
Georgia en Tennessee te bereiken.

Als hij naar het oosten had gekeken, over de adembenemend
mooie, grauwe bergen die nog wachtten op de lente, had de machinist

13

misschien, als de wind goed stond, in de verte de rook uit de honderd jaar oude schoorsteen van de Powell-boerderij kunnen zien. In die witgekalkte boerderij lag ik, vijf uur oud, in de armen van mijn moeder, me er volstrekt niet van bewust dat mijn toekomst het stadje binnen kwam rollen.

De trein minderde vaart met de grote grandeur van industriële macht en de signaalhoorn groette de Tiber Poultry-voederfabriek, de Tiber Poultry-kuikenfarm en de Tiber Poultry-kipverwerkingsfabriek aan de rand van de stad. Anderhalve kilometer verder reed hij nog luider toeterend langzaam een zachtglooiende helling af en het zeer geciviliseerde Tiberville binnen.

Onder het baldakijn van kale winterse bomen stonden auto's en pick-ups langs de elegante straten opgesteld alsof het een feestdag was. Enkele honderden mensen stonden op het station van Tiberville te wachten. De schoolfanfare speelde *Dixie*.

Een menigte notabelen uit het dorp stond eerste rang, op het perron. De rest van de mensen stond lager dan het laadplatform, samen met de honden van het dorp veroordeeld tot de met grind bedekte parkeerplaats naast het station. Tot deze kaste behoorden kippenboeren die bij de Tibers onder contract stonden, werknemers van de verdomde kipverwerkingsfabriek van de Tibers, met kloven in hun handen, ruw bergvolk dat op een rebelse manier de kost verdiende met sterkedrank, jagen en auto's, en mijn vader, Tom Powell.

Om 11.52 uur in de ochtend kwam de trein tot stilstand voor het historische station van Tiberville, dat tijdens de Burgeroorlog de brandstichtende troepen van Sherman had overleefd. In een gesloten goederenwagon zat een sculptuur van een in Georgia inheemse beer. Onze dorpsmatriarch, de oude, excentrieke Betty Tiber Habersham, die Powell-bloed had omdat ze de dochter was van de roemruchte Bethina Grace Powell Tiber, had die besteld voor de campus van Mountain State College.

De beeldhouwer was een onbekende kunstenaar uit Brooklyn, genaamd Richard Riconni. Niemand in Tiberville of Tiber County had enig idee wat hem te wachten stond behalve Miss Betty en mijn kunstminnende pappa, die samen het plan hadden bedacht voor een berensculptuur, gemaakt van plaatselijke 'herinneringen' (zoals Miss Betty ze noemde) of 'oud roest', in pappa's eenvoudiger bewoordingen. 'Dat dwaze idee is haar ingegeven door haar Powell-afkomst,' stelden sommige Tibers, en dat was niet als compliment bedoeld.

De Tibers en hun vrienden koesterden, wanhopig hoopvol, prachtige visioenen van een klassiek beeldhouwwerk dat zou schitteren op de zorgvuldig gemanicuurde gazons van Mountain State. Of op z'n minst een modern kunstwerk dat oude dames en geestelijken niet in verlegenheid zou brengen. Dus toen de deur van de goederenwagon werd opengeschoven drongen allen naar voren om Tibervilles eerste Yankee-beeldhouwwerk te aanschouwen. Ze weken snel weer terug.

De abstracte zwarte beer torende boven hen uit, reikte met zijn gekromde ruggengraat tot aan het dak van de goederenwagon. Zijn reusachtige flanken waren van stalen balken waar je tussendoor kon kijken en hij had korte, dikke benen van gedraaid staal die uitliepen in poten van zwart ijzer met elegant gekromde klauwen. De nobele, massieve kop was gemaakt van dikke stukken smeedijzer, waarvan de naden in een verbazingwekkend kunstige ster boven de snuit van de sculptuur bijeenkwamen. Twee gladde zwarte gaten in de kop staarden met het verrassende effect van mysterieuze, alwetende ogen de wereld in. De sculptuur leek niet zozeer op een beer als wel op een soort speelse 'Omnivore of the Universe', een sereen wezen met de macht te amuseren, irriteren of verlichten.

Voor pappa was het liefde op het eerste gezicht. Diep tussen de doorkijkribben hing aan stalen draden een hartvormige klomp gesmolten metaal die ooit de carburateur was geweest van de Ford-tractor uit 1922 van zijn grootvader Oscar Powell. Die tractor had twee generaties lang trouw de tuingrond en het hooiland van Bear Creek geploegd. Gevormd rond die loyale kern met zijn liefde voor de aarde, vernoemd naar de berenpopulatie van de wereld, werd de sculptuur meteen een lid van onze familie.

'Pure schoonheid,' zei pappa luid, een eenzame stem in de stom-verbaasde wildernis. De mensen om hem heen staarden in sprakeloze eerbied dan wel schaamte naar de enorme sculptuur. De functionaris-sen van Mountain State College stikten bijna. De familie Tiber had de school eind negentiende eeuw gesticht en sindsdien zowat de helft van de gebouwen op de campus gesubsidieerd. Betty Tiber Habersham zelf had de nieuwe hoofdtribune en de betonnen open tribune voor het honkbalveld van de campus bekostigd. Ze konden haar afschuwe-lijke scherts-van-de-schroothoop niet weigeren. Betty lag in het zie-kenhuis te herstellen van een licht infarct maar had laten weten dat ze haar grote trots die middag per ambulance zou komen bekijken.

Alle Tibers op het perron wierpen mijn vader duistere blikken toe. 'Tommy, kom hier,' beval John Tiber op zijn meest magistrale voor-zitter-van-de-Rotary-toon. 'Zeg me dat jij en mijn oudtante niet wis-ten dat dit verdomde ding er zo zou uitzien.'

Pappa sprong grinnikend het perron op. Achter hem barstte de menigte uit in luid bulderend gelach. John Tibers hart kleurde zwart door getart gezag en verlies van waardigheid. Zijn vader was jong gestorven, een voorname dronkaard, en zijn moeder was gewoon weggekwijnd. John had zijn hele jeugd hard zijn best gedaan het oneervolle gedrag van zijn ouders te compenseren en kon dus slecht tegen vernedering. En nu werd zijn familie voor het eerst in de geschiedenis van Tiberville en Tiber County tot het mikpunt van publieke spot gemaakt. Vanaf dat moment zou meneer John, zoals iedereen hem noemde, het effect van de sculptuur vrezen en verafschuwen.

Pappa stak zijn handen diep in de zakken van zijn versleten jas en grinnikte nog harder. 'Johnny, de sculptuur ziet eruit zoals hij eruit hoort te zien,' zei hij tegen zijn neef, wiens gezicht rood aangelopen was. 'Het is juist de bedoeling dat de mensen erover nadenken. De sculptuur is opgebouwd uit goede en slechte dingen – vernietiging en vreugde en hoop en verlies – hij staat voor het leven zelf, Johnny.'

'Het leven is niet opgebouwd uit rommel en onzin.' Meneer John, nog geen dertig maar nu al kalend en vadsig, was de perfecte leider van een kleinsteedse gemeenschap in zijn bruine pak met de gouden Tiber Poultry-dasspeld om de smalle zwarte stropdas op zijn plaats te houden in het pittige maartse briesje. Pappa was van dezelfde leeftijd, straatarm, mager en heerlijk gewoontjes, gekleed in zijn beste overall en nette witte shirt, een veelgedragen bruine gleufhoed losjes op zijn kastanjebruine haar, zijn warme ogen vervuld van ontzag terwijl hij naar zijn en Miss Betty's berengruwel keek. 'Hij is perfect,' zei hij.

Meneer John deed woedend een stap naar voren, bleef staan en balde zijn handen tot vuisten. Alleen hun levenslange genegenheid voor elkaar weerhield hem ervan pappa op zijn gezicht te slaan. Ze waren immers neven en dat betekende toch wel iets, ook al werden de Powells niet langer officieel erkend of uitgenodigd in de kring van de Tibers. Als jongens waren ze toegewijde vrienden geweest en beiden waren op hun eigen manier de hoeders van de gemeenschap. Eén woord van pappa beslechtte geschillen tussen Tiber Poultry en de kippenfokkers in het district die bij de Tibers onder contract stonden. 'Tommy,' zei meneer John zacht, 'je hebt zojuist onze familierelaties zo'n honderd jaar teruggeworpen.'

'De beer heeft een hart,' zei pappa. 'Hij heeft een ziel.' Hart en ziel. Dat waren pappa's normen voor kunstkritiek – een scherp oordeel dat zowel de bibliotheekboeken omvatte over Picasso en Salvadore Dali die hij had gelezen, als een Jezus-Redt-waarschuwing geschilderd op een zelfgemaakt aanplakbord, en een moestuintje vol rode tomaten in witgekalkte autobanden. 'Nu heeft dit dorp een echt kunststuk om over te peinzen en over te praten,' vervolgde pappa. 'Het kan onze levens veranderen, ons een frisse kijk op de wereld geven.'

'Er steekt verdomme vijfduizend dollar van het spaargeld van mijn oudtante in,' antwoordde meneer John. 'Ik had haar onder curatele moeten laten plaatsen voor ze haar Coca Cola-aandelen verzilverde en met New Yorkers begon te praten.'

Hij gebaarde bruusk naar de perronknechten dat ze de deur van de goederenwagon moesten sluiten en de beer verdween uit het zicht, althans voorlopig. De voorstelling was voorbij. De mensen van Tiberville en Tiber County gingen terug naar hun werk, naar huis, naar de schoolbanken; ze hervatten hun leven, de een lachend, de ander sputterend van verontwaardiging. Hun leven zou nooit meer hetzelfde zijn.

Toen pappa die dag terugkeerde in onze boerderij rende hij met sprongen de krakende witte trap op en riep: 'Victoria, de sculptuur was prachtig! Hij zal de kijk van deze mensen op de wereld veranderen!' Mamma lag in de slaapkamer, warm ingepakt in quilts tegen de tocht die als een vrolijke geest huishield in de afgelegen Powell-boerderij. Ze antwoordde vol toewijding: 'Daar twijfel ik niet aan, als jij het zegt,' en drukte mij aan haar blote borsten. Ze had me thuis het leven geschonken omdat ziekenhuizen tegen haar geloof waren. Nieuwtestamentische onzin was niets voor haar.

Pappa ging naast haar op hun vurenhouten bed zitten en vertelde mamma heel geduldig alles over het tweede grote kunstwerk dat hij had aanschouwd nu hun dochter was geboren. Hij kuste mijn voorhoofd en mamma's glimlachende lippen en daarna praatten ze over mijn naam.

'Het moet een berennaam zijn, vanwege vandaag,' zei hij. 'Ik zou ons meisje graag "Ursula" noemen. Ik heb over die naam nagedacht. Ursa Major en Ursa Minor, je weet wel, de sterrenbeelden in de lucht? Ursula betekent Kleine Beer. Daar zal de beergeest van onze familie wel blij mee zijn, denk ik. En het is ook ter ere van de IJzeren Beer. Zo noem ik de sculptuur. Ik zou graag kennismaken met de maker Richard Riconni en hem de hand schudden! Die man weet dat je in je binnenste moet reiken en je eigen botten eruit moet trekken om te zien waaruit je bent opgebouwd!' Pappa streek met zijn dikke, ruwe vingers over mijn hoofd. Mijn haar was kastanjebruin en onhandelbaar, zoals het zijne. 'Dat is wat ik dit dametje ga leren. Een ijzeren beer te zijn!'

Mamma, die de heilige structuur in pappa's zonderlinge ideeën herkende, knikte slechts in liefdevolle instemming. Ik sabbelde tevreden aan haar borst, me niet bewust van de verantwoordelijkheid die zojuist op mijn schouders was gelegd.

Hoe dan ook, de IJzeren Beer en ik waren gearriveerd.

Vijf staten en duizend mijlen verder naar het noorden zat Quentin Riconni ineengedoken bij de radiator in de kille huiskamer van het kleine appartement van zijn ouders in Brooklyn. De kamer stond vol met allerlei meubeltjes van vlooienmarkten en de boekenkasten puilden uit van de encyclopedieën, kunstboeken en romans. Een tiental van zijn vaders kleine sculpturen stond op de salontafel, op bijzettafeltjes en in de hoeken op de vloer, als vreemde metalen elfen. Op de vensterbank keek een gipskopie van Picasso's *Tête de Femme* uit over een straat met verfomfaaide bomen, stoepen vol rommel en winkels met tralies voor de ramen.

Quentin zat koortsachtig in zijn dagboek te schrijven, een notitieboek met spiraalrug waarop hij het Griekse symbool voor oneindigheid, een fantasievol plaatje van H.G. Wells' tijdmachine, een foto van een glimmende staatsiedegen van de marine en een krantenfoto van Muhammed Ali, destijds bekend als Cassius Clay, had geplakt. Boven aan de kaft van het notitieboek had Quentin in secure blokletters en met inkt 'Mijn Credo' geschreven. Hij was geen gewone achtjarige. Hij vertelde het verhaal van zijn leven tot dusver en van recente gebeurtenissen die zijn leven zouden veranderen:

"Een paar jaar geleden, toen ik nog maar een kind was, dacht ik dat Brooklyn de hele wereld was. Moeder zegt dat we ook de hele wereld zijn zolang Brooklyn bibliotheken heeft. Ze is bibliothecaresse, dus ze weet waar ze het over heeft. Ze zegt dat ik vanaf het strand van Coney Island helemaal tot aan Europa kan kijken als ik er maar sterk genoeg aan denk. Ons deel van Brooklyn is lelijk, maar de rest van de stad is wel oké. Lelijk is alleen de manier waarop je naar iets kijkt, zegt pappa. Ik weet het nog zonet niet. Ik zie veel lelijks in onze straat; dat is er gewoon. En het wordt alleen maar erger.

Vandaag ben ik te weten gekomen dat pappa niet meer bij ons kan wonen. Hij gaat naar een stad drie of vier uur rijden hiervandaan, waar een man die een van pappa's sculpturen heeft gekocht een leeg pakhuis heeft dat pappa als atelier kan gebruiken, zodat hij voldoende plaats heeft om de hele tijd aan zijn sculpturen te werken. Pappa hoeft alleen maar op het gebouw te passen. We hebben geen geld om iets dergelijks hier te huren.

Pappa zegt dat mensen kachels en matrassen en andere spullen in het pakhuis opsloegen tot de man die het gebruikte problemen kreeg met de FBI. Nu is het pakhuis van Uncle Sam en is iedereen het vergeten, zegt pappa. Onze bovenbuurvrouw, mevrouw Silberstein, zei dat er waarschijnlijk een paar leden van de maffia onder de vloer begraven liggen. Moeder zegt dat pappa zich niets aantrekt van maffiageesten. Omdat hij daartussen is opgegroeid.

We zullen pappa alleen in de weekends zien, tot hij rijk en beroemd is geworden met zijn kunstwerken. Volgens hem zal dat niet meer dan een jaar of twee duren. Maar dat lijkt wel voor altijd en ik weet niet wat we zonder hem moeten doen. Ik betrapte moeder huilend in de keuken (mijn moeder huilt nóóit) en ze zwoer me dat het kwam doordat ze de zak met uien op tafel had geopend. Ze deed alsof ze met een stok naar de zak uien sloeg. 'Pak aan, uien,' zei ze. Ik deed alsof ik lachte.

IK GA OOK NIET HUILEN, IK MOET VOOR MIJN MOEDER ZORGEN.

Tot vorige week werkte pappa voor meneer Gutzman. GOETSMAN. Pappa noemt hem Goets. Goets is een Duitser. Hij heeft een grote, chique garage waar hij mooie auto's uitdeukt. Hij zegt dat pappa de beste plaatwerker in de hele staat New York is en dat hij hem niet graag ziet vertrekken, maar hij is ervan overtuigd dat pappa terug zal komen zodra het geld op is. Moeder heeft tegen Goets gezegd dat we Spartaans leven en niet veel geld nodig hebben, alleen grootse kunst en grootse ideeën.

Goets heeft pappa heel lang een stukje van zijn garage laten gebruiken om van metaal kunst te maken. Soms nam pappa me mee en dan hielp ik hem. 'We zorgen dat het metaal tegen ons gaat praten,' zei hij. 'Dat het ons vertelt wat het wil zijn. We zijn net als God. We brengen het tot leven.' Pater Aleksandr van St. Vincent's (mijn school) zou pappa niet graag zo horen praten, maar ik vertel het hem gewoon niet, niet tijdens de biecht, nooit, al moet ik branden in de hel. Hij is de beste vader en de geweldigste man van de wereld!

Hij maakte een keer een groot, kronkelig ding van een metalen trap en Goets zei: 'Iek! Wat is dát? Heeft het buiten gelegen in een zware storm? Is er een vrachtwagen overheen gereden? Wat?' Pappa zei dat het bedoeld was om de mensen te doen denken aan iets dat gebroken was, en wat het betekent om gebroken te zijn, maar Goets schudde zijn grote dikke hoofd en zei weer 'Iek'. Toen kwam er een rijke man uit de Heights om zijn auto op te halen en hij kócht de sculptuur voor tweehonderd dollar!

Hij zette hem in de wachtkamer van zijn praktijk.

Hij was een rugdokter.

Pappa en moeder waren toen erg opgewonden, maar daarna verkocht pappa zo lang helemaal niets dat hij de moed bijna opgaf. Ik zag wel dat hij zich niet prettig voelde. Hij is toch al erg stil en soms word ik bang als ik hem niet aan het praten kan krijgen. Niet dat hij me zou slaan, maar het lijkt dan wel of hij zichzelf zou willen slaan. Hij wilde zelfs niet meer op zondag met ons naar het museum. Moeder knuffelde hem de hele tijd. Mevrouw Silberstein zegt dat moeder zijn hartdokter is.

Maar toen kreeg hij afgelopen november een grote klant voor zijn kunst en veranderde alles! Een mevrouw betaalde hem vijfduizend dollar om een beer voor haar te maken. Een BEER! Hij heeft hem een paar weken geleden met de trein naar die mevrouw gestuurd. HELEMAAL NAAR GEORGIA. Ik heb het opgezocht op de kaart.

Pappa zei dat de beer bijzonder is en dat die hem iets heeft geleerd. Je kunt min of meer zien dat het een beer is, en DAT IS ZEKER BIJZONDER, want de meeste mensen weten niet wat pappa's sculpturen voorstellen. Moeder zegt dat het de levensgeest is. Ze zegt dat het betekent dat pappa zijn roeping heeft gevonden. Ik vind het eerder een beer waarbij je al zijn botten kunt zien.

Deze beer betekent dat pappa belangrijk gaat worden, zegt moeder. Ook al heeft hij de middelbare school niet afgemaakt! Zij kan het weten. Ze heeft op de universiteit gezeten! Pappa geeft niet om school, maar hij is dol op lezen en dus kunnen ze het toch goed met elkaar vinden. Hij heeft alleen een hekel aan de kerk. Hij is opgegroeid in een heel streng weeshuis van de kerk en hij heeft een litteken van een riem op zijn schouder, ik heb het zelf gezien! Maar hij vond toch dat ik misdienaar moest worden enzovoort, omdat moeder dat graag wil en St. Vincent's is een goede katholieke school, en ik mag er gratis heen omdat haar maffe tante Zelda al haar geld aan St. Vincent's heeft nagelaten. Ik ben zelfs vernoemd naar een oude priester die daar Latijn gaf.

Al zo'n honderdvijftig jaar proberen Riconni's iets belangrijks te maken en tot dusver is dat niet zo best gegaan. Overgrootvader is gestorven tijdens het werk hoog op de Brooklyn Bridge. Grootvader is overleden tijdens het bouwen van pontonbruggen over een Franse rivier in de Tweede Wereldoorlog. Riconni's sterven gemakkelijk en worden niet erg oud.

Daarom wil pappa kunst maken die ervoor zal zorgen dat de mensen zich onze naam en onze grootse ideeën herinneren. Hij moet opschieten. Er zijn niet veel Riconni's meer over in Amerika. Alleen hij, ik en moeder, denk ik. En zij is van oorsprong een Dolinski.

Nu gaat hij weg. En dat komt allemaal door zijn kunst. Door die

beer van vijfduizend dollar. Die VERREKTE beer. Het is een grote ROT-
BEER. Hij keek daar bij Goets op me neer alsof hij wist dat ik niet zo
groot was als hij. Pappa zegt dat zijn sculpturen tegen hem praten. (En
hij is niet gek. Er wonen een paar gekken bij ons in de straat, dus ik kan
het weten.) Hij zegt dat de Beer heeft gezegd dat hij ervoor moest
gaan. Zijn baan opgeven en een echte kunstenaar worden.
Ik begrijp echt niet waar die Beer mee bezig denkt te zijn. Dit is
niet eerlijk. Ik maak me zorgen.
Maar ik huil niet! Ik! Huil! Niet!
Ik heb alleen het gevoel dat ik vanbinnen aan het roesten ben."

Op een heldere, koude ochtend in april gooide Richard Riconni een
plunjezak met kleren achter in zijn oude truck, samen met lasappara-
tuur, een doos met potten en pannen en borden, een stretcher, een
slaapzak en een doos gevuld met zijn boeken – een veelgelezen verzameling over kunst en beeldhouwen. Hij was een lange man met brede
schouders en knokige handen, donker Italiaans haar en stralende grijze ogen. Hij oogstte bewonderende blikken van de vrouwen die hem
over het smerige trottoir voorbijliepen met hun boodschappen of hun
wasgoed en zich naar winkels met tralies voor de ramen en naar afge-
leefde appartementen met zware sloten op de deuren haastten. Dit
was een gevaarlijke buurt en dat werd alleen maar erger. De mensen
liepen tegenwoordig snel. Als hij een keus had gehad, of genoeg geld,
zou hij Angele en Quentin nooit hier hebben achtergelaten.
Richard had een haat-liefdeverhouding met zijn sculpturen, die
een afspiegeling vormden van zijn moeilijke strijd met het leven in het
algemeen. Hij brak zijn kunstwerken voortdurend af en begon dan
opnieuw, of liet ze halfvoltooid staan. De stukken metaal die hij
gebruikte – van autowrakken, apparaten, verroeste ijzeren hekken en
oude zinken daken, weigerden zich te voegen naar de vormen die hij
in zijn hoofd had. Alleen de IJzeren Beer was goed gegaan. Die zou hij
nooit vergeten.
Tot dat moment, toen hij klaar was met het inpakken van zijn oude
versleten truck, had hij niet naar het raam op de derde verdieping van
het kleine appartementengebouw willen kijken. Hij wist dat ze naar
hem keken. Nu hief hij langzaam zijn hoofd. Zijn vrouw en zijn jonge
zoon die zo op hem leek staarden naar hem omlaag en hij voelde een
steek van pijn in zijn hart. Ze zwaaiden, veinsden een glimlach.
Angele Dolinski Riconni hield haar hand geheven, drukte haar
vingertoppen tegen het glas en ving zijn blik met haar donkere ogen
achter de zwartomrande brillenglazen. Met zijn eigen handen had hij

haar golvende bruine haren in de war gemaakt. Ze leek langer dan haar middelmatige lengte, forser dan haar tengere postuur. In Richards ogen was ze in alles groter en ze wist hem altijd weer op een hoger plan te brengen met haar grote eerbied voor kennis en idealen. Angele had een hekel aan medelijden, zelfmedelijden en andere soorten. Daar had ze in haar leven genoeg van gezien. Toen ze nog een kind was, was haar rechterbeen verbrijzeld tijdens een auto-ongeluk waarbij haar moeder was omgekomen. Haar vader had hen jaren daarvoor al verlaten. Angele herinnerde zich de pijnlijke therapieën en jaren van eenzaam herstel in het appartement van haar excentrieke tante Zelda in Manhattan, waar de stoelen, banken, zelfs de servieskast en de badkamerkastjes gevuld waren met honderden porseleinen poppen en antieke teddyberen.

Angele was opgegroeid met haar neus in de boeken om te ontsnappen aan de overvolle miniatuurwereld van haar tante Zelda. Nadat haar tante Zelda was overleden was ze naar Brooklyn verhuisd, daarheen gelokt door haar baan bij de imposante Brooklyn Library, waar Angele dol op was. Ze huurde een kamer in een pension voor katholieke vrouwen en leidde een bevredigend maar al te eenzaam leven.

Ze ontmoette Richard toen ze boeken aan het rechtzetten was in de bibliotheek. 'Juffrouw, ik zoek een boek over moderne beeldhouwkunst,' zei hij met diepe stem. Hij keek haar tussen de boeken door aan. Vuil, gespierd en in de overall van een monteur zag hij er nauwelijks uit als een lid van de bibliotheek. Maar zijn ogen leken haar zachtmoedig, zilverkleurig en meegaand en hij leek ook oprecht.

Net toen ze hem antwoord wilde geven kwam er een bewaker naar hen toe. 'Eruit hier,' beval de bewaker. 'Ga je eerst maar eens wassen als je hier wilt rondhangen en de bibliotheekmedewerkers lastigvallen.'

Richard had zich opgericht met de felle trots van iemand die vaak wordt veronachtzaamd. Zijn ogen vonkten en hij balde zijn handen tot vuisten. De bewaker legde zijn hand op de knuppel aan zijn riem. 'Ik sta voor deze man in, Charlie,' zei Angele snel. 'Hij is een kennis van me en hij komt net van zijn werk. We zoeken een boek.'

De bewaker fronste zijn voorhoofd, verontschuldigde zich en liep weg. Richard keek haar heel intens aan. Ze was niet gewend dat mannen haar op die manier aankeken. Ze droeg een bril en liep met een stok. Haar effen rokken en witte blouses straalden de boodschap uit dat frivole kleding serieuze doelstellingen belemmerde. Bij een levendige gedachte of een extravagante zinsnede kon ze opgetogen haar slanke handen door haar korte bruine haar halen, als om meer ruimte te maken in haar hersenen, waardoor ze er altijd wat verward uitzag. Tot dat moment had ze gemeend dat geen enkele man haar aantrekkelijk zou kunnen vinden.

Maar deze man keek haar aan alsof hij haar zou willen opvreten en nog kon zorgen dat ze het fijn vond ook. 'Waarom hebt u uw nek voor me uitgestoken?' vroeg hij.

'U bent hier om antwoorden te vinden. Het is mijn taak die te geven. Niemand zou uit een bibliotheek weggestuurd moeten worden.'

Hij liep langzaam om de kast heen en naar haar toe, haar de kans gevend terug te deinzen. Dat deed ze niet. 'Ik kan alle antwoorden gebruiken die u me kunt geven,' zei hij. Ze liet haar ogen niet van zijn gezicht afdwalen. Hij gaf haar een schets op notitieblokpapier die opgevouwen in zijn zak zat. Het was een sterk gekronkeld concept van een sculptuur die hij nog eens hoopte te maken als hij daar een betere plek voor had. 'Ik wil weten of ik niet alleen maar een Boccioni kopieer die ik me herinner. Boccioni was een beeldhouwer, een futurist...'

'Wat fascinerend!' Ze keek naar de tekening, en toen naar hem, alsof ze een diamant had gevonden. 'Die beweging hield zich bezig met twintigste-eeuwse technologie, is het niet? Het was toch de eerste belangrijke stap naar totale verering van het machinale tijdperk?'

Hij kon haar alleen maar in volstrekte aanbidding aanstaren. Niemand had ooit zijn vreemde hartstocht begrepen of gedeeld. 'Hebt u ooit iemand willen zíjn,' vroeg hij langzaam, 'en kwam u er plotseling achter wíé?' Ze hapte even naar adem en knikte toen. 'Ik wil u graag eens een kop koffie en een broodje aanbieden,' vervolgde hij bruusk. 'Als u tijd hebt.'

'O, ja.' Ze sprak met hem af voor die dag na het werk. Er waren sindsdien tien jaren verstreken en ze waren altijd bij elkaar gebleven. Ze zou altijd in hem geloven, en in de idealen die ze koesterden.

Nu hij tien jaar later onder het raam van hun appartement stond, keek Richard naar haar op en dacht, *ze had het heel wat beter kunnen treffen dan door met mij te trouwen.* Hij hield van haar omdat ze geloofde dát ze het beter had getroffen door met hem te trouwen.

Tussen haar en Quentin in op de vensterbank keek ook de gipskopie van Picasso's *Tête de Femme* op hem neer. Angele had hem die jaren geleden voor zijn verjaardag gegeven. 'Hoofd, hart, ziel en dromen,' had ze op de kaart geschreven. 'Allemaal voor jou. Jij bent de enige man die ik ken die dit geschenk begrijpt.'

Hij stak een hand op en gebaarde Quentin naar beneden te komen.

Hij en Angele hadden dat afgesproken om Quentin wat tijd met hem alleen te gunnen. Quentin stoof bij het raam weg. Richard hield Angeles aanbiddende blik gevangen. Tien jaar liefde, huwelijk en onmogelijke dromen – een botsing van zijn harde en haar verfijnde wereld.

Quentin kwam de zware voordeur van het appartementengebouw uit gestormd, rende het betonnen trapje af en kwam plotseling tot stilstand, deed duidelijk moeite zijn opwinding te bedwingen. 'Pappa, ik ben er klaar voor,' zei hij flink. 'Ik heb over de Romeinse keizers gelezen. Als ze oorlog gingen voeren gingen hun kinderen in de rij staan om hun geschenken te geven.' Hij stak zijn hand onder zijn pull-over en haalde er een pakje briefkaarten uit die hij had gemaakt van indexkaarten. Ze waren al geadresseerd aan de heer Quentin Riconni en voorzien van postzegels. Op de voorkant van elke kaart had hij krantenkoppen geplakt. *Satelliet Surveyor veilig op de maan geland. Demonstranten zeggen haal soldaten naar huis. Verre reizen met Star Trek-serie.*

'Zodat je me kunt schrijven. En om je aan thuis te herinneren,' zei Quentin en reikte hem de kaarten aan.

Richard pakte ze eerbiedig aan. 'Ze zijn geweldig. Echt geweldig.' Hij bewonderde ze even, wachtte tot het beklemde gevoel op zijn borst zou verdwijnen. 'Kom, laten we even in de truck gaan zitten voor een gesprek van mannen onder elkaar.'

Ze stapten in en sloten de portieren. Richard legde de kaarten zorgvuldig op de versleten vinyl bekleding, stak toen een sigaret op en liet zijn hand uit het open raampje hangen, keek hoe de koele voorjaarslucht de rook meevoerde. 'Ik wil dat je weet voor welke jongens je moet oppassen. Zie je die kerel daarginds voor de volgende flat? Die bij dat gele busje rondhangt?'

'Ja, pappa.'

'Hij is een junkie. Verkoopt drugs. Hij is hier nieuw, maar ik denk niet dat hij de enige is.'

'Ik zal niet met hem praten.'

'En als hij jou nou aanspreekt?'

'Dan negeer ik hem, precies zoals moeder me heeft gezegd te doen als kinderen me plagen omdat ik naar St. Vincent's ga. Ik gebruik mijn verstand, niet mijn vuisten. Ik heb een goed stel hersenen, dus hoef ik geen grote mond te hebben.' Hij zegde getrouw de litanie van zijn moeder op.

'En als de junkie blijft proberen met je te praten? Als hij je drugs probeert te geven? Als hij iets tegen je moeder zegt wat hij niet zou moeten zeggen?' Richard keek hem grimmig aan en wachtte. Quentin aarzelde, maar niet door gebrek aan vertrouwen. Het joch was briljant, een echte student, en dankzij Angele zou hij niet in een garage hoeven te werken of geldzorgen hoeven te hebben. Hij zou een deftig man worden, een dokter of een advocaat misschien. Hij zou zich een titel verwerven.

Als hij zich tenminste staande wist te houden in deze buurt. Richard moest dat zeker weten. Richard keek hem aan en dacht bezorgd: *Angele en ik maken het de jongen wel moeilijk. We leren hem verschillende dingen, brengen hem in de war.* Quentin zat nog steeds na te denken.

'Vertel me niet wat je moeder wil horen,' zei Richard. 'Vertel me wat ík wil horen. Wat doe je als die junk je lastigvalt?'

Quentin ademde uit, kneep zijn ogen iets toe en glimlachte. 'Dan trap ik hem in zijn ballen.'

'Zo is het. Daarna ga je naar Alfonse Esposito, dan kan hij die klootzak arresteren.' Alfonse was een goede buur en rechercheur van politie. 'Hetzelfde geldt voor ieder ander die het jou en je ma moeilijk maakt. Frank Siccone bijvoorbeeld. Hij is een verdraaide woekeraar en zijn kinderen zijn dieven. Accepteer geen flauwekul van ze. *Capisci?*'

'*Capisco.*' Quentin knikte en Richard zag dat hij zijn hand naar zijn kin bracht. Hij vermoedde dat zijn zoon al een paar keer een pak rammel had gehad van Siccones zoon Johnny, die ouder en groter was dan hij.

Richard kreunde. 'Je ma wil dat je een brave misdienaar bent die niet vecht en geen lelijke praat verkoopt. Ik weet dat je je best doet. Je praat netjes, je studeert hard, je bent heel pienter. Ik ben trots op je. Blijf je gedragen zoals zij wil dat je je gedraagt, zolang je bij haar in de buurt bent.' Richard leunde naar hem over. 'Maar als je hier buiten bent,' – hij wees met zijn grove, door vechtpartijen beschadigde hand naar de straat – 'gedraag je je zoals ik, oké? Je praat als je ouwe heer, je vecht als je ouwe heer, zodat de mensen weten dat ze geen rottigheid met je kunnen uithalen, of met je ma. Want het kan die deugnieten hier buiten niets schelen dat je Latijn spreekt. Het interesseert ze geen moer wat de Romeinse keizers deden. En hé, ik weet dat ze je plagen met je schooluniform en de stropdas die je moet dragen en zo. Dat snap ik best.'

'Ach, het is niet meer dan een stelletje domme *schmucks,*' verzekerde Quentin hem met grote afkeer. 'Dat zegt mevrouw Silberstein.'

'Ja, maar als je hun toestaat van je te profiteren zullen ze je op een dag vermoorden.'

Quentin rechtte trots zijn rug. 'Ze zullen míj niet lastigvallen,' zei hij. 'En ze zullen me niet vermoorden. En ik zorg voor ma. Dat zweer ik.'

Richard pakte hem beet en trok hem dicht tegen zich aan. Ze klemden zich even aan elkaar vast, toen kuste hij het donkere haar van zijn zoon en duwde hem van zich af. 'Word maar de beste vechtjas van de straat, oké? En de beste student. Ik zie je om het andere weekend. Ik vraag telefoon aan, zodat je me kunt bellen als je me nodig hebt.'

'*Capisco.*'

'Hier, ik ben geen Romeinse keizer, maar ik heb ook iets voor jou.' Hij haalde een smal, glimmend voorwerp uit de zak van zijn wollen jas en hield het hem voor. Quentin floot zacht. Hij pakte bewonderend de lange zilveren greep vast, maakte met zijn duim het palletje los en zwiepte het lange lemmet van de stiletto op z'n plaats. 'Dit is veel beter dan mijn zakmes,' fluisterde hij. 'Bedankt, pappa.'

'Vertel me eens hoe je het gebruikt.'

'Nooit voor de lol tevoorschijn halen, want het is geen speelgoed. Niet aan pater Aleksandr laten zien, of aan ma. Nooit iemand steken tenzij hij eerst mij pijn probeert te doen.'

Richard knikte. Quentin vouwde langzaam het dodelijke mes dicht en stopte het in zijn zak. Hij keek bleek van ellende en met samengeknepen lippen naar zijn vader. Het was tijd om afscheid te nemen. 'Moet je echt daarginds gaan werken?' vroeg hij. 'Het is bijna Canada.'

'Ja, ik moet gaan. Het gebouw staat leeg, het is groot genoeg en ik heb het geld van de Beer om me op weg te helpen. Je ouwe heer is geen klaploper. Ik zal hoe dan ook zorgen dat je trots op me kunt zijn.'

'Ik ben al trots op je.'

Hij woelde door Quentins haar. 'Je bent een goede knul,' zei hij bars. 'Laat me nu een paar regels Latijn horen en stap dan uit en ga naar boven. Wees de man in huis voor je ma, oké?'

Quentin stapte uit, sloot het portier en leunde toen tegen het raampje aan. Hij ademde een paar keer diep in en Richard zag dat hij zichzelf moest dwingen niet te huilen. *Het joch zal het wel redden*, bad hij, *als hij maar het midden kan vinden tussen teerhartige ideeën en hardvochtige feiten.*

'Ars longa,' zei Quentin ten slotte. 'Vita brevis.' Kunst is lang. Het leven is kort.

Richard glimlachte. 'Oké, pientere jongen. Wat betekent dat?'

'Ik wil dat je eeuwig blijft leven,' zei Quentin bars en draaide zich toen om en liep weg voordat de tranen verschenen.

2

TIENTALLEN STUDENTEN VAN MOUNTAIN STATE (EN EEN AANZIENLIJK
aantal uit de kluiten gewassen oud-leerlingen) ondernamen midder-
nachtelijke pogingen de IJzeren Beer te verbranden, stuk te slaan of te
onthoofden, maar die bleef onschendbaar en waardig staan, met alle
vier de poten stevig op de grond, op zijn ereplekje op een ronde stenen
patio tussen de narcissenbedden en de azaleastruiken van het administratiegebouw.

De afkeer die de Tibers jegens de sculptuur koesterden werd met
het jaar sterker. Een ontevreden werknemer van de Tiber-fabriek kon
op zijn weg naar buiten tegen meneer John snauwen: 'Zoek het maar
uit met je IJzeren Beer.' Een kippenboer die te weinig had gekregen
voor zijn kuikens kon wel eens mompelen: 'Als dat geen dubbele dosis
Berenballen is.' En een kattige vriendin in de country club kon je soms
horen zeggen: 'Mijn huis mag dan niet zo mooi zijn als dat van de
Tibers, maar ik zie tenminste het verschil tussen kunst en oud schroot.'

Ik zat vaak in de schaduw van de sculptuur terwijl pappa er graffiti af
schraapte. Hij leerde me dat het leven een kunstwerk was dat we bouwden op grofgelaste keerpunten en hoopvolle verbeeldingskracht. Hij
zei dat elke geboorte, elk overlijden, elke vreugde en elke hartenpijn
ons lot vormde uit het niets, terwijl wij druk bezig waren te doen alsof
wij zelf de hand hadden in onze eigen vorming.

'De wereld is vol eenvoudige rijkdom,' zei hij, terwijl hij zijn geliefde Beer schoonmaakte en schilderde. 'Je hebt helemaal niets aan geld
als je niet gelukkig bent. Je kunt het maar beter niet hebben.'

Wij hadden het niet.

Pappa gaf niets om geld en zolang hij genoeg kon verdienen voor onze eenvoudigste behoeften en de hypotheek op zijn kippenhokken gaf hij met plezier de rest aan de buren die nog minder hadden dan wij. Mamma had ook geen geld of comfort nodig. Haar zachte bruine haar hing in een vlecht tot op haar kuiten, ze droeg geen make-up rond haar grote ogen met de kleur van nieuw groen blad en ze rook altijd naar maïsbrood en talkpoeder, het enige parfum dat ze had. Ze stamde af van een familie van tentevangelisten uit de warme moerassen van zuidelijk Georgia die in slangen handelden en gebedsgenezingen uitvoerden, volgelingen van een kleine fundamentalistische sekte die zo strikt waren in hun afwijzing van de moderne wereld dat de Luddites er niets bij leken.

Ze ontmoette pappa tijdens de jaarlijkse rondreizende revivalshow van haar familie, die op een zomerdag neerstreek op de kampeerplaats aan de rand van de stad. Hij werd woedend toen haar ouders haar tijdens een dienst een doos voorhielden die vol zat met ratelslangen. Mamma was net zestien geworden en zij vonden dat het tijd werd om haar geloof op de proef te stellen. Ze gaf geen kik toen er een slang in haar vinger beet, maar pappa schreeuwde.

Hij baande zich een weg naar de preekstoel, nam haar in zijn armen en haastte zich met haar naar het streekziekenhuis met haar hele woedende familie achter hen aan. Hij hield haar moorddadige gebedsgenezende familie op afstand tot mamma suf bekende dat ze door een dokter behandeld wilde worden. Ook al was ze een verloren ziel, ze wilde wel blijven leven. Haar familie verstootte haar ter plaatse. Een week later trouwde ze met pappa voor de rechtbank, maar ze zwoer nooit meer een voet in een ziekenhuis te zetten. Ze moest haar verloren erfdeel zo goed mogelijk eren.

Niet alleen gaf ze niets om geld, ze wantrouwde zelfs ieder greintje hebzucht als een kwaad de ergste demonen van de duivel waardig. 'Houd de ene kant van dit dollarbiljet eens vast,' zei ze tegen me toen ik nog maar vijf jaar oud was. Ik pakte met wijdopen ogen de rand van het biljet vast. 'Hou stevig vast! Doe je ogen dicht.'

'Ze zijn dicht! Ik hou vast, mamma!'

'Voel je het trekken aan de andere kant?' Natuurlijk trok zíj, maar onder de betovering van haar dramatische optreden merkte ik dat niet.

'Ja!' Ik was als gehypnotiseerd.

'Dat is Satan!'

Ik liet het biljet vallen, staarde er vol afgrijzen naar en weigerde het nog op te rapen. 'Hij mag het houden!'

Mamma knikte vol trots. 'Hoe steviger je geld vasthoudt, meisje, hoe harder hij en zijn demonen eraan trekken.' Ik heb daarna jaren geen geld meer aangeraakt.

Met de Tibers moest je medelijden hebben, vond ze; ze waren gedoemd door hun verlangen naar geld en bezittingen. Ze daagden elke dag de duivel uit met hun mooie huizen en hun luxe. 'Hun goede daden stellen niets voor,' zei mamma, 'omdat ze niet opwegen tegen de zonde van de trots, en geen enkele gift is goddelijk als die gegeven is met een beloning in gedachte.'

Het was waar dat de Tibers alles wat ze voor de stad bouwden brandmerkten met hun eigen naam, en dat de muren van meneer Johns kantoor bij Tiber Poultry volhingen met gedenkplaten en certificaten die zijn liefdadigheidswerk prezen. Maar het was ook waar dat mamma afstamde van mensen die zo hard getrapt waren dat ze godsdienst gebruikten als een opiaat om de pijn te verdoven. Ik voelde me niet arm, en dus maakte dit allemaal geen verschil voor me.

Ik had het meest fantastische thuis in het heelal. Onze boerderij, schuur, weidegronden en bijgebouwen lagen aan het eind van een pad dat zo oud was dat ik er pijlpunten had gevonden van ver voor de tijd van de Cherokee. Voor de kolonisten ze allemaal uitroeiden overwinterden er beren in de ondoordringbare stroombeddingen en granieten grotten. Ik kon onder overhangende rotsen wegkruipen en me in een denkbeeldige mantel van vacht en klauwen hullen, heerser zijn over alle wilde zielen.

Mezelf incluis. Zowel binnen als buiten waren er talloze ongetemde plekken waar kinderen zelf hun weg moesten vinden.

Er was geen kleuterschool in Tiberville toen ik een kind was, geen peuterzalen of crèches met zuurstokkleurige speeltoestellen van buigzaam plastic met afgeronde hoeken. Pappa begon me een keer per week af te zetten bij de speelplaats van het gemeenschapshuis achter de fabriek van Tiber Poultry. Daar kon ik als een dolleman tekeergaan met nog een paar dozijn andere vijfjarigen, en mijn leven riskeren op de scherpe metalen schommels en metalen glijbanen.

Deze fantastische wekelijkse gebeurtenis, het 'speeluur voor kleine burgers', was bedacht en werd gesponsord door Tiber Poultry, dat koekjes, punch en indoctrinatie leverde. Het speeluur voor kleine burgers was bedacht om de geïsoleerd wonende boerenfamilies naar de beschaafde wereld van de stad te lokken, waar hun kinderen het idee aangepraat kon worden dat de Tibers welwillende en vooruitstrevende werkgevers waren.

Ik vermoed dat John Tiber erop stond dat zijn vijfjarige dochter

Janine deelnam aan het speeluur voor kleine burgers, omdat hij wilde dat iedereen geloofde dat de Tibers, ondanks het feit dat ze zowat de hele stad in handen hadden, ook maar gewone mensen waren. Maar Janine kende haar plaats in de wereld toen al. Ze was een kippenprinses. Wij waren niet meer dan ordinaire kippen.

Ze droeg prachtige jumpers en speelpakjes, haar blonde haar was naar achteren getrokken in perfecte staartjes en ze krijste als er maar een klein vlekje vuil op haar sokjes met ruches kwam. Ze pakte gewoon wat ze wilde – een koekje, een plaats in de rij voor de schommels, of het speelgoed van een ander kind. 'Van mij,' zei ze dan beslist, en duwde haar slachtoffer opzij.

Ik deed mijn best niet op haar te letten. Een zielige, gedoemde zondares, dat was ze. Ik was beter dan zij, deugdzamer. Wanneer de dames pakjes jelly beans uitdeelden – er was niets ter wereld dat ik liever had – gaf ik het mijne weg, verlicht door een eed van armoede, zelfopoffering en een vage hoop dat God zo van me onder de indruk zou zijn dat Hij me nieuwe jelly beans zou geven. Dat deed Hij nooit.

Aanvankelijk leek Janine te beseffen dat ik iemand was die ze met rust moest laten. Ik was een lang en krachtig gebouwd kind, mijn spieren waren al gehard door de uren dat ik pappa en mamma had geholpen de kippenhokken uit te vegen. Maar Janine was klein, snel en sluw, dus toen ze op een dag eindelijk op me af kwam, was ze in staat me het enige te ontfutselen dat niemand ooit van me af moest proberen te nemen. Mijn boek *'T was the Night Before Christmas*. Ik had het kleine gebonden boekje met het klassieke gedicht op kerstavond van pappa gekregen. Ik kende het hele gedicht al uit mijn hoofd. Kerstmis lag al een half jaar achter ons, maar ik sleepte het boek overal mee naartoe.

'Van mij,' siste ze, pakte toen mijn boek en rende weg. Ik achtervolgde haar naar de deur van het gemeenschapshuis, waar ze naar binnen stoof. Haar moeder, John Tibers elegante echtgenote uit de beau monde van Atlanta, Audrey Tiber, belemmerde mij de toegang. 'Ho, ho,' zei mevrouw Tiber, wuivend met een hand vol diamanten waarin ze een lange sigaret vasthield, 'blijf jij maar buiten spelen. Je bent te vies om binnen te komen.'

'Janine heeft mijn boek gepakt, mevrouw,' zei ik.

'Nou, ik weet zeker dat ze het wel terug zal brengen.' Ze sloot de deur.

Ik bleef wachten bij de schommels, mijn geest een stille, ziedende vulkaan. Ik was omringd door een menigte nietsvermoedende, spelende kinderen, van wie er niet een besefte dat het hun toekomst was om als boer bij de Tibers onder contract te staan of in hun fabriek te gaan werken. Dat was ook mijn lot, zo meenden de Tibers althans. Er groeide een knoop van woede en spanning in mijn maag. Mijn boek. Mijn dierbare boek. Boeken waren heilig. Dat had pappa gezegd. Uiteindelijk kwam Janine weer naar buiten geslenterd. Mijn boek was nergens te zien. 'Waar is mijn boek?' vroeg ik met een zware stem.

'Het is van mij,' zei ze en beende weg.

Ik werd overvallen door blinde wraakgevoelens. Ik trok een metalen schommel zo ver als ik kon naar achteren en liet hem los. Ze werd tegen haar achterhoofd geraakt, viel neer en was bewusteloos. Ik rende naar haar toe en keek op haar neer. Ze bewoog zich een paar seconden niet. De haren onder haar staart kleurden bloedrood. Niets of niemand verroerde zich, dacht ik, doodsbang. Zelfs geen Tiber.

Janine had een hersenschudding en een snee in haar hoofd waar tien hechtingen voor nodig waren. Mevrouw Tiber verbande mij voorgoed van het speeluur voor kleine burgers. Te midden van alle hysterie en beschuldigingen die die middag naar mijn hoofd werden geslingerd kreeg ik de reputatie een koppige, tranenloze, berouwloze strijder voor literaire gerechtigheid te zijn, terwijl ik in feite alleen maar zo bezorgd was dat ik nauwelijks kon praten.

Maar het allerergste was nog dat mevrouw Tiber mijn vader vernederde toen die kwam. 'Tom Powell,' las ze hem de les, 'als je weet wie er voor de boter op je brood zorgt, leer je je kind zich te gedragen. Een zekere mate van goodwill en fatsoen is toch wel het minste wat we mogen vragen van de werknemers in de zaak van mijn man.'

'Mevrouw,' zei hij met zijn diepe stem, 'het spijt me van mijn dochters handelwijze.'

'Dat is een excuus, geen verontschuldiging!'

'Het enige wat ik u te bieden heb is mijn niet-beboterde brood, mevrouw.'

'Ik laat je contract intrekken, man. We zullen eens zien hoe je je voelt als je je rekeningen niet kunt betalen en de sheriff je uit je boerderij komt zetten!'

'Dergelijke praat is niet nodig, mevrouw Tiber,' antwoordde pappa kalm, maar ik herinner me de bezorgde blik in zijn ogen en de manier waarop hij zijn met zweet bevlekte strohoed vasthield, alsof hij voor een rechter stond. En ik wist dat ik nooit, nooit meer iets zou doen wat mijn pappa aan de genade van een Tiber zou overleveren.

Op weg naar huis in zijn truck begon ik te huilen. 'Kom, kom, zo erg was het allemaal niet wat je hebt gedaan,' zei hij zacht, er niets van begrijpend. 'Laten we naar de campus gaan om met de Beer te praten.'

De sculptuur was zijn bron van inspiratie bij alle problemen. Die dag was zijn snuit besmeurd met een vieze veeg paarse verf uit een spuitbus en had iemand een dode muis aan zijn achterste gehangen. Pappa gooide de muis weg en we gingen op het gazon voor het administratiegebouw aan de voeten van de Beer zitten. 'Denk jij dat de Beer zich schaamt om hoe hij eruitziet?'

'Ik weet het niet.'

'Hij weet waarvan hij gemaakt is. Daar kan niemand iets aan veranderen.' Misschien vermoedde hij toch dat ik zijn vernedering had gezien. Pappa stak een van de sigaretten op die hij in een zachtleren zakje in zijn borstzak meedroeg. Hij rookte tevreden, alsof hij een vredespijp rookte met de sculptuur. 'Vanbinnen is hij helemaal in orde.'

Ik staarde omhoog naar de kolos. Ik kon me voorstellen dat de sculptuur tot leven kwam en over de weg naar Tiber Crest waggelde, het grote huis met de witte pilaren waar Janine woonde. Ik zag voor me hoe hij haar met één piepende, ratelende hap zou opeten. Nadat ik een ogenblik die zondige fantasie had gekoesterd, pakte ik mijn vaders hand vast. 'Ik ga naar de hel,' zei ik.

Hij glimlachte. 'Nee, hoor. De Beer zegt dat je deugdzaam bent.'

'Geloof je echt dat hij kan praten?'

'Jazeker. Maar hij zegt dat er kracht schuilt in stilzwijgen en in kalmte. De kracht om je gedachten voor jezelf te houden en je eigen weg te bewandelen. De Beer praat niet tegen ons zoals jij denkt. Hij vertelt ons ideeën die we in onze koppigheid niet willen geloven. De Beer accepteert geen domheid.'

Nieuwe tranen prikten in mijn ogen. Ik verborg ze voor pappa en stelde de Beer stilletjes een vraag. *Vertel me hoe ik kan zorgen dat de mensen trots op ons zijn.* Ik kreeg geen antwoord, of hoorde het in elk geval niet.

Later vroeg hij meneer John naar het boek en toen bleek dat Janines moeder het had weggegooid! Meneer John bood ook niet aan het te vervangen, want zijn vrouw had tegen hem geschreeuwd omdat hij hun dochter dwong met blank uitschot te spelen en was woedend naar het huis van haar moeder in Atlanta vertrokken toen hij weigerde pappa's contract op te zeggen.

'Ik wilde alleen maar mijn boek terug,' zei ik tegen mamma. 'Het is niet eerlijk.'

Ze richtte haar strenge groene blik op mij terwijl ze biscuitdeeg kneedde in een houten kom. Haar sterke handen bewerkten het zachte deeg met niet-aflatende vastberadenheid, precies zoals ze mijn ziel bewerkte. 'De Heer leert je een lesje over hebzucht en behoefte, meisje. Je bent je boek niet kwijt – het zit nog steeds in je hoofd. Het doet er niet toe dat Janine het fysiek van je heeft afgepakt, want jij bezit nog steeds de geest van het boek. Die kan niemand je afnemen. Als je je hart verpandt aan fysieke bezittingen zul je je er altijd zorgen om maken en de mensen haten die eraan zitten.'

'Ja, mamma,' zei ik mat. Haar les was moeilijk te verteren. Je moest wel zijn grootgebracht in hopeloze onderdanigheid om te geloven dat martelaarschap een vervanging was voor rechtvaardigheid. Gerationaliseerde aanvaarding van onderdrukking was de zachtmoedige uitweg. Ik was echter geen pacifist.

Janine Tiber was een rotte plek op een appel die me voor altijd dwars zou zitten, en die onvervulde wraakgevoelens zou blijven zaaien. Ze deed alle mogelijke moeite om hatelijke dingen tegen me te zeggen en hatelijke dingen te doen, wat ik tolereerde met het sluwe geduld van een vleeseter in winterslaap. Maar ik kreeg enig besef van mijn lage positie in de wereld van mensen als Janine Tiber en er waren dagen dat ik er in mijn ellende van overtuigd was dat de hele wereld de kippenstront van de armoede aan me kon ruiken.

Ik kroop weg achter het schild van mijn knokige houding. Slecht gecamoufleerd door haar dat in energieke krullen uiteenspatte, een ernstig gezicht met opeengeklemde kaken en blauwe ogen die altijd waren samengeknepen in een scherpzinnige blik, maakte ik stilletjes plannen om mijn noodlot te verslaan. Ik putte moed uit het feit dat ik een kleine held was voor ieder arm kind dat het slachtoffer was geworden van Janine, en dat spoorde me aan door te gaan.

Mijn reputatie als een Powell was gevestigd, een feit dat in Tiber County behoorlijke gevolgen had. De beruchtheid van de Powells ging generaties ver terug, alsof die van elastiek was. Een rukje daaraan en de oude verhalen kwamen weer boven.

Het begon met een Welshman en een muilezel.

In 1874 stapte Erim Powell van een schip uit Wales, ruilde een boek met zijn gedichten voor een oude muilezel, en trok toen vanaf de kust van Georgia landinwaarts. Een maand later won hij met zijn laatste restje geluk in een kaartspel een lap grond van dik veertig hectare in de bergen boven Atlanta. In het oude land had hij zijn kost verdiend als onderwijzer, maar hij had liever poëzie geschreven. Toch droomde hij ervan te slagen in de Amerikaanse wildernis. Land te bezitten.

Hij reed op zijn muilezel naar een kruispunt van bergen, waar de Tibers en hun slaven al diverse grote hutten en een winkel hadden gebouwd. Ze stamden van goed opgeleide adel, van oude Engelse Tiber-clans in South Carolina. Ze waren al bezig geweest met het uitzetten van straten en bouwpercelen.

De muilezel zakte door zijn poten en stierf. Erim liep de laatste acht kilometer naar zijn grond, een pad volgend dat eeuwenlang beren naar hun winterslaapplaats had geleid. Omdat hij geen boer was kon het hem niet schelen dat het merendeel van zijn grondgebied overdekt was met grotten die verscholen gingen in met laurier begroeide heuvelhellingen, en verder bestond uit kleine dalen waar elke zomer volop bosbessen groeiden.

De Tibers mochten hun beschaafde stad houden; Erim noemde zijn koninkrijk Bear Creek. Wie kan zeggen of het het noodlot of poëtische rechtvaardigheid was dat hem hierheen bracht om onze Amerikaanse dynastie te beginnen?

Soms gaat het er gewoon om waar de muilezel sterft.

Onze eerste problemen met de Tibers begonnen binnen een jaar na Erims aankomst in Tiber County, toen Erim hun kokkin verleidde. Haar naam was Annie Walker. Ze was driekwart Iers en een kwart Cherokee-indiaan, en was opgeleid in de culinaire kunsten door een Franse vrouw uit het elegante Savannah aan de kust. Annies broers weerhielden de Tibers ervan Erim op te hangen toen hij met haar trouwde.

Onbevreesd bouwden Erim en Annie hun hofstede. Hij maakte en verkocht uitstekende maïswhisky, schreef tientallen epische gedichten die het op de een of andere manier op papier niet overleefden, zette toen een schoolgebouw neer en begon ieder kind en iedere volwassene te onderwijzen die wilde leren lezen en rekenen. Iedereen kon komen – blank, zwart, slaaf of vrij en zelfs de paar inboorlingen van gemengd Cherokee-bloed zoals Annies familie die erin geslaagd waren te blijven na de uitzetting door de regering in de jaren dertig van de negentiende eeuw.

Opnieuw waren de Tibers niet blij met hem. Ze hadden een slaaf genaamd Daniel Washington en zijn gezin meegebracht. Daniel was een vakkundige smid en dwong daardoor enig respect af. De Tibers hadden al ontdekt dat slaven in de bergen gemakkelijk verdwenen en dan nooit meer gevonden werden. Om er zeker van te zijn dat Daniel gelukkig bleef, gaven ze hem daarom toestemming een eigen smidse op te zetten en het geld dat hij verdiende te houden. Daniel kocht prompt een stuk grond naast dat van de Powells op Bear Creek.

Erim en Annie verwelkomden de Washingtons en Erim leerde Daniels kinderen heimelijk lezen. De Tibers, die waarschijnlijk vermoedden dat Erim een provocerende invloed had, begonnen snel hun eigen Tiberville Academy in het dorp, en stonden Daniels kinderen toe daar te studeren – een verbazingwekkend compromis. Die school werd later het Mountain State College.

Erim en Annie kregen vijf baby's, van wie er een als klein jongetje wegdwaalde en nooit terugkeerde. Nog jaren daarna kerfden Annie en Erim berichten uit het diepst van hun hart in de bomen rondom de hofstede van de Powells, alsof hun verdwaalde zoon nog steeds zijn weg terug trachtte te vinden. In onze woonkamer stond een deel van een boomstam dat grootvader Joshua uit de laatste resterende eik had gehakt. *Lieve jongen, we wachten op je,* stond er.

Rond 1900, toen ze een oude vrouw van minstens zeventig jaar was, verdween Annie zelf. Er trok een groep Cherokee uit Oklahoma door de stad op weg naar een reünie in het reservaat in North Carolina, dus misschien was ze met hen meegegaan, omdat ze familie in dat reservaat had. Of misschien had ze een van haar lange tochten ondernomen om bomen in te kerven en was ze ergens in elkaar gezakt of in een ravijn gestort.

Erim, wiens hart gebroken was, hield vol dat hij de waarheid kende. Ze was in een moederbeer veranderd. Ze stamde af van de berenclan van de Cherokee voor wie beren heilig waren. Had ze hem en hun kinderen jaren geleden niet laten beloven dat geen enkele Powell ooit op beren zou jagen? Dus had ze zich voor zijn ogen getransformeerd en was verdwenen in de bosbessenstruiken van Bear Creek, waar ze over alle toekomstige Powell-kinderen zou waken, nog altijd op zoek naar haar eigen verloren zoon.

Erims voorliefde voor het vertellen van verhalen zorgde ervoor dat dit verhaal in het hele district bekend raakte. De Tibers zeiden: 'Ach, je weet hoe een Welshman de zaken ziet als hij gedronken heeft.' Beer of vrouw, Annie kwam nooit terug. Toen Erim overleed, verscheen een spottende versie van zijn verhaal in de *Tiberville Weekly News* als onderdeel van een historische column met de titel 'Old Ways and Crazy Days'. De columns werden uiteindelijk verzameld, samen met andere oneerbiedige sterke verhalen over de Powells en andere bergbewoners die de stadsmensen als eigenaardig beschouwden, en de Tibers gaven rond 1930 een boek uit. Het boek werd sindsdien verkocht in de plaatselijke winkel, een belediging die geen enkele Powell ooit zou vergeten.

Bethina Grace Powell Tiber was de jongste dochter van Erim en Annie. Volgens de Powells was ze sterk, pienter en mooi en was ze tot wanhoop gedreven door haar Tiber-echtgenoot die haar aan haar kastanjebruine Powell-haar door de hal van hun grote Victoriaanse huis in Elm Street had gesleurd. Volgens de Tibers was ze sluw, stiekem en een slet die hogerop probeerde te komen. Hoe dan ook, ze was haar moeders dochter, een avonturier op zoek naar een verloren ziel, toevallig haar eigen ziel.

Bethina Grace werd eenenveertig in 1910, toen ze haar koffers pakte, op de trein stapte en de stad uit reed, met achterlating van haar Tiber-echtgenoot, die directeur van de Tiber County Bank was, en hun half-volgroeide kinderen, onder wie ook Miss Betty, die zich haar niettemin met genegenheid herinnerde. De Tibers huurden detectives in om haar op te sporen. Die ontdekten dat ze naar Brazilië was gegaan met een man, iemand uit onze eigen omgeving – Nathan Washington, de oudste kleinzoon van Daniel Washington. Een zwarte, natuurlijk.

Hij en Bethina Grace waren niet ver bij elkaar vandaan opgegroeid op Bear Creek, hadden als kinderen samen gespeeld en waren als tieners waarschijnlijk verliefd op elkaar geweest, maar hadden geweten dat die liefde hopeloos was. Nathan was als jongeman naar Cuba vertrokken en was kapitein geworden op een schip, maar was haar nooit vergeten, evenmin als zij hem, kennelijk.

De rel die uit dit schandaal voortkwam bracht de Ku Klux Klan in beroering en dompelde het hele district jarenlang in ellende. Er werden kruisen verbrand op Bear Creek, het schoolgebouw dat Erim had gebouwd ging in vlammen op, de Washingtons verloren een zoon aan een woedende menigte en de Tibers maakten het tot een familietraditie de Powells te mijden.

De Powells gedijen niet goed sindsdien. Alleen de sterksten en koppigsten bleven het proberen en voor de anderen was er niet veel om naar terug te keren.

Met het verstrijken van de tijd was Miss Betty de enige Tiber die weigerde ons de schuld te geven van het feit dat haar Powell-moeder was weggelopen met de zwarte Nathan Washington. Lang en stevig, met blozende wangen, rood haar en een lach als een klarinet zag Miss Betty er niet uit als een profetes, maar ze kende de diepte van de menselijke ellende en ze wilde geen enkele andere ziel bezocht zien worden door dergelijke ellende.

In haar jongere jaren had ze een redelijk normaal Tiberville-leven geleid – ze had de Young Women's Academy van het College bezocht, had na haar slagen een reis naar Engeland gemaakt en daarvandaan dr. John Vinton Habersham meegebracht, een Engelse dierenarts met wie ze tijdens de lange zeereis terug naar huis was getrouwd. Hij en zij begonnen Tiber Poultry en kregen een huis vol kinderen.

In de zomer van 1928 stierf dr. Habersham echter aan polio, samen met drie van hun dochters. Met een gebroken hart begon Miss Betty aan een kruistocht om de rest van haar nakomelingen en alle andere kinderen in Tiber County te beschermen. Ze werd voorzitter van de vrijwillige 'mountain health society' en bouwde een poliokliniek in de stad, zodat de plaatselijke slachtoffers niet ver weg hoefden om te worden behandeld. Ze reed over de hobbelige wegen om bij ieder gezin in het district pamfletten over hygiëne en preventie af te geven en las de pamfletten voor aan degenen die zelf niet konden lezen. Ze liet de plaatselijke zwempoelen dichtgooien of omheinen en werd lid van de March of Dimes.

Dit waren allemaal nog redelijk verstandige acties, gezien haar verlies en de wanhopige algemene situatie. Maar ze hield ook op naar de kerk te gaan, begon het boeddhisme en andere oosterse religies te bestuderen, en liet een Cherokee-sjamaan uit North Carolina overkomen om in het hele huis beschermende talismans op te hangen, bezocht talloze paranormaal begaafden en handlezers en hield zich bezig met diverse andere zorgwekkende rituelen om de cycli van epidemische dood en angst waaronder Tiberville en de hele streek gebukt gingen te bezweren. Ze maakte de Tibers te schande. Ze was vreemd geworden. 'Dat is de Powell in haar,' zeiden de Tibers.

Tegen de tijd dat pappa in 1940 werd geboren was haar vreemde gedrag tot stof van plaatselijke legendes geworden. Ze geloofde stellig dat haar krachtige combinatie van wetenschap, geloof en pure magie Tiber County had gered van een plaag van bijbelse proporties. Het district had immers de laagste poliocijfers in het hele Zuiden en de ziekte had haar familie al een generatie lang niet meer durven teisteren.

Ondanks de afkeuring van Tiber-familieleden, die net zo lief zouden zien dat de laatste paar Powells van de landkaart verdwenen, nam Miss Betty pappa altijd mee op haar regelmatige tochten met John door het district en zo groeiden hij en zijn neef samen op op de voorbank van een stoffige Cadillac terwijl ze Miss Betty hielpen geld in te zamelen voor de March of Dimes.

De zomer van 1953 was erg heet, het land leek te verschrompelen onder de zon. Honden kropen weg onder koele veranda's, herten trokken zich terug op de meest beschutte plekken, bloembedden verdroogden, jonge kippen stikten bij duizenden. Pappa's zachtaardige vader, Joshua, die Engelse les gaf op de middelbare school, en zijn jongere broertjes Davy en Albert, kregen polio en stierven alle drie. Een maand later kregen ook pappa en John Tiber koorts.

Miss Betty en pappa's moeder, Mary, wachtten in angst en spanning af om te zien of de jongens beter zouden worden of in dodelijke verlamming zouden wegzakken. Miss Betty reed naar de boerderij en liep naar de oever van de kreek. Ze had als klein meisje op Bear Creek gespeeld, met haar Powell-neefjes en de kinderen van de Washingtons door de laurierstruiken gedwaald tot haar moeders schanddaad in hun leven uiteenspatte.

Ze kende de legende van oma Annies rusteloze geest. 'Ik zoek hulp in de geestenwereld,' zei ze tegen Mary. 'Als oma Annie daar ergens ronddwaalt, ga ik haar om bescherming vragen. Het schijnt dat ze altijd over onze kinderen zou waken. Ze heeft mijn meisjes niet gered en jouw Davy en Albert ook niet, dus ze zal wel kwaad op ons zijn. Ik ben van plan dat uit te zoeken.'

'Nou ja, goed,' zei Mary voorzichtig, want ze was bang van Miss Betty. 'Ik zal wat ijsthee maken terwijl jij met de geest praat.'

Een uur later strompelde Miss Betty schreeuwend en met haar armen zwaaiend terug de heuvel op. Ze bloosde van opwinding en haar grijzende haar zat in de war. Er hingen doornen en takken aan haar jurk en nylonkousen alsof ze gemagnetiseerd was. 'Onze jongens blijven leven,' zei ze tegen Mary. 'Ik heb de beergeest gezien! Oma Annie heeft tegen me gesproken! Alles komt weer goed met Tommie en Johnny! En er komt gauw een middel tegen polio! Ik heb haar beloofd de beren te eren, zie je! We moeten de beren terugbrengen naar Bear Creek, Mary! De vloek is voorbij, Mary!'

Ze had gelijk. Binnen een week waren pappa en John Tiber beter. Er zijn echter nog andere soorten vloeken, en mijn arme toekomstige vader, die pas dertien was, zou daarmee moeten leven. Miss Betty wilde dat hij naar school bleef gaan en wilde hem uiteindelijk naar het College sturen om kunst te studeren, maar mijn trotse grootmoeder zei nee. Hij was nu de man in huis, dus moest hij werken. Er moesten rekeningen betaald worden.

Miss Betty gaf met tegenzin toestemming voor een banklening zodat Mary twee kippenhokken kon bouwen op Bear Creek en zorgde dat ze een fokkerscontract kreeg. Tiber Poultry leverde de kuikens, het voer en de medicijnen. De boer leverde de kippenhokken en het eindeloze, slopende werk. Na de hypotheekbetalingen en algemene uitgaven was het jaarinkomen nauwelijks voldoende om de rekeningen te betalen. Pappa en zijn moeder waren nu ook contractarbeiders van Tiber, gekluisterd aan een hypotheek en een langdurig fokkerscontract.

Algauw schilderde pappa zijn eerste kunstwerk – beren gevangen in circuskooien – op de zijkant van een kippenhok. Grootmoeder schilderde eroverheen en sloeg hem alsof hij zijn verstand verloren had. Hij schilderde de beren opnieuw. Zij sloeg hem opnieuw. Hij kon het niet helpen – zijn verdriet en frustratie waren te groot. De derde keer dat hij de beren schilderde, besefte ze dat hij het niet zou overleven als hij de sombere toekomst die hem was aangereikt niet kon opsieren.

Binnen een jaar begonnen de vaccins van Salk en Sabin de polio uit te roeien, precies zoals oma Annie had beloofd. Miss Betty begon een grootschalige operatie om de uitgeroeide berenpopulatie in Tiber County terug te brengen. Meer dan tien jaar lang huurde ze mannen in om hoger in de bergen beren te vangen en in ons midden los te laten, tot groot afgrijzen van haar familie en de meeste andere bewoners. Pappa werd haar trouwe jonge assistent, die in strenge winters maïs uitstrooide voor de nieuwkomers en de jagers probeerde te weren, zonder veel succes. De beren werden stilletjes gedood of verdreven, vaak onder de discrete leiding van Miss Betty's eigen familieleden, onder wie ook meneer John. Met elk jaar dat verstreek voelden Miss Betty en pappa meer walging en meer wanhoop over het welslagen van hun missie.

Toen kregen ze het idee van een sculptuur. In een boekje dat was uitgegeven door het nationale kantoor van de March of Dimes, ontdekten ze een artikeltje over liefdadigheidsacties van vrijwilligers in andere delen van het land. Een van hen heette Richard Riconni. Hij had onlangs een moderne sculptuur geschonken aan een liefdadigheidsveiling. Hij had de sculptuur gemaakt van de beenbeugels van poliopatiënten. Het zei waarschijnlijk heel wat dat de sculptuur slechts in zeer vage en diplomatieke bewoordingen werd beschreven en dat er niet werd gerept over hoeveel hij had opgebracht en of hij eigenlijk wel verkocht was. Maar toen pappa Miss Betty het boekje liet zien, werden zij beiden overspoeld door inspiratie. Ze schreef Richard Riconni over haar ideeën voor een berensculptuur. Ze wilde hem op de campus van Mountain State College zetten.

'Ik wil de overwinning vieren van wetenschap en technologie over onwetendheid en angst,' schreef ze. 'Ik wil onze eenheid met de natuur vieren, en eer betonen aan de grote zwarte beer die over ons allen waakt. Ik wil de mensen aan het DENKEN zetten. En ik wil dat er tenminste één beer in dit district is die niemand OOIT uit de weg kan ruimen.'

Richard Riconni antwoordde opgetogen. 'Ik wacht mijn hele leven al op een kans als deze.' Algauw stuurden pappa en Miss Betty hem een goederenwagon vol plaatselijk schroot en ijzeren longen.

'Dat is de Powell in haar,' zeiden haar Tiber-familieleden ontstemd toen ze hoorden wat Miss Betty had gedaan.

De rest was geschiedenis, die wachtte om ons in te halen.

3

QUENTINS MOEDER VERHIEF ZELDEN HAAR STEM, MAAR TOEN DE UIT-
slag werd bekendgemaakt in de categorie bouwkundig ontwerp van
de regionale constructiewedstrijd voor junioren, gilde ze. Toen zette
ze haar handen aan haar mond en schreeuwde als een dokwerker door
de volle zaal van het Boston Convention Center. 'Hij heeft gewonnen! Pater Aleksandr, Quentin heeft gewonnen!'

Pater Aleksandr haastte zich de gang op en naar het herentoilet,
waar Quentin net zijn gezicht had gewassen en zijn mond had
gespoeld bij een fonteintje. 'Quintus Magnificus, ben je nog niet klaar
met overgeven?' grapte de vrolijke Poolse priester, terwijl hij een pakje zakdoekjes uit zijn zwarte broek tevoorschijn haalde. 'Schiet op!
Carpe diem!'

Quentin veegde zijn mond af met een zakdoekje en vroeg toen
hees: 'Wie heeft er gewonnen?'

Pater Aleksandr grinnikte. 'Jij!' Quentin gilde van verbazing. De
priester pakte hem bij zijn arm en rende terug naar de reusachtige
zaal, waar high-schoolstudenten uit het hele noordoosten verzameld
waren met hun projecten. Hij was nu dertien, bijna één meter tachtig
lang en een echte hartenbreker met grijze ogen met lange wimpers,
bijna zwart haar en een mooie, gebronsde huid die slechts werd ont-
sierd door twee fijne littekens van vuistgevechten, een dat een spleet-
je vormde in de rand van zijn onderlip en een op zijn neusrug. Hij had
nu al het figuur – smalle heupen en brede schouders – van zijn vader
en speelde in het voetbalteam van St. Vincent's.

Moeder sloeg haar armen om hem heen en ze poseerden voor

foto's naast een glimmend stalen model van de hangbrug die hij had ontworpen. 'We moeten pappa bellen!' zei Quentin.

'Nee, dat hoef je niet,' zei zijn vader achter hem. 'Ik heb het gehaald.'

Quentin tolde verbaasd rond en zag zijn vader naar hem staan grinniken, zijn jas druipend van de smeltende sneeuw, stukjes ijs in zijn zwarte haren. Hij en Quentin pakten elkaar vast in een stevige omhelzing en zijn vader klopte hem blij op zijn rug. Quentin had zijn hele kerstvakantie bij hem in het pakhuis doorgebracht en had onder zijn vaders supervisie het wedstrijdmodel gebouwd. In zekere zin was het een gezamenlijke overwinning.

Toen de hoge heren Quentin een trofee, een certificaat en een cheque voor duizend dollar uitreikten, staarde hij naar de cheque en zijn hart bonkte zo luid dat hij het nauwelijks kon geloven. Moeder had gezegd dat als hij geld won dat voor zijn studie bestemd was, maar hij zou zo graag cadeautjes kopen voor haar en zijn vader. Alleen al te weten dat hij het zou kunnen gaf een zeldzaam bevredigend gevoel.

Hij was de jongste deelnemer geweest die de regionale finales haalde. Zij waren de enigen geweest die hadden verwacht dat hij zou winnen. 'Mijn twee genieën,' zei moeder trots, haar ene arm om hem heen geslagen en haar andere om zijn vader.

'Ja, hij heeft het talent van zijn ouwe heer met metaal,' voegde pappa eraan toe en hij keek Quentin vol blijdschap aan.

Quentin knikte en omhelsde hem opnieuw. Hij zou zich die avond herinneren als een van de echt gelukkige momenten die hij met zijn vader deelde.

Het leven liep niet zoals pappa had gepland. Zes jaar nadat hij van huis was weggegaan reed hij nog steeds vanuit noordelijk New York heen en weer en was gemiddeld slechts vier dagen per maand in hun appartement in Brooklyn. Zijn sculpturen leverden nauwelijks genoeg op om de onkosten van te betalen, en werden vaak helemaal niet verkocht. 'Het is gewoon een kwestie van tijd,' hield Angele vol, maar er was geen triomf meer geweest zoals de berensculptuur.

'Dromers,' zeiden hun arbeidersburen over Quentins ouders. 'Wat denken ze te bereiken?'

'*Ars artis gratia*,' antwoordde Quentin dan grimmig. Kunst alleen omwille van de kunst. Hij had geleerd zijn mond open te doen maar zacht te spreken, nooit zijn emoties te tonen. Hij had nog maar weinig problemen met de bullebakken in de buurt. Hij had Johnny Siconne een keer het mes op de keel gezet en hem met zachte maar duidelijke stem gewaarschuwd dat hij die van oor tot oor zou doorsnijden als Johnny hem ooit weer lastigviel.

Sindsdien liet Johnny hem met rust.

Met elk jaar dat verstreek ging Quentin meer op zijn vader lijken – hij werd stiller, minder geduldig, zijn ogen intenser, zijn stemmingen somberder. Zonder pappa's inkomen uit de garage sleepte het leven in het appartement zich van de ene geldcrisis naar de andere. Moeder liet het pappa nooit weten en dus dacht hij dat ze het wel redden. *Nil desperandum*, had ze op een rekening geschreven die Quentin toevallig had zien liggen. Nooit de hoop opgeven.

'Ik kan wel boodschappen gaan bezorgen na schooltijd,' zei Quentin tegen haar. 'En ik wed dat ik bij Goets wel vloeren mag vegen en verffilters mag schoonmaken.' Quentin voegde er niet aan toe dat Goets al had gezegd dat hij als hij wilde wel een baantje in zijn andere garage kon krijgen als hij wat ouder was. Moeder wist niet dat Goets in het souterrain van een gebouw een paar blokken verderop gestolen auto's omkatte. Toen Quentin hem bedankte maar het aanbod afwees, schudde de grote Duitser triest het hoofd en zei: 'Je pappa wees dat werk ook altijd af. Hij had zoveel geld kunnen verdienen bij het werk met, hmm, "gebruikte" auto's! Wat verwachten jullie, Riconni's? Een wonder?'

Quentin had gelachen en niets gezegd. Maar ze hadden inderdaad een wonder nodig.

'Ik kan vloeren gaan vegen voor Goets,' zei hij nog eens.

Angele schudde vastberaden haar hoofd. 'Jouw taak is de best mogelijke student te worden. Jouw taak is een volledige beurs te verwerven voor een uitstekende universiteit.'

'Ik kan dat doen en daarnaast vloeren vegen of boodschappen bezorgen.'

'Nee. We kunnen ons redden met het geld dat we hebben. Waar we ons niet mee kunnen redden zijn halve maatregelen waar het jouw studie betreft.' Hij keek haar smekend aan, maar ze zwichtte niet.

Bij elke gelegenheid sloot hij zich op in zijn slaapkamer, aan een bureau dat pappa voor hem had gemaakt van een golfplaatdak met slanke poten van geroest staal. Hij schreef in zijn dagboek, speelde met zichzelf en fantaseerde over de uitdagende Carla Esposito met haar donkere haren, die een ontluikende seksbom was. Carla's moeder was gestorven toen Carla nog jong was, zodat Carla haar eigen rolmodel voor het vrouw-zijn had moeten ontwerpen. In Carla's wereld waren de meeste mannen en jongens precies zoals haar liefhebbende vader Alfonse. Ze kon ze allemaal om haar pink winden.

Ze lokte Quentin telkens weer naar haar voorname huis wanneer Alfonse laat op het politiebureau aan het werk was. Maar toen Carla hem en haarzelf eindelijk halfnaakt in haar rijk met ruches getooide slaapkamer had, zei hij plotseling: 'We kunnen dit niet doen, nog niet,' en stond toen op. Ze was een jaar jonger dan hij, pas twaalf. Hij was trots op zijn zelfbeheersing. Zij werd woedend en noemde hem een homo, maar verontschuldigde zich later en zei dat ze bang was geweest dat haar vader hen allebei zou doden. Quentin had daar ook aan gedacht, en aan wat zijn moeder zou doen.

Hij hield zichzelf voor dat hij een man was, met alle nobele connotaties die daarbij hoorden. Een man moest zich beheersen in het bijzijn van vrouwen. Ongeacht hoe ruw of grof pappa zich gedroeg in het bijzijn van andere mannen, Quentin had hem nooit een vrouw anders dan met hoffelijke bezorgdheid zien behandelen.

Dus richtte Quentin zijn energie op school en boeken, dacht na over een heroïsche toekomst, zat voortdurend te lezen, maar scherpte ook de stiletto die zijn vader hem had gegeven. Hij leefde met de knagende angst dat zijn familie bedreigd werd door krachten die hij kon voorspellen noch benoemen. Pappa's stemmingen en inspanningen vormden een vage, donkere wolk die constant regen voorspelde.

In een doos onder zijn bed lagen oude speeltjes die zijn vader jaren geleden voor hem had gemaakt – ratelende monsters van staaldraad, bouten en moeren; autootjes die hij uit elkaar kon halen met kleine katrollen als wieltjes, en tientallen ingewikkelde bouwstenen met fantastische vormen, allemaal gemaakt van stukjes pijp, grote koperen ringen en andere prullen die pappa bij elkaar had gezocht in de container van een machinewerkplaats.

Die ongelijke metalen wereld rammelde en verschoof en weigerde op zijn plaats te blijven, net als de echte wereld. Quentin haalde soms de bouwstenen tevoorschijn en probeerde, tevergeefs, eens één keer iets te bouwen dat niet in elkaar zou storten zodra hij zich omdraaide.

Toch had hij net als zijn vader kijk op patronen en verborgen structuren. Als kind had hij eens zijn wiebelende nachtkastje uit elkaar gehaald en weer in elkaar gelijmd. Toen het niet meer wiebelde, dacht zijn moeder dat zijn slaapkamervloer verzakt was. Terwijl Quentin met ingehouden plezier toekeek, controleerde ze bezorgd alle vloerplanken. 'O, jij,' zei ze trots toen hij bekende. 'Je bent een geboren bouwer. Ik weet het zeker.'

Hij verkondigde dat hij architect zou worden, en zijn moeder keek hem zonder een spoortje twijfel aan. 'Een meester-architect,' corrigeerde ze. Naarmate zijn behoefte aan orde groter werd, bestudeerde hij eindeloos elk onderdeel van de metalen dingen, alsof hij schaak speelde met vreemde stukken. Eén verkeerde beweging en het hele spel kon omvallen – zijn hele leven, onbeheersbaar.

Laat het niet omvallen, bad Quentin in stilte.

'Hé, Riconni!' riep Meyer Bratlemater met een grijns waaruit een wreed genoegen sprak op zijn broodmagere gezicht. Meyer was zo'n onbenul dat vanuit de verte schimpscheuten riep en zich dan uit de voeten maakte. 'Je ouwe heer kan maar beter heel snel wat van zijn maffe kunst verkopen, want jullie zijn uit je appartement geschopt!' Meyer dook de deur van de bakkerij van zijn ouders binnen.

Quentin was net de hoek omgeslagen bij die bakkerij. Hij had in de bibliotheek zitten studeren en had een stapel boeken bij zich voor een proefwerk natuurkunde. Hij keek de straat in en zag vol afgrijzen dat Meyer, de vervelende kleine etter, niet gelogen had. Op het trottoir voor de trap van het appartementengebouw lagen de bezittingen van de Riconni's op een kleine stapel – meubilair, pappa's tafelsculpturen, kleren, moeders boeken, potten en pannen, en zoveel meer – als vuilnis over de straat verspreid.

Hij begon te rennen, gooide zijn boeken op een kist appels voor een winkel waar hij langsliep, schoot tussen de mensen door die gewoon hun gang gingen op het volle trottoir. De mensen weken uiteen, grepen hun spullen stevig vast, keken om zich heen op zoek naar een politieagent. Hij was nu vijftien jaar, meer een volgroeide man dan een jongen, lang en gespierd. Ze schrokken van de blik in zijn ogen.

Mevrouw Silberstein, oud en plomp en gekleed in een gebloemde jurk met soepvlekken op haar schort, hield de wacht bij hun bezittingen met een gesloten zwarte paraplu als wapen. Moeder had de oudere vrouw wel duizend kleine diensten bewezen, voor haar gezorgd als ze ziek was, haar eten gebracht, boodschappen voor haar gedaan. Niemand kwam voor hem dichter bij een grootmoeder dan mevrouw Silberstein.

'Ga weg, ga weg!' riep ze tegen een drietal gespierde jonge mannen. Ze grinnikten en maakten uitdagende bewegingen met hun handen alsof ze met haar duelleerden. 'Hoe durven jullie?' riep ze. 'Ik geef jullie een aframmeling als jullie nog iets breken!' Pappa's gipskopie van Picasso's *Tête de Femme* lag in stukken op de stoep, als een opengebarsten meloen met een stoffig wit binnenste.

Quentin stortte zich met een zachte, woedende grauw en zwaaiende vuisten midden in het groepje. Twee van de mannen vielen op hun rug, de een met een bloedneus, de ander naar zijn kruis grijpend. De derde sloeg Quentin echter met zijn vuist tegen de zijkant van diens hoofd, waardoor hij op zijn knieën viel. Tegen de tijd dat hij weer helder kon zien, waren ze alle drie weg en stond mevrouw Silberstein over hem heen gebogen, Jiddisch tegen hem kirrend en angstig zijn gezicht strelend.

'Arme jongen, o, arme *boychik*,' kreunde ze. 'Ik heb een halfuur geleden je moeder gebeld. Ze kan er elk moment zijn.'

Hij kwam moeizaam overeind. Vastberaden, duizelig, wankelend, trok hij zijn spijkerjack uit, verzamelde de stukken gips en wikkelde ze in zijn jack. 'Zeg alstublieft niet tegen haar dat ik gevochten heb.'

'Natuurlijk niet! Maar die vuile *gonifs* hebben gekregen wat ze verdienden!' Mevrouw Silberstein maakte een spugend geluid van walging.

Er stopte een taxi. Moeder stapte uit, morrelde met een handvol kleingeld – haar lunchgeld – en liet het in de hand van de ongeduldige taxichauffeur vallen. Quentin zette zijn benen schrap en gaf de kapotte Picasso aan mevrouw Silberstein, die de stukken vasthield alsof het een baby was. Toen moeder hem zag en daarna naar hun bezittingen keek, werd haar gezicht lijkbleek.

'Ik ga dit regelen, moeder,' zei hij vastbesloten, alsof hij ook maar iets kon doen.

Bewegend als een standbeeld stak ze haar beide handen uit. Ze plukte een boek van de stapel, streek de gekreukte bladzijden glad, sloot de kaft en richtte zich toen in haar volle lengte op. 'Blijf jij hier en let op onze spullen,' zei ze tegen Quentin. 'Ik ga met iemand praten over een kleine lening. Genoeg om de achterstallige huur te betalen. Daarna brengen we die spullen op de een of andere manier terug naar boven en dan komt alles weer in orde. Je vader hoeft het niet eens te weten. Mevrouw Silberstein, hoe kan ik u ooit bedanken voor uw hulp?'

'Hoe kan ik anders? Jullie zijn bijna familie voor me. Het spijt me dat ik je het geld niet kan lenen.'

'Dank u dat u het zich aantrekt.'

Quentin deed een stap naar voren toen zijn moeder zich omdraaide om te gaan. Zijn maag trok samen van ellende en frustratie. 'Je gaat naar MacLand's, nietwaar?' Bertine MacLand was een pandjesbaas en woekeraar, erger nog dan de Siconnes.

Ze knikte. 'Geld is geld. Gewoon een noodzakelijk hulpmiddel. Blijf kalm.' Ze legde een hand tegen zijn wang, keek hem met een dwingende blik in haar ogen aan, draaide zich toen om en hinkte de straat door, zwaar op haar stok leunend, haar versleten bruine overjas achter haar aan fladderend als de vleugels van een mus.

Tegen de avond leek het appartement weer zichzelf. Quentin lijmde zorgvuldig de stukken van de Picasso weer aan elkaar terwijl moeder hem met vermoeide maar tevreden ogen aankeek. Daarna ging zij op de bank in de woonkamer liggen en ging hij op zijn bed naar de vloer zitten staren. De stilte was als een vergif.

'Ik ga voor Goets werken,' kondigde hij de volgende morgen aan. 'Je kunt me daar niet meer van weerhouden. Ik moet een baantje nemen, anders worden we er weer uitgezet.'

Ze legde het brood neer dat ze aan het snijden was geweest om te roosteren. Legde zorgvuldig het kartelmes opzij. Ging aan de lege tafel zitten. Zolang Quentin zich kon herinneren had ze verse bloemen op de keukentafel gehad, in een kristallen vaasje dat van tante Zelda was geweest. 'Mijn vaasje is gisteren gebroken,' zei ze op zachte, verdrietige toon. 'Ik vond het onder een stoel.'

Quentin kromp ineen. 'Waar zijn de scherven? Misschien kan ik het nog...'

'Nee, ik heb het weggegooid. Niet alles is te lijmen. Hoe hard je ook je best doet.' Ze keek hem vermoeid aan. 'Ik ben er niet in geslaagd mijn gezin te lijmen.'

Hij ging tegenover haar zitten en pakte haar uitgestoken handen beet. 'Je kunt dat niet zonder mijn hulp. Je hebt je best gedaan. Als het de ouwe heer echt iets kon schelen, dan...'

Ze verstijfde. 'Hoe noemde je je vader net?'

Quentin keek haar een ogenblik lang aan en zijn kaak verstrakte. 'Zo praten jongens nou eenmaal. Het spijt me.'

'In dit huis is hij je vader, je pappa, en praat je met respect over hem.'

'We staan elkaar niet meer bepaald na.'

'Dat weet ik en dat baart me voortdurend zorgen.'

'Hij zit nu al zeven jaar in dat pakhuis. Zeven jaar! Het wordt tijd dat hij ophoudt zichzelf voor de gek te houden en terugkomt. Een echte baan zoekt. Jouw leven wat gemakkelijker maakt.'

'Maar je weet dat het altijd mijn keus is geweest om je pappa niet over onze geldzorgen te vertellen. Hij heeft genoeg aan zijn hoofd. Hij heeft volgende maand een expositie in een galerie en er komen twee kopers op bezoek...'

'En het is mijn keus om voor Goets te gaan werken. Als pappa moet blijven geloven dat hij ons niet te gronde richt... dan moet je me daarmee laten helpen. Dat is niet meer dan eerlijk.'

Ze sloot haar ogen, zette haar bril af en legde haar voorhoofd in haar handen. Toen ze hem weer aankeek had ze haar mond samengetrokken, haar besluit genomen. 'Ik wil dat je lessen op de eerste plaats komen. Ik verwacht dat je stopt met werken zodra je cijfers eronder lijden.'

'Je hebt mijn woord. En míjn woord betekent iets, moeder. Ik zal je niet in de steek laten.'

'Denk je dat je vader dat wel heeft gedaan?'

Hij zei niets, maar ze kon zijn antwoord van zijn grimmige gezicht aflezen. Ze boog verslagen het hoofd.

En dus ging hij in de garage van Gutzman werken. 'Wil je in mijn andere zaak werken?' vroeg Goets geslepen. 'Vijf keer zoveel geld, half zoveel werk.'

Quentin draaide een rubberhamer rond in zijn hand, zwaaide ermee alsof het een zwaard was. 'Ik wil gewoon deuken uitkloppen en bekraste spatborden overschilderen. Bedankt, maar dat andere werk trekt me niet.'

'Wacht maar af. Dat komt nog wel,' zei Goets lachend.

Het volgende najaar kwam er een doorbraak in pappa's carrière. Hij vertelde hun dat de weduwe van een zakenman in een of andere deftige stad verliefd was geworden op zijn werk. De vrouw besloot een feestje te organiseren in het pakhuis, om pappa voor te stellen aan haar vrienden in kunstkringen. Pappa stuurde Quentin en moeder genoeg geld voor buskaartjes, en op een warme namiddag in september gingen ze op pad. Moeder was opgetogen. Quentin voelde zich luchthartiger dan in jaren het geval was geweest.

Het pakhuis was een reusachtig gebouw van metaal en hout met een smerige parkeerplaats van gebarsten beton. Het stond naast een paar kwijnende dennen aan de rand van een oud industrieterrein. Op die najaarsavond scheen er echter volop licht door de grote ramen en stond de parkeerplaats vol auto's. Vaag was het geluid van een bandje te horen en binnen liepen bijna honderd kunstenaars en kunstliefhebbers tussen pappa's beelden door, die door kelners werden voorzien van champagne en hors d'oeuvres. Moeder was nerveus en verrukt. Pappa zag er onverzettelijk en ongelooflijk knap uit in een nieuw zwart pak. De vrouwen konden hun ogen niet van hem afhouden.

Pappa's gastvrouw, zijn *investeerder* noemde hij haar, bleek niet precies oud te zijn. Moeder had dat gewoon aangenomen omdat hij had gezegd dat ze wit haar had. Ze was een statige vrouw van eind vijftig, begin zestig, gekleed in een zwart broekpak dat haar lichaam uitstekend deed uitkomen en haar haar was weliswaar wit, maar in korte, moderne laagjes geknipt. *Verdorie, ze is helemaal geen gerimpelde oude dame*, dacht Quentin verrast toen hij aan haar werd voorgesteld. 'O, wat lijk je op je knappe vader,' zei ze met een hese stem.

Zich dat herinnerend en bedenkend hoe vreemd mensen soms kunnen zijn als je dat het minst verwacht, leunde Quentin tegen het spatbord van een auto in de diepe schaduw van het enige buitenlicht van het pakhuis. Zijn hoofd gonsde van de champagne die pappa hem met mannelijk ceremonieel had overhandigd en van het andere glas dat hij van een dienblad had gepakt toen moeder niet keek. Hij grinnikte in het donker, pakte toen een sigaret uit de zak van zijn jas en stak die op nadat hij kunstig een lucifer had aangestoken. Zijn moeder zou die tussen zijn lippen uit plukken en hem dwingen hem op te eten als ze het zag. Dat had ze al eens eerder gedaan. 'Ik lees voortdurend de waarschuwingen van dokters over tabak,' zei ze.

'Och ma,' had hij geantwoord, brutaal en rebels en nog steeds kokhalzend van de tabak. 'Als je naar die verknipte dokters luistert, zou je denken dat je overal van doodgaat. Hé, ik zuip niet, ik rook geen drugs dus wat maak je je druk om een paar sigaretten?'

Ze had hem met verbaasd stilzwijgen en met ijskoude, zwarte ogen aangekeken. 'Mijn titel is móéder,' zei ze ten slotte, 'en in mijn huis wordt corréct gesproken, duidelijk gearticuleerd en geen platte taal gebruikt, omdat je een goed opgeleid persoon bent met zelfrespect en respect voor míj. Ik besef dat je je buiten mijn aanwezigheid hebt leren gedragen als de bendes in de buurt, maar ik sta níét toe dat je voor mijn ogen in een straatschoffie verandert.'

Hij had zich voldoende geschaamd om oprecht zijn excuses aan te bieden, maar was niettemin af en toe een sigaret blijven roken. Toen hij die avond mensen hoorde aankomen schermde hij de gloeiende punt van zijn sigaret snel af met zijn handen en trok zich nog dieper in de schaduw terug. Hij sprong zuinig met zijn ondeugden om.

Enkele kunstliefhebbers, een gemengde groep van mannen en vrouwen, slenterden voorbij en bleven bij een auto staan wachten, terwijl een van de mannen in zijn zak naar de autosleutels zocht. Quentin hoorde hen in gelach uitbarsten. 'Riconni's werk is erg goed en misschien zelfs briljant,' zei een man lachend, 'maar je weet heel goed dat ze hem heeft gekozen voor zijn vaardigheden in bed, en niet als kunstenaar.' Er klonk nog meer gelach.

Quentin liet zijn sigaret vallen en luisterde aandachtig. 'Misschien is hij wel een echte ontdekking van haar,' opperde een van de mannen. 'En steekt er verder niets achter.'

Opnieuw gelach. 'Ze investeert haar geld nooit zonder de arme klootzak eerst te hebben geneukt. Nooit. Dat maakt voor haar deel uit van de allure van de kunstwereld. Dat heeft ze een vriend van me eens verteld na een paar martini's. Ik garandeer je dat Richard Riconni zijn kost verdiend heeft tussen de lakens voor ze ooit een cheque aan hem heeft uitgeschreven.'

De groep zei verder niets en stapte in de auto. Quentin strompelde weg voor hij in de lichten van de auto gevangen kon worden. Hij drukte zich, moeizaam ademend en piekerend, met zijn rug tegen de muur van het pakhuis.

Dit was onzin, vuile roddels, gemene leugens. Pappa zou zijn moeder nooit bedriegen, niet voor geld, niet voor zijn kunst, nergens voor. *Niets dan een leugen*, tolde het door Quentins hoofd tot zijn adem rustiger en zijn geest helderder werd. Oké, nadenken. Moeder predikte logica en methodische analyse. Hij zag altijd snel patronen, zoals bij het stapelen van de bouwstenen met hun tere verbanden. Hij had zijn vaders oog voor perspectief, voor het visualiseren van vormen, contexten, hoe een bevestiging in elkaar stak, hoe een gelaste naad metaal vastzette aan metaal op de sterkste punten.

Hij bedacht een eenvoudig plan. Toen stak hij nog een sigaret op, hurkte neer en rookte in stilte, en zijn handen werden zo kalm dat hij met de vaardigheid van een chirurg zijn vaders hart eruit had kunnen snijden.

Ze waren zich te buiten gegaan aan twee kleine kamers in een motel op een halve kilometer van het pakhuis vandaan. Rond middernacht was pappa nog steeds bezig de laatste van zijn gasten naar buiten te begeleiden. Quentin en moeder wandelden naar het motel. Ze stond erop dagelijks lange wandelingen te maken, zelfs al werd ze door haar manke been opgehouden. Ze neuriede in de aangename septemberlucht, lachte naar de maan en opperde toen diverse theorieën over het ontstaan van het heelal. Quentin kon niet meer uitbrengen dan korte antwoorden.

Moeder liet zich tevreden in een stoel naast de deur van haar kamer vallen, haar eenvoudige zwarte jurk om haar heen uitwaaierend, deed haar schoenen uit en legde haar slechte been op het bed. 'Het was heerlijk je vader omringd te zien door mensen die zijn werk begrijpen en waarderen!' Ze zuchtte tevreden. 'Hij heeft vijf stukken verkocht! Vijf! Niet voor gigantische bedragen, maar dat doet er niet toe. De mensen die er vanavond waren verzamelen kwaliteit. Ze zullen praten. Ze zullen het bekendmaken.'

Quentin stond midden in de kamer. Hij kon niet gaan zitten. Zijn huid tintelde. De muren kwamen op hem af. Hij liep de badkamer in en trok een spijkerbroek, een oud voetbalshirt en een jack aan. Zelfs zijn gewone kleren voelden ruw aan, alsof zelfs de geringste wrijving zijn huid kon doen bloeden. 'Er is een speelhal om de hoek,' zei hij. 'We zijn erlangs gekomen. Er waren allemaal jongeren en zo – het zag er goed uit. Ik denk dat ik even ga flipperen, goed?'

'O, Quentin, het is al zo laat. Wil je pappa straks niet zien?'

'Ik blijf niet lang weg.'

Ze keek hem even peinzend aan en gaf het toen op. 'Goed dan, maar wees alsjeblieft voorzichtig.'

Hij liep naar buiten, de nacht in, liep een tiental meters naar een helderverlichte straathoek met een benzinestation, een kleine kruidenierswinkel en de speelhal, voor het geval zijn moeder keek, dook toen weg in de schaduw en nam de weg die parallel aan het industrieterrein liep. Binnen een paar minuten was hij bij het pakhuis en zag hij zijn vaders oude truck geparkeerd staan. Er stonden geen andere auto's.

Zijn hartslag kalmeerde enigszins. Zíj was in elk geval niet hier. Zijn grootste angst was niet bewaarheid. Nog niet. Door de brede ramen hoog in de zijkant van het gebouw scheen nog een zwak licht. Quentin liep naar een zijdeur, die open was, en ging naar binnen. Hij kwam terecht in een donkere hoek waar zijn vader materiaal opsloeg. Hij werd omringd door stapels plaatstaal, chassisonderdelen van auto's en andere voorwerpen. Hij baande zich daar juist een weg tussendoor toen hij de klap en zijn vaders vervormde stem hoorde.

Quentin sprong naar voren, bleef toen staan. Pappa had zijn jasje, stropdas en overhemd uitgetrokken en stond nu midden in de hal met alleen een broek en T-shirt aan, dat overdekt was met grote zweetvlekken. Zijn gezicht was vertrokken van woede en wanhoop. Hij hield een moker in zijn beide handen en terwijl Quentin toekeek hief hij die boven zijn hoofd en liet hem weer neerkomen op een sculptuur die van gedraaide stroken metaal was gemaakt. Het relatief delicate stuk viel om, met een reusachtige deuk in het fragiele ontwerp.

Pappa slaakte een brullende kreet en zwaaide weer met de moker. De blik op zijn gezicht was bijna duivels, blind van emoties die zo pijnlijk en grimmig waren dat Quentin vooroverboog en naar zijn eigen maag greep alsof hij een klap had gekregen. Waardoor werd pappa zo gekweld? De avond was een succes geweest, hij had zijn werk verkocht, had een paar duizend dollar verdiend en de aandacht getrokken van mensen die iets te betekenen hadden in de kunstwereld. Waarom vernielde hij nu alles?

Quentin was gekomen om hem ter verantwoording te roepen, hem naar de waarheid te vragen, maar nu kon hij alleen vol angst toekijken.

Zijn vader bleef onverstaanbaar kreunen en woedend schreeuwen terwijl hij de ene na de andere sculptuur vernielde. Uiteindelijk gooide hij de moker opzij en pakte enkele van zijn kleinere kunstwerken, hief ze wankelend boven zijn hoofd en gooide ze op de stapel andere sculpturen die hij al had kapotgeslagen of omgegooid.

Quentin deed een stap naar voren, denkend: *ik moet hem tegenhouden voor hij zichzelf pijn doet*, en toen: *nee, dat kan niet! Je kunt hem niet laten weten dat je hem zo hebt gezien!* Het dilemma weerhield hem. Zweet of tranen of beide stroomden van zijn vaders gezicht. Hij liep naar de hoek met zijn lasuitrusting en begon stukken gereedschap van de muur te trekken die allemaal netjes waren opgehangen. Hij gooide met moersleutels, tangen, alles wat hij maar te pakken kon krijgen.

Quentin kon het niet meer verdragen. Of het nu juist was of niet, hij stapte voorzichtig op zijn vader toe, die hem niet zag, maar een krachtige arm boven zijn hoofd hief en een zwaar breekijzer zo hoog mogelijk omhooggooide. Het kwam tegen de onderste ruiten van de hoge ramen en het dikke glas spatte in glinsterende stukjes uiteen en viel als hagel neer. Pappa viel op zijn knieën neer, plotseling stil, en legde zijn hoofd in zijn handen.

'Angele,' kreunde hij.

Het duizelde Quentin. Dit ging over moeder, en over de andere vrouw. Over schaamte en frustratie. Wat hij zijn vader ook had willen zeggen, het had geen zin meer, en de vraag die hij had willen stellen was al beantwoord. Quentin week langzaam, zwijgend achteruit en verliet het pakhuis door de deur waardoor hij binnen was gekomen.

Hij huiverde. Hij haalde zijn handen over zijn natte gezicht. 'Godverdomme, pappa,' zei hij gebroken; hij haatte hem en hield van hem, wilde dat hij leed en wilde hem redden.

Uiteindelijk liep Quentin gewoon terug naar het motel en er voorbij naar de speelhal, waar hij interesse veinsde voor de mensen die aan het spelen waren. Toen hij terugkeerde, stond zijn vaders truck voor het motel geparkeerd en keek zijn moeder hem vanuit hun donkere kamer aan. 'Pappa is diep in slaap,' fluisterde ze. 'Hij is uitgeput. Ik heb hem een aspirine gegeven en zijn rug gemasseerd. Hij heeft een paar spieren verrekt bij het verzetten van wat sculpturen nadat de mensen waren vertrokken. We zien je morgenvroeg, goed?'

'Prima,' zei Quentin en hij liep naar zijn eigen kamer.

Hij ging met zijn kleren aan op het onopgemaakte bed liggen en staarde in het donker voor zich uit, verdoofd, beheerst, stervend vanbinnen. Hij zou zijn vader nooit naar deze avond vragen en zijn vader zou het hem nooit vertellen. Maar het zou voor altijd tussen hen in staan.

4

IN DE GEWONE WERELD LIEPEN KENNELIJK OVERAL HIPPIES ROND, HAD-
den de Arabieren alle olie in handen, liep er bij elke belangrijke openbare gebeurtenis (zelfs de diploma-uitreiking van Mountain State),
een naakte man te streaken, en stond president Nixon op het punt af
te treden. Ik had echter mijn eigen problemen.

Ik had me verstopt tussen de varens bij de kreek, samen met de
boerderijkatten, een paar van de avontuurlijke kippen die pappa als
huisdier hield en de ruwharige boerderijhond, Bobo. Ik droeg pappa's
kleine boxcamera aan een riempje om mijn nek. Ik was op jacht naar
fotografisch bewijs van het bestaan van oma Annie.

Ik hoorde wild geruis in de laurierbossen aan de andere oever van
de kreek en knipte met de camera. Onze buurman Fred Washington
stak zijn zwarte, grijsharige hoofd uit de laurier, greep naar een spich-
tige tak die zijn ronde vorm echter niet kon houden, verloor zijn evenwicht en viel hard op zijn achterwerk. Meneer Fred was op weg
geweest naar de kreek om witvisjes te vangen die hij als aas wilde
gebruiken. Zijn emmer landde in de laurier, als een tinnen kroon.

'Wat ter wereld doe jij hier, kind?' bulderde hij.

Ik was pas acht jaar oud, buitengewoon pienter maar niet opge-
wassen tegen de sociale ontsteltenis die me op dat moment overviel.
'Beer!' schreeuwde ik, alsof ik iets had gezien. Hij keek wild om zich
heen. 'Loop weg, kind!' Ik liet de camera vallen en vluchtte, strompelde de steile helling op naar de veiligheid van onze kleine weide die
met goed, sterk prikkeldraad was afgezet.

Later liepen pappa en ik samen naar de boerderij van de Washingtons en bood ik meneer Fred een van mamma's zelfgemaakte cakes en mijn verontschuldigingen aan. Hij accepteerde beide uiterst vriendelijk. Meneer Fred was weduwnaar en kinderloos, na veertig jaar gestopt met het melken van koeien voor een blanke boer die een professionele melkveehouderij runde. Zijn handen waren knokig van de artritis door het decennialang knijpen in koeienuiers, en zijn stijve knieën herinnerden hem aan elke lange dag die hij op een melkkruk had doorgebracht.

We zaten een poosje op zijn veranda, aten plakjes cake en dronken glazen romige, verse melk van meneer Freds melkkoe. Het was zijn broer die als tiener door de Klan was opgehangen tijdens de moeilijke jaren nadat Bethina Grace en zijn oom Nathan samen waren weggelopen. Er woonden toen nog veel Washingtons in het district, maar de Klan had de meesten van hen weggejaagd, tot alleen de koppige ouders van meneer Fred nog over waren. Ze zwoeren dat ze hun andere twee zoons zouden grootbrengen in Tiber County om de moordenaars van hun zoon te tarten, en dat die zoons zouden zegevieren.

Toen de jongens opgroeiden was er maar net genoeg geld om één van hen naar Atlanta te sturen om aan Morehouse College te studeren. Er werd besloten dat Jonah, meneer Freds jongere broer, zou gaan. Jonah had een graad behaald in geschiedenis en was nu professor aan de universiteit van Columbia. Hij stuurde meneer Fred geld en cadeautjes, maar keerde zelden terug uit New York om zijn oude thuis te bezoeken.

Meneer Fred keek me somber aan. 'Ik ben geen beer, kind, en probeer geen foto's meer van me te maken.' Ik knikte ernstig. 'Ja, meneer.' Hij zag een lange schram van een doornstruik op mijn arm, liep naar binnen en kwam terug met een potje zalf. 'Doctor Akin's Uierbalsem,' zei hij, en smeerde er wat van op mijn arm. 'Goed voor pijnlijke koeienuiers en doornschrammen.'

Uierzalf. Ik onderdrukte mijn gegrinnik en rook zwijgend aan mijn arm. Vanaf dat moment betekende de mentholgeur van de zalf voor mij vergeving.

'Dank u, meneer Fred,' zei pappa kalm. 'Waarom komt u vanavond niet bij ons eten, als u wilt.' Hij bood het altijd aan en meneer Fred wees het altijd af. Hij nam het aanbod ook nu niet aan, ook al hadden we waarschijnlijk ergens gezamenlijke familie als Bethina Grace en Nathan erin geslaagd waren op z'n minst één kind te verwekken. Mogelijk was ons bloed vermengd in caramelkleurige mensen die de rumba dansten onder de Braziliaanse hemel, maar meneer Fred en wij zouden nooit een maaltijd delen.

Ik dacht daarover na terwijl pappa en ik naar huis liepen. De enige erfenis van de Powells en de Washingtons was het land en een berucht vermogen interessante ideeën te bedenken en het avontuur te zoeken in zwerftochten, zoals oma Annie en de anderen. Dus we veranderden en verdwenen hoe dan ook.

Ik zwoer dat ík dat nooit zou doen.

Miss Betty lag op sterven. Iedereen wist het, ook zij. Ze lag vredig te wachten in haar bed in het statige huis waarin ze was geboren, luisterde naar het uitnodigend gefluister van haar verloren moeder, dochters en echtgenoot. Pappa en ik gingen naar haar toe en terwijl ik daar naast haar hemelbed stond, probeerde ik niet naar haar ingevallen gezicht te kijken, maar naar de herinneringen aan haar leven. Ik was nu tien, oud genoeg om me de kunst meester te hebben gemaakt me nonchalant voor te doen terwijl ik in feite doodsbang was voor de dood.

Op haar wilgentenen nachtkastjes stonden zwarte-beerpoppen, zwarte-beerbeeldjes en foto's van de IJzeren Beer. Daarnaast stonden miniaturen in sepiatinten van haar man en overleden dochters, en van John, haar favoriete achterneef, die door de beergeest van oma Annie was gered van de polio, of hij dat nu zelf geloofde of niet.

'Ik heb goed nieuws voor u, Miss Betty,' zei pappa zacht. 'Victoria krijgt weer een baby. En dit kind gaan we niet verliezen. Dat voel ik in mijn botten.'

'O, wat heerlijk,' mompelde ze zwakjes. 'Jullie willen al zo lang meer kinderen. Ik wed dat deze baby in orde zal zijn.'

Ik straalde. 'Ik hoop op een zusje.'

'Ik hoop dat je wens vervuld wordt. Een zusje dat net zo lief en sterk is als jij.' Miss Betty was zo blind door de grauwe staar dat ze me nauwelijks kon zien. Ze legde haar dunne, koele handen aan weerszijden van mijn gezicht, onderzocht mijn trekken met haar vingertoppen en deelde haar bevindingen toen aan pappa mee. 'Tommy,' fluisterde ze met haar elegante lijzige stem, 'je had gelijk wat haar betreft.'

'Dat klopt, Miss Betty.'

'Ze is een wijs kind, Tommy. Ze luistert.' Mijn stilzwijgen werd vaak aangezien voor bedachtzame overpeinzingen, terwijl het feitelijk vaak vervuld was van opgekropte woede en hartstochtelijke plannen. Zoals gewoonlijk kon ik mezelf niet inhouden. Ik had haar altijd al iets willen vragen met betrekking tot de Powell-trots, en dit was misschien wel mijn laatste kans. 'Haat u uw Powell-mamma omdat ze is weggelopen?' vroeg ik haar.

Haar mistige ogen straalden. 'Haar haten? Ach, mijn lieve kind. Ik zal je een geheim vertellen dat niemand anders kent. Mijn broers en zussen niet, mijn kinderen en mijn kleinkinderen niet.' Miss Betty pakte mijn handen vast en keek me recht aan. 'Ze vertelde me dat ze moest gaan,' fluisterde ze. 'En ik heb haar gezegd dat ze het moest doen.'

Ik gaapte haar aan. Naast me zei pappa met lage, verwonderde stem: 'Miss Betty?'

'Mijn vader was gemeen tegen haar. Ze had geen andere uitweg.'

'Maar ze was uw mamma,' hield ik aan.

'Ik wist dat ze van me hield. Dat iemand weggaat of je teleurstelt wil niet zeggen dat die liefde verdwenen is. Soms is die dan juist het grootst. Als je hem zo sterk voelt dat het pijn doet.' Mijn stilzwijgen maakte duidelijk dat die uitleg mijn begrip te boven ging. 'Je zult het ooit wel gaan begrijpen, vrees ik. Iedereen komt tot die conclusie, of hij wil of niet. Onze Beer weet het, nietwaar, Tommy?'

'Jazeker, Miss Betty.' Hij knikte.

Ik knipperde met mijn ogen. 'Miss Betty, denkt u dat de IJzeren Beer tegen de mensen praat?'

'Natuurlijk. Hoe denk je dat ík zo wijs ben geworden?'

'Tegen mij zegt hij niets.'

'O jawel, hoor. Hij is vol van leven, liefje. Hij leert je dingen en jij pikt die wel degelijk op. Houd nooit op wat hij je zegt te onthouden. Houd nooit op naar je hart te luisteren.' Ze zuchtte diep. Haar verpleegster en meneer Johns zuster van middelbare leeftijd, de statige en strenge Luzanne Tiber Lee, die niet erg vriendelijk tegen ons was, kwamen de kamer binnen en begonnen druk heen en weer te lopen. 'Tijd voor haar dutje,' zei Luzanne bruusk, de geur van Chanel nr. 5 en een vage lucht van honden achter zich aan. Ze had haar geliefde beagle vast, Royal Hamilton – genaamd naar haar zoons, Royal en Hamilton, kortweg RH genoemd. RH, een gepensioneerde jachtwedstrijdkampioen, kwispelde wel met zijn korte staartje naar ons.

'Pas goed op uzelf,' fluisterde pappa Miss Betty toe, terwijl hij vooroverboog om haar voorhoofd te kussen.

'Pas goed op jezelf en allen die je liefhebt, inclusief onze Beer,' fluisterde ze tegen hem, maar ze keek mij aan.

'Dat zal ik doen,' fluisterde ik terug.

Terwijl we over het overschaduwde trottoir terug naar de truck liepen, zag ik dat pappa over zijn ooghoek wreef. 'Niet huilen,' zei ik smekend, en gaf een kneepje in zijn grote, ruwe hand, terwijl ook mijn ogen zich met tranen vulden.

'Jij eerst,' zei hij, en hij glimlachte.

'Waar denk je dat mensen heen gaan als ze dood zijn?'

Hij dacht even na onder het lopen en ik merkte dat ik het ritme van onze stappen telde, alsof ze een tijdmeter vormden. 'Ik denk dat we kunnen gaan waar we willen,' antwoordde hij. 'Ik wed dat Miss Betty naar de kreek zal gaan om oma Annie gezelschap te houden.'

Ik geloofde nog steeds dat ik op een dag tijdens het spelen op de rotsen bij de kreek oma Annie vanaf de andere oever naar me zou zien kijken met een snuit en een zwarte pels, dus dit nieuws maakte dat ik me beter voelde. 'Dan moet ik denk ik uitkijken naar twee oude damesberen.' Hij lachte, pakte me op en kuste me op mijn wang.

Miss Betty overleed rond middernacht, zonder nog wakker te zijn geweest. Ik kampeerde met pappa en zo'n twintig andere mannen rond de IJzeren Beer. Er deden geruchten de ronde dat meneer John van plan was een stel mannen met snijbranders te sturen om de sculptuur voor het ochtendgloren in stukken te verdelen nu zijn oudtante dood was en de sculptuur aan hem had nagelaten, erop vertrouwend dat hij zou doen wat juist was. In zijn ogen was dit juist.

Mijn hoofd gonsde van vermoeidheid. Ik leunde tegen pappa aan, die me in een deken wikkelde om me te beschermen tegen de dauw van de late zomer. Ik dommelde telkens in of zag vreemde schaduwen op de Beer door het licht van de lantaarns die de mannen hadden neergezet. De mannen zagen er ruw uit, een paar kippenboeren maar grotendeels grimmige woudbewoners die liever op de stad zouden pissen dan erin te wonen. Ze rookten, ze pruimden, ze spuugden en sommigen dronken uit heupflessen. Ze waren gekomen omdat ze hadden gehoord dat Tom Powell hulp nodig had.

Ik begreep er allemaal niets van en wilde dat net zeggen toen er een truck arriveerde. Alle mannen stonden op. Ik ook. Ik trok mijn deken stevig om me heen en keek toe terwijl meneer John en diverse arbeiders op ons toe kwamen lopen. Meneer John zag er grimmig uit en maakte een afwijzend gebaar met zijn handen. 'Tommy, die sculptuur gaat terug naar waar hij hoort. Naar de schroothoop. Ga uit de weg.'

Pappa deed een stap naar voren. 'Dat kan ik je niet laten doen, neef.' Alle mannen om hem heen stapten mee naar voren en staarden meneer John aan. Een lange, bebaarde grensbewoner zei met lijzige, lage stem: 'Wat Tom Powell zegt, gebeurt.'

Meneer Johns gezicht werd met de seconde roder. Hij bleef staan, keek nerveus naar de handen van de mannen die om pappa heen stonden, wetend dat ze stuk voor stuk een pistool of mes in hun overalls of jagersbroeken hadden verborgen en dat ze ook niet zouden aarzelen om hun wapens te trekken. 'Luister nou eens, jongens, we hebben hier geen ruzie en het is niet jullie probleem. Deze sculptuur is mijn eigendom. Ik heb het recht ermee te doen wat ik wil. En ik ben van plan hem voor altijd op te ruimen.'

'Ik zal hem je wel uit handen nemen,' zei pappa. 'Ik haal hem hier weg, vanavond nog. Zet hem bij mij thuis neer. Je kunt iedereen vertellen dat hij in lucht is opgelost als je wilt.'

'Ik wil dat het ding vernietigd wordt.'

'Je oudtante is nog niet eens koud en jij wilt al iets stukmaken terwijl je weet dat ze ervan hield?'

'Ik heb haar eer bewezen door dat gedrocht hier tien lange jaren te laten staan. Ik heb mijn plicht wel gedaan.'

'Een plicht als deze is nooit gedaan, Johnny. Als je deze sculptuur vernielt, zal daar nog jaren wroeging over bestaan. Je denkt op het moment niet goed na.'

'Wat zou jij met het ding doen?'

'Ik zou ernaar kijken, erover nadenken, er iets voor voelen. Jij mag de Beer gerust haten, dat geeft ook niets. Weet je wat het enige onvergeeflijke is als het om kunst gaat? Als het helemaal geen gevoelens bij je oproept.'

Meneer John zei niets. Een man bouwde zekerheid op. Hij had een naam opgebouwd voor zichzelf en zijn familie. Hij was er de man niet naar om iets voor kunst te voelen, wat dan ook.

'Ik zal hem je verkopen,' zei hij plotseling. 'Als jij er zo sterk in gelooft, moet je er maar voor betalen.'

Pappa had de waarde van de Beer al lang verdiend met zijn tien jaar lange toewijding en verzorging, maar hij zei snel: 'Ik zal je betalen. Noem je prijs maar.'

'Tweehonderd dollar.'

'Zoveel geld heb ik niet ineens. Ik kan je twintig dollar per maand betalen.'

'Veertig per maand. Graag of niet. En de beer blijft hier tot je de laatste betaling hebt gedaan.

Meneer John buitte de situatie uit, eiste het gezag terug dat pappa hem voor de ogen van de mannen had ontnomen. Pappa slikte moeizaam. 'Veertig per maand. Akkoord. En ik neem de Beer in de herfst mee.' Ze schudden elkaar de hand in het licht van de lantaarns met een koor van wild ogende mannen als getuige van de vreemdste overeenkomst die Tiberville ooit had gekend. Ik voelde me duizelig van verbazing en had een vieze smaak in mijn mond. Veertig dollar per maand leek een fortuin, en als mamma nu eens medicijnen nodig had? Ze was al drie baby's kwijtgeraakt.

De wereld ging te snel voor mij en om de een of andere reden was ik bang. Miss Betty was vertrokken naar wie-weet-waar. Ik probeerde me voor te stellen dat ze rustig als geest over Bear Creek rondzwierf, eindelijk herenigd met haar familie in elke mogelijke vorm, inclusief de beren. Maar wat voor goeds was er uit al die ellende voortgekomen? Ik keek op naar de IJzeren Beer. *Vertel het me*, smeekte ik. Maar ik hoorde niets.

Na een eeuwigheid werd het eindelijk herfst en verhuisde de Beer naar Bear Creek. We hadden ons zelfs de kleinste pleziertjes en noodzakelijke dingen ontzegd om de veertig dollar bijeen te schrapen die pappa elke maand aan meneer John gaf. Eerder in haar zwangerschap had mamma zich nog wel goed gevoeld en ze had vaak mijn handen op haar buik gelegd. 'Voel je onze baby bewegen, liefje?' zei ze dan. 'Dat is je kleine broertje of zusje. Ik draag weer het licht van engelen in me.' Maar nu was ze zeven maanden zwanger, opgeblazen en bleek. Zij en ik zaten met gekruiste benen op de grond onder een eik op het achtererf die bij elk zuchtje wind rode bladeren over ons heen liet dwarrelen.

Meneer Fred zette zijn tractor in de hoogste versnelling en trok de IJzeren Beer vlak bij onze schaduwbomen op het achtererf van de afrit van de platte wagen waarop gewoonlijk hout werd vervoerd. 'Iets meer naar links,' riep pappa boven het puffen van de tractormotor en het krassen van de zware metalen poten van de beer op de houten afrit uit. Het zweet stroomde over zijn gezicht. Zijn overall was met grijs betonstof en modder bedekt. Pas die ochtend had hij de laatste hand gelegd aan een platform dat hij had gegoten voor de Beer. Ik had blaren op mijn handen omdat ik hem had geholpen het beton te roeren in een kruiwagen en witte verfspetters in mijn haar.

Hij stond boven op de maagdelijke witte fundering, zijn benen gespreid en zijn armen in de lucht, terwijl hij meneer Fred aanwijzingen gaf bij het sjorren. Er lag een brede glimlach op zijn gezicht. Hij dirigeerde een symfonie. Hij stond voor een Degas in het Louvre. Hij dankte de hemel. Hij was een heilige man die alle ongewaardeerde schoonheid van de wereld aanriep zich daar, op onze boerderij, te vestigen, omdat wij bijzonder waren.

Ik heb nooit zoveel van mijn vader gehouden als op die dag.

Het licht van de laagstaande namiddagzon doorsneed de flanken van de Beer en wierp zijn vreemde, skeletachtige schaduw in onze richting. Mamma week terug. Ze pakte mijn hand vast op de knie van mijn overall en prevelde in stilte een gebed terwijl haar bezorgde blik voortdurend op pappa bleef rusten. Met haar andere hand streelde ze over haar dikke buik, als om de baby daar binnen te troosten. Elke keer dat de wind zich roerde, ritselden meer bladeren naar beneden en steeg onze stank op. Ik rook de venijnige lucht van het werk in de kippenhokken aan onze vuile schoenen – de geur van hard werken voor een karige beloning. Ik was bang dat de geur haar weer zou doen overgeven.

Haar versufte aandacht bleef voortdurend op pappa gericht. 'Ik denk dat de man die de Beer heeft gemaakt ergens ver weg zit te lachen omdat wij er zoveel om geven.' Het was de eerste en laatste keer dat ik haar iets hoorde zeggen dat niet gehoorzaam en ondersteunend was. Niet dat pappa om haar onderdanige trouw vroeg. Ze was er gewoon toe opgevoed om een echtgenoot zo te behandelen. 'Ik hoop maar dat hij niet het boze oog heeft,' zei ze en trok toen haar versleten trui strakker om haar buik.

Ik kneep geduldig in mamma's hand.

De schemering kwam. Ik werd rustig van de prachtige regen van gele vonken die als duizend dansende vuurvliegjes omhoogdreef terwijl pappa de zwarte ijzeren poten van de Beer voorgoed vastzette op zijn nieuwe fundering. Ik keek naar de lasvonkjes die opstegen en wegvlogen naar de sterren aan de purperzwarte herfsthemel.

'Waarom ben je met pappa getrouwd?' vroeg ik mamma. 'Denk je dat hij maanstof in zijn hoofd heeft?' Dat had iemand op school tegen me gezegd.

'Als hij maanstof in zijn hoofd heeft, zou de maan trots moeten zijn,' zei ze. 'Sommige mannen hebben een groot leeg hoofd en een hart als een uitgedroogde tomaat. Het hart van jouw pappa is zo groot als de wereld. Daarom ben ik met hem getrouwd.'

'Hebben we nog geld over? Pappa geeft links en rechts geld weg.'

'Maar natuurlijk.' Ze ontweek mijn kritische blik. 'We hebben meer dan genoeg.'

Ik had pappa laatst tegen een oude man horen zeggen dat het zijn droom was de kippenhokken te veranderen in kunstateliers die zijn vrienden dan mochten gebruiken.

Hoe moesten we dan de rekeningen betalen? dacht ik. *Waar moesten we van eten?* Ik begon op mijn nagels te bijten en de stuivers te tellen die ik had gespaard. Ik wilde dat de Beer me had kunnen waarschuwen dat dit de laatste herfst was dat mijn zorgen zo bescheiden zouden zijn.

Het was de koudste decembermaand in jaren. Er lag een laagje ijs op het drinkwater in de oude badkuip die pappa in de wei had gezet voor de melkkoe die we van meneer Fred hadden gekocht. Pappa meende dat het een goed idee zou zijn om onze eigen voorraad verse melk te hebben, nu er weldra twee opgroeiende kinderen in huis zouden zijn. Die zaterdag stond hij voor het ochtendgloren op, en ik ook, en samen voerden we de kippen en molken we de koe. Mamma was bijna uitgeteld en zo moe dat ze al een week niet haar bed uit was gekomen. Ze wilde niet dat pappa haar naar de dokter bracht en hij legde zich niet alleen bij haar wensen neer, hij prees ze zelfs. 'Iedereen heeft zijn eigen idee van God,' weet ik nog dat hij tegen me zei. 'Je mamma is al zo ver gegaan als ze ooit zou kunnen toen ik haar destijds naar de dokter bracht om haar slangenbeet te laten behandelen. Volgens haar denkwijze kan ze God niet nog een keer boos maken.'

'Misschien moet je haar dwingen naar de dokter te gaan,' zei ik bezorgd. 'En dan moet God maar boos op jou worden. Als ik God nou eens vertel dat ík haar heb gedwongen naar de dokter te gaan? Ik wed dat Hij niet kwaad zou worden op een kind.'

Pappa lachte tot de tranen over zijn wangen liepen. 'Weet je dat God een kunstwerk is en dat je Hem niet zomaar in elke kleur kunt schilderen die je wilt? De God van je mamma heeft nu een rood gezicht van het lachen om jouw slimme opmerking.'

Hij had die zaterdag een klus aangenomen om voor een boer in een naburig dorp een lading hooi te vervoeren. Het werk betaalde goed, hoewel pappa natuurlijk nooit zei dat we het geld nodig hadden. Alles waardoor hij de kippenboerderij een dag kon ontvluchten schonk hem plezier. Voor hij die morgen wegging, plakte hij het telefoonnummer van zijn baas op de grote zwarte wandtelefoon in de keuken.

'Als je mamma ziek wordt,' zei hij tegen me, 'of als er iets is waardoor je denkt dat ze zich niet goed voelt, bel je de man voor wie ik werk, dan vertelt hij me dat ik thuis nodig ben en kom ik meteen.'

'Ik zal goed voor mamma zorgen,' beloofde ik vastberaden en ik deed daarbij mijn best een beetje verveeld te kijken om de bezorgdheid in zijn ogen, hoewel mijn hart bonkte van angst over het feit dat ik alleen werd gelaten met een dergelijke verantwoordelijkheid. Toen hij weg was, maakte ik toast in de oven en bracht mamma een bordvol, met klodders van haar zelfgemaakte muskaatdruivenjam en een glas verse melk. Ze knabbelde een half sneetje toast op en dronk de melk. Toen ze de rest weigerde, keek ik naar de restjes alsof ze me hadden verraden. 'Ik zal wat pannenkoekjes voor je maken,' zei ik tegen mamma. 'Daar word je vast niet misselijk van.'

Ze zag de blik op mijn gezicht en stak een arm uit. 'Liefje,' antwoordde ze met zwakke, tedere stem, 'kom hier en houd me warm. Ik voel me prima.'

'Pannenkoekjes, mamma,' herhaalde ik beslist.

'Nee. Kom hier, liefje.'

Ik liet de emotie winnen en kroop onder de dekens tegen haar aan. Ik masseerde haar enorme buik door haar nachthemd heen. Ze neuriede waarderend en viel toen fronsend in een lichte slaap. Ik legde mijn hand op haar borst en telde de hartslagen. Ze voelde zo tenger aan, vergeleken met mij. Toen de zon hoog in het raam stond, dutte ik in.

Ik werd gewekt door haar schokkende bewegingen. Het zonlicht scheen nog steeds de kamer in; er was niet veel tijd verstreken. Ze was nu echter klaarwakker en zweette, haar ogen halfgesloten. Ik sprong uit bed en zag haar de dekens vastgrijpen. 'Mamma? Mamma?' zei ik luid. 'Ik ga de dokter bellen.'

'Nee!' Langzaam ontspande ze zich. Haar blik richtte zich op mij. Ze slaagde erin te glimlachen. 'Ik voel me prima. Ik zal je zeggen wat je moet doen. Ga mevrouw Maple maar bellen. Haar nummer staat in het telefoonboek. Vraag haar hierheen te komen en bij me te komen zitten.'

Roberta Maple was een ferme, oudere vrouw die had geholpen bij mijn geboorte. Pappa had niets gezegd over mevrouw Maple bellen. 'Ik... ik kan maar beter pappa bellen,' drong ik aan. 'Dat heeft pappa tegen me gezegd.'

'Ik ben toch niet ziek. Zou ik het niet tegen je zeggen als ik dat wel was?'

'Mamma...'

'Vooruit. Bel mevrouw Maple.'

'Ik dacht dat ze alleen kwam als mensen een baby kregen. Krijg je...' Ik zweeg angstig. 'Is het zover?'

'De baby wordt vandaag niet geboren, schatje,' zei ze met een te opgewekte glimlach. 'Onze baby wordt pas na Kerstmis verwacht. Ga nu mevrouw Maple bellen. Ik heb gewoon behoefte aan wat gezelschap.'

Gevangen in een dilemma veroorzaakt door tegenstrijdige informatie, ging ik naar beneden, klom op het voetenbankje waardoor ik bij de wandtelefoon kon en belde Roberta Maple. Ze zei dat ze meteen zou komen. Ik trok het briefje met het nummer van pappa's werk van de telefoon en bestudeerde het alsof me daardoor een geheim advies onthuld zou worden.

Ik stak het briefje in de zak van mijn overall en ging terug naar boven om bij mamma te blijven tot mevrouw Maple er was. Dat was mijn slechtste besluit die dag.

Afgrijzen gierde door mijn botten. Mevrouw Maple en Sue Tee hadden me drie uur geleden naar de keuken verbannen en ik spitste al die tijd al mijn oren om iets te horen. Ik hoorde mamma schreeuwen. Ik sprong op het voetenbankje, zocht naar het briefje in mijn zak en belde het nummer. Toen een mannenstem antwoord gaf, schreeuwde ik: 'Zeg tegen Tom Powell dat hij snel naar huis komt!' en gooide toen de hoorn weer neer. Ik pakte het telefoonboek van Tiberville van de plank. Mijn handen trilden zo dat ik nauwelijks mijn vinger op het nummer van de dokter kon houden.

Mamma's God mocht de rest van mijn leven woest op me zijn, het kon me niet schelen. Ik was aan het bellen toen Sue Tee Harper binnenkwam en de hoorn uit mijn hand trok. De assistente van mevrouw Maple was pezig, had paardentanden en was gekleed in een flodderig bruin broekpak. Ze had de geharde blik van een arme bergvrouw die zich geen illusies maakte over de werkelijkheid van het leven. 'Meisje!'

'Ik bel de dokter!'

'De dokter bellen?' Ze imiteerde me met een hoge, lijzige stem. 'Goeie God, meisje, jullie hebben geen geld voor een dokter.'

'Hij komt toch wel!'

'Doe wat je gezegd wordt. Blijf van de telefoon af. God zorgt voor je mamma. Ga jij maar op de veranda zitten bidden.'

'Mijn pappa is geld verdienen. IK BEL DE DOKTER.'

'Hij verdient niet genoeg om de dokter te betalen.' Ze wees in de richting van het weiland. 'Hij heeft het geld voor de dokter besteed aan dat berengeval daarginds. Als je wilt gillen, gil daar dan maar tegen, hoor je me? Je mamma kan zich geen dokter veroorloven, al zou ze die nu beslist kunnen gebruiken. Maar ze weet dat je pappa al het geld voor de dokter aan dat lelijke beest heeft besteed.'

Ik strompelde achteruit en gaapte haar aan. Wat moest ik geloven? Haastige voetstappen kwamen de trap af. Mevrouw Maple waggelde de keuken binnen met in haar armen iets dat in een bloederig laken gewikkeld was. 'Stuur haar naar buiten,' zei ze tegen Sue Tee.

Sue Tee pakte me bij een arm, maar ik hield me vast aan de dikke ijzeren handdoekstang die naast het aanrecht hing. De voorouders van Fred Washington hadden die handdoekstang gesmeed en net als zij was hij sterk, zwart en onverwoestbaar. 'Meisje! Verdraaid, meisje!'

riep Sue Tee, aan me trekkend terwijl ik vasthield. Ik staarde naar het bundeltje dat niet bewoog, het bundeltje dat mevrouw Maple op de keukentafel had gelegd. 'Stuur haar naar buiten, zei ik! Ik moet terug naar boven!'

Sue Tee kreunde, trok opnieuw en ik viel op de vloer. Terwijl ik overeind krabbelde, duwde zij me naar buiten, wierp me mijn jas na en deed toen de deur op slot. Sue Tee liep naar de tafel en trok het laken een stukje opzij. Door de golvende ruitjes in de deur zag ik een klein, stil gezichtje. Ik was eerst verbaasd en toen woedend toen ze dat gezichtje weer met het laken bedekte. Wat deed ze nou? Zo zou mamma's baby stikken!

Ik pakte een stuk brandhout van de stapel naast de muur en sloeg een ruitje kapot. Sue Tee draaide zich om en stak haar handen in de lucht toen ik mijn hand naar binnen stak en de deur opende. 'Eruit! Eruit!' schreeuwde ze terwijl ik terug naar binnen stoof. 'Waar denk je dat je mee bezig bent, meisje?' Ik ontweek haar, maar ze pakte me bij de kraag van mijn jas. Ik zwaaide met het stuk brandhout dat ik nog steeds vasthield en raakte haar op de kin. Ze gilde, draaide me om en wees woedend naar het bundeltje. 'Wil je zo graag alles weten? Goed dan! Je kleine broertje is dood. Dat daar is zijn lichaam! Zul je nu naar me luisteren en buiten blijven?'

Ik verstarde. Het stuk brandhout viel uit mijn hand. Ik kon niet alles tegelijk registreren; mijn geest weigerde te horen wat ze zei. 'Sue Tee!' riep mevrouw Maple van boven. 'Ik heb je nodig!'

'Ik kom zo terug, en dan kun jij maar beter weg zijn,' zei Sue Tee en rende toen de trap op. Ik zette verdwaasd de ene voet voor de andere, kreeg meer vaart naarmate ik de tafel naderde. Ik stak mijn hand uit en trok het laken weg. En daar lag hij, mijn kleine broertje, blauwroze, zijn oogjes gesloten, zijn gezichtje zo stil als dat van een slapende jonge poes. Ik zag geen dode baby. Ik zag mijn broertje. Míjn broertje. Niet dood. Niet deze keer. Hij was volgroeid. Ik wilde niet accepteren dat deze baby doodgeboren was.

Ik pakte hem met laken en al in mijn armen en rende naar buiten. Wanneer jonge kuikens gestikt waren in de grote massa die door de mensen van Tiber in de kippenhokken was afgeleverd verzamelde pappa zo veel mogelijk van de slappe lijfjes, en ik hielp hem daarbij. We renden ermee naar de waterbak voor het vee en dompelden ze in het water. Soms bracht de kou van het water ze weer tot leven, soms niet. Maar we probeerden het in elk geval.

Daar liep ik ook heen met de baby. Hij bewoog niet, voelde hopeloos aan, maar ik liep zo hard ik kon. Ik knielde neer en schoof hem met laken en al tussen het prikkeldraad door dat om de waterbak heen stond, liet hem gedurende een seconde in het ijskoude water zakken, haalde hem eruit en dompelde hem nog eens onder.

Er kwam geen reactie. Ik nam het laken weg en dompelde hem een keer naakt onder. Ik kon het niet verdragen dat opnieuw te doen, het leek zo hard en wreed om dat dit kleine, gerimpelde lichaampje aan te doen en hij was nog steeds even slap als een lappenpop.

Wat nu, wat nu? Ik klemde hem tegen mijn borst, sloeg mijn jas open, stopte hem eronder en struikelde toen over het erf. Moed maakte plaats voor angst en ellende; ik was plotseling verblind door tranen. Ik raakte met mijn ene voet iets hards en struikelde, viel op mijn zij. Ik was tegen de betonnen fundering van de IJzeren Beer aan gelopen en nu ik naar adem happend omhoog lag te kijken, zag ik de Beer boven me uittorenen. Ik lag onder zijn kop, staarde naar de wanorde van stukken en onderdelen die me beschermden tegen een koude grijze lucht.

'Het komt allemaal door jou!' schreeuwde ik. 'Jij hebt het geld voor de dokter gekregen!' Onder mijn jas, dicht tegen mijn overall en mijn flanellen hemd, bewoog iets. Ik ging bevend zitten en sloeg mijn jas een beetje open. Mijn broertje kneep een miniatuurhandje dicht tegen mijn shirt, opende zijn mond en begon te jammeren. Ik staarde omhoog naar de Beer. Had hij me gehoord en voelde hij zich schuldig?

Ik was bang om me te bewegen, bang om de baby pijn te doen, hem weer te doen ophouden met leven nu hij eindelijk leefde. Ik bleef daar zitten met mijn jas dicht om me heen getrokken, staarde naar het huis, mijn geest een witte muur die wachtte tot er iemand alsjeblieft, alsjeblieft kwam zeggen dat ook mamma in orde was. De Beer had de baby gered. De Beer zou ook haar redden. Dat was het enige verstandige.

Al gauw reed pappa de oprit op, liet het portier van de truck openstaan en rende het huis in. Ik probeerde op te staan om hem te volgen, maar mijn knieën trilden te heftig. Ik ging weer op de betonnen fundering van de Beer zitten en wachtte. De baby bleef zachte geluidjes maken en begon meer te bewegen.

Eindelijk kwam pappa naar buiten, zag me en kwam half rennend half strompelend naar me toe. De blik in zijn ogen deed mij ineenkrimpen van pijn. Toen hij bij me was begon ik te huilen; ik sloeg mijn jas open zodat hij de baby kon zien. 'Hij is niet dood, pappa. Is mamma ook in orde? Ik heb geprobeerd de dokter te bellen.' Pappa liet zich naast me neerzakken en sloeg een arm om me heen. 'Eén wonder was alles waarop we mochten hopen,' fluisterde hij en toen brak zijn stem en begon hij te huilen, mij tegen zijn borst drukkend en met zijn andere hand om mijn broertje geslagen.

Ik was stomverbaasd. Hij hoefde me niet te vertellen dat mamma dood was. Ik voelde de leegte onder mijn huid, tussen mijn aders, rond mijn hart. Er was geen geld voor de dokter omdat pappa dwaas was geweest, en mamma's idee van God had haar gedood, en Hij en de IJzeren Beer hadden dat laten gebeuren. Met droge ogen en een shock keek ik weer omhoog naar de sculptuur. Hij had mijn broertje niet gered. Hij had mijn moeder gedood.

5

QUENTIN ZAT OP DE TRAP VOOR HET APPARTEMENT IN DE TOENEMENDE duisternis, trachtend bij het licht van een straatlamp te studeren. Hij haalde een sigaret uit zijn zak en stopte hem toen terug. Mevrouw Silberstein en de andere oude dames uit de buurt zouden het tegen zijn moeder vertellen als ze hem zagen roken. Ze leken nooit de drugsdealers en sjacheraars te zien die op elke straathoek stonden, maar ze zagen het altijd als Quentin Riconni een filtersigaret opstak. Ze letten op elkaar.

Uit de problemen blijven, zelfs kleine problemen, was zijn mantra geworden. Hij zou over een jaar examen doen en de leraren van St. Vincent's zeiden dat hij aan elke universiteit wel een beurs zou kunnen krijgen. Hij zag zichzelf al aan het Massachusetts Institute of Technology, het MIT. Wat hem betrof was dat de beste opleiding in het hele land.

Hij smakte een wiskundeboek op zijn knieën en sloeg het open. Geconcentreerd als hij was, hoorde hij aanvankelijk niet het geluid van Carla Esposito's hoge hakken op de stoep op. 'O, Quent, shit. Niet weer,' zei ze zacht. Hij keek verrast op.

De schoenen maakten haar bijna net zo lang als hij was. Ze had haar zwarte haren in een laagjeskapsel, zoals Farrah Fawcett. Ze droeg een strakke spijkerbroek met wijd uitlopende pijpen en een helderroze blouse onder een lang leren jack. Onder de blouse zat geen beha. Haar ogen waren dik aangezet met zwarte mascara, haar lippen helderrood, net als haar nagels. Op haar vijftiende zag ze eruit als bijna dertig. Als Alfonse haar zo zag, zou hij haar naar de kloosterschool sturen.

Ze ging naast Quentin op de trap zitten, zuchtte diep en duwde haar aanzienlijke borsten tegen zijn dijbeen. Hij en zij hadden elkaar onlangs in een gejaagd, gespannen moment onder een boom in het park ontmaagd. Sindsdien hadden ze bij elke gelegenheid hun vaardigheid verbeterd. 'Is de stroom weer afgesloten?' Haar stem klonk zacht.

Na een grimmige blik op zijn boek sloeg hij het dicht. 'Ja.'

'Ik dacht dat de rekeningen geregeld waren.'

'Ma heeft de ouwe heer meer geld gestuurd dan ik me realiseerde. Ze hield het voor me stil. Hij heeft zijn werk naar galeries buiten de staat gestuurd. Niet dat hij veel verkoopt. Het dekt nauwelijks de kosten van het vervoer. En toen moest hij een nieuw lasapparaat hebben en nog wat gereedschap. Daarom heeft ze hem extra geld gestuurd. Ik had het moeten weten toen ze er een baantje bij nam. Ze werkt twee avonden per week in een boekwinkel.'

'Je kunt met mij meegaan. Pap heeft late dienst.'

'Bedankt voor de uitnodiging, maar ik ben niet in de stemming.'

'Dat kan veranderen.' Ze schoof haar hand tussen zijn benen en begon te graaien tot hij waarschuwend haar hand vastpakte. Toch keek Quentin haar met hartstocht aan. Uitbundig, trouw en ambitieus als ze was, wilde Carla hem altijd gelukkig maken, of dat nu goed voor hem was of niet.

Ze grijnsde nog breder. 'Hebbes. Wauw.' Haar grijns vervaagde toen hij zijn hoofd schudde. 'Ga mee naar waar het licht brandt, alsjeblieft, alsjeblieft, of laat mij meegaan naar jou voor je ma thuiskomt. Laten we doktertje spelen in het donker.'

'Op die manier krijgt iedereen hier baby's die ze niet willen.'

'Ik niet.' Ze klopte op de zak van haar broek. 'Ik heb bij Tivoli's condooms gestolen. Die oude Russin keek de andere kant op en toen heb ik ze vanachter de toonbank gegraaid.'

'En dat voor de dochter van een politieman.'

'Ik ben niet van plan zwanger te worden. Wij zullen hier wegkomen. We gaan aan de andere kant van de brug wonen – helemaal in Central Park – in een penthouse. Met een chauffeur.' Ze klonk zelfvoldaan. 'Zie ik eruit alsof ik in Brooklyn thuishoor?' Ze had al een tiental plaatselijke schoonheidswedstrijden gewonnen en had zelfs jurken geshowd voor de catalogus van een warenhuisketen. Carla trok aan zijn dijbeen, liet haar vingers omhoogglijden. 'Maak je geen zorgen over de elektriciteitsrekening. Die is niet belangrijk. Kom op. Ik kan je opvrolijken. Ik vind het niet prettig als je zo somber bent.'

'Ik zou mijn kop wel tegen de muur willen slaan. Willen exploderen.'

'Het is maar licht!'

'Ik vind het vreselijk zoals moeder haar hoofd laat hangen als ze de rekeningen bekijkt. Ik vind het vreselijk dat ze de kruidenier niet aan durft te kijken omdat hij haar geen krediet meer geeft. Mijn ouwe heer belooft haar elk jaar dat het beter zal worden. Vorige maand waren enkele van zijn stukken te zien in een grote galerie in SoHo. De mensen lachten erom. Er zijn altijd wel een paar mensen die dol zijn op zijn werk en iets kopen, maar nooit genoeg. Hij is zijn tijd vooruit, zeggen ze dan. Wie weet? Wie kan het iets schelen? Hij sliep een week niet. Ik wil de dingen in orde maken, begrijp je? Ik zal nooit beloftes doen die ik niet kan waarmaken. Ik vind mijn verantwoordelijkheden belangrijk.' Hij schreeuwde nu bijna en greep Carla bij de schouders. 'Ik ben een man, een man, en ik heb plichten. Ik kan niets aan de elektriciteit doen, maar ik ben geen klaploper!'

Ze sloeg met haar vuist tegen zijn arm. 'Je weet dat ik van je hou! Ik wil je helpen!'

'En ik heb je al wel tien keer gezegd dat ik niet wil dat je van me houdt en dat ik je hulp niet wil. *Capisci*?'

'Je hebt een ander! Daarom doe je zo lelijk tegen me! Ik vermoord haar als ik erachter kom wie het is!'

Hij wreef over zijn gezicht en zuchtte. 'Ik heb geen ander. Ik wil gewoon niet dat iemand van me houdt. Niemand. Geen enkel meisje. Jij niet en ook niemand anders.'

'Waarom?'

'Ik heb geen liefde nodig. Wat heb je daaraan?'

'Op een dag zal ik met je trouwen.'

'Wil je trouwen? Zoek dan een echtgenoot. Maar mij niet. Nooit. Ik geloof niet in het huwelijk.'

'Je liegt.'

'Jij denkt maar wat je wilt. Maar nu genoeg erover. Genoeg!' Hij rechtte dreigend zijn rug, haar daarmee waarschuwend dat hij zou opstaan en weglopen als ze er nog een woord over zei. Ze hadden dit twistgesprek al eerder gehad. Zij geloofde hem nooit en hij gaf nooit toe.

Carla sprong overeind, haar gezicht des duivels en haar handen samengeknepen. 'Val dood, jij. Val dood! Ik weet waar dit over gaat. Jij denkt dat je volgend jaar naar een of andere dure universiteit gaat en nooit meer terug zult komen, en ik ben niets dan de dochter van een arme rechercheur uit Brooklyn die je zult vergeten. Jij weet niet alles, Quentin Riconni. Je weet helemaal niets. Je weet niet eens waar je ma 's avonds werkelijk werkt!'

Hij kwam overeind, meteen alert. 'Waar heb je het over?'

Haar gezicht werd bleek. Haar ogen vulden zich met tranen en haar woede verdween. 'Shit,' zei ze zacht. Ze had niets willen zeggen.

'Waar heb je het over?'

'Quentin, ik... verdomme. Verdomme!' Carla liet haar schouders hangen. 'Pap kwam erachter, omdat agenten altijd van alles horen over die operaties. Hij heeft geprobeerd haar ervan te weerhouden, maar ze liet hem beloven je niets te vertellen. Ze zegt dat het maar voor even is.'

'Wat?'

Carla's mond trilde van berouw. 'Ze doet kantoorwerk voor MacLand's.'

Die woekeraar! MacLand was tuig waarmee je beter niets te maken kon hebben. Hij stuurde kerels op pad om knieën en vingers te breken. Hij was een meedogenloze klootzak.

Quentin begeleidde Carla snel naar haar huis en kuste haar in het donker naast de trap. 'Ik heb nog wat te doen,' zei hij en liet haar daar staan, huilend.

Hij zocht troost in de aanblik van de sterren terwijl hij door donkere straten liep waar je beter niet in je eentje rond kon lopen. In dit deel van Brooklyn zag je weinig van de hemel en verspreidde de stank van dieselolie en de ondergrondse en weggegooid vuilnis zich door de nacht. De straatlampen leken op gele ogen. Hij trok zijn schouders dreigend op onder zijn jas en stak zijn handen dieper in de zakken van zijn spijkerbroek, de ene vuist rond een klein automatisch pistool geklemd, de andere rond een stiletto.

Uit de schaduwen van een steegje kwam een man op hem toe. 'Hé, wat doe je, heb je wat over voor een vriend?' vroeg de man met onduidelijke stem. Hij greep losjes naar Quentins arm.

Quentin trok meteen het mes, knipte het open en hield het omhoog, net voor het borstbeen van de man. 'Ik zal je hart uit je lijf snijden,' waarschuwde hij zacht.

'Hé nou, hé.' De vreemdeling liep achteruit, de handen geheven, terug naar het steegje, draaide zich toen om en wankelde weg.

Quentin stopte het mes weg en liep snel verder, met bevende knieën. Een slanke, opgevoerde zwarte Camaro kwam op de straathoek tot stilstand. Quentin liep erheen en stapte in. Johnny Siconne, gebruind en met een brede borst en sluik zwart haar, sneerde naar hem. 'Heb je er nog steeds het lef voor?'

'Verdomme, ja.' Quentins borst leek wel een ballon die gevuld was met water. Hij legde zijn handen op de knieën van zijn spijkerbroek om zijn handpalmen te laten drogen. Johnny reed hem naar The Heights en ze bekeken snel de dure auto's in een straat met mooie oude huizen. 'Vooruit,' beval Johnny. 'Haal die daar voor me.'

Quentin sprong uit de auto en rende naar een kleine, donkere Mercedes. Met een snelle beweging van het gereedschap in zijn hand zat hij in de elegante sedan, en met nog een beweging kwam de motor tot leven. Hij reed blindelings terug naar zijn eigen buurt, met Johnny achter hem aan, en reed de auto de verzonken inrit van Goets' omkatgarage in.

'Jezus, God,' zei Goets, toen hij de garagedeur opende en de Mercedes zag. Lachend en in het Duits goedkeuringen mompelend pelde hij enkele biljetten van honderd dollar van een bundel in zijn broekzak en keek Quentin aan. 'Wil je me meer brengen?'

'Ja.'

Goets aarzelde. 'Luister, noem me een dwaas als je wilt, maar ik moet je iets zeggen. Je vader zou niet willen dat je dit deed.'

'Ga jij het hem vertellen?'

De ijzige toon van Quentins stem trof de langzame, zwaargebouwde Goets als een waarschuwing. Hij mengde zich nooit in de problemen van een ander. Hij hield van vreedzame diefstal. Zijn glimlach keerde terug onder een paar sluwe ogen. 'Ik zeg niets. Wat jij met je leven doet is een zaak tussen jou en je vader.' Hij haalde zijn schouders op.

Quentin liep terug met het geld in zijn zak. Zijn knieën knikten en er steeg braaksel op naar zijn keel. *De minimis non curat lex. De wet bemoeit zich niet met triviale zaken.* Hij hoopte van niet, want hij was nu een autodief. Geen dromer zoals pappa, die voor Quentins ogen in een van zijn eigen skeletachtige metalen kunststukken veranderde. Quentin zou nu gewoon een jongen zijn die voor zijn familie zorgde, patronen zoeken die doorbroken moesten worden.

Hij vertelde moeder dat Goets hem had gepromoveerd tot assistent-monteur in de garage en hem een fikse salarisverhoging had gegeven. Hij vertelde haar dat hij wist dat ze bij MacLand's werkte en wilde dat ze daarmee stopte. Hij verdiende zelf genoeg.

Ze keek hopeloos opgelucht. Ze had een hekel gehad aan haar werk voor MacLand en met de voortdurende angst en schaamte geleefd dat iemand het zou ontdekken. Quentins hulp was noodzakelijk, dat kon ze niet meer ontkennen. Hij had zijn belofte om goede cijfers te blijven halen gestand gedaan, dus wat kon een promotie bij die aardige oude Goets voor kwaad? Ze was bijna voortdurend uitgeput, eenzaam en gedeprimeerd. Richards groeiende wanhoop maakte haar doodsbang. Soms praatten ze 's avonds uren aan de telefoon, probeerde zij hem te troosten, aan te moedigen.

De wereld sloot haar in. 'Ik moet meneer Gutzman bedanken,' zei ze met vermoeide waardigheid.

'Niet nodig,' antwoordde Quentin met een vreemde glimlach. 'Hij krijgt waar voor zijn geld.'

Vanaf dat moment stal Quentin auto's. Hij was er goed in. Hij gaf zijn moeder zoveel geld als hij kon zonder haar achterdocht te wekken en verstopte de rest op zijn kamer. Carla hoorde van een vriendin van Johnny Siconne over Quentins diefstallen. Ze was bang dat hem iets zou overkomen, maar vond het ook erg spannend. Ze vergaf hem alles toen hij haar een biljet van honderd dollar gaf.

Wanneer hij 's avonds in zijn bed lag, wenste hij dat hij nooit zijn ogen zou hoeven sluiten. Als hij sliep had hij nachtmerries over neergeschoten worden op straat. Hij schreef zijn ouders een lange brief waarin hij hun alles vertelde en om vergeving vroeg, verzegelde hem toen en verstopte hem tussen de oorlogsromans en boeken over oorlogsgeschiedenis die nu de kast in zijn slaapkamer vulden. Dat was een recente fascinatie – vernietigende mannen en machines, hun heldendaden, hun grootse ideeën, hun eervolle dood voor God en vaderland. Zijn grootvader was in de Tweede Wereldoorlog gestorven als een held.

Niet als een autodief.

Quentin liep tijdens een pauze voor de garage – de legitieme garage – van Goets heen en weer. Hij was met zweet overdekt. Op zijn spijkerbroek en T-shirt kleefden vlekjes zwarte verf. Hij waste zijn gezicht bij een kraan buiten de garage. Zijn vader kwam aanrijden in de truck.

Quentin rechtte langzaam zijn rug. Pappa was nu begin veertig en zijn haar begon aan de slapen grijs te worden. Zijn gezicht zag er door de moeilijke jaren uit als een verweerde steen. Zijn ogen waren koud als staal. 'Stap in,' zei hij. 'Ik wil je aan iemand voorstellen.'

Een minuut lang verroerde Quentin zich niet. Was pappa midden in de week met een dergelijke blik in zijn ogen hierheen komen rijden om hem aan iemand voor te stellen? Hij voelde de haren in zijn nek overeind komen. Er was hier iets mis. Toen pareerde hij: 'Natuurlijk, wat je maar wilt, het maakt immers niet uit dat ik een baan hebt,' en stapte zonder nog een woord te zeggen in de truck.

Pappa zei tijdens de hele rit niets. Zijn oude shirt en kakibroek droegen de vlekken van kleine brandplekjes waar zijn snijbrander er hete stukjes metaal op had gespat. Zijn haar was aan de voorkant geschroeid. Hij moest inderhaast het pakhuis zijn uitgelopen.

Quentin pantserde zichzelf voor de moeilijkheden die hij verwachtte. Hij was zich er vaag van bewust dat ze door buurten van Brooklyn reden die soms slechter en soms beter waren dan de hunne, een landschap dat soms werd gedomineerd door zwarte gezichten, soms door blanke, gejaagd of op hun gemak, het wisselende terrein van een zich uitbreidende stad vol mensen. Eindelijk reed pappa door het hek van een grote begraafplaats die zo vol stond met grafzerken en kleine mausoleums dat er nauwelijks ruimte voor de levenden overbleef om ertussendoor te lopen.

Quentins verbazing groeide toen zijn vader door het ene na het andere smalle pad reed om eindelijk midden in het woud van de dood te stoppen. 'Het is maar enkele meters verderop,' zei hij en wees daarbij naar een gedeelte met lage, eenvoudige zerken. Quentin volgde hem in sprakeloze nieuwsgierigheid tussen de platte grafstenen door. Pappa liet zich bij een steen op een knie zakken en veegde plukjes gemaaid gras van de prachtig bewerkte steen. Quentin bleef naast hem staan en keek omlaag.

Jeanne Louise Riconni, stond er tussen gebeeldhouwde rozen op de steen. Volgens de data was ze pas achttien toen ze stierf en was ze al bijna vijfentwintig jaar dood. Pappa streelde met zijn lange ruwe vingertoppen over haar naam. 'Ze was mijn zuster.'

Quentin ging op zijn hurken zitten en keek ongelovig van zijn vader naar de steen. 'Waarom heb je het geheimgehouden?'

'Ik praat niet graag over haar. Dat brengt haar niet terug. Ze stierf toen ik ongeveer jouw leeftijd had. Ze was een heilige. De liefste ziel die ik ooit heb gekend, tot ik je moeder ontmoette. Als je iets over mij wilt begrijpen dan ligt het hier.' Hij wees naar de steen. 'Ik ben dat jaar heel snel volwassen geworden.'

'Hoe is ze gestorven?'

'Polio. Ze kon niet meer ademen. Ze legden haar in een ijzeren long. Net een kist. Alleen haar hoofd stak eruit. Ik sloop vaak de kliniek binnen om bij haar te gaan zitten. Het kon me niet schelen als ik daardoor ook ziek werd. Ze was alles wat ik had. Zoals ze daar lag in die machine was het net of ze levend was opgegeten. En ze werd er niet beter door.'

'Maar door de machine bleef ze wel langer in leven.'

'Dat maakt het juist zo erg, nietwaar? Je weet nooit of je dat ding moet haten of er blij mee moet zijn.' Hij zweeg even, richtte toen zijn boze blik op Quentin. 'Ik heb de Beer voor haar gemaakt. Zij is de reden dat ik die opdracht kreeg.' Quentin kon alleen verward zijn hoofd schudden. Pappa's zuster was lang voor de tijd van de Beer overleden. Zijn vader vervolgde: 'De dame in Georgia die de Beer bestelde had iets over me gelezen in de nieuwsbrief van de March of Dimes. Ik had wat vrijwilligerswerk voor ze gedaan ter ere van Jeanne Louise. Beenbeugels gerepareerd en krukken gemaakt. Ze schreven een artikel over me en zeiden daarin dat ik beeldhouwer wilde worden. Die dame, Betty Tiber Habersham, zo heette ze, las dat artikel een stuurde me een brief. Ze had familie verloren aan polio. Ze wilde een gedenkteken.' Hij legde uit hoe dat was vertaald naar de sculptuur van een beer, maar Quentin luisterde nauwelijks. Waar leidde dit heen? Was zijn ouwe heer helemaal hierheen komen rijden om hem dit verhaal te vertellen? Was zijn vader gek aan het worden?

Toen hij was uitgepraat staarde Quentin hem strak aan. 'Wat is er aan de hand? Waarom wil je dat ik dit allemaal weet?'

'Omdat het leven verdomme geen keus is. Het is een geschenk en als je het verkloot krijg je geen tweede kans. Ik zal nooit begrijpen waarom Jeanne Louise moest sterven en ik niet. Ik besloot mijn recht om te leven te verdienen. Verdiende ik het te leven?'

'Natuurlijk. Het was haar tijd om te gaan, niet de jouwe.'

'Herhaal niet wat die verdomde priesters je vertellen.'

Quentin hief zijn beide handen op en plotseling borrelden jaren van woede in hem naar boven. 'Wat wil je van me? Wil je dat ik zeg dat je leven doel en betekenis heeft en dat je het geweldig doet, het leven te leiden dat je zuster niet kreeg? Wil je dat ik lieg?'

De gezichtsuitdrukking van zijn vader verstrakte tot een streng masker. Opborrelende woede bracht elektriciteit in de hete lucht. Ze stonden op. 'Ik ben hier niet gekomen om over mezelf te praten, zelfs niet over jou en mij,' zei pappa. 'Het enige dat nu telt ben jij. Jij en datgene waarvoor je verantwoordelijkheid moet nemen voordat je je eigen leven door de plee spoelt.'

'Ik neem al de verantwoordelijkheid voor mijn leven en óns gezin sinds ik oud genoeg ben om te begrijpen dat jij er niet zal zijn om dat te doen.'

Zijn vader sloeg hem – trok gewoon zijn vuist achteruit en sloeg hem op zijn mond. Het gebeurde zo hard en snel dat Quentin geen tijd had om te reageren. Hij viel languit over de grafsteen heen, bleef even liggen tot hij weer helder zag en drukte zichzelf toen op een elleboog op. Hij bracht zijn andere hand naar zijn mond en veegde bloed uit een snee in zijn onderlip. Pappa hurkte naast hem neer en keek hem meedogenloos strak aan. 'Je bent een godverdomde autodief,' zei hij.

Stilte. Quentin verroerde zich niet, zei niets, staarde hem alleen maar aan. Hij proefde zijn eigen bloed, vergezeld van een golf van schaamte. 'Hoe heb je het ontdekt?'

'Dankzij oude vrienden die Goets kennen. Toen je voor hem ging werken, wist ik dat dit kon gebeuren maar ik hield mijn mond. Ik dacht bij mezelf: *mijn zoon heeft eergevoel. Zijn moeder heeft hem de letter van het Woord geleerd en ik denk dat ik hem de geest heb laten zien. Als Goets hem de verkeerde keus biedt, zal hij nee zeggen. Ik moet hem de kans geven zichzelf te bewijzen.* Maar dat deed je niet.'

Quentin veegde langzaam zijn hand af aan zijn broekspijp. Hij beefde van schaamte. Hij wenste nog altijd de goedkeuring van zijn vader en toen hij zich realiseerde hoe weinig daaraan was veranderd was hij bitter geschokt. Toch borrelden jaren van pijn en afwijzing in hem naar boven. 'Wie ben jij om mij de les te lezen over eergevoel? Je bent een waardeloze vader en een waardeloze echtgenoot. Ik steel auto's om de rekeningen te betalen. Ma heeft onze geldzorgen altijd voor jou verborgen gehouden. En jij neemt nooit de moeite zo goed te kijken dat je het ziet.'

Hij biechtte in groteske details alles op over de rekeningen, de uitzetting, het werk voor MacLand's. En ten slotte het allerergste. 'Ik weet dat je die vrouw hebt geneukt die je sponsorde,' schreeuwde hij. 'Ik weet dat je het hebt gedaan om haar geld te krijgen.'

Pappa's woede maakte plaats voor een verdwaasde blik, daarna wanhoop. Hij sloot zijn ogen en boog het hoofd.

'Vertel mij niets over eergevoel,' vervolgde Quentin in dit vreselijke stilzwijgen. 'Bemoei je niet met mijn zaken! Je wordt nog ma's dood en ik geef al jaren geen barst om je! Ga verdomme de artiest spelen en je droom naleven, maar laat mij met rust!'

Stilte. Zijn vader stond langzaam op. Hij stak zijn hand uit. Quentin duwde die weg. 'Ik kan wel voor mezelf zorgen. Dat wil je immers, en dat krijg je.'

Zijn vader liet hem zitten, liep verdoofd naar de truck en reed het kerkhof af. Enkele ogenblikken later werd de stilte weer gevuld door het geluid van vogels en van verkeer in de verte. Quentin keek om zich heen, knipperend, verdwaasd, alsof hij net wakker werd.

Hij kroop naar het graf van Jeanne Louise. Hij voelde geen overwinning of wijsheid in wat hij had gezegd. Hij drukte een hand op de grafsteen van zijn tante, het enige symbool van een al lang overleden meisje dat Richard Riconni ertoe had geïnspireerd meer te zijn dan hij voor mogelijk had gehouden.

'Wat heb ik hem aangedaan?' zei hij gekweld.

De stilte van de doden was zijn enige antwoord.

'Wat een ellende. Je bent ontslagen,' zei Goets de volgende dag. 'Ontslagen van je werk in de garage, ontslagen als dief. Ontslagen. Het spijt me heel erg. Geloof me.'

Quentin was net op zijn werk gearriveerd en staarde hem aan alsof dit een grap was. 'Wat heb ik gedaan? Luister, wat gisteren betreft, mijn ouwe heer kwam hierheen met een probleem en ik moest wel mee. Ik had natuurlijk iemand moeten vertellen dat ik wegging, maar…'

Goets gebaarde met zijn vlezige handen om stilte af te dwingen. 'Het gaat niet om iets wat je hebt gedaan. Je vader kwam gisteravond naar me toe. Zei dat hij mijn zaak zou laten sluiten als ik je niet ontsloeg. En hij zou heel goed naar die verdraaide Alfonse Esposito kunnen stappen en het doen ook. Dus heb ik geen keus. Anderzijds heb ik respect voor je vader en weet ik dat hij alleen maar het beste voor je wil.'

'Ik kan elders gaan werken. Je weet wat ik bedoel. Ik zal er niet mee ophouden.'

'Gebruik je gezonde verstand. Jij bent niet zoals de anderen die auto's stelen. Je bent geen Johnny Siconne. Je hebt hersens, je gaat studeren. Je mag dat niet allemaal riskeren. God heeft je gisteren een boodschap gestuurd. Een engel. Je eigen vader. Luister naar hem.'

'Mijn ouwe heer is geen engel en voor mij is het te laat om nog te veranderen.' Quentin liep naar buiten.

In feite stal Quentin echter de rest van die zomer en de hele herfst geen auto's meer. Goets had een relatief veilige, efficiënte operatie geleid. Quentin wist van anderen over wie het gerucht ging dat ze even betrouwbaar waren, maar hij nam de tijd om ze allemaal te controleren. Hij betrapte zich erop te denken dat pappa zijn methodische techniek zou goedkeuren, hoewel hij wist dat dat een belachelijk idee was. Hij dacht constant aan zijn vader.

En toen kwam het nieuws. In het donkere kantoor van pater Aleksandr kreeg Quentin een envelop van het MIT overhandigd. Terwijl de priester zat te grinniken, opende Quentin de envelop en las dat de universiteit hem een volledige beurs voor de opleiding bouwkunde had toegekend. Hij was van plan vervroegd examen te doen aan het St. Vincent's en kon in het voorjaar aan het MIT beginnen als hij dat wilde. Er viel een zware last van zijn schouders. Het verraste hem nog dat hij zich zo verbaasd voelde. Moeders vertrouwen in hem, dat hij zo vaak voor lief had genomen, was juist geweest.

En als ze gelijk had wat hem betrof, dan had ze misschien ook gelijk met haar geloof in pappa.

Hij wachtte op die koele namiddag in oktober voor de massieve deuren van de hoofdingang van de bibliotheek van Brooklyn, wierp uitdagende blikken naar jonge meisjes die deze beantwoordden, daagde in gedachten volwassen mannen uit hem te tarten, maar was achter zijn kalme uiterlijk in feite zo opgewonden dat hij nauwelijks stil kon blijven staan.

Hij speelde met de stiletto in zijn zak alsof het een talisman was en leunde tegen de hoge muren van de bibliotheek naast de enorme bronskleurige art-decodeuren die hem het gevoel gaven van een mier die zich naar binnen haastte om broodkruimels te stelen. Hij tartte elk symbool van geleerdheid en macht om hem weer het gevoel te geven onwetend te zijn. Toen moeder naar buiten kwam met een zware tas met boeken aan één tengere schouder en haar handtas gevaarlijk aan haar wandelstok bungelend, ging Quentin naast haar lopen. Hij nam de belastende voorwerpen van haar over, zette ze voorzichtig naast haar voeten neer terwijl zij hem vol verwarring aankeek, en sloeg toen in een grote, lachende omhelzing zijn armen om haar heen.

'Wat is er?' vroeg ze ademloos, hem met wijdopen ogen aankijkend, haar vragende blik versterkt door haar bril.

Hij deed een stap naar achteren. 'Ik ga volgend voorjaar naar het MIT,' antwoordde hij.

Haar ogen glommen en vulden zich met tranen. Ze gilde, omhelsde hem toen en hield hem vast. Maar wat als een vreugdevol moment was begonnen werd algauw wanhopig. Ze bleef hem vasthouden en begon te beven, leunde toen snikkend tegen zijn schouder. Geschokt zei Quentin: 'Moeder? Moeder?' en klopte haar zacht op haar rug.

Ze probeerde zichzelf tot kalmte te dwingen, slikte haar tranen van ellende weg en huiverde. 'Sorry, sorry, o, sorry,' wist ze uit te brengen. 'Het ligt niet aan jou. Ik ben zo blij. Het is een droom die waarheid wordt. Maar... ik wilde dat je vader er was. Ik wilde... Ik maak me zulke zorgen, Quentin. Er is iets mis.' Quentin pakte haar tas en handtas en leidde haar toen over het plein voor de bibliotheek. 'Ga zitten en kom even op adem,' zei hij dringend en ze lieten zich op een bankje neerzakken. 'Wat is er aan de hand?'

'Hij heeft gisteravond niet gebeld. En ik heb de hele dag geprobeerd hem te bereiken.' Ze boog voorover en veegde snel haar tranen weg met de zoom van haar lichtblauwe trui. Toen ze weer overeind kwam pakte ze Quentins hand beet en schudde haar hoofd. 'Ik weet

76

zeker dat het niets is. Ik wil dit moment voor jou niet verpesten. Heus niet.'

'Het is al goed. Vertel me meer over pappa.'

'Hij is zo depressief de laatste tijd. Sinds de zomer lijkt zijn vermogen om hoop voor de toekomst te zien helemaal te zijn verdwenen – hij is veranderd, Quentin, hij is de vonk kwijtgeraakt die hem gaande hield. Tot dusver geloofde hij altijd in wat hij deed, ongeacht hoe gespannen hij ook was over zijn werk en zijn carrière, ongeacht hoe vaak hij het idee had dat succes niet mogelijk was. Maar de laatste tijd lijkt hij het te hebben opgegeven. Opgegeven!'

Quentin luisterde naar dit alles met een groeiende knoop in zijn maag. Hij had zijn vader dit aangedaan – hij had hem gestraft, hem gebroken. En dat was nooit zijn bedoeling geweest. 'Ik zal een auto lenen en vanavond naar hem toe rijden.' Hij zweeg even. 'Ik kan van Goets wel zolang een auto krijgen.'

'Ik ga met je mee.'

'Vind je het erg als ik alleen ga? Ik blijf vannacht wel daar. Dan kan ik eens rustig met hem praten. Er zijn een paar dingen waar we het over moeten hebben. Alleen wij tweeën.'

Ze kneep in zijn hand en keek hem strak aan. Angst vermengde zich met nieuwe hoop en hij zag de kleur terugkeren op haar asgrauwe gezicht. 'Als je dat zou willen doen,' zei ze zacht, 'dan zou ik dat net zo fantastisch vinden als je beurs.'

'Ik ga met hem praten. Dat beloof ik.'

'Hij heeft me verteld dat hij erover denkt naar huis te komen.'

Quentin werd erg stil. 'Je bedoelt ermee stoppen?'

Ze knikte. 'En God vergeve me, ik wíl dat hij stopt. Ik had nooit gedacht dat ik het zou zeggen, maar ik mis hem zo en hij heeft daarginds zo hard gewerkt, helemaal alleen – het is niet goed voor hem geweest. Als we hem nu maar naar huis kunnen krijgen, dan zullen wij voor hem zorgen. Hij vindt wel een ander gebouw dat hij als atelier kan gebruiken en we redden ons wel. Het zou een nieuw begin kunnen zijn. Hij is daarginds zo vreselijk geïsoleerd.'

Quentin keek haar standvastig aan. De beurs was een prijs die hij aan zijn vader kon geven als bewijs dat de Riconni-mannen wel degelijk toekomst hadden in deze wereld. Ze hadden allebei een toekomst en het verleden kon opzij gezet worden. Hij stond op. Hij voelde zich zeker van zichzelf en bijna luchthartig. 'Ik breng hem mee naar huis,' beloofde hij.

Hij arriveerde net na het donker bij het pakhuis in een van Goets' eigen auto's, een slanke rode Corvette uit 1959. 'Om je geluk te wensen,' had de Duitser stralend gezegd. 'Studentje.'

De gloed van de gele straatlampen rond het pakhuis vervulde Quentin met verwachting, hoewel hij geen licht door de ramen van het pakhuis zag schijnen. Pappa zat waarschijnlijk kromgebogen onder een kleine lamp aan zijn ontwerptafel. Pappa's truck stond op de parkeerplaats.

Quentin drukte herhaaldelijk op de bel bij de zijdeur, maar er kwam geen reactie. Fronsend liep hij om het gebouw heen, probeerde de mechanismen van een paar enorme roldeuren, controleerde nog een andere zij-ingang, maar trof alles gesloten aan. Hij liep terug naar de eerste deur en bleef nog vijf minuten vruchteloos op de bel drukken.

Kippenvel kroop over zijn rug. Hij begon alle mogelijkheden voor zichzelf op te sommen. Iemand had pappa mee uit eten genomen. Pappa was diep in slaap in het kleine woongedeelte dat hij had gemaakt en hoorde de bel gewoon niet. Pappa was verdiept in een schets of een model voor een nieuwe sculptuur en negeerde gewoon alle bezoekers.

Pappa was samen met een vrouw.

Dat laatste idee kwam ongewild in hem op. Hoe hard hij ook probeerde het weg te duwen, het bleef hem prikkelen. Hij kon niet zomaar terugrijden naar Brooklyn en zijn moeder vertellen dat pappa er niet was. Hij kon ook niet in het donker gaan zitten wachten tot pappa terugkwam van een maaltijd.

Bovenal wilde hij hier niet allerlei mogelijkheden blijven overpeinzen. Quentin haalde een paar lange stukken gereedschap uit zijn zak en stak de punten ervan zorgvuldig in het sleutelgat. Na een minuut van wroeten en draaien klikte het slot open. Hij duwde de zware metalen deur open, stapte de uitgestrekte duisternis in en sloot de deur achter zich. De metaalachtige echo maakte dat hij zich niet op zijn gemak voelde. Pappa sloeg zijn materiaal niet langer in deze hoek op.

Quentin liep voorzichtig langs de muur tot hij een lichtknop vond. Toen hij de schakelaar omzette, werd het multiplex hokje dat pappa had gebouwd als kantoor en woonruimte verlicht door een hanglamp. Het dubbele bed was leeg en netjes opgemaakt. Er stonden geen borden, geen bewijzen van een recente maaltijd in of op het oude aanrecht en de oven die pappa had geplaatst. Aan de muur achter een versleten metalen bureau hing een vergeelde foto van de beersculptuur, met een ingelijste kopie van de cheque van Betty Tiber Habersham ernaast.

Quentin keek omhoog naar kale balken en een smoezelig dakraam, alsof pappa hem ergens op een dwarsbalk zou zitten uitlachen. Hij zette zijn handen aan zijn mond. 'Hé, pappa! Ben je weg?' Geen antwoord. Quentin tuurde in het duister om een hoek. Hij deed een stap in de richting van de deur en bleef toen staan omdat hij iets voelde schuiven onder zijn tennisschoen. Toen hij het opraapte zag hij dat het een verzegelde envelop was.

Pappa had in grote blokletters op de voorkant geschreven: VOOR JOE ARAIZA. JOE, LEES DIT ZODRA JE BINNENKOMT. VERZET GEEN STAP MEER. LEES DIT EERST.

Joe Araiza was een kunststudent van een van de plaatselijke universiteiten en pappa's assistent. Pappa liet hem wat ruimte in een hoek gebruiken. Joe bouwde kistjes uit plaatstaal en stapelde ze dan op. Stalen kistjes vormden zijn gehele artistieke oeuvre. Hij vereerde pappa.

Oké, Joe zou dus morgenochtend hier zijn. Quentin legde de envelop op het bureau, liep toen naar de meterkast tegen een donkere muur net buiten het hokje en zette alle stoppen om. Het pakhuis baadde plotseling in het licht van de fabriekslampen die hoog boven hem hingen. Tientallen van zijn vaders vreemde sculpturen keken hem aan, glimmend en koud maar toch enerverend in hun persoonlijkheid. Misschien praatten ze dan toch, zoals pappa had beweerd toen Quentin nog klein was.

Hij liep behoedzaam door een smal pad in de doolhof, tuurde in het oerwoud van verwrongen metaal, voelde zich belachelijk. Pappa zou lachen als hij hem zo stilletjes zag lopen, alsof de sculpturen hem konden horen.

Pappa had het werk- en lasgedeelte gescheiden door een zelfgemaakt scherm van harmonicagaas op een groot frame, bedekt met zwaar canvas. Quentin liep erheen en stak zijn hoofd om de hoek. Het enige wat hij zag was een muur vol handgereedschap en lasattributen en midden op de vloer zijn vaders lasapparaat, snijbranders en zware werktafels. Niets wat er niet hoorde. Hij slaakte een zucht van opluchting en waagde zich verder.

'Oké, dan laat ik me maar op je bed neervallen en wacht tot je terug bent,' zei hij hardop. 'Je bent ergens, en je komt wel weer terug.' Quentin snoof vol walging, draaide zich om om naar het hokje te lopen en zag toen de badkamer van het pakhuis net voorbij het werkgedeelte. De deur stond open. Hij liep het donkere vertrek in en deed het licht aan.

Zijn vader lag op zijn rug op de vloer van gebarsten tegels, zijn gezicht naar de deur gekeerd, naar Quentin, zijn ogen open en nietsziend. Hij droeg een van zijn bruine werkhemden, een spijkerbroek met schroeiplekjes en leren werklaarzen. Zijn haar zat maar een beetje in de war, zijn lange benen waren achteloos gespreid, zijn linkerarm lag over zijn borst. Zijn rechterarm lag uitgestrekt, zijn lange vingers stil en ontspannen, eindigend op de kolf van een pistool dat hij altijd in zijn truck had liggen.

De vloer onder hem was bedekt met gestold bloed. De geur steeg naar Quentin op als die van een slachthuis. Midden in zijn borst zat een groot gat omringd door geronnen bloed. Kleine stukjes vlees waren op zijn shirt en spijkerbroek gespat.

Quentin zou zich nooit meer volledig kunnen herinneren wat hij in die eerste minuten deed of voelde. Uiteindelijk besefte hij dat hij buiten op de drempel van de open deur van het pakhuis zat, dat hij daar stilletjes in het donker zat, geen geluid maakte, niet huilde, zich niet verroerde.

Zijn handen waren bedekt met roestkleurige vlekken gedroogd bloed. Als een waanzinnige had hij getracht een hartslag te voelen in de borst van zijn vader en eenvoudigweg door aanraking vast te stellen wat hem over de rand van het klif had geduwd waarop hij al zo lang balanceerde. Maar hij kende het antwoord.

Ik heb hem vermoord, dacht hij.

6

QUENTIN VREESDE DAT ZIJN MOEDER ZOU STERVEN VAN VERDRIET. HIJ
hield haar constant in de gaten. Ze praatte niet over zijn vader, ze keek
niet naar foto's van hem, ze kon het nog niet verdragen over het
onverkochte werk in het pakhuis te praten. Ze ging werken en kwam
terug bijna zonder dat er een woord over haar lippen kwam, haar stilzwijgen zo intens dat vreemden in de bibliotheek zich afvroegen of ze
doofstom was. Broodmager en slapeloos zat ze vaak de hele nacht
voor een kleine televisie in de woonkamer, haar boeken open maar
ongelezen op haar schoot. Haar ogen stonden altijd hol en staarden
wel duizend kilometer de verte in.

Ze bewaarde pappa's afscheidsbriefje in de lade van haar nachtkastje. Hij had het in een verzegelde envelop gestopt in de brief die hij
voor Joe had achtergelaten, waarin hij de ongelukkige student instru-
eerde de politie te bellen, hun te vertellen dat hij zijn lijk had gevonden in de badkamer en dan weg te lopen zonder nog om te kijken.

Aan Angele had hij geschreven:

*Al mijn ideeën en hoop zijn verdwenen. Ik draag geen vormen meer
in me die wachten om gemaakt te worden. Ik heb me niet gehouden
aan mijn beloftes aan jou, mezelf en Quentin. Verkoop alles als oud
ijzer en ga verder met je leven. Het spijt me dat ik jou en onze zoon dit
heb aangedaan. Het is uitsluitend mijn eigen fout. Ik houd te veel van
jullie beiden om jullie met me omlaag te blijven trekken.*

Uiteindelijk had hij het vertrouwen in zichzelf verloren, lang voordat moeder dat zou hebben gedaan, en voordat Quentin kon begrijpen dat hen verlaten zijn vaders meest oprechte scheppingsdaad was, een verwrongen offer gebaseerd op liefde. Quentin zou het zichzelf voor altijd kwalijk nemen.

Joe Araiza hield bij wanneer er naar de sculpturen werd gevraagd. Er werden diverse artikelen over pappa geschreven in belangrijke kunsttijdschriften. Pappa's bewonderaars kochten in de zes maanden na zijn dood meer stukken van hem dan tijdens zijn leven. *Dode kunstenaars hebben hogere verzamelwaarde*, dacht Quentin bitter, als hij zich al toestond aan pappa te denken. Pappa bezocht hem in zijn nachtmerries, vermoeid, bebloed, zijn borst opengereten, zijn handen uitgestoken, sprekend zonder woorden. Quentin werd altijd wakker met tranen in zijn ogen, gefrustreerd, trachtend te horen wat pappa hem wilde vertellen. Of waarvoor hij hem wilde waarschuwen. Voor hetzelfde lot?

Nee. Nee! Moeder zou voor altijd aan pappa's erfenis gekluisterd zitten, maar Quentin wees die af. Het leven ging erom dat je het werk gedaan kreeg, afstand bewaarde en naar de patronen zocht die je konden doden. *Heb niet lief wat je niet kunt redden, wens niets wat je niet kunt krijgen, heb niets nodig waarvoor je misschien zult moeten sterven.*

Zelfs Carla kon die muur niet doorbreken. Ze had elke dag sinds de zelfmoord voor hem klaargestaan – trouw, zorgzaam, er steeds van verzekerd dat seks, liefde en gretige ambitie zouden samenwerken ten gunste van hem en haar. Hij dacht nooit aan haar wanneer ze niet bij hem was. Hij keek soms naar zijn eigen gezicht in een spiegel en vroeg zich af hoe hij toch zo hardvochtig kon zijn. Het was een teken. Het feit dat hij niemand anders nodig had, zou hem beschermen tegen de vloek van zijn vader.

Joe Araiza bracht moeder dozen vol met pappa's dossiers. Ze begon zijn schetsen en aantekeningen te sorteren, maakte notities in grote blocnotes. 'Ik ben van plan de erfenis van mijn man te beheren en te promoten,' zei ze tegen Joe, die vol ontzag voor haar was. 'Die erfenis zal niet alleen blijven bestaan, maar zal ook floreren. Dat beloof ik je.'

'Ze zullen hem een genie noemen,' verzekerde Joe haar.

Ze keek hem aan zonder met haar ogen te knipperen en knikte. Ze was in staat door te gaan omdat ze zichzelf kon overtuigen van absolute waarheden. Ze schreef een brief naar Mountain State College in Tiberville, Georgia.

Het doet me zoveel plezier te weten dat de favoriete sculptuur van mijn echtgenoot uw campus siert. Ik ben ervan overtuigd dat de beer het afgelopen decennium het onderwerp van bewondering en discussie is geweest. Mijn man is onlangs overleden maar zijn werk, zijn doelstellingen en zijn erfenis zullen voor altijd voortleven in monumentale scheppingen zoals de beer. Bij het doornemen van zijn dossiers ontdekte ik dat hij de sculptuur een naam heeft gegeven, Bare Wisdom. *Die bijzondere naam herinnerde me eraan dat hij behalve een briljant artistiek talent ook een man was met een zachtaardige humor. Kunt u me alstublieft laten weten hoe het met* Bare Wisdom *gaat? Ik zou het erg op prijs stellen als er foto's of anekdotes waren die u me kunt sturen.*

Quentin kwam op een avond terug van een lange wandeling en trof haar aan op het trapje van het appartement, samen met mevrouw Silberstein, die een troostende arm om haar heen had geslagen. Zijn moeder zag er verslagen uit. 'Wat is er aan de hand?' vroeg hij.

'Wat die stomme *schmucks* van die zelfingenomen kleine universiteit hebben gedaan, dat is er aan de hand,' antwoordde mevrouw Silberstein verhit. Moeder gaf hem de brief die ze van de administratie van Mountain State College had gekregen.

Geachte mevrouw Riconni,
Het spijt ons u te moeten informeren dat na het recente overlijden van mevrouw Herbert J. (Betty) Habersham, de door haar aangekochte sculptuur van een beer van onze campus is verwijderd en is vernietigd. Medewerkers van Mountain State hebben geen foto's of andere informatie over de sculptuur beschikbaar, nu noch in de toekomst.

'Ik had ervan gedroomd hem weer te zien,' zei moeder zachtjes. 'Ik had ervan gedroomd te zien dat hij geëerd en geacht werd.'

Quentin legde de brief in haar schoot. 'Ik zou hem voor je terughalen als ik kon,' zei hij hees.

Al die jaren, alle hoop, zijn vaders leven, zijn eigen eer. Hij zou het haar allemaal teruggeven als hij kon. Alles. Zijn jeugd begon en eindigde met de beer.

Hij stal een Jaguar op een koude avond vroeg in maart. Hij ging helemaal naar Manhattan, haalde de slanke, staalgrijze auto uit een parkeergarage en vroeg zich, terugrijdend over de brug die zijn overgrootvader het leven had gekost, hardop af of hij er wellicht om vroeg gepakt te worden. Toen hij het steegje van een omkatgarage in zijn eigen wijk inreed, duwde hij op de claxon, stapte toen zoals gewoonlijk uit en wachtte in de nabije schaduw tot de eigenaar, een zwarte man die Marshall heette, de zware stalen deuren van de garage zou opendoen.

Marshall was die avond langzaam, dacht hij. Quentin haalde een goedkope zilveren sigarettenaansteker uit de zak van zijn zwarte jasje en klikte hem open. Het zachte metaalachtige geluid leek te worden weerkaatst door de muren om hem heen, of veeleer een ander geluid op te roepen; het was geen echo. Quentin fronste zijn voorhoofd en rechtte zijn rug en zijn nekharen gingen overeind staan. Hij realiseerde zich te laat dat hij zojuist het spannen van een revolver had gehoord.

'Politie! Staan blijven!' riep iemand en die roep werd al snel herhaald door een andere stem. Quentin werd verblind door het licht uit een zaklantaarn en hij hoorde diverse agenten tevoorschijn komen uit een portiek verderop in het steegje. Hij rende drie lange passen in de richting van de straat, puur instinctief, maar zag toen dat ook uit die richting een trio op hem toe kwam rennen.

Tegen de tijd dat hij schuivend tot stilstand kwam, was de eerste groep al bij hem. Hij werd getackeld en tegen de grond geslagen, voelde een pijnscheut door zijn kaak gaan en proefde bloed in zijn mond. Mannen zaten en stonden op hem, duwden hun hakken in zijn onderrug, trokken zijn armen bijna uit de kom toen ze boeien om zijn polsen sloegen.

Plotseling stapten ze opzij en kon hij weer ademhalen. Hij hief zijn hoofd ver genoeg op om de punten van Alfonse Esposito's glimmend gepoetste schoenen te zien. Carla's vader liet zich naast Quentin op zijn hurken zakken. Alfonse had een lang, ernstig gezicht, grijze bakkebaarden in zijn zwarte haar en een neus die wel een half dozijn keer gebroken was. Toch sprak hij en kleedde hij zich met een klasse die je van je stuk bracht.

Hij sprak met lage, volstrekt gevoelloze stem. 'Ik had al lang mijn vermoedens, maar wilde niets tegen je moeder zeggen. Gisteren betrapte ik Carla met een handvol van je geld. Ze wilde de waarheid niet toegeven, maar ik ben niet achterlijk. Je zult hier redelijk ongeschonden uitkomen – omwille van je moeder. Maar dat zal op mijn voorwaarden gebeuren, daar zal ik wel voor zorgen. Je moeder is een vrouw met klasse en ze vertrouwde je, en nu zul je haar hart breken, net zoals je ouwe heer heeft gedaan. En ik zou je moeten doden omdat je mijn dochter hierbij hebt betrokken.'

'Ga je gang,' zei Quentin zacht, vervuld van ijskoude apathie. Hij legde zijn hoofd op de met bloed besmeurde straat.

'Heb ik je een zo ingewikkelde erecode geleerd dat je je daar niet aan kon houden?' vroeg moeder zo zacht dat hij zich moest inspannen om haar te horen. Ze zaten tegenover elkaar aan de keukentafel nadat hij op borgtocht was vrijgelaten. Zijn mond was gezwollen, zijn ene wang paarsgekleurd. Hij zat met afhangende schouders, zijn grote en vaardige jonge handen voor hem op het formica tafelblad, alsof hij nog steeds geboeid was. 'Ik heb je geholpen de rekeningen te betalen,' raspte hij, 'de rest heb ik gespaard.'

'Alfonse stuurt me het geld dat Carla voor je op haar bankrekening had gezet. Duizenden dollars. Ik ben van plan het aan liefdadige doelen te schenken.'

'Dat geld was mijn manier om voor jou en mij te zorgen. En voor pappa, als hij het niet had opgegeven. Voor de toekomst.'

'Heb je het gevoel gehad dat pappa je steeds heeft teleurgesteld?' Haar stem stokte van emotie. 'Geloofde je dat hij zichzelf nooit zou bewijzen?'

'Ja.'

'Dus werd je maar een dief. En een leugenaar. En een bedrieger. En je gebruikte Carla Esposito als je medeplichtige. Een meisje dat je innig liefheeft. Waren die keuzes een eervolle pleister voor je gewonde trots?'

Hij kromp ineen bij haar beschrijving van zijn oordeel. 'Ik heb verantwoordelijkheid genomen. Ik heb gedaan wat ik moest doen.'

'Nee, je deed wat het gemakkelijkst was en noemde het noodzakelijk.'

Hij zei niets. Ze hief haar hoofd op. Haar ogen glommen. Ze zag er haveloos uit, haar kleren slordig, haar bruine haar in de war en met strepen grijs erin. 'Ik ben zwak geweest sinds hij is gestorven. Heb mezelf toegestaan eindeloos te rouwen terwijl er werk gedaan moest worden, en ik heb jou vertrouwd, erop vertrouwd dat jij je leven in eigen hand zou nemen, de man zou zijn waartoe ik je meende te hebben geïnspireerd.'

Quentins hoofd, dat toch al gebogen was, zakte nog verder omlaag. Hij vroeg haar niet om vergeving, schreeuwde haar niet toe dat zijn vader geen verdediging verdiende. Hij leed gewoon pijn, tot diep in zijn ziel, om alles. 'Ik zal het goedmaken bij je,' beloofde hij schor.

'Je zult het goedmaken bij hém,' corrigeerde ze en liet hem daar zitten, zo alleen als hij nog nooit van zijn leven was geweest.

Alfonse wist iets voor hem te regelen met een rechter die Alfonse nog wat schuldig was. De rechter zou Quentin geen strafblad geven en de aanklacht intrekken, op één voorwaarde: Quentin moest in het leger.

Die bestraffing leek mild in een wereld na Vietnam, waar militaire dienst een dubieuze maar niet levensbedreigende eer was. Het betekende echter wel het verlies van de gekoesterde beurs, verbanning van thuis, en de grote tragedie van zijn moeders teleurstelling in hem. Nu had hij weer een van haar dromen vernietigd.

'Mijn zoon zal in het leger gaan en zichzelf bewijzen,' zei ze toen Alfonse het haar vertelde. 'Daar twijfel ik niet aan.' Het deed haar allemaal te veel pijn om iemand te laten merken hoe kapot ze ervan was, en ze vreesde dat ze zou instorten als ze de vernietiging van haar gezin, haar doelstellingen zou erkennen. Dus leerde ze zichzelf om helemaal geen emoties meer te tonen. Quentin kon niet meer bij haar komen voor een glimlach of een omhelzing. Hij wist dat hij haar afwijzing verdiende en hij wist dat hij haar respect terug moest verdienen, maar hij ging er bijna aan kapot.

Hij opende een doos in zijn kast, haalde er jaren van schriften gevuld met zijn schrijfsels uit, droeg ze naar beneden en verbrandde ze in een steegje. Hij bewaarde er maar één, het eerste schrift, waarin hij was begonnen toen hij acht was. Om hem eraan te herinneren dat hij ooit wel de eenvoudigste vorm van liefde had gegeven en ontvangen.

De dag dat hij vertrok om in het leger te gaan, stond moeder voor het raam van het appartement, precies zoals toen pappa destijds was vertrokken. Gekleed in een zwarte jurk, stak ze een hand op in een formeel afscheid. Vanaf het trottoir keek Quentin naar haar omhoog met zoveel pijn en heimwee en zelfverachting dat hij erdoor werd verdoofd. Hij was de avond tevoren naar Alfonse gegaan. 'Ik vraag je om op mijn moeder te passen,' had hij tegen de strenge politieman gezegd, die stilletjes een pijp rookte en hem met verstandige, donkere ogen aankeek.

'Dat zal ik doen. Je hebt mijn woord. In ruil daarvoor vraag ik jou te breken met Carla. Geen brieven, geen telefoontjes. Geef haar de kans je te vergeten.' Alfonse had haar naar een tante in een voorstad van Chicago gestuurd. Quentin had gehoord dat ze praktisch opgesloten zat in het huis van haar tante. Hij had één brief van haar gehad, gesmokkeld door een vriendin. *Ik zal altijd van je houden. Ik blijf op je wachten.*

Hij stuurde haar duizend dollar die hij had weten te behouden en deed er een kattebelletje bij. *Het spijt me van alles. Wacht niet.*

Quentin stelde zichzelf nu nog maar een paar doelen. Overleven. Het recht om te leven verdienen. Je nooit meer laten kwetsen door een dierbare of zelf een dierbare kwetsen. Hij moest Alfonses bevel zien in te passen in deze nieuwe structuur. Terwijl zijn stilzwijgen voortduurde, kneep Alfonse zijn ogen tot spleetjes. 'Vertel me eens iets. Eerlijk. Hou je van haar?'

Na een ogenblik antwoordde Quentin eenvoudig, en naar waarheid: 'Nee.'

'Dank je. Dan zul je haar een dienst bewijzen.'

Quentin ademde langzaam uit. 'Ik zal geen contact met haar opnemen. Dat beloof ik.'

En zo vereffende hij elke rekening met zijn oude leven, zijn jeugd, zo goed als hij kon. Hij stak zijn hand op ten afscheid tegen Angele Dolinski Riconni, zijn moeder, en het enige thuis had hij ooit had gekend. Toen stapte hij in de taxi en keek niet meer om.

Toen ze wist dat hij haar niet langer kon zien drukte Angele haar hand tegen het raam en huilde.

Mamma had niet moeten sterven; er had niets mis moeten zijn met de baby. Ik dacht dat ik transparant zou worden en wegzweven van woede en pijn. Ik overtuigde mezelf ervan dat mamma gezegd zou hebben dat ik de dokter moest bellen als we geld hadden gehad om hem te betalen – als pappa de IJzeren Beer niet had gekocht.

Pappa noemde de baby Arthur en zei dat het een heldhaftige naam was die uit de oude Welshe taal stamde, uit een tijd van mythen en fantasie, een oude Keltische legende. In oude legendes bewees die naam eer aan beren, net als mijn naam. Arthur was een held op de dag van zijn geboorte en hij was beslist een wonder – want ik kon hem niet haten omdat hij mamma's dood had veroorzaakt. Ik denk dat ik meteen al heb geweten dat hij niet helemaal was zoals hij moest zijn, dat hij beschadigd was. Een dokter vertelde ons dat hij misschien geestelijk gehandicapt was.

Pappa zei dat het niet uitmaakte, dat er op aarde ruimte was voor allerlei soorten scheppingen. Ik staarde pappa aan in wraakzuchtige ellende. Ik zou willen schreeuwen, *het zou wél moeten uitmaken, het is jouw schuld*, maar de woorden bleven in mijn binnenste broeien. Ik hield zoveel van pappa dat de woede en de teleurstelling niet anders konden dan in mijn botten en mijn eigen ziel kruipen, waar ze me zouden harden en verstikken.

Op school werd ik weer met mijn neus op de dubbele gruwel van de waarheid gedrukt. Janine nam me op een dag terzijde en fluisterde: 'Je kunt maar beter aardig tegen me zijn, anders zeg ik tegen pappa dat hij je mamma moet opgraven, want jij bent een liefdadigheidsgeval en mijn pappa heeft de begrafenis betaald.' Ik zei meteen: 'Leugenaar,' maar ze herhaalde het nog eens en ik staarde haar vol blinde woede aan, diep in mijn binnenste wetend dat zelfs Janine Tiber niet over zoiets zou liegen. Niettemin haalde ik uit en sloeg haar met mijn vuist op haar mond. Ze verloor haar laatste melktanden dankzij mij, maar ze vertelde nooit iemand dat ik haar had geslagen, wat eens te meer bewees dat ze niet had gelogen. Ze zou niet het risico lopen te moeten uitleggen hoe ze me had uitgedaagd.

Ik heb pappa nooit gevraagd naar de kosten van de begrafenis. Als het een lening was van meneer John betaalde hij die terug en zei er nooit iets over, maar de schade was al veroorzaakt. Hij rouwde eindeloos om mamma, maar ik strafte hem door nooit te huilen waar hij bij was. Hij droeg haar smalle gouden trouwring aan een ketting om zijn nek. Ik sliep in haar shirts, kroop weg in haar truien, omhulde me met alles wat van haar was geweest dat mij op welke manier dan ook paste. Zelfs toen al, in die eerste weken en maanden, was ik veranderd. Pappa zou dat gaan inzien naarmate ik groter werd, maar toen nog niet.

Ik sloop hem op heldere avonden achterna en keek hoe hij bij de IJzeren Beer stond, zijn met tranen bevlekte gezicht opgeheven naar de bleke, eenzame maan. Zijn verdriet om mamma was groter dan het mijne en maakte het me op de een of andere manier gemakkelijker te leren verbergen hoezeer ik haar miste en hoe kwalijk ik het hem nam. We konden ons geen twee maankijkers in de familie veroorloven. Ik kende nu mijn eigen kracht. Ik zag pappa's wereld – zijn kunst, zijn zachtmoedige grillen – als zelfzuchtig en kortzichtig. Ik was immers degene die Arthur had gered, die zijn leven had gered.

Nadat pappa op die avonden terug het huis in gestrompeld was, kroop ik naar de Beer. Ik vond altijd wel een kleine tak om mee te nemen. Uit alle macht haalde ik uit naar de onbreekbare uitsteeksels en bochten en hoeken, woedend omdat de hartenpijn van verloren gegane magie en beschaamd vertrouwen zelfs geen deukje veroorzaakte, zelfs geen flintertje sympathie van het enige schepsel dat de macht had me alles te ontnemen wat ik liefhad. *Leugenaar, moordenaar, dief*, zong ik. Harde regels begonnen wortel te schieten waar fantasieën hadden geheerst. Ik zou ontsnappen aan dit rijk dat werd geregeerd door krachten waar ik geen invloed op had. En dan zou ik even onbreekbaar worden als het gevoelloze ding dat ik probeerde kapot te maken.

Deel twee

TWEEËNTWINTIG JAAR LATER

7

ANGELE HIELD EEN PLAKBOEK BIJ VAN ALLE VERRICHTINGEN VAN HAAR
zoon, hoewel ze hem dat niet vertelde. In dat boek zat een artikel dat ze
in een tijdschrift voor veteranen had gevonden. De schrijver had een
soldaat geïnterviewd die in 1991 met Quentin in de Golfoorlog had
gediend.

De kapitein van onze compagnie was een beroepsofficier met de
naam Riconni, maar wij noemden hem Röntgen omdat hij het
vreemde vermogen bezat door dingen heen te kijken. Die kapitein
kon letterlijk alles uit elkaar halen, repareren en weer in elkaar zetten, zonder tekening of iets. Wapens, kanonnen, verdorie, waarschijnlijk zelfs een hele tank als je het hem vroeg – er was beslist niets
wat kapitein Riconni niet kon onthouden en uit elkaar halen.
Hij kwam uit een moeilijke buurt ergens in New York, heb ik
gehoord – hij kon zich echt gedragen als iemand van de straat als dat
nodig was, maar hij was tegelijk ook heel voornaam en goed opgeleid. Hij had zo'n blik in zijn ogen die je vertelde dat hij dingen had
gezien die hij niet meer kon repareren of vergeten, dus misschien
bleef hij daarom zo lang in het leger. Hij had niet veel om voor terug
te gaan. Hij was gemakkelijk in de omgang, maar niemand haalde
streken met hem uit. Hij las graag gedichten en dergelijke onzin. Hij
sprak verdomme Latijn.
Maar hij was er als we hem nodig hadden. Toen een Humvee door
een Irakees mijnenveld reed, lagen vijf van onze jongens daar zwaar-
gewond te schreeuwen. Niemand anders wilde zich in de buurt van

de Humvee wagen, maar kapitein Riconni keek eens goed naar de plekken waar de mijnen opgeblazen waren en koos toen zijn weg naar die jongens – vijf keer heen, vijf keer terug, terwijl wij allemaal stonden toe te kijken. We waren niet gewend dat officiers hun eigen huid riskeerden.

Kapitein Riconni droeg al die jongens dat mijnenveld uit zonder een stap verkeerd te zetten. Toen de kolonel hem later vroeg hoe hij dat gedaan had, antwoordde kapitein Riconni: 'Alles past in een bepaald patroon. Je hoeft het alleen maar te vinden.'

Toen onze compagnie terugkeerde naar Amerika gaf het leger hem een paar medailles en kwam hij een paar keer in het nieuws. Niet lang daarna nam hij ontslag uit het leger. Ik neem aan dat hij had bewezen wat hij wilde bewijzen. Ik heb me sindsdien vaak afgevraagd wat er van hem geworden is. De kapitein was de dapperste man die ik ooit gekend heb, maar hij had dan ook al door een aantal zware mijnenvelden gelopen voor hij in het leger kwam.

Angeles hart brak elke keer als ze dat laatste stukje las, al vertelde ze Quentin nooit hoeveel zorgen ze zich maakte, hoezeer ze nog steeds rouwde om de woorden die zij en hij nooit meer spraken. Hij had haar op zijn beurt nooit verteld dat hij mensenlevens had gered en een held werd genoemd.

Het ongelooflijke jaar dat op een bergtop in Georgia in bloed zou eindigen begon voor Quentin in de besloten kijkkamer van een van de grootste veilinghuizen van Manhattan. Hij stond vanachter een discreet getinte doorkijkspiegel met de koele intensiteit van een geamuseerde wolf naar een zaal propvol rijke kunstliefhebbers te kijken. Op zijn volgende verjaardag zou hij veertig worden en bij zijn slapen verscheen vaag wat grijs in zijn haar. Hij was echter nog steeds slank en gespierd, een gedisciplineerd man met een Spartaanse maar elegante smaak.

Gekleed in een mooi grijs winterkostuum, zijn zwarte haren glimmend in het zachte licht, had hij even goed een van de rijke mannen in de kamer achter het spiegelvenster kunnen zijn, afgezien van zijn ruwe handen, de legertatoeage onder zijn mouw en een diepe, waakzame reserve die getuigde van iets wat veel minder elegant was dan het pak deed vermoeden.

De zeven jaren sinds zijn vertrek uit het leger waren niet gemakkelijk geweest, maar wel succesvol. Hij was eigenaar van een bouwkundige bergingsmaatschappij. Dromen over een carrière als architect of bouwer waren al lang geleden vervaagd. Met botte precisie en een zekere liefde voor verloren schatten haalde hij nu de huizen van andere mensen uit elkaar.

In de zak van zijn mooie grijze broek droeg hij nog steeds het cadeau van zijn vader, de dunne zilveren stiletto die nog altijd vlijmscherp was. Hij bewaarde het ding veeleer uit nostalgie dan uit behoefte, hoewel er nog altijd momenten waren dat hij er discreet zijn vingers omheen sloot.

Angele zat dicht bij hem met rechte rug en vol trots naar de veiling achter het venster te kijken. Een stylist uit Manhattan hield tegenwoordig haar grijzende haar kort en perfect in model. Haar gezicht droeg de zachte lijnen van zorgen en wijsheid.

Ze had haar bril al lang geleden verruild voor lenzen, en de saaie rokken van vroeger waren nu eenvoudige, op maat gemaakte jurken. Ze droeg geen sieraden, afgezien van kleine gouden oorbellen en de eenvoudige gouden trouwring die Richard haar had gegeven. Ze liep met een mooie houten wandelstok met een koperen knop die Quentin voor haar had gemaakt van materiaal dat hij in zijn vaders werkplaats had gevonden. Verder was alles wat ze voor zichzelf had gecreëerd – imago en verschijning – bedoeld om Richards opoffering en zijn werk te weerspiegelen.

Ze was in de kunstwereld bekend als de Stalen Engel, een respectvol grapje dat aangaf hoeveel roem ze had vergaard als one-woman promotor van het werk van haar man. De laatste twee decennia had ze talloze artikelen over zijn stukken geschreven in tijdschriften, musea overgehaald zijn sculpturen tentoon te stellen, tentoonstellingen in galerieën georganiseerd en de kunstcritici lastiggevallen om hun steun te verkrijgen.

Ze had zelfs een kleine uitgever weten over te halen een mooi boek uit te geven met foto's van de sculpturen en uittreksels van Richards aantekeningen. Zelfs nu nog ging ze regelmatig naar de boekwinkel van het museum voor moderne kunst om hun inventaris te bekijken en zette dan stiekem, als de bedienden niet keken, het boek over Riconni open op de planken.

Tot slot had ze een fantastische promotionele coup georganiseerd. Ze had een afspraak weten te maken met de sterke, veranderlijke Lucca, de huidige lieveling van de Italiaanse modeontwerpers en had hem ervan overtuigd een paar van de sculpturen te gebruiken in een van zijn kleine showrooms in Parijs. Richards erotische mannelijke sculpturen pasten perfect in de wereld die om Lucca heen draaide. 'Wat een leven, wat een lust, wat een allesomvattende honger naar bevrediging ademen ze, zo sterk gelijkend op mijn eigen werk,' zei hij over de sculpturen van

Riconni, tijdens een interview door *Vanity Fair*.

Algauw stonden er sculpturen van Riconni in zijn showrooms in heel Europa en daarna in New York. Toen de ene na de andere sculptuur aan belangrijke kopers werd verkocht, begon de kunstwereld ze op te merken. *Riconni* was plotseling de naam die serieuze verzamelaars van moderne kunst wensten te bezitten. Er werd een veiling aangekondigd. De volledige collectie resterende Riconni's zou worden verkocht tijdens een van de meest besproken gebeurtenissen van de afgelopen jaren.

Vandaag.

'Ze verkopen het stuk dat je vader *Absence* heeft genoemd,' zei Angele tegen Quentin. Weer een glanzende creatie kwam met veel vertoon op een draaiend plateau in het zicht. Het publiek stak de genummerde bordjes op als een militaire groet en de veilingmeester ging van opwinding luider praten.

'Ik heb gezien dat hij dat maakte,' zei Quentin. 'Een keer in de zomer.'

Een lange hondentong likte over Quentins hand; dat leidde hem af en daar was hij dankbaar voor. Hij streelde de kop van een grote, zware, lelijke blonde hond die toen weer aan zijn voeten gingen liggen, boven op de lange grijze jas die Quentin daar achteloos had neergegooid. Hammer likte even vol genegenheid aan Quentins gepoetste schoenen en kauwde toen weer verder op een bot dat het personeel van het veilinghuis snel had gehaald in een restaurant. De erfgenamen van Richard Riconni konden niet genoeg worden verwend, inclusief huisdieren.

'*Hope and Light*, voorwerp nummer zevenenvijftig, verkocht,' riep de veilingmeester, terwijl hij met een hamertje op een glimmend houten plankje sloeg. 'Voor twee tweeënvijftig.' Het geluid van het hamertje drong tot de kleine kamer door via een luidspreker, die het een toepasselijke surrealistische klank gaf. Tweehonderdtweeënvijftigduizend dollar.

'Waarom heeft je vader dit niet mogen meemaken?' vroeg Angele. 'Ik weet dat hij bij ons is, dat hij in de geest over ons waakt, maar toch.'

Quentin knikte zacht, maar weigerde zich mee te laten sleuren door zijn moeders mijmeringen. Ze wilde geloven in pater Aleksandrs milde visie op zelfmoord. Hij had haar verteld dat pappa vanaf een speciale, door de paus uitgekozen plek naar hen keek. Religieus geloof was een van de vele steunpilaren die Quentin uit zijn leven had verbannen. Hij zag het als een curiositeit, niet als een behoefte.

Ze werd stugger door zijn stilzwijgen. 'Wens jij dan nooit dat je vader was blijven leven?'

'Ik wou dat pappa wist hoeveel je van hem houdt.'

'En jij?'

'Hij was mijn vader. Ik probeer er niet over na te denken.' Ze keek hem boos aan, alsof een jongere en kwetsbaarder versie van haarzelf op het punt stond tevoorschijn te komen. Op de fijngevormde antieke tafel naast Quentin lag een stapeltje glimmende catalogi voor de grote veiling van vandaag. De titel was in goud opgedrukt. *Richard Riconni: sculpturen van het industriële millennium.* Angele opende een van de veilingcatalogi en dwong zichzelf naar de ene bladzijde te kijken die ze tot dan toe had vermeden.

Er stond een grofkorrelige zwartwitfoto van de beersculptuur op. Kunstcritici noemden de sculptuur een keerpunt. Onder de foto maakte een enkel regeltje tekst gewag van het lot van de sculptuur: *Jammer genoeg is dit unieke, vroege werk van Riconni in 1976 vernietigd. (Eigenaar: Mountain State College, Tiberville, Georgia.)*

Ze raakte de bladzijde aan met haar hand. 'Deze verdiende beter dan de schroothoop. Deze sculptuur was voor hem de belangrijkste van allemaal, en voor mij ook.'

Quentins koele reserve wankelde een ogenblik en hij sprak op zachte toon, zoals hij destijds als tiener had gedaan. 'Ik zou hem voor je terughalen als ik kon.'

Plotseling drupten er tranen over haar wangen. Ze wendde zich af, haar rug schokte. Sinds hij als tiener van huis was gegaan, had ze nog zelden zijn hulp, zijn sympathie of zijn genegenheid aanvaard. Quentin zocht naar tissues, zag er geen en plukte toen twee rozen uit een tafelschikking. Hij gaf ze aan haar.

'Rozen?' zei ze. Ze maakte een vreemd geluid boven de zachte rode bloemblaadjes en drukte ze toen tegen haar wangen. Hammer richtte zich op, hield zijn kop schuin bij de geluiden die ze maakte. Hij legde zijn grote, vriendelijke kop op haar schoot en keek haar met bezorgde bruine ogen aan. Quentin had hem gered uit een container. Hij was de Riconni's eeuwig dankbaar.

'Voorwerp nummer achtenvijftig, verkocht! Verkocht voor één komma één,' zei de lichaamloze stem van de veilingmeester. Miljoen!

Dat laatste woord, niet uitgesproken maar wel geïmpliceerd, vormde een geluidloze echo in het verbaasde stilzwijgen in de kamer. De hoogte van de bedragen ging alle begrip te boven. De kale ironie van het geheel was niet met woorden te beschrijven.

Ursula, je maakt het een man niet gemakkelijk een man te zijn. Je bent te onafhankelijk. Je bent net een klein bedrijf zonder belangstelling voor investeerders van buitenaf. Dat had een professor aan de hogeschool tegen me gezegd na ons derde en laatste afspraakje.

Hij had gelijk. Ik was opgegroeid met het vaste besluit de eindjes aan elkaar te knopen en nooit de bij de Powells ingebakken matigheid en improvisatie te accepteren. Voor mij geen halve maatregelen, hoewel een deel van de reserve die mensen in me meenden te zien gewoon voortkwam uit een jeugd in armoede op Bear Creek. Mijn kalme zelfvertrouwen was in werkelijkheid niet meer dan een beschermend schild dat ik me had aangewend tijdens een leven benedenwinds van de kippenstront.

Terwijl ik aan Emory University studeerde, werkte ik zestien uur per dag, zeven dagen per week om een kleine boekwinkel in een oude wijk in Atlanta te kunnen kopen. De eerste paar jaar nadat ik afgestudeerd was, ving ik de verliezen van de winkel op door parttime als leider van de nachtploeg in een conservenfabriek in een voorstad ten zuiden van Atlanta te werken. Ik werd gedreven door de behoefte aan zekerheid – niet zozeer geld als wel betrouwbare goederen en ideeën. Ik schrikte de mannen af die me hadden kunnen helpen – daagde hen uit, overviel hen, joeg hen met de staart tussen de benen en zo hard als ze konden lopen weer van mijn persoonlijke berg weg.

'Knappe vrouwen willen gewoonlijk niet met rust worden gelaten zoals jij,' zei een ex-vriendje tegen me terwijl hij zijn spullen pakte om naar Europa te verhuizen.

'Alle pientere vrouwen zijn knap,' antwoordde ik.

Ik zag mezelf graag als klassiek, zoiets als het standbeeld van een Romeinse vrouw van adel. Op tweeëndertigjarige leeftijd was ik bijna één meter tachtig lang, had lang haar, een krachtig gebouwd lijf met redelijk prikkelende maten en een gezicht met hoekige kaken en diepliggende blauwe ogen omringd door korte bruine wimpers.

En ik had eindelijk een plezierige, betrouwbare, aardige man gevonden om *tijd mee door te brengen*, zoals de oude bergvrouwen het zeiden. Hij was researcher bij de Centers for Disease Control. Heel briljant, heel logisch, heel netjes. Ik ontmoette hem toen ik het garage-appartement achter zijn woning ging huren. Ik bleef daar wonen en hem huur betalen, zelfs na enkele jaren van intimiteit en afgewezen huwelijksaanzoeken. Hij was daar niet blij mee. Maar ik wel.

Ik zou nooit worden als mijn moeder, zo zwoer ik. Nooit zoveel van een man houden dat zijn dromen mijn dood zouden worden. Dus schiep ik afstand tussen mezelf en de mensen of herinneringen die me pijn deden of zouden kunnen doen – bovenal tussen mezelf en pappa. Dat maakte ik mezelf tenminste wijs.

Ik dacht graag dat ik gelukkig was en gelijk had.

Maar ik had het helemaal mis.

De bijeenkomst die ik organiseerde om de winkels van Peachtree Lane te redden werd gehouden op een perfecte dag voor een publiekelijk protest: een heldere dag met een blauwe hemel en negentien graden, een zonnige vakantiedag in de kille winter van Atlanta. Ik liep met een clipboard tussen de menigte door met alle humor van een glimlachende legercommandant. Ik zag eruit als de lange, gespierde bewaakster van een vrouwengevangenis, gekleed in een zwarte zijden broek, een zwarte trui en een bruine wollen blazer, mijn haren strak ingevlochten. De mensen slikten en deden alles wat ik zei. Ik deelde pamfletten uit met RED PEACHTREE LANE en gaf de kinderen zilverkleurige potloden van de plaatselijke leesgroep. *Lees, leer, groei* stond erop.

De normaal heel rustige, met bomen omzoomde, tweebaanswegen die naar Peachtree Lane voerden, waren nu geheel verstopt door geparkeerde auto's en mensen. Ik had een paar politieagenten die die dag vrij waren, gevraagd het verkeer te regelen. De menigte trok naar een klein park aan de overkant van de straat, picknickte op het zachte, verbleekte gazon of danste in het gouden zonlicht bij de muziek van het huisbandje van een betere nachtclub in de wijk Buckhead. De band, die kosteloos optrad, speelde een mengeling van oude ballades, swing en top-veertig.

Ik neuriede grimmig *Unforgettable* van Nat King Cole voor me uit. Het leven zou moeten draaien om substantiële zaken, blijvende waarden, ideeën en successen die elke test konden doorstaan. Ik had me gevestigd in een oude buurt met karakter en nu moest ik vechten om een aantal kleine, oude, uit baksteen opgetrokken winkeltjes te redden die tot dusver aan de bulldozer hadden weten te ontsnappen.

'Uw handtekening, alstublieft? O, God zal u lonen. Dank u hartelijk.' Gewapend met die mantra van de zuidelijke schone was ik niet te stuiten. Ik wist hoe ik beleefd-intimiderend moest zijn, een stijl die ik had geleerd van wijlen Edythe Ellis, de beroemde vorige eigenares van mijn boekwinkel. Edythe stamde van een rijke familie uit Atlanta die gedrenkt was in hele generaties van scherpzinnige, oud-zuidelijke manieren.

Op de parkeerplaats zaten zo'n vijfentwintig auteurs aan lange tafels hun boeken te signeren. Een deel van de omzet zou in het potje voor juridische bijstand van onze winkeliersvereniging gaan. Ik had de tafels met opzet midden op het hobbelige beton van de parkeerplaats gezet om de aandacht te vestigen op de prachtige oude perzikboom die daar stond, op een klein eiland midden in het gescheurde beton, omringd door granieten stenen die groot genoeg waren om op te gaan zitten. Honderden fans stonden geduldig in lange rijen te wachten om hun boeken te laten signeren. Ik had een groot bord aan de perzikboom gehangen, die de naamgenoot was van de straat en de boekwinkel, zodat iedereen die in de rij stond het kon zien. IK BEN DE EERSTE DIE MOET VERDWIJNEN ALS U NIET HELPT. Ik kende geen schaamte.

Terwijl ik langs de rij boekminnende handtekeningzoekers liep en ze smeekte mijn petitie te tekenen, hoorde ik een zachte en gedweeë stem die echter steeds luider werd van opwinding. 'Neem alstublieft niet nog een koekje... heus, wilt u niet ten minste de petitie tekenen, alstublieft?'

Ik draaide me op tijd om om te zien hoe een goedgeklede vrouw haar hoofd schudde terwijl ze een van Harriet Davies' gemberbroodkoekjes pakte. Harriet, een kleine, ronde vrouw gekleed in zacht tweed, runde de Magnolia Tea Room naast mijn winkel. Ze deed me aan de pastelfiguren van Beatrix Potter denken. Mijn hele jeugd had ik Arthur met grote felheid beschermd tegen plaaggeesten; nu werd ik meteen woedend bij het zien van Harriets ellende.

'Ik bemoei me niet met politiek,' zei de vrouw tegen Harriet, graaide toen vrolijk opnieuw in de schaal met koekjes en wilde een koekje aan haar vriendin geven. De koekjes hadden de vorm van dieren uit de dierentuin.

'Geen handtekening, geen giraffe,' zei ik en ik onderschepte de twee langnekkoekjes, die in cellofaan verpakt waren. Ik stak ze in de zak van mijn blazer. Ik kon de parasieten van de wereld niet uitstaan. Elk van hen was een Janine Tiber die, vervuld van kwaadaardigheid, mijn boek afpakte. *Van mij*, zeiden ze.

Niet waar ik bij ben, dacht ik. 'Sorry dames, maar er gelden hier regels voor sociaal activisme. Toe nou, wilt u de petitie niet ondertekenen en ons helpen?'

'Houd uw koekjes maar,' pareerde de eerste vrouw op vlakke, midwesterse toon. Ik zette dreigend een stap in hun richting. De vrouw trok haar wenkbrauwen op. Haar vriendin zij snel: 'Tiffany, ze maakt geen grapje,' en trok haar mee de menigte in.

Harriet keek me aan als een tevreden konijntje. 'Ik ben blij dat jij je macht ten goede aanwendt en niet ten kwade, Supergirl. Ik wou dat ik zo moedig was als jij.'

'Soms is zelfs leven een moedige daad,' citeerde ik.

'Wie heeft dat gezegd?'

'Seneca.'

'O, een van je Romeinse filosofen. Hij hoefde vast geen gemberbroodkoekjes te verdedigen.'

Ik ging verder met mijn petitie. 'Ursula, ik heb wat achtergrondinformatie over je nodig,' riep een verslaggeefster van de *Atlanta Journal/Constitution*. Ik had als eigenares van een kleine boekwinkel op jacht naar publiciteit de media zodanig gecultiveerd dat ik de helft van de ver-slaggevers in de stad bij hun voornaam noemde. 'Je hoeft niets over mij te weten, Terry. Meer dan twee regeltjes onder aan je artikel over deze bijeenkomst zal het toch wel niet worden.'

'Oké, maar ik denk erover freelance voor *Atlanta Magazine* een arti-kel te schrijven over de onafhankelijke boekwinkels in de stad.'

'Er zijn helemaal geen onafhankelijke boekwinkels in de stad. Ik ben de enige die nog over is.'

'Precies. En nu vecht je tegen projectontwikkelaars die hier een groot winkelcentrum neer willen zetten. De grote boekwinkelketens kregen je niet weg, maar een winkelcentrum misschien wel. Is dat niet ironisch?'

'Ik heb een hekel aan ironie. Ik beloof je dat niemand een goedkope drogisterij en een videotheek zal bouwen op hetzelfde stuk aarde waar Margaret Mitchell in 1939 een exemplaar van *Gone with the Wind* heeft gesigneerd en waar Maya Angelou vorig jaar poëzie heeft voorgedra-gen. Mijn boekwinkel is niet zomaar een mijlpaal, maar een zestig jaar oud icoon van de zuidelijke literaire gemeenschap. Niemand gaat aam-beienzalf verkopen en films van Adam Sandler verhuren waar Truman Capote een hele middag heeft zitten pimpelen en heeft voorgelezen uit zijn boeken. Dat beloof ik je.'

'Achtergrond,' zei ze opnieuw. 'Verander niet van onderwerp.'

Ik gaf haar het standaardverhaal – voorzitter van de winkeliersver-eniging van Peachtree Lane, voorzitter van de regionale vereniging van boekverkopers, met vlag en wimpel afgestudeerd aan Emory, en ik zorgde er wel voor dat ik de naam van mijn eigen kleine uitgeverij noemde, Powell Press, waarvan het fonds nog slechts twee aankomen-de schrijvers omvatte die niemand kende.

'Persoonlijker,' drong ze aan.

'Op een goede dag zeggen de mensen tegen me dat ik op Julia Roberts lijk. Op een slechte dag geven ze toe dat ze het mis hadden.'

'Iemand vertelde me dat je vader in de bergen een soort artiesten-commune leidt.'

Ik keek haar lang en zwijgend aan. 'Hij heeft huurders die zichzelf volkskunstenaars noemen. Ze wonen in wat vroeger de kippenhokken waren, die heeft hij omgebouwd tot appartementen toen ik naar de uni-versiteit vertrokken was. Zijn huurders bedriegen hem, stelen van hem en maken misbruik van zijn goedheid. Een van hen is gearresteerd omdat hij cocaïne verkocht en de regering had toen bijna de hele boer-derij in beslag genomen. Ik heb gezegd dat ik niet meer thuis zou komen als hij die appartementen niet sloot. Hij heeft dat niet gedaan en ik ben niet teruggegaan. Dat is twee jaar geleden.'

'O, ik begrijp het. Sorry.'

'Ik moet nu gaan. Ik moet het gepeupel wakker schudden. Ik zie je morgen voor een glas wijn in de Rib Shack.'

Ze glimlachte ongemakkelijk toen ik wegliep. Alleen al het praten over pappa had een steen op mijn maag gelegd. Mijn vrienden in Atlanta beseften vaag dat ik regelmatig geld opstuurde naar mijn vader en een autistische broer in de bergen, maar dat die me nooit opzochten, en ze hadden geen idee dat ik ver van huis was en dat ik eindelijk pappa's hart had gebroken, precies zoals hij het mijne had gebroken toen mamma stierf.

Nadat ik de zaak van Edythe had overgenomen installeerde ik een gestreepte luifel boven de stoep en een mooie ijzeren reling rond het eenvoudige betonnen achterplaatsje. Ik zette een smeedijzeren tafeltje en twee zware ijzeren stoelen buiten, waar ik mijn maaltijden nuttigde, zelfs als het koud was. Ik hunkerde altijd naar de buitenlucht en als ik mijn ogen dichtdeed zag ik Bear Creek.

Tijdens een middagpauze zat een keer dr. Cesara Lopez-Jones bij me op het stoepje, haar pijnlijke schrijfhand in een zilveren schaal warm water met een mentholgeurtje die ik had geleverd. Dr. L-J, zoals het publiek haar noemde, was de bestsellerauteur van zelfhulpboeken en een landelijk opererend radiotherapeute. 'Dit is heerlijk,' zei ze.

'Ik heb wat ouderwetse zalf in het water gedaan,' zei ik. 'Die koop ik altijd wanneer ik naar huis ga.' Alsof ik de laatste tijd nog thuis was geweest. 'Een buurman van mijn vader gebruikte hem op deze manier. Hij zei dat het het enige was dat tegen zijn artritis hielp.'

'Daar moet ik een voorraadje van hebben. Hoe heet het?'

'Het is Doctor Akin's Uierbalsem.' En toen bevestigde ik: 'Het is bedoeld voor pijnlijke koeienuiers.'

De ogen van dr. L-J werden groter en ze barstte in lachen uit.

'Nou ja, koeien vinden het lekker.' Ze lachte weer. Ik haalde een pakje sigaretten tevoorschijn en stak er een op. Ze keek me aan. 'Dus je bent gaan roken. Heeft je nobele Gregory daar geen hekel aan?'

Ik glimlachte terwijl ik mijn hand met de sigaret daarin over de reling liet hangen. Ik zou de sigaret tot de filter laten opbranden zonder nog een trekje te nemen. 'Hier mankeert niets aan.'

'Al een huwelijksdatum in het verschiet?'

'We hebben geen haast.'

'Ik begrijp het. Zo. Is hij het weekend de stad uit?'

'Een voordracht geven.'

'Uit het oog, uit het hart.'

'Dr. L-J, je zit te porren.'

'Nou en of. Ik heb je door de jaren heen steeds harder en gedrevener zien worden. Dat baart me zorgen.'

Goed, dit zou dus mijn persoonlijke counselingsessie worden, hoe hard ik ook mijn best deed dat te vermijden. Ik keek haar recht aan. 'Mijn liefdesleven is niet belangrijk. Maar ik zou wel graag advies willen over mijn vader.'

'Aha. Ga je gang. De dokter luistert.' Ze leunde voorover, zette haar wijnglas neer en pakte een handvol van mijn zelfgemaakte kaaszoutjes van het bord. De sterke lucht van naar menthol ruikende uierzalf drong mijn neus binnen. Thuis.

Ik ademde diep in en vertelde haar hoe het ervoor stond met pappa. Dat ik hem eindelijk had verteld hoe ik me voelde met betrekking tot mamma's dood. Dat hij me aan had gekeken alsof ik zijn hart uit zijn lijf had gerukt en dat we sindsdien niet meer met elkaar hadden gesproken. Dr. L-J keek me vol sympathie aan. 'Eerlijkheid kan pijnlijk zijn, maar op de lange duur is het dat meestal wel waard. Niet altijd – meestal.'

Ik schudde mijn hoofd en glimlachte vermoeid. 'Ik heb genoeg van eerlijkheid.'

'Heb je iets tegen hem gezegd dat je niet oprecht geloofde, toen en nu?'

Na enkele ogenblikken ademde ik vermoeid uit. 'Nee. Ik ben boos op hem geweest sinds ik een klein meisje was. Boos en gekwetst.'

'Ga naar je vader toe. Sla je armen om hem heen. Zeg hem dat het tijd is om verder te gaan. Vertel hem gewoon dat je van hem houdt. Je hoeft niet alles te accepteren wat hij doet.'

'Te gemakkelijk,' antwoordde ik. 'Dat is geen oplossing voor de grote problemen.'

'Nee, natuurlijk niet. Je moet leren je niet met zijn zaken te bemoeien en hem te accepteren zoals hij is, en hij moet respecteren dat jij een andere mening hebt. Jullie zullen allebei compromissen moeten sluiten en dat kan de rest van je leven duren. Maar je kunt in elk geval het proces op gang brengen. Zul je ooit gelukkig zijn als je het niet probeert?'

'Luister, *gelukkig* is een woord dat ik regelmatig opzoek om te kijken of ik de definitie ervan wel begrijp.'

'Je zoekt in het verkeerde woordenboek. Het vergt inspanning, proberen en fouten maken en risico's nemen.'

'Ik rijd er morgen heen en neem hem mee uit lunchen,' zei ik langzaam, mijn woorden nu al aan ankers vastgelegd.

'En zeg dat je van hem houdt,' drong ze aan.

'Daar moet ik over nadenken.' Ik kon de woorden nu niet eens herhalen, dus wist ik niet of ik ze er morgen uit zou kunnen persen, maar ik zou eraan werken.

'Beloof het me,' grauwde dr. L-J.

Ik trok een wenkbrauw op. 'Je hebt mijn woord dat ik het zal proberen.'

Ze lachte. 'Je bent in staal gewikkeld. Stik je niet bijna in die wapenrusting?'

'Ik heb er luchtgaten in gemaakt.'

We praatten nog een poosje verder, over angsten en compromissen en dierbaren en over communiceren met de doden, dat wil zeggen de herinneringen aan elke persoon die jij in de wereld vertegenwoordigt... dat je behalve je eigen stem ook die van hen hoort.

'Je bent behoorlijk goed in dat adviesgedoe,' zei ik.

Ze hief haar natte hand op en glimlachte. 'Misschien krijgt mijn volgende boek wel de titel *Uierbalsem voor de ziel*.'

We hoorden het belletje aan de voordeur van de winkel. Ik veronderstelde dat een van mijn hulpjes binnen was gekomen om naar het toilet te gaan. Ik stond op en liep naar binnen. 'Hoe gaat het daarbuiten?'

Dr. Jonah Washington staarde me aan. Meneer Fred was een paar jaar geleden gestorven. Het afgelopen jaar was Jonah gestopt met lesgeven in Columbia en had iedereen geschokt door terug te keren naar het huis van zijn broer op Bear Creek.

En nu stond hij plotseling, na een autorit van twee uur, in mijn boekwinkel. Hij was een kleine, ronde, bruinzwarte man met een nette grijze baard en peper-en-zoutkleurig haar, op foto's altijd heel netjes gekleed, maar die dag zag hij er slordig uit in een oude corduroy broek met leren bretels, een flanellen shirt, modderige wandelschoenen en een gekreukte windjekker.

'Dr. Washington, wat ben ik blij dat u naar de bijeenkomst gekomen bent!' Verbaasd haastte ik me met uitgestrekte hand naar hem toe, maar ik werd plotseling gewaarschuwd door iets vriendelijks en bedroefds in zijn blik. En toen wist ik het. Een paar passen bij hem vandaan bleef ik staan, bang. Ik liet mijn hand zakken. 'Is het mijn vader of is het Arthur?' vroeg ik.

Hij sprak met diepe, resonerende stem, de stem van zielen die in stille pijn zijn vastgeklonken. 'Het is je vader,' zei hij.

8

IN DE ROUWKAMER LEGDE IK MIJN HANDEN ROND PAPPA'S VREDIGE,
bekende gezicht en smeekte hem zijn ogen open te doen. Toen hij dat
niet deed legde ik mijn hoofd op zijn borst en zong een slaapliedje
voor hem. Hoe vreemd het ook klinkt, het voorkwam dat ik instortte.
Ik moest aan Arthur denken. Ik vreesde de diepte van mijn eigen
paniek en wanhoop.

Pappa's huurders vertelden me dat hij zonder waarschuwing op
handen en knieën was neergevallen terwijl hij de weide net onder de
Beer overstak om een ladder te halen die in de schuur stond. Terwijl
iedereen naar hem toe liep, legde hij zijn hand op zijn hart, draaide
zich om en strekte zich op het zachte wintergras uit. Hij was van plan
geweest de dakgoten schoon te maken die vol lagen met herfstbladeren die van de takken waren gevallen, en met de bruine resten van
zomeronkruid dat er wortel in had geschoten. Ik wist wat hij had
gezegd voordat hij de ladder ging halen, want toen ik nog een kind
was bood hij het huis elke winter zijn excuus aan. *Tijd om je halssnoer af
te doen, meisje.*

Arthur dwaalde ergens over de oevers van de kreek tijdens een van
zijn dagelijkse zoektochten naar kleine wilde dieren en vogels die hij
zijn vrienden noemde, dus hij had onze vader niet zien neervallen.
Net voor pappa de ladder ging halen had hij zijn huurders gevraagd
die avond samen met hem naar de plaatselijke televisiezenders van
Atlanta te kijken voor het geval ik tijdens de bijeenkomst geïnterviewd
was. Hij had iedereen die hij kende opgebeld om erover op te scheppen. Hij was altijd trots op me gebleven, was blijven hopen dat ik naar

huis zou komen. Hij had zijn trots. Ik had die geërfd.

En zo was pappa gestorven waar hij waarschijnlijk het liefst had willen sterven: onder de ogen van de IJzeren Beer. Had die eindelijk tegen hem gesproken, zoals hij dat volgens Arthur deed? Ik zou het nooit weten.

En ik kon hem nooit meer vertellen dat het me speet.

Arthur en ik sliepen de eerste nacht nadat hij was gestorven in pappa's grote bed, ik in de sprei gewikkeld boven op de dekens, Arthur eronder. Als kinderen hadden we vaak samen geslapen wanneer hij bang was of in de war, wat nogal eens voorkwam. Toen hij oud genoeg was had ik hem alles uitgelegd over seks, zusters, taboes en beleefdheid. Hij begreep het. Hij had een zo angstig besef van zijn eigen ruimtes en grenzen dat hij zelfs mijn hand niet in zijn nabijheid wilde weten wanneer hij sliep.

Maar nu drukte hij zijn hoofd tegen mijn schouder en huilde. Mijn licht autistische broer was een vormveranderaar. Gewoonlijk bracht hij zijn dagen door als een klein, onschuldig zoogdier – een muis, een eekhoorn, een konijn – en soms als een vogel, een slang, of een vis, zelden iets dat gevaarlijk was. Vaker wel dan niet was hij een berenjong. Hij was tweeëntwintig jaar oud en één meter vijfentachtig lang, slank als een elf, en mooi, met een mengeling van milde dierengeesten in hem verenigd. Die nacht was hij een puppy met een gebroken hart. 'Vertel me verhalen over ons,' fluisterde hij.

Ik vertelde opnieuw al onze legendes, voor hem en voor mezelf. Erim en oma Annie, Miss Betty, mamma en de slangen. Meneer Freds ontmoeting met mij bij de kreek, pappa's redding van de polio-epidemie, en daarna de IJzeren Beer – hoe die was ontstaan, hoe die naar de stad was gekomen en hoe Richard Riconni, een man die we nooit hadden ontmoet, in onze harten had gekeken. Dit was pappa's versie van het Berenverhaal, niet de mijne.

Onder het praten streelde ik Arthurs haren, die lang en glanzend bruin waren, net als die van mamma. Hij huilde urenlang. Toen hij in slaap was gevallen lag ik nog naar het plafond te staren, waar de smalle, oude planken in het donker leken te bewegen. Ik zocht naar patronen, naar antwoorden, maar die waren er niet of ik kon ze niet zien.

De volgende morgen trok Arthur me mee naar buiten, naar de Beer. Met holle ogen staarde hij naar de sculptuur, klemde zich er met witte knokkels aan vast. Ik kreeg er de kriebels van; hij leek verloren in een soort zwijgende, zenuwachtige vorm van communicatie. Plotseling sprong hij met zijn mond wijdopen weg van de sculptuur, zijn handen tegen zijn borst gekruld. Hij draaide zich naar me om. 'Zuster, je bent weggegaan,' zei hij met brekende stem. 'Je wilde ons niet meer. Pappa was verdrietig. Hij huilde. Waar was je heen gegaan? Waar is híj heen gegaan?'

Een irrationeel moment lang dacht ik, *wat vertelt dat ding je over mij? Het is een leugen.* 'O, lieverd, het spijt me. Het spijt me zo. Ik zal proberen het je allemaal uit te leggen. Het enige wat telt is dat ik teruggekomen ben. Ik heb voor je gezorgd toen je klein was en ik zal nu weer voor je zorgen. Wees niet bang.'

Hij hief beide handen op naar de IJzeren Beer. Hij trilde. Een nieuwe stroom van woorden kwam uit zijn mond. 'Eenzaam eenzaam eenzaam. Mamma Beer is zo eenzaam. Tussen haar ribben is het helemaal leeg. Mijn ribben zijn ook leeg. Ik weet niet wat ik moet doen! Niemand houdt meer van haar. Ze zal sterven! Net als pappa!'

Ik nam hem in mijn armen en keek met vermoeide afkeer omhoog naar de sculptuur. Ik was weer tien jaar oud, en zwoer hem te bestrijden in naam van het gezond verstand en de rehabilitatie van onze familie. *Leugenaar, moordenaar, hartendief.*

Pappa had zijn testament in een lege weckfles in een lade in zijn en mamma's slaapkamer gestopt en het was heel eenvoudig.

Ik laat alles wat ik bezit en liefheb na aan mijn dochter, Ursula. Ik vertrouw erop dat ze voor haar broer, de boerderij en de IJzeren Beer zal zorgen. Ik laat haar al het goede en kwade na dat onze familie is geweest en zijn zal. Ik laat haar mijn fouten, mijn verdriet, mijn geloof en mijn liefde na. Ze heeft haar mamma's engel om over haar te waken en het hart om het allemaal te begrijpen.

Meneer John kwam elke avond naar de rouwkamer. Plotseling kon ik zijn vriendelijke, grijs omrande kale hoofd, zijn hartelijke, zet-vrouwen-op-een-voetstukmanieren en zijn zijden stropdas met het kleine Tiber Poultry-logo wel waarderen. Hij was alleen ouder geworden, niet veranderd. 'Bel me als je daar behoefte aan hebt,' zei hij vriendelijk. 'Ik wil niet dat je denkt dat je je vaders narigheden moet overnemen zonder dat je ergens een vriend hebt. Kom gerust bij me voor advies en hulp.'

Ik zou nooit de hulp van een Tiber aanvaarden, maar dat zei ik natuurlijk niet tegen hem.

Janine kwam ook, tekende het condoleanceregister en schudde me met koele, mooie vingers de hand. 'Je vader was beslist uniek.' Ze zei het alsof uniek een ziekte was.

'Hij wist met de zwakheden van andere mensen om te gaan,' antwoordde ik. 'Hij tolereerde zelfs onechte trouw en beleefde flauwekul.' Dat was niet aardig en niet nodig, maar ik kon alleen maar bedenken dat zij nog steeds haar vader had en dat het leven verdomd oneerlijk was. Verder hoorde ik door uitputting en vermoeidheid via een bepaald kanaal in mijn hersenen alleen nog eindeloos het refrein van een oud liedje van Billy Joel. *Only the good die young*, zong hij doordringend. Ik knipperde met mijn ogen en Janine keek me lelijker aan dan ooit. Ik had het hardop gezegd.

'Niettemin spijt het me van je verlies,' zei ze kil en liep toen weg.

Een paar minuten later zag ik haar wegscheuren in een nieuw model jeep met verchroomde mistlampen en het logo van Tiber Poultry op de zijkant, haar honingkleurige haar los in de wind, haar tengere lichaam geaccentueerd door een donkerblauw pakje. Ze zou weldra het directeurschap over het kippenimperium overnemen. Meneer John had haar daartoe opgevoed, ze had net als ik bedrijfskunde gestudeerd en was nu zijn adjunct. Ze had een mooi huis laten bouwen op een prachtige kavel met veel bomen in de stad.

Het was akelig koud op de dag dat pappa werd begraven – zelfs 's middags nog onder het vriespunt. In de hele stad luidden de kerkklokken toen we in een lange stoet met brandende koplampen, geleid door de sheriff, vertrokken vanaf de statige Victoriaanse rouwkamer aan het plein bij de rechtbank. Tegemoetkomende automobilisten zetten uit beleefdheid hun auto aan de kant.

Eindelijk bereikte de stoet de prachtige witte methodistenkerk van Tiberville met zijn spitse toren en zijn grote begraafplaats. Ik wist niet wat ik zag. De begraafplaats stond vol mensen. Aan weerskanten stond de weg over een lengte van meer dan een kilometer vol met geparkeerde auto's en trucks. Ik had niet meer dan enkele tientallen oude vrienden verwacht die de kou zouden trotseren voor de ceremonie aan het graf naast dat van mamma.

'Wat is hier aan de hand?' zei ik hardop. Arthur en ik zaten alleen in mijn auto en Arthur had de hele dag nog geen woord gezegd. Hij liet zich terugzakken in de stoel en bedekte zijn gezicht.

Ik zag kleurige kledij, bizarre hoeden versierd met plastic bloemen, grote kruisbeelden boven oude hoofden, een kleurig, met de hand geschilderd bord waarop stond 'RIP broeder Powell', en andere waarop stond 'De IJzeren Beer zal voortleven', wat me de rillingen bezorgde. Deze vreemde mensen maakten deel uit van pappa's uitgestrekte netwerk van volkskunstenaars en handwerkslieden uit het hele zuiden.

Vooraan in de menigte, net aan de andere kant van pappa's graf, stonden John Tiber en een handjevol van zijn oudere familieleden, allemaal respectvol, oprecht en bijzonder goedgekleed. Ze staarden de rest ongelovig aan.

Ik trof de sombere blik van dr. Washington en bedankte hem met een hoofdknikje voor zijn komst. Hij knikte terug. Jonah Washington was een grootse, waardige verschijning met zijn uitgezakte, bebaarde gezicht achter zijn bril met stalen montuur. Dit was waarschijnlijk voor het eerst in de honderdvijftig jaar lange geschiedenis van onze families dat een Washington openlijk en waar iedereen bij was vooraan had gestaan als welkome buur van een Powell.

Pappa's vijf huurders stonden vlak bij elkaar. Een smerig zootje. Ik probeerde ze te negeren. Arthur kneep nog harder in mijn hand. Hij staarde naar de kist die op twee ijzeren stangen steunde en het kunstig verborgen gat eronder. Zijn prachtige gezicht, dat zoveel op dat van mamma leek, vertrok plotseling. Hij kneep zijn zachte blauwe ogen langzaam helemaal dicht. Ik herkende de tekenen.

Ik ging op mijn tenen staan en fluisterde in zijn oor: 'Wat ben je nu, lieverd?'

'Een grondeekhoorn,' fluisterde hij terug en zijn stem brak. Het betekende dat hij met pappa onder de grond wilde gaan of zich er in elk geval van wilde overtuigen dat 'onder de grond' een veilige wereld was. Mijn keel deed pijn toen ik hem vertelde dat hij zich geen zorgen hoefde te maken, dat pappa niet onder de grond leefde. Hij kneep zijn ogen nog stijver dicht.

Zodra de geestelijke klaar was met zijn korte preek zette een langharige jongen in de menigte zijn geroeste gele trompet aan zijn mond en speelde een treurig refrein van Taps. Toen zette een zwaarlijvige vrouw in een roze jas huilend en vals haar vertolking in van Elvis' *Are you lonesome tonight?* Een kleine zwarte man in diverse truien en een verbleekte overall zwaaide met een groot kruis dat was gemaakt van takken omwikkeld met kleurig elektriciteitsdraad. Een andere man speelde *Amazing Grace* op een fluit, en dat geluid was zo aangrijpend dat ik dacht dat mijn hart door mijn huid heen zou bloeden. Een tienerjongen zong met hoge stem een morbide nummer van Alanis Morrisette. Een man in een vergeelde witte smoking met een gouden buikband zei luidkeels een kort gedicht op.

Het was een circus van creatieve rouw, een glorieus en afschuwelijk spektakel, een uiting van alle eigenaardigheden die mijn vaders leven hadden bepaald. De geestelijke, John Tiber en de andere Tibers keken toe met openhangende mond. Meneer John begon te fronsen.

De anderen wisselden afkeurende blikken uit. Ik werd heen en weer geslingerd tussen schaamte en trots. Ik was de Opper-Powell van Bear Creek, de huisbaas, mijn broeders hoeder, de eigenaar van de IJzeren Beer.

Nee. Ik heb nooit het gevoel gehad dat de Beer van mij was. Ik had hem niet geërfd.

De Beer had mij geërfd.

'Een, twee, drie, omhoog,' beval Quentin, terwijl hij en drie werklui die door een antiekhandelaar waren gestuurd een driehonderd kilo zwaar stuk geïmporteerd marmer door de verdiepingsdeuren van de oude textielfabriek in Brooklyn probeerden te hijsen. Hij had de oude fabriek aangekocht toen een bergingsoperatie niet doorging, had toen de lagere verdiepingen omgebouwd tot appartementen die hij nu verhuurde, en gebruikte de hele bovenste verdieping als zijn eigen leef- en kantoorruimte. Er waren dagen dat hij die beslissing vervloekte.

Het marmer was gewikkeld in een spinnenweb van kabels die vastzaten aan een enorme lier die Quentin aan de buitenmuur van het gebouw had bevestigd. Als ze de plaat gewoon lieten gaan, zou die gaan zwaaien en zou de kabel knappen.

'Nog een paar centimeter. *Dese prisa*,' zei hij. De Spaanstalige ploeg van de antiekhandelaar kwam zwetend naar voren. Quentin zette een schouder onder de plaat en zette zich schrap. Hier was hij niet de erfgenaam van Richard Riconni. Hier was hij niet de netjes geklede zakenman die zijn moeder hielp. Hier werd hij tot iets heel elementairs – een schepsel van ijzer, vlees en bloed, gehuld in vuile spijkerstof en zijn eigen ordebesef.

Een van de mannen gleed plotseling uit en viel. Quentin boog diep door zijn knieën, deed zijn uiterste best die kant van de marmeren plaat in zijn eentje omhoog te houden. De stompe rand drukte op de borst van de ongelukkige man. '*Socorro! Cuidado!*' schreeuwde het slachtoffer, dat lag te kronkelen.

Quentin zakte op één knie, elke spier van zijn lichaam gespannen. Op de achtergrond bulderde de gepensioneerde legersergeant Harry Bodine Johnson, vanwege zijn sterke armen en babbelzieke temperament ook wel bekend als Popeye: 'Klootzakken, til dat kreng op of ik laat het schieten.' Hij duwde tegen de bedieningspook van de lier en zette gevaarlijk veel spanning op de kabel. Naast hem stond Hammer wild te blaffen.

Quentin dacht dat zijn rug zou breken. Hij voelde de belasting in zijn kniegewrichten, zijn schouders, zijn nek. *Ik moet de statische last veranderen in een dynamische last en ik heb een hefboom nodig.* Hij pro-beerde het beven van zijn verzwakte benen te negeren. 'Laat hem gaan, kapitein, dat is een bevel!' donderde Popeye, die nooit echt was vergeten dat hij Quentin onder zijn leiding had gehad als een kersver-se rekruut met heimwee.

Maar Quentin schoof eindelijk een voet iets naar voren, vond het draaipunt van botten, spieren en vastberadenheid dat hij zocht en duwde de marmeren plaat net genoeg omhoog. Met een explosie van adem duwden hij en de resterende mannen de plaat door de deur naar buiten tot die lichtjes hing te zwaaien.

Quentin ging naast de man zitten die gevallen was. Ze baadden beiden in het zweet. '*Muchas gracias*,' zei de man ademloos.

'*De nada.*' Hij veegde zijn voorhoofd af en stond op, hielp toen de andere man overeind. De man beefde. Quentin gaf geen krimp. De mannen keken hem vol ontzag aan. 'Verdorie, baas,' zei de tolk onder hen. 'U doet alsof u zoiets elke dag doet.'

'Zolang een mens het kan overleven kan het zo erg nog niet zijn.' Quentin stak een sigaar in zijn mond en schudde toen de vermoeide spieren in zijn schouders los.

Toen de mannen echter vertrokken waren met het marmer veilig op hun dieplader strekte hij zich op de dikke houten vloer van de zol-derverdieping uit, op een van de zeldzame lege plekken die niet bezet werden door kunstig bewerkte schoorsteenmantels, Griekse frontons, stapels smeedijzeren hekwerken en kratten vol handgeschilderde tegels. Hammer kwam naast hem liggen en snuffelde aan zijn gezicht. Quentin schudde hem zachtjes aan zijn lange blonde haren heen en weer. 'We hebben een goede dag als er niets naar beneden valt. Daar komt het op neer, nietwaar?' Popeye kwam dichterbij, ging op een krat zitten en wreef over zijn door artritis aangetaste knieën. Quentin sloot zijn ogen en schonk hem een magere glimlach. 'Ik word oud, sergeant.'

'Je maakt jezelf oud, jongen, dat staat wel vast.' Popeye sprak met het lijzige accent van een man uit Kentucky dat zelfs nog vertroostend klonk als hij obscene woorden schreeuwde. 'Je bent verveeld en ruste-loos sinds het werk van je vader je rijk heeft gemaakt. Wat probeer je te bewijzen, dat je niet zijn vlees en bloed bent en zijn geld niet nodig hebt?'

Quentin sloeg zijn handen achter zijn hoofd in elkaar en staarde naar het zware balkenplafond boven hem. Het plafond van de fabriek bezat een grove eenvoud waar hij dol op was. 'Daar heb ik niets van nodig,' zei hij.

Het is alleen maar juist dat een zoon de voordelen van zijn vaders succes erft, vond zijn moeder en ze zwoer dat het geld van hem was. Ze praatte alsof hij deel uitmaakte van het werk van zijn vader, alsof hij een van zijn kunstwerken was dat zij plichtsgetrouw zou beheren. Ze spraken nooit over haar teleurstelling wat zijn leven betrof, alleen over haar trots. Maar hij wist dat ze eigenlijk nog altijd de MIT-architect wilde, het wonderkind waarvoor ze alles had opgeofferd, de jongen die Richard Riconni evenzeer had vereerd als zij. En die jongen was weg.

'Geld is niet belangrijk zolang je een dak boven je hoofd hebt en genoeg om er zeker van te zijn dat dat ook zo zal blijven,' zei hij tegen Popeye.

De oude soldaat snoof luidruchtig. 'Heb je dat soms in een van je boeken gelezen? Flauwekul.'

Quentin keek hem met samengeknepen ogen aan. De oude man had het nooit iemand gemakkelijk gemaakt hem aardig te vinden. In de barakken had hij tijdens de opleiding ooit op een avond een boek van Freud van Quentins bed gegraaid. 'Mankeert er wat aan je hoofd, jongen?' had hij gebulderd. 'Lees je daarom over hoofddokters? Ben jij zo'n verdomde flikker die een hekel heeft aan poesjes, jongen?'

Quentin had luid, met een rood aangelopen gezicht van woede en stram in de houding, geantwoord: 'Freud schrijft over grote lullen, sergeant! Dat zou u weten als u het boek zelf had gelezen!'

'Noem je mij een lul, jij Italiaanse yankee?'

'Jawel, sergeant!'

Vanwege die schrandere opmerking had hij diverse opleidingsweken doorgebracht in een virtuele hel van extra werk en zware straffen. Hij had zich nooit beklaagd, nooit om genade gesmeekt, en de sergeant was daar zo van onder de indruk dat hij op een dag had gezegd: 'Jongen, je bent de eenzaamste, hardste klootzak op deze planeet, na mij.' En Quentin had alleen maar geknikt.

Tweeëntwintig jaar later gromde Popeye met dezelfde ruwe toewijding die hij toen tentoon had gespreid: 'Je bent een zuinige klootzak, hè?'

'Ik weet wat ik nodig heb om te leven.'

'Je weet wat je nodig hebt om te sterven! Ik had dat marmer wel naar buiten kunnen zwaaien. Goed, die kabel was misschien geknapt en dan was het op die verdomde truck gevallen. Nou en? Je bent toch verzekerd. Je had een nieuwe truck voor die jongens kunnen kopen. Maar een stel nieuwe botten is niet te koop.'

Quentin kwam vermoeid overeind tot zithouding, rekte zijn rug en armen. '*Beware the golden chains that bind. Your spirit moves freely in righteous solitude, alone.* Dat heb ik in een poëziebundel gelezen, sergeant. Het betekent dat je moet opletten waarvan je houdt, en van wie. Elke persoon en elk voorwerp waar je om geeft is een last die je op je neemt. Als je die eenmaal hebt opgepakt, kun je hem niet meer neerzetten.'

'Je wordt nog saai door zo te denken.'

Quentin glimlachte, stond op en zei niets. Hij was zestien jaar in het leger gebleven en had hoog op de lijst gestaan voor een promotie tot majoor toen hij er na de Golfoorlog uit was gestapt. Het leven in het leger had het gemakkelijk gemaakt niet te denken, niet te voelen. Hij had in dienst een diploma bouwkunde gehaald, was overal ter wereld gestationeerd geweest, had in diverse crises als vredestichter opgetreden en had mannen aangevoerd in de strijd. Na het mijnincident in de Golfoorlog had hij echter geweten dat hij nog niet wilde sterven, althans niet zo ver van huis.

Nu draaide zijn leven erom de herinneringen van andere mensen af te breken, niet de zijne. Afhankelijk van het gezichtspunt was hij ofwel een veredelde schroothandelaar of een antiekexpert. Hij sloopte woningen, kantoren, fabrieken – elk gebouw waarin de som van de delen meer waard was dan het geheel. Vervolgens leverde hij alles van handgemaakte achttiende-eeuwse stenen tot Tiffany-bovenlichten aan een heel netwerk van makelaars.

Hij liep naar zijn kantoor, een hoek van de verdieping die werd gedomineerd door dossierkasten, kantooruitrusting en een oud bureau met daarop een bijzonder moderne computer, en begon zijn e-mail te controleren. De meeste van zijn bestellingen kwamen op die manier binnen, wat inhield dat hij zelden klanten persoonlijk ontmoette. Zijn bedrijf was een bijzonder efficiënte en geïsoleerde zaak geworden, net als de rest van zijn leven. Daar gaf hij de voorkeur aan.

Naast zijn kantoor leidde een dubbele set zwaarbewerkte donkere deuren naar Quentins woonruimte. Hij had de ene kant van de grote zolderverdieping tot een appartement voor zichzelf omgebouwd, mooi eenvoudig ingericht met sloopvoorwerpen die hij had besloten te houden. Een achttiende-eeuwse gipslijst sierde de muur boven zijn bed. Een verweerde, door houtworm aangevreten maar toch vreemd mooie mahoniehouten boog omlijstte het keukenraam. Hij had een dikke glasplaat op de gescheurde basis van een stenen fontein gelegd om er een eettafel van te maken. Zijn huurders zwoeren dat hij een kunstenaarsoog had.

En hij ontkende dat altijd.

Maar ook zijn vader had iets gehad met afdankertjes. 'Die stukken geven je iets mee,' had pappa gezegd. 'Wat ze weten, wat ze zich herinneren, de roem die ze hebben gekend. Ze kunnen praten, als jij luistert.'

Quentins huurders kwamen soms naar boven om voorwerpen in de enorme inventaris van de zolder te bewonderen en te schetsen. De meesten van hen waren jong en streefden een carrière na als kunstenaar of muzikant. De ironie daarvan was hem nooit ontgaan – dat hij op de een of andere manier dat soort mensen leek aan te trekken. Alleen Popeye wist dat ze naar Quentin gingen als ze hun huur niet konden betalen of hulp nodig hadden met hun rekeningen, en dat hij dan voor hen zorgde.

Popeye volgde hem met militaire vastberadenheid naar het kantoor, plukte een stompje afgesabbelde sigaar uit zijn borstzak en gooide dat door de open zolderdeur naar buiten alvorens die dicht te doen om de maartse kou buiten te sluiten. Hij was geboren in de achterkamer van een bordeel in Kentucky. Hij was direct na de Tweede Wereldoorlog, pas zestien jaar oud, in het leger gegaan. Hij was nooit getrouwd, had nooit kinderen gehad. Toen hij Quentin na zijn pensionering kwam opzoeken, zag hij eruit als een verloren ziel. Quentin nam hem aan als assistent en gaf hem een klein appartement op de benedenverdieping.

Popeye wees naar hem. 'Als je niet de last van anderen wilt dragen, hoe verklaar je dan dat zootje kinderen aan wie je verhuurt en hoe verklaar je een stel klaplopers als wij?' Hij wees naar zichzelf en toen naar Hammer.

'Jullie verdienen je kost,' zei Quentin zonder van het computerscherm op te kijken.

'Je zult nog net zo eindigen als ik.'

'Ik hoop het, sergeant.' Quentin wierp hem een geamuseerde blik toe. 'Je bent de grootste lul in de omgeving.'

Hij ontweek de stroom scheldwoorden van de sergeant door de rinkelende telefoon op te nemen. Quentin stak zijn hand op in een verzoek om stilte toen hij de bezorgde stem van Alfonse Esposito hoorde. 'Je moeder ligt in het ziekenhuis,' zei Alfonse.

Tegen de tijd dat hij in Manhattan Hospital arriveerde, lag ze in een privé-kamer te slapen. Ze was flauwgevallen tijdens een bespreking met een financieel planner. Alfonse stond op van een stoel naast haar bed toen Quentin binnenkwam. Het eens donkere haar van Alfonse was nu bijna helemaal wit en dat gaf zijn ruwe gelaatstrekken en olijfkleurige huid iets elegants. Hij was nu hoofdcommissaris en zou over een jaar met pensioen gaan. Zijn ogen stonden somber en bezorgd.

'Ze is een kanjer,' fluisterde Alfonse. Quentin keek naar zijn moeder, haar huid krijtwit, haar ogen gesloten, een van haar handen verborgen onder de zijne. Hij weerstond de verleiding haar pols te controleren. 'Ze wilde rechtstreeks vanaf de eerste hulp weer naar huis,' vervolgde Alfonse. 'Ik heb gezegd dat ik haar met handboeien aan het bed vast zou ketenen. Ze willen wat tests doen.' Hij ging nog zachter praten. 'Haar bloeddruk is verhoogd. De dokter zegt dat dat waarschijnlijk al een tijd zo is. Ik vermoed dat ze het voor ons verborgen heeft willen houden.'

'Absoluut,' mompelde ze, deed haar ogen open en kneep ze toen samen. 'Kan iemand me mijn bril aangeven.' Alfonse pakte een fijn metalen montuur van het nachtkastje. Ze zette de bril op en Quentin voelde zich opgelucht. Ze zag er moe en uitgeblust uit, maar leek met haar bril weer meer zichzelf. Hij was er nooit aan gewend geraakt dat ze contactlenzen gebruikte. 'Ik voel me prima. Ik denk dat ik ben gaan hyperventileren tijdens een discussie over een beleggingsmaatschappij.'

'Ik dacht dat het geld je bezig zou houden,' zei Quentin. 'Ik dacht dat je bezig wílde blijven nu verder alles geregeld is. Wil je dat ik een zaakwaarnemer voor je aanstel om die financiële zaken voor je te regelen?'

'Ik wil niet dat een vreemde de toekomst van dit gezin beheert.' Ze zei het gewoon, zonder beschuldigende toon erin, maar ze meende het. Ze had hem duidelijk gemaakt dat als hij zijn deel van zijn vaders erfenis – hetzij financieel, spiritueel of creatief – weigerde te accepteren, hij zich ook niet met het geld moest bemoeien. 'Je respecteert nog steeds niet wat dat geld vertegenwoordigt,' vervolgde ze zacht. 'Je hebt geen respect voor de herinnering aan je vader.'

Quentin liep naar het raam en ging met zijn rug naar haar toe staan, liet haar woorden over zich heen komen. Hij had haar nooit over zijn vaders overspel verteld en zou dat ook nooit doen. Ook had hij haar nooit zijn laatste gesprek met pappa opgebiecht, en het schuldgevoel dat hij nog steeds had. 'Ik heb respect voor jou,' antwoordde hij ten slotte, 'en ik wil niet dat je je de rest van je leven druk loopt te maken om iedere cent die de sculpturen hebben opgebracht. Als dat het geval is, gooi ik nog liever al dat geld in de East River.'

'Ik heb niets anders om voor te leven,' zei ze plotseling met rauwe stem. Ze had meteen spijt van die uitbarsting en fronste haar voorhoofd. 'Ik verwacht niet dat je dat begrijpt. Alfonse, mag ik alsjeblieft even alleen met Quentin praten?'

'Natuurlijk,' zei Alfonse, maar hij trok de deur hard achter zich dicht toen hij de kamer verliet.

Quentin draaide zich om en keek zijn moeder peinzend aan, trok toen een stoel naast het bed en ging zitten. 'Wil je echt met me praten? Is het zo moeilijk om open te zijn over wat je dwarszit?'

Angele friemelde met de deken, een nerveuze beweging die zo slecht bij haar paste dat de bezorgdheid bezit nam van Quentins hart. Ze kneep in de deken, werd toen heel stil, alsof ze zich ergerde aan zichzelf, en staarde naar het plafond. 'Goed dan. Ik voel me ellendig. Jarenlang had ik een missie in mijn leven. Nu heb ik niets te doen. Ik heb 's ochtends zelfs geen zin meer om uit bed komen.'

'Je hebt miljoenen om te beheren. Je hebt meer dan genoeg om voor te leven.'

'Dat is maar geld.'

'Je hebt bereikt wat je wilde. Pappa's naam is gevestigd. De mensen zullen hem niet meer vergeten. Neem het er nu maar van, trouw met Alfonse.'

Geschokt richtte ze haar blik op hem. 'Alfonse?'

'Dacht je dat ik het niet wist van jullie tweeën? Ik weet het al jaren.'

'Hij is gewoon een vriend.'

Quentin dacht daar even zwijgend over na. Hij had moeder en Alfonse al te vaak samen ergens in een zaakje op de hoek van de straat zien ontbijten om nog aan te nemen dat ze elkaar daar ontmoetten. 'Je hoeft je romance voor mij niet geheim te houden. Ik keur het niet af.'

'Ik zal altijd met je vader getrouwd blijven.'

'Hij is al meer dan twintig jaar dood. Hij zou willen dat je met Alfonse samen was.'

'Ik ben met Alfonse samen. We zijn heel goede vrienden.'

'Alfonse is gek op je. Je beledigt hem door hem als tweede keus te behandelen. Heb je net niet gezien hoe hij keek? Hoe denk je dat hij zich voelt als jij zegt dat je niets hebt om voor te leven?'

'Ik krijg de les gelezen over romantiek door een veertig jaar oude vrijgezel die geen gezinsleven heeft.' Ze kneep weer in de dekens, ademde diep uit en beefde. 'Wat heb ik bereikt? Al dit succes zal nooit je vader terugbrengen, zal me nooit het gevoel geven dat ik het enige juiste heb gedaan dat zijn geest van me wilde, zal nooit datgene in orde kunnen maken wat jou je vermogen heeft ontnomen om iets om hem te geven – om om wie dan ook te geven, anders dan op een afstandelijke manier.'

'Ik heb alles wat ik nodig heb. Laten we over jouw problemen praten, niet over de mijne.'

'O nee. Toen ik weer bijkwam na te zijn flauwgevallen had ik het gevoel dat ik een droom had gehad, dat ik met je vader had gesproken. *Quentin volgt dezelfde weg als ik*, zei hij. *Houd hem tegen*. Als jij niet een zekere mate van echt geluk vindt in je leven dan eindig je misschien, dan...' Ze brak af, drukte haar handen tegen haar ogen en vermande zich. Toen ze haar handen liet zakken had ze zichzelf weer onder controle. 'Genoeg hierover. Laat me dit even duidelijk zeggen. Ik weet niet waar je naar op zoek bent, maar ik wil dat je beslissingen neemt over je toekomst. Alle miljoenen van de veiling zijn van jou – nu of later, of je wilt of niet. Ik zou graag willen geloven dat de naam Riconni en alles wat die vertegenwoordigt – inclusief het geld – zal worden overgedragen aan nieuwe generaties.'

'Wil je dat ik met iemand trouw alleen maar om kinderen te krijgen?'

Ze staarde hem aan. 'Ik wil dat je een vrouw zoekt die jou waard is. Ik wil dat je met haar trouwt en van haar houdt zoals je vader van mij hield. Ik wil dat je kinderen krijgt. Ik wil kleinkinderen.'

Quentin verborg zijn woede. Hij had zichzelf als jongeman beloofd nooit te zullen worden zoals zijn vader, en dus ook geen kind te krijgen om het vervolgens te verraden of erdoor verraden te worden. 'Als het zo eenvoudig was,' zei hij, 'dan zou ik met Carla trouwen.'

Angele snoof. 'Vergeef me als ik grof ben – ik zal dit nooit zeggen waar Alfonse bij is, omdat hij heel goed zijn dochters zwakheden kent en eronder lijdt – maar, Quentin, Carla is temperamentvol en frivool. Ze heeft haar intelligentie en haar jeugd vergooid aan onbeduidende mannen en aan jou. Als ze niet zo dol was op haar dochters had ze zichzelf allang van de brug gestort uit verdriet om jouw gebrek aan toewijding. Daar twijfel ik niet aan. Ze komt naar je toe om geld en om advies en jij geeft haar dat, en zij leeft in de fantasie dat je op een dag met haar zult trouwen en een goede stiefvader voor haar dochters zult zijn.'

'Ze is een oude vriendin. Ik help haar als ze hulp nodig heeft. Ik houd bewust afstand van haar dochters zodat ze me niet als een vaderfiguur zullen zien. Ik ben niet van plan om met Carla of wie dan ook te trouwen.'

'Zorg dan dat ze niet zo aan je blijft hangen. Houd op haar geld te lenen en haar te gebruiken als je niet toevallig een andere vrouw hebt. En jazeker, ik weet van je keus van vrouwen. Je maakt je keuze uit je vrouwelijke huurders alsof ze vissen in een tonnetje zijn. Ze zijn maar al te bereidwillig, maar dan breek jij hun hart en gaan ze weer weg.

Carla's probleem is dat ze zich er nooit toe kan zetten je op te geven, zoals de anderen doen. Ze herinnert zich de jongen die van haar leek te houden en verwart hem met de man die van niemand kan houden. Je ruïneert haar leven in een of andere poging aardig tegen haar te zijn en vast te houden aan herinneringen aan jezelf waaraan je niet wilt toegeven.'

Quentin keek haar aan met de geforceerde intimiteit die een volwassen zoon een ouder schenkt, maar haar mond verstrakte vastberaden. Er waren in de jaren sinds hij het leger had verlaten inderdaad perioden geweest dat hij en Carla samen waren. Dat gaf een zekere warmte, een comfortabel patroon. 'Ik heb geen zin om te debatteren over de betekenis van mijn leven of waar het heen leidt. Dat lijkt me zinloos.'

'Je kunt zo niet verdergaan.'

Hij stond abrupt op. 'Ben je nog steeds blij met je huis?' Ze had een paar jaar geleden, toen het geld van de sculpturen binnen begon te komen, een leuk huis gekocht in een betere buurt.

'Wat heeft dat in hemelsnaam met ons gesprek te maken?' vroeg ze. 'Ik ben daar heel tevreden. Ik wilde alleen dat er meer ruimte was voor boeken.'

'Je zou kunnen wonen waar je maar wilde. Een penthouse in de stad of hier. Een huis op het platteland. Wat dacht je van een huis in Martha's Vineyard, of in de Hamptons? Met een aanlegsteiger. God, dat zou Alfonse heerlijk vinden. Doe zijn oude bootje weg en geef hem een jacht.'

Moeder keek hem aan alsof hij een pooier was die haar vroeg zichzelf te verkopen, met lichaam en ziel. 'Zie jij me ergens een luxeleven leiden en vergeten dat je vader ooit heeft bestaan?'

'Nee,' antwoordde hij geduldig, 'ik zie je genieten van het leven dat je hebt verdiend.' Hij aarzelde even en zei toen, enigszins gespannen: 'Het leven dat hij in de steek heeft gelaten. Hij heeft me eens verteld dat zijn zuster hem had laten beloven dat hij twee levens zou leven. Dat moet jij ook doen. Het leven leiden dat hij heeft weggegooid.'

Ze sloot even haar ogen. Toen ze ze weer opendeed, zag hij tranen blinken. 'Kon ik eindelijk maar gemoedsrust vinden. Iets persoonlijkers om ter nagedachtenis aan hem te doen. Het gaat niet om het beheren van het geld – dat kan ik best. En ik zou het goed doen omdat ik blijf bidden dat het geweldige kansen zal scheppen voor mijn en je vaders kleinkinderen.' Ze keek hem beslist aan. 'Maar… er moet iets meer zijn, iets wat heel veel voor hem zou betekenen. En ik wil weten wat dat is.'

Hij schudde het hoofd en keek haar aan met het verdriet van een zoon. *Laat haar niet vallen.* Er kwam een zuster binnen die, mopperend over haar kennelijk opgewonden toestand, een kalmeringsmiddel adviseerde. 'Ik wil geen medicijnen die bedoeld zijn om mijn kijk op de dingen te verzachten,' antwoordde moeder kortaf en op gelijkmatige toon. Toen de verpleegster weer weg was, pakte Quentin haar hand vast. En voor één keer – dat gebeurde niet vaak – liet ze dat toe.

Toen hij die avond terugkwam bij de oude fabriek zag hij Carla's witte Lexus staan naast de ingang die hij altijd gebruikte. Sinds hun laatste turbulente samenzijn meer dan een jaar geleden, had ze een sleutel gehouden. Hij vond haar naakt in bed, wat hem helemaal niet verraste. Sinds zijn terugkeer uit het leger hadden ze dit spelletje wel vaker gespeeld.

'Hoe is het met je moeder?' vroeg ze. 'Pap zei dat ze zomaar was flauwgevallen.'

'Ze heeft hoge bloeddruk. Dat heeft ze genegeerd.'

'Goed. Dus het is een kwestie van ontspannen en haar pillen innemen.'

Quentin reageerde niet op haar typerende visie op moeilijke situaties. Hij trok een gestoffeerde leunstoel over de vloer en ging op veilige afstand van het bed zitten. 'Wat doe je?'

Ze glimlachte. 'Ik neuk graag met rijke mannen. Ik wacht al sinds januari om jou op mijn lijstje te zetten.'

Ze was verleidelijk, dat moest hij toegeven. De schoonheidskoningin uit Brooklyn met haar wilde manen was een slanke zakenvrouw uit Manhattan geworden die een zaak in cosmetica runde. Ze lag half opgericht tegen een berg van zijn witte kussens en schonk hem een verleidelijk welkom. De donkere beddensprei lag losjes rond haar heupen. Haar korte, chique zwarte kapsel krulde kunstig rond haar verhitte gezicht. Een hand lag op haar buik en ze streelde de huid onder haar navel met een lange vingernagel met een wit uiteinde en cirkelde er af en toe mee rond haar tepel. 'Kijk eens hoe koud ik het heb in deze tochtige kamer.'

Hij schudde zijn leren jasje van zijn schouders en gooide het zacht over haar borsten. 'Bevries maar niet.'

Ze bleef glimlachen maar in haar ogen was de teleurstelling te zien. 'Ik ben niet verloofd,' zei ze. 'Nog niet.' Ze ging al een poosje uit met een bankier die gek was op haar en haar dochters en ze had Quentin toegegeven dat ze hem aardig vond.

'Ik heb je gezegd dat we dit niet meer kunnen doen,' zei hij.

'Quentin. Alsjeblieft. Ik doe mijn uiterste best om iemand anders te vinden maar ik kom telkens bij jou terug.' Ze duwde ongeduldig haar haren weg uit haar gezicht, ergerde zich aan zichzelf. Met even iets van de oude Carla, die hem een klap gegeven zou hebben, zei ze ongeduldig: 'Kom op. Wanneer is je laatste arme slachtoffer van beneden met liefdesverdriet vertrokken? Een maand geleden? O ja, ze was heel pienter. Had een graad in de kunstgeschiedenis, heb ik gehoord. Maar zelfs de pienterste meisjes zijn niet pienter genoeg om jou te vangen. En dus wacht ik.' Ze grinnikte en hief haar handen op. 'En hier ben ik.'

Tegen zijn wil voelde hij zich tot haar aangetrokken wanneer ze eerlijk was. Ze daagde hem uit, verleidde hem, en maakte hem vaak aan het lachen, ze deed hem met een diep verlangen terugdenken aan de gemakkelijke seks en vriendschap van hun jeugd. Hij was erg gesteld op haar ondeugende kleine dochters, die op elkaar en op Carla leken, al hadden ze ieder een andere vader. Hij hield van haar wellustige houding tegenover het leven en mannen. Maar dat was dan ook alles en hij was moe. 'Je kunt maar beter met die bankier trouwen,' zei hij tegen haar.

'Waarom?'

'Omdat hij goed voor je zou zijn. Hij houdt van je dochters. Zij zijn erg op hem gesteld. Dat hebben ze me verteld. Vooruit, kleed je aan en ga naar hem toe. Kruip naakt in zijn bed.'

Ze liet zich omlaag glijden en kruiste haar armen achter haar hoofd, keek hem sluw aan, ademde lang en diep in zodat haar borsten omhoogkwamen en kroop dieper tussen zijn grijze flanellen lakens. 'Ik zou onmiddellijk met hem breken als jij me dat vroeg. Als je niet snel iets doet trouw ik met hem.'

'Daar probeer ik je juist toe over te halen.'

'Je hebt je niet altijd zo eervol gedragen.'

'Dat weet ik, maar elke keer als we dit doormaken haat jij me daarna een jaar of twee. Ik vind dat we de haat dit keer maar moeten overslaan, al is het maar omwille van jou.'

'Quentin, is er dan niets veranderd sinds januari?'

'Niet echt.'

'Je moeder is van streek omdat je niet de toekomst van jullie familie ter hand wilt nemen. Begrijp je wat ik zeg? Voor de naam Riconni, Quentin. Je moet trouwen, je moet kinderen krijgen en ze een geweldig leven bezorgen, een fantastische pappa zijn, ze een geweldig thuis bieden, de familie uitbreiden, nietwaar? Dat is wat jij moet doen met al dat geld, ongeacht wat je ervan vindt.'

'We hebben het hier al eerder over gehad.'

'Kom nou, Quentin, wat weerhoudt je?'

'Het geld verandert niets.'

Ze duwde langzaam zijn jas en de dekens opzij, liet hem haar lange, gladde buik en een driehoekje donkerbruin schaamhaar tussen slanke dijbenen zien. 'Je hebt gelijk,' fluisterde ze. 'Het verandert niets aan hoezeer ik naar je verlang. Je bent er altijd wanneer ik je nodig heb. Ik hoef niet alleen maar naar je toe te komen voor geld en seks. Dat weet je.'

Quentin knikte. Hij wist hoe gemakkelijk het zou zijn bij haar in bed te kruipen, maar hij had zichzelf grenzen gesteld opdat hij nooit de controle over zijn verlangens zou verliezen. Zijn verlangens, zo hield Quentin zichzelf voor, waren simpel: een vrouw die hem niet echt nodig had, de Yankees van april tot oktober, de Knicks in de winter, een goede sigaar, een koud glas whisky, en een goed geschreven boek. Hij stond op. 'Je bent welkom om te blijven.'

Ze grinnikte. 'Zo mag ik het horen.'

Hij pakte zijn jas. 'Ik zie je straks nog wel.' Hij boog kort voorover, kuste haar blote buik net onder de navel, keek in haar verwarde ogen en verontschuldigde zich. 'Het probleem ligt niet bij jou maar bij mij,' zei hij.

Toen liep hij weg.

Bij het ochtendgloren zat hij op het verbrokkelende terras van een oud herenhuis uit de Tudor-periode dat hij moest afbreken, met Hammer huiverend naast hem in de bries van de koude, grijze Atlantische Oceaan. Hij kon daar bij de oceaan zo ver weg kijken, en dat was wat hij wilde, een plek waar hij kilometers ver kon kijken, waar alles hem duidelijk zou worden.

Hij gaf zichzelf niet graag toe dat hij niet in staat was iets op te bouwen in zijn leven. Hij wilde niet het woord *ongelukkig* in zijn gedachten naar boven laten komen, omdat dat een uiting was van zelfmedelijden. Verdorie, je kon beter ongelukkig zijn en de muren onder een gebouw vandaan slaan dan je dromen over kunst nastreven ten koste van anderen.

Toen hij was teruggekeerd uit het leger was hij naar het oude pakhuis gegaan waar nog steeds de sculpturen van zijn vader stonden. Hij had midden in dat oerwoud van grotesk ijzer en metaal naar de houten dakbalken en het roestende metalen dak van het pakhuis staan kijken en zich voorgesteld hoe hij elke steunbalk zou ontmantelen en elk vervallen stuk plaatstaal eraf zou halen, en hoe hij – wanneer het

gebouw ontleed en de inhoud aan het zonlicht blootgesteld was –
iedere waardeloze schepping van zijn ouwe heer kapot zou hakken tot
hij alles had gereduceerd tot nette stapels niets… geen pakhuis meer,
geen stapels kunstwerken meer, geen herinneringen meer.

Hij tuurde over de oceaan, leunde naar voren, keek diep in het roze
en goud van de vroege ochtend. Er moest ergens een antwoord zijn,
iets of iemand – ja, goed dan, iemand die het waard was om voor te
sterven, iemand die de horizon naar hem aftuurde.

Er waren meer vrouwen in zijn leven geweest dan hij zich wilde
herinneren, altijd achtergelaten ergens op een legerbasis of vertrokken uit het appartement dat hij voor hen had gehuurd. Hij kon zich
nauwelijks hun namen herinneren. Toen hij in Irak was, vroeg hij zich
plotseling af of er ergens op de wereld een vrouw was die hij niet zou
willen missen.

Hij kon zich haar niet voor de geest halen.

9

'JE VADERS HUURDERS WILLEN JE SPREKEN,' FLUISTERDE MEVROUW Green me toe vanachter een hand vol levervlekken. Ze was de voorraad stoofschotels, gebraden kip en toetjes aan het opbergen die door een lange stoet van buren was afgeleverd. We hadden genoeg te eten voor een hele maand.

Ik keek haar over de stapels papier op de keukentafel heen grimmig aan. 'Zeg maar dat ik met ze zal praten zodra ik klaar ben met de rekeningen, alstublieft.' Ik had een hele stapel onbetaalde rekeningen in de keukenla gevonden. De elektriciteit kon elk moment afgesloten worden.

'Kindje, dat kan echt niet. Je moet nu met ze praten.' Ze was vastberaden, een leidersfiguur. Ze was gestopt met het runnen van de plaatselijke kruidenierswinkel (The Quik Boy) toen zij en haar man de zaak hadden verkocht aan een landelijke franchiseonderneming. The Quik Boy had vroeger alles verkocht, van munitie en gekookte varkenspoten tot zelfgebakken taart en tweedehands paperbacks, dankzij de eindeloze voorraad die pappa leverde. Nu verkochten ze er gourmetkoffie en kampeerspullen voor toeristen. Mijn hele wereld veranderde.

'Ze wachten op de veranda aan de voorkant,' besloot ze en wees naar buiten. Ik hing morrend een trui over mijn schouders en liep naar buiten.

Vijf vreemdelingen keken mij even wantrouwend aan als ik hen. Oswald T. Weldon was rond de zestig, mager, verweerd, met een nasaal Tennessee-accent en de kus-m'n-reethouding van een oude motorrijder. Een witte krulsnor sierde zijn bovenlip als een donzige grijnslach. Hij noemde zichzelf een volksschilder. Een van zijn thema's was naakte mensen die door boerderijen, velden en bloemen dartelden. Zijn andere thema, aanzienlijk schokkender, was misbruikte kinderen.

Zijn vrouw Juanita was niet ouder dan dertig en kwam uit een boerendorpje ergens in Mexico. Ze verstond nauwelijks Engels en was erg verlegen. Naast hen stond een bijzonder onopvallend paar. Bartow en Fannie Ledbetter waren gewoonweg oud – ruim boven de zeventig, misschien zelfs wel tachtig. Zij leunde op Bartow en Bartow leunde op haar, ondersteund door een zware houten wandelstok, zijn rug vreselijk verdraaid door een oude verwonding, waardoor hij altijd zijwaarts gebogen liep. Hij en Fannie hadden hun leven lang in een keramiekfabriek in North Carolina gewerkt, tot nieuwe investeerders de fabriek sloten en de productie overzees lieten uitvoeren. Nu leefden ze van de hand in de tand van wat ze verdienden met hun vreemd gevormde schalen en borden en mokken. Toen ik pappa's keukenkastjes opentrok leken de vreemde creaties van de Ledbetters me als kleurrijke kleine *aliens* aan te kijken.

En tot slot was zíj er. Zij, een mysterie telkens als ik haar zag, een bedreiging die ik nog niet volledig had gedefinieerd. Ik had haar zien huilen tijdens pappa's begrafenis en later had ik haar van een afstand alleen bij zijn graf zien staan. In alle ernst noemde ze zichzelf bij de new age indiaanse bijnaam Liza Deerwoman, een absurde keus omdat ze een dikker wordende, platinawitte blondine met groene ogen en van middelbare leeftijd was. Ze moest nog niet zo lang geleden heel knap zijn geweest. Liza Deerwoman maakte glas. De planken voor haar deur stonden vol met parfumflesjes, vazen en hangende ornamenten.

Zelf was ze ook heel kleurrijk. Vandaag was ze gekleed in verbazingwekkend groene chiffon – een jumper of zo – met een ruimvallende groene jas eroverheen. Ze droeg witte zijden enkelsokjes met instappers en op de sokjes waren kleine pareltjes geborduurd. Haar ogen gingen verborgen achter een zonnebril met groen montuur. 'Hoe maak je het?' vroeg ze met een goed ontwikkelde, beschaafde stem die me telkens weer verbaasde. 'Heb je in je dromen met je vader gesproken?'

Wat een onzin. Ik staarde haar aan. 'Nee, maar ik weet zeker dat hij me zal bellen als hij tijd heeft.'

'Wees alsjeblieft niet boos. Ik heb de plicht het je te vertellen, ook al wil je het niet geloven. Ik heb iets van hem opgevangen. Gevoelens eigenlijk, niet echt iets visueels. Een besef van diepe tevredenheid. Ik geloof dat hij vrede heeft met het werk dat hij hier deed en dat hij verder is gegaan...' haar stem stokte... 'om in andere oorden goed werk te verrichten. Het feit dat hij alles hier aan jou heeft overgelaten vertelt me dat hij wist wat voor jou het beste was. Hij wist dat je deze kans om naar huis te komen nodig had.'

'Hou op. Ik ken u niet, u kent mij niet, en als mijn vader me iets te vertellen had zou hij dat wel in zijn testament hebben geschreven.' Ik kon haar indringende gebabbel niet langer verdragen.

Het oude paar schuifelde naar voren. 'Het enige wat ze zegt is dat meneer Tom een goede, aardige man was,' zei mevrouw Ledbetter. Haar kabouterachtige man knikte, een beweging die in zijn hele gekromde lichaam weerspiegeld werd. 'Een goede ziel,' zei hij met krassende stem.

Oswald Weldon snoof minachtend en trok een gezicht naar me. 'Laten we ter zake komen. Ben je van plan ons eruit te schoppen?' Zijn diepe, sarcastische stem schuurde langs mijn oren. 'Je wilde ons een paar jaar geleden al maar wat graag kwijt zien te raken,' vervolgde hij, 'en nu heb je de kans. Dus zeg het maar gewoon.'

'Zolang jullie eerlijk tegen me zijn en betrouwbaar, je rekeningen betaalt en je appartement onderhoudt, ben ik voorlopig niet van plan veranderingen door te voeren.'

'Dank je wel,' zei Liza Deerwoman zacht. 'Ik weet zeker dat je vader daar blij mee is.'

Ik keek haar aan met nauwelijks verholen afkeer. *Verdraaide new age Blanche du Bois.* 'Zoals ik zei, ik ben niet van plan hier iets te veranderen. In elk geval niet direct.'

'Er branden mensen in de hel om dergelijke woorden,' deelde Oswald me mee.

'U kunt altijd weggaan als u me niet gelooft.'

'Dat genoegen gunnen we u niet.'

'Oswald, zo is het genoeg,' zei Liza, heel zacht en met een kalme, waarschuwende toon. Hij klemde zijn lippen op elkaar en stampte het trapje van de veranda af. De anderen liepen achter hem aan. Ik keek hen na met verbazing en afgrijzen. Ik had zeggenschap over de huizen van deze mensen, hun werk en hun leven op Bear Creek. Ik was er vrijwel zeker van dat geen van hen het zich kon veroorloven ergens anders te gaan wonen.

Wat moet ik met hen doen? dacht ik wanhopig.

In de loop van zijn tweeëntwintigjarige leven had Arthur zelden de omgeving van de boerderij en Tiberville verlaten en hij was bijna nooit buiten het district geweest. Reizen maakte hem bang. Zijn fobie was de reden dat pappa hem nooit had meegebracht wanneer hij mij in Atlanta bezocht. Arthur werd vreselijk stil en stijf van angst wanneer hij gedwongen werd een bepaalde onzichtbare psychische grens over te steken.

Nest, zei hij dan hardop in de auto, een gewoonte uit zijn jongensjaren toen hij lange perioden had doorgemaakt waarin hij deed alsof hij een vogel was. *Nest*. Hij moest terug naar zijn veilige nest. En bovendien kon hij de IJzeren Beer niet verlaten. Die was zijn surrogaatmoeder.

En nu loog ik tegen hem. 'Mamma Beer heeft vannacht tegen me gesproken. Ze wil dat je bij mij komt wonen,' zei ik. 'Ze heeft gezegd dat je gelukkig zult zijn in mijn huis in Atlanta. Mamma Beer zegt dat ze zich prima voelt hier op de boerderij en we zullen haar elk weekend bezoeken. Dat beloof ik je. Maar voor nu wil ik echt graag dat je bij mij komt wonen.'

'Nest,' zei Arthur handenwringend.

Ik legde mijn plannen voor Arthur de volgende ochtend uit aan de huurders, die op stoelen met rechte ruggen in de woonkamer van de boerderij om me heen zaten. Ik kon niet op Bear Creek wonen. Mijn boekwinkel, mijn huis en mijn mogelijk toekomstige echtgenoot bleven in Atlanta.

'Ursula, neem Arthur alsjeblieft niet mee,' smeekte Liza. Ze stak haar handen naar me uit. 'Arthur houdt van deze plek. Dit is zijn thuis. Hij zal zich vreselijk voelen in de stad. Hij is aan ons gewend en wij zullen goed voor hem zorgen. Ik zweer het je, als je Arthur hier laat, zul je daar geen spijt van krijgen.'

'Geen sprake van. Hij heeft supervisie nodig. Ik ben zijn zuster. Ik zal wel voor hem zorgen.'

'Maar juffrouw Ursula, je helpt hem niet door hem in Atlanta op te sluiten,' zei Fannie Ledbetter in tranen. 'In zijn hart is hij een lief, wild kind. Hij moet met de andere wezens door de bossen kunnen zwerven. Hij heeft die Beer daar buiten nodig. Die praat tegen hem, zorgt dat hij rustig blijft. Dat geloof ik echt. Liza heeft gelijk. Wij zijn nu zijn volk. Je kunt hem hier bij ons laten.'

Ik kwam woedend overeind. 'Jullie zijn níét zijn "volk", jullie zijn niet zijn familie en jullie zijn niet míjn familie. Ga verder met jullie besognes, dan laat ik jullie met rust. Maar luister goed naar me – ik laat jullie op de boerderij blijven uit de goedheid van mijn hart en omdat mijn vader het zo zou willen. Vergeet nooit dat jullie hier huurders zijn.'

Ze kwamen massaal overeind met een moeizaam volgehouden waardigheid en liepen achter elkaar naar buiten. *Ik kan het me niet veroorloven teerhartig te zijn*, dacht ik. *Dan word ik net als pappa.*

Fannie Ledbetter bleef staan en deed een laatste poging me te overtuigen. 'Die broer van je zal met je naar de stad gaan omdat hij waanzinnig veel van je houdt,' drong ze aan, 'maar als je hem hier weghaalt wordt dat zijn dood, let op mijn woorden.'

Arthurs gezicht werd met het uur triester. Hij liep door het huis heen en weer, hij huilde en uiteindelijk, net voor het donker, verdween hij. Ik ging naar boven, naar de stille, hartverscheurend lege kamer van pappa en mamma, vervuld van kil, afnemend licht, en moest mijn uiterste best doen om me niet te laten gaan en weg te kruipen onder de dekens van hun oude grenen bed. Ik opende de grote dekenkist die onder het raam stond.

'Wat ben je?' vroeg ik zacht aan Arthur. Hij lag helemaal opgekruld in de grote kist, verbazingwekkend flexibel voor zijn één meter vijfentachtig lange lijf.

'Een babykuiken in het ei,' zei hij.

Ik ging op de vloer zitten, stak mijn hand in de kist en streek zijn weelderige roodbruine haardos uit zijn gezicht. Het viel tot op zijn schouders. Pappa had goedgevonden dat hij het liet groeien en Arthur liet het niet graag knippen. 'Ga je uitkomen?' vroeg ik.

'Ja.' Zijn stem trilde. Op dat moment wist ik dat hij had besloten te doen wat ik hem had gevraagd – en dat dat een uiting van toewijding was, puur gebaseerd op vertrouwen en aanbidding. Hij stak een bevende hand omhoog en ik pakte die stevige vast. 'Arthur, ik beloof je dat je veilig zult zijn bij mij, en ik zal voor je zorgen en zorgen dat je gelukkig wordt.'

Hij trok mijn hand tegen het midden van zijn borst. 'Pijn,' zei hij met een klein stemmetje. 'Pappa is hier. Kan niet praten. Net als Mamma Beer.' Ik legde mijn hand op een arm op de rand van de dekenkist. 'Pijn,' stemde ik met hem in. Zilveren schaduwen verzamelden zich, de hele wereld was zilvergrijs en stil geworden. 'Pappa is hier,' kreunde Arthur weer, en klemde onze ineengeslagen handen nog harder tegen zijn borst.

'We zullen hem meenemen,' fluisterde ik.

Ik kocht een slaapbank en verhuisde mijn broer naar de kleine huiskamer van mijn appartement. Gregory keek naar Arthur zoals hij naar specimens onder een microscoop keek. 'Ik zal eens met een paar mensen praten,' zei hij op een avond, toen we ieder aan een kant van zijn maagdelijk witte bank zaten. 'Kijken wat voor experimentele medicijnen ze kunnen adviseren. Misschien kunnen we je broer laten opnemen in een programma waar hij baat bij heeft. Met wat hulp en ondersteuning kan hij heel gelukkig worden in een tehuis.'

'Laat me één ding heel duidelijk stellen,' zei ik met zachte, gelijkmatige stem, 'mijn broer gaat niet naar een tehuis.'

Afgemeten stilte vulde de volstrekt reukloze ruimte tussen ons in. We hadden al een maand niet met elkaar geslapen. De volgende dag vertrok hij naar Canada voor een congres over volksgezondheid. Ik was daar blij om.

'U ziet er moe uit, baas,' zei mijn hulp in de boekwinkel.

'Ik voel me prima.' Ik ging naar de voorraadkast. Arthur zat te slapen, zijn rug tegen de volgestapelde muren, zijn lange armen om een bezemsteel geslagen. Ik werd eerst vervuld van medelijden, daarna van haat.

De volgende morgen, alsof hij het had aangevoeld, was Arthur verdwenen.

Ik besefte dat er iets mis was toen ik rond zeven uur de keuken in liep en zijn exemplaar van *The Incredible Journey* rechtop op de tafel in de ontbijthoek zag staan. Door de jaren heen hadden pappa en ik hem om beurten het klassieke kinderboek voorgelezen, en hij was er dol op. Naast het boek had hij de nieuwe trui en de pet van de Braves neergelegd die ik voor hem had gekocht. Halfwakker pakte ik het boek op, fronste mijn voorhoofd en liep toen de hal door naar Arthurs kamer om te kijken wat hij aan het doen was.

De kamer was leeg. Ik belde de politie. Tegen de tijd dat de agent bij me arriveerde, had ik al een netwerk van vrienden en buren ingeschakeld en een hele burgerpatrouille georganiseerd en stond ik op het punt zelf de deur uit te gaan om te gaan zoeken. 'Hoe weet u dat uw broer is weggelopen?' vroeg de agent.

'Hij heeft het me verteld,' zei ik en hield *The Incredible Journey* omhoog. Een boek over wanhopige, verdwaalde dieren die hun weg terug naar huis vinden.

Arthur, die zelfs in het bekende gebied van Bear Creek alle gevoel voor tijd en plaats kon verliezen, probeerde door de straten van Atlanta terug te lopen naar de bergen. De politie vond hem drie kilometer van mijn huis vandaan, bewusteloos, vol blauwe plekken en met een gebroken rib. Zijn rugzak was verdwenen, samen met een beursje met kleingeld dat ik hem had gegeven en waar vijf dollar in had gezeten, ook al had hij nooit goed begrepen hoe geld eigenlijk werkte.

Nadat de artsen van de eerste hulp hem hadden opgelapt, werd hij naar een privé-kamer overgebracht waar hij, dankzij kalmeringsmiddelen en pijnstillers, in een vredige slaap viel. Ik liep de badkamer in, gaf over en schreeuwde in een handdoek. Wat de aanvallers hem hadden aangedaan was alsof je een verdwaalde pup in elkaar sloeg. En het was mijn schuld.

Ergens na middernacht werd hij wakker. Eén oog zat door de zwelling helemaal dicht. Het andere vulde zich met tranen toen ik me over hem heen boog. Ik zei zijn naam. 'Ik ben hier, ik ben hier, het is in orde,' fluisterde ik, hem over het hoofd strelend. 'Het spijt me zo, lieverd. Ik zal zorgen dat je niets meer overkomt. Ik zweer het. Ik zweer het je. Het spijt me zo.'

Zijn gekneusde, gezwollen mond trok zich samen in een trillende lijn. Het kostte hem moeite om de woorden te vormen. Ik boog dichter naar hem toe. 'Mamma Beer heeft niet tegen je gezegd dat je me van thuis weg moest halen,' zei hij. Toen wendde hij zijn hoofd af en zei niets meer, lag alleen maar zacht en gekweld te jammeren.

De volgende dag realiseerde ik me dat zijn stilzwijgen jegens mij niet van voorbijgaande aard was en dat we een groot probleem hadden. Liza en de andere huurders kwamen op bezoek; zij en Fannie Ledbetter zaten bij Arthur aan bed, voerden hem de vanilleyoghurt die Liza had meegebracht. Liza wist verdorie wat hij het liefste at. Ik keek vanaf de andere kant van de kamer toe, probeerde zijn aandacht te trekken, dacht dat hij uiteindelijk wel zou zwichten. 'Kijk hier eens, Arthur,' zei ik luchtig, terwijl ik een blikje limonade uit Liza's blauwe macramétas haalde. 'Je lievelingsdrankje.' Ik opende het blikje, schonk de limonade in een kopje met ijs, zette er een rietje in en bracht het naar hem toe.

Zijn toegetakelde gezicht verstrakte van woede. Zijn hand schoot uit. Hij verraste me daarmee en sloeg het kopje uit mijn hand. Het kopje en de inhoud landden op de vloer.

Ik bleef vol ongeloof staan kijken. Mijn broer was nooit gewelddadig geweest. De woedende uitdrukking op zijn gezicht maakte hem tot een vreemde voor me. Hij haatte me echt. Dat zag ik. 'Arthur Powell, gedraag je!' zei Fannie, die hem aanstaarde terwijl Liza fronsend van hem naar mij keek.

Arthur begon zich zwakjes te verzetten, zwaaide met zijn gekneusde armen. 'Ga de kamer uit,' beval Liza zacht.

Ik knikte. 'Ik verlaat de kamer, omwille van hem.'

Ik liep de gang door en ging op het puntje van een harde stoel in een wachtruimte zitten, mijn handen om mijn knieën geslagen. Mijn kleine broertje, die ik had verschoond en gevoed, op wie ik had gepast en die ik had voorgelezen en verdedigd wanneer hij geplaagd werd, mijn broer, mijn enige naaste familielid op de hele wereld, sprak vanaf die dag geen woord meer tegen mij of wie dan ook.

Tegen de tijd dat Harriet Davies een keer laat op de avond naar het ziekenhuis kwam, zag ik eruit zoals ik me voelde. Bleek, met ingevallen ogen, mijn haar in een slordige paardenstaart, gekleed in een verbleekte spijkerbroek met koffievlekken en een zwarte pull-over waar aan de mouwen diverse losse draadjes bungelden. Ik was de stemming over het bestemmingsplan vergeten. Ik wierp één blik op Harriets zachtaardige, gerimpelde, betraande gezicht en zei: 'We hebben de stemming verloren, is het niet?'

'Ja.' Ze liet zich op een van de vinyl bankjes van het ziekenhuis neerzakken en snikte. Ik ging naast haar zitten en sloeg mijn arm om haar heen. Peachtree Lane was verloren. Ik was mijn zaak kwijt. Het loodzware effect daarvan, boven op al het andere, was te veel voor tranen. Ik omhelsde haar, trok haar dicht tegen me aan omdat dat mij troostte, tot ze een gilletje van pijn slaakte en zich voorzichtig uit mijn armen bevrijdde.

Gregory zou de volgende ochtend terugkomen. Ik liep heen en weer door de gang voor Arthurs ziekenhuiskamer, probeerde oplossingen te bedenken, aan niets anders te denken. Ongeveer halverwege de ochtend keek ik op en zag een vaag bekende jonge vrouw naar me toe komen lopen. Toen realiseerde ik me dat ik haar herkende – ze was technisch auteur voor het CDC, dat een hele stroom rapporten en nieuwsbrieven publiceerde. Ik had haar een paar keer ontmoet tijdens feestjes waar ik met Gregory was.

Vreemd genoeg herinnerde ik me haar omdat ze op mij leek – lang, bruinrood haar, tamelijk tenger en met blauwe ogen. 'Is Gregory in orde?' vroeg ik zacht.

'Ja. O, ja.' Ze keek verrast, stond een paar meter bij me vandaan stil, waarbij haar lange grijze jas stijlvol, heel dramatisch, rond haar gekreukte blauwe broekpak wervelde. 'Ik moet met je praten,' zei ze. 'Over Gregory.' Toen draaide ze zich om en liep een lege ziekenhuiskamer binnen. Ik volgde haar en sloot de deur. Mijn instinct voor privacy was goed.

Ze begon te huilen. En toen begon ze zonder verdere waarschuwing haar hart te luchten, haar pijnlijke geheim op te biechten. Zij en Gregory waren al bijna een jaar minnaars. Ze hadden niet gewild dat het gebeurde, maar het was toch gebeurd, zoals dat gaat in dergelijke gevallen. Ze hield van hem en hij hield van haar en hij had naar een manier gezocht om het mij te vertellen. 'Je hebt hem zo gekwetst door je broer aan hem op te dringen en hem in de rol van surrogaatvader voor een volwassen man te dwingen,' kreunde ze. 'Hij zegt dat dat de laatste druppel was.'

'Neem me niet kwalijk, ik heb behoefte aan frisse lucht.' Ik liep de kamer uit en de gang op. De vloer voelde zacht aan onder mijn voeten; ik moest me concentreren op de werking van mijn knieën. Met één hand steun zoekend bij de muur liep ik langzaam, alsof de vloer plotseling schuin lag, naar de deur van Arthurs kamer.

Ik riep Liza naar buiten. Ze keek me eens goed aan en stak fronsend haar hand naar me uit. 'Je moet gaan rusten,' zei ze. Ik schudde mijn hoofd. 'Ik wil dat je mijn broer iets vertelt. Over een dag of twee, wanneer hij hier wordt ontslagen, neem ik hem mee terug naar Bear Creek. Voorgoed. Zeg dat alsjeblieft tegen hem. Geen zorgen meer, geen experimenten meer. Ik betwijfel of hij me zal vergeven wat er is gebeurd, maar hij kan zich tenminste ontspannen wat de toekomst betreft.'

'En hoe zit het met jou?' vroeg ze.

Er dansten lichtjes voor mijn ogen. Ik zou heel snel moeten gaan zitten en een paar keer diep ademhalen, doen alsof ik niet werd teruggetrokken door dezelfde hand van het noodlot die zich om pappa had gesloten toen hij nog een jongen was, de vloek die de Powells in Bear Creek vasthield zonder fatsoenlijke mogelijkheden om de cyclus van het-maar-net-redden te doorbreken.

'Ik ga ook terug naar huis,' zei ik.

Iedereen in Tiber County die de geruchten had gehoord of tussen de regels door had gelezen wist dat ik zonder geld en zonder baan terugkeerde naar huis, dat mijn vriend verliefd was geworden op een andere vrouw en dat mijn broer door mijn toedoen was weggezakt in een toestand van schuwe en sprakeloze beproeving. Ik was goed voor heel wat roddels, zo ongeveer als huwelijken, plaatselijke prijsuitreikingen, evenementen van de kerk, activiteiten van de universiteit, of een rotarylunch waarbij de waarnemend gouverneur te gast was.

Mijn boekwinkel stond leeg, net als alle andere winkels in Peachtree Lane. Ik had mijn inventaris ingepakt en verkocht, met een messcherpe pijn in mijn hart bij elk boek dat van de planken in een retourdoos naar de uitgever of in de handen van een vreemdeling op koopjesjacht verdween.

Ik stortte genoeg geld op de bank van Tiberville om de bescheiden rekeningen van de boerderij voor enkele maanden te kunnen betalen. Ik had slechts een zomer de tijd om een huishouden op te zetten, te trachten Arthurs vertrouwen te herwinnen, zijn stem terug te brengen en een fatsoenlijke baan te vinden. Ik was bang om hem alleen te laten, ook al wilde hij niet binnenkomen als ik in huis was. Ik moest in de buurt blijven voor het geval hij me plotseling nodig had. Hij was er toch al van overtuigd dat ik hem in de steek had gelaten, of dat het me niets kon schelen.

Arthur kon of wilde niet spreken, maar dwaalde kreunend over de boerderij rond, stoof de bossen in zodra ik in zijn buurt kwam, en sloop daarna het huis in om eten uit de koelkast te gooien of mijn boeken van de planken in de woonkamer op de grond te smijten – uitingen van kwaadaardigheid die volstrekt niet bij hem pasten.

'Hij zet zijn verdriet en angst in daden om,' opperde Liza. 'Gun hem de tijd.'

Hij sliep in de piepkleine extra slaapkamer in Liza's kippenhokappartement, of bleef bij dr. Washington in diens bouwvallige huis, tien minuten lopen door de bossen heen. Ik begon op Liza te leunen, ook al wilde ik dat niet. Ze paste heel goed op Arthur en rouwde om mijn vader in een reusachtige tuin die hij en zij achter de kippenhokken hadden aangelegd. Ik liep daar een keer naartoe en zag haar zitten huilen; ze praatte tegen hem over zaadjes. *Thomas, ik plant zaadjes in goede aarde. Dat is het enige wat ik kan bedenken.* Ik trok me terug voor ze me opmerkte, boos en bedroefd om het feit dat ze oprecht leek te zijn, dat pappa me nooit had verteld wat hij voor haar voelde en dat ze pappa bij zijn formele naam noemde, wat niemand anders, ook mamma niet, ooit had gedaan.

De Ledbetters hadden een kleine kudde geiten in de wei gezet en hadden een oude veeschuur omgebouwd tot stal om ze te voeren en melken. Een tiental majestueuze Rhode Island Red-kippen en hun haan leefden op een omheind stukje achtertuin en voorzagen iedereen van grote bruine eieren. Liza's kat van gemengd ras, Eternity genaamd, sloop overal rond en zat vaak voor mijn achterdeur te wachten tot ik haar binnenliet, een duidelijk teken dat zij – net als Liza, nam ik aan – gewend was aan pappa's gastvrijheid.

Maar de oude irrigatiesproeiers staken boven de grond uit zoals ze altijd al hadden gedaan, de reusachtige forsythia aan de rand van de voortuin zou volgend jaar opnieuw uitschieten, zoals hij ook dit jaar had gedaan, en elk voorjaar botergeel kleuren van de vele kleine bloemetjes. De blauwe hortensia's zouden altijd blauw blijven. Ik kende elke gladde centimeter van de twee veldstenen treden naar de achterveranda, en de drie naar de voorveranda, gladgesleten door vele generaties Powell-voeten.

De kippenhokken hadden door de jaren heen hun strakke, rechthoekige vorm verloren en waren uitgedijd als oude dansers. Ze puilden uit van krakkemikkige veranda's en ruwweg aangebouwde kamers, hier en daar een deur, scheve ramen en slechtpassende metalen luifels. De kleine veranda van de Ledbetters was omringd met houten planken waarop hun vreemdgevormde, gekleurde maaksels stonden. Daarnaast had Liza haar veranda veranderd in een open prieel, een ongelooflijk groen tuinhuisje dat ze had gecreëerd met behulp van klimrozen, trompetbloem en jasmijn.

Het tweede kippenhok, dat maar ruim tien meter van het andere vandaan stond, was in werkruimten verdeeld – Liza's glasblazersatelier, de stoffige ovens en pottenbakkersschijven van de Ledbetters, Oswalds galerie met vreemde doeken.

Ik dacht voortdurend aan het brandgevaar, aan de gebrekkige verzekering, aan hoe dun de scheidslijn was tussen de huurders, mij en een mogelijke ramp. De boerderij was er al niet beter aan toe dan de kippenhokken. Pappa had geleerd de dingen die hij niet kon laten maken te negeren en erom te lachen. De leidingen zongen en tikten, de helft van de lichtknoppen deed het niet meer, de vloeren zakten door, het dak lekte en overal in huis zaten gaten waardoor harige bezoekers binnenkwamen.

Op de achterveranda zette ik een grote, witte keramische pot. In de pot zat een grote zaailing met veel bladeren die ik het jaar daarvoor had opgekweekt uit een perzikpit van de boom in Peachtree Lane. De oude grootmoederboom mocht de plannen van de projectontwikkelaars dan niet overleven, haar nakomeling zou een nieuwe dynastie van perzikbomen starten in de bergen.

'Je zult het overleven en je zult groeien,' zei ik tegen de zaailing, en tegen mezelf.

Bij God.

Quentin reed op een warme zomerochtend naar het noorden. Hij had gehoord dat het pakhuis door de laatste van een reeks altijd afwezige eigenaars was verkocht en weldra zou worden omgebouwd tot een distributiecentrum voor een meubelfabriek. Nuttige kratten met ligstoelen en goedkoop geverniste eettafels zouden de plaats innemen van zijn vaders dromen en nachtmerries.

Eenmaal binnen liep Quentin naar de deur van de oude badkamer, brak het hangslot open en sloot toen even zijn ogen, herinnerde zich alles en trachtte het te vergeten. Toen zwaaide hij voor de laatste keer de deur open.

Toen hij het licht aandeed zag hij wat een vreemde zou zien – een kleine douche- en toiletruimte, met gebarsten tegels en vergeelde leidingen. Maar toen hij zich op een knie liet zakken en met zijn vingers over de koude vloer streek, zag hij het bloed en zijn vaders starende blik.

Toen hij langs het armoedige hokje liep dat dienst had gedaan als zijn vaders woonruimte, bleef hij even staan en haalde moeizaam adem. Hij staarde naar de kale muren, naar het oude fornuis en het aanrecht die verloren in de hoek stonden. Als jongen had hij zich voorgesteld hoe zijn vader daar met de vrouw bezig was, tot in het smerigste detail. Nu viel hem alleen op hoe kil en deprimerend het hier was; hij dacht aan zijn vader die hier na ieder weekend thuis weer terugkwam, en hoe hij zich daarbij gevoeld moest hebben.

Werklui van de nieuwe eigenaar hadden het oude fornuis een eindje van de muur vandaan getrokken en verfrommelde zakken met afval van een fastfoodrestaurant op de zwartgeblakerde branders achtergelaten. Quentin ergerde zich aan de rommel. Pappa was altijd erg netjes, gedisciplineerd en schoon geweest. Quentin knielde neer en verzamelde het afval om het weg te gooien. Daarbij ontdekte hij tientallen poststukken op de grond achter het fornuis, bedekt met stof en spinnenwebben. Hij trok het apparaat nog verder naar voren, reikte erachter en pakte de spullen bij elkaar.

De langvergeten, vergeelde, gevlekte en verfrommelde post bestond voornamelijk uit advertentiefolders en andere troep, maar Quentin plukte er een rekening van het water tussenuit en keek naar het poststempel. Zijn hart kromp samen. Deze post was een paar dagen na zijn vaders zelfmoord bezorgd. Iemand – waarschijnlijk Joe Araiza of een van pappa's vrienden die een poosje op het gebouw hadden gepast – moest de brieven op het fornuis hebben gegooid, waarna ze erachter waren gevallen.

Hij kwam boos overeind, wenste maar dat hij niets had gevonden wat hem terugvoerde naar die tijd. Hij stond op het punt de hele stapel in een prullenbak te gooien, toen er één brief op de grond viel. Quentin keek ernaar met oppervlakkige afkeer toen hij hem opraapte. Maar toen hij de nog vaag zichtbare, handgeschreven naam en adres van de afzender zag, fronste hij zijn voorhoofd. *De heer Tom Powell, Bear Creek Farm, Tiberville, Georgia.*

Hij opende de oude envelop voorzichtig en haalde er twee velletjes, in hetzelfde handschrift beschreven papier uit, waarin tweeën-

twintig jaar opgevouwen heimelijkheid scherpe lijnen had veroorzaakt. Daarna nam hij er een verbleekte kleurenfoto uit. Hij hield de
voorwerpen tussen zijn vingertoppen, zoals een archeoloog zou doen
wanneer die een kostbare Egyptische papyrus had gevonden.

*Een goedendag, meneer Richard Riconni. U kent mij niet, afgezien
van wat mevrouw Betty Tiber Habersham misschien over me heeft
geschreven. Ze is familie van me en ik heb haar geholpen met de Beer.
Welnu, meneer, het spijt me u te moeten zeggen dat ze is overleden –
God hebbe haar ziel. Na haar dood heb ik de Beer gekocht. Hij staat in
het weiland achter mijn huis, zo veilig als hij maar zijn kan. Ik beloof
u, meneer, dat hij hier voor altijd zal blijven staan, en dat ik persoonlijk voor hem zal zorgen. Ik en mijn kleine meisje, Ursula. Wij herkennen geweldige kunst als we die zien. We sturen u hierbij een foto
van de Beer in zijn nieuwe thuis.*

Staand naast een man van middelbare leeftijd en de IJzeren Beer,
glimlachte een kind Quentin toe, die stomverbaasd was, met een ernstige, bijna dwingende blik. *Ik wacht op je,* leek de glimlach van het
kind te zeggen. *Deze Beer is moeilijk te houden zonder hulp.*

133

10

IK WAS OP DE VIERDE JULI, DE DAG VAN DE STORM, ALLEEN OP BEAR CREEK. Liza, Arthur en de anderen waren naar het Old Tiberville Independance Festival gegaan, een jaarlijks terugkerend evenement dat niet alleen de vierde juli maar ook de stichting van de stad in 1850 memoreerde. Pappa en zijn huurders hadden altijd kraampjes gehuurd op de ambachtenmarkt. *Bear Creek Farm Artists Gallery*, prijkte op pappa's kleurrijke zelfgemaakte spandoek boven op de tentpalen van het kraampje.

Ik bleef op de boerderij, vulde mijn tijd met een project waar Oswald nu al over liep te mopperen en dat me gekwetste blikken van Liza opleverde. Ik zette een hek om het achtererf. 'Ik zet een hek voor een hond. Ik ben van plan een hond te nemen,' zei ik tegen iedereen. Eigenlijk wilde ik hen gewoon buiten houden en dat hadden ze door.

Ik groef gaten, zette de palen erin, stampte ze aan, zette ze recht, mat op, groef nog meer gaten en was blij met de vermoeidheid die een rusteloosheid op afstand hield die zo diep was dat zelfs het lied van een roodborstje me een verloren gevoel gaf. Wekenlang was ik al aan het poetsen, repareren en organiseren in pogingen het huis weer enigszins fatsoenlijk te maken, maar de lijst van karweitjes bleef groeien.

Het kon me niet schelen hoe ik eruitzag; ik droeg een verschoten katoenen rok en een oud wit T-shirt. Barrevoets, met mijn vochtige haar naar achteren getrokken in een lange, krullende paardenstaart, hield ik planken tegen de palen en begon ze vast te spijkeren. De helft van de palen voor het hek moest nog gezet worden, maar ik had genoeg van het graven. Het kippengaas zou pas als laatste komen.

Over de bergen kwamen zwarte wolken aanrollen die zich in de lucht achter de schuur ophoopten, de donder begon te rommelen. Ik huiverde en meende dat ik een vreemde verandering in de lucht bespeurde, ook al wist ik dat ik moest oppassen voor de valse voortekenen die storm in de bergen vaak met zich meebrengt. In elke reeks vertellingen over de Appalachen kwamen verhalen over stormen voor, en niet zonder reden. Ze riepen toverkracht en geesten op.

De storm van die dag leek dieper, intenser, hardnekkiger dan de meeste en bracht allerlei gevoelens naar boven. De lucht voelde fris aan door de ozon, als koude boter op mijn huid. Dat gaf me een nerveus gevoel terwijl ik lange, gegalvaniseerde spijkers in het zachthouten hek hamerde. Gele bliksem flakkerde door de lucht. Een donderslag deed me huiveren.

Er sprong een dikke, grijze eekhoorn over het erf. Ze heette Lassie. Ze was een oude eekhoorn, een van Arthurs huisdieren, de laatste van vele wezen die hij in het wild had gevonden en had getemd en grootgebracht.

Lassie had een nest met twee jongen op de zolder van de schuur. Ik voerde haar een paar zonnebloempitten die ik in de zak van mijn rok had zitten. Toen ze klaar was met eten haastte Lassie zich naar de eiken aan de rand van het erf, die in het afnemende licht snel donkergroen kleurden. Ze stond even stil om de wei tussen haar en de schuur te overzien en sprintte toen naar haar bestemming, haar dikke grijze staart achter haar aan wuivend. Ik had de eekhoorns van Arthur dat stuk open grond al duizend keer zien oversteken en ik telde in stilte de seconden van eiken tot schuur. Het record was tien. Met de wind in de rug kon Lassie het record misschien wel breken.

Een donkere vorm dook uit de lucht omlaag. Ik zag de havik een tel voordat Lassie de klauwen moet hebben gevoeld die haar rug braken. Het volgende moment was ze nog slechts een klein, levenloos bungelend lijfje dat mee de lucht in werd gedragen.

O, nee, nee, nee, nee, dat niet!

Ik rende tussen de eiken door, de wei op, wuivend met mijn armen, schreeuwend, maar de havik verdween daardoor alleen maar nog sneller naar het bos aan de andere kant van de wei. Ik bleef geschokt stilstaan, de bliksem flakkerde om me heen. Ik kon dit niet geloven. Dit soort dingen kon niet gebeuren, niet bij alles wat er al gebeurd was. Haviken joegen niet tijdens een storm. Maar kleine gruwelen stapelden zich boven op grote, overal stierven kleine wezens.

Ik rende naar de schuur terwijl de wind wegstierf op een onheilspellende manier die ik had moeten opmerken, net zoals ik had moet zien dat de wolken begonnen te draaien en dat het licht grauw-paars was geworden, alsof het werd gefilterd door een blauwe plek. Ik moest Lassies baby's halen en ze naar het huis brengen. Arthur zou voor ze zorgen en hij zou de havik Lassies dood niet verwijten. De havik moest ook leven, had waarschijnlijk zelf baby's die gevoed moesten worden. Moeders moesten doden, omwille van hun kinderen.

Nee, hij zou het mij verwijten.

Arme mamma eekhoorn. Het spijt me zo, het spijt me zo. Ik zal voor je baby's zorgen. Dat kan ik in elk geval doen. Gedachten tolden door mijn hoofd terwijl ik de schuur in liep en over een oude ladder zo'n tien meter omhoogklom, naar de zolder, die bedekt was met een dikke laag hooi. Ik vond de jonge eekhoorns in een warm nest van hooi, twijgjes en bladeren dat Lassie had gemaakt in een eiermandje van gaas dat aan een dakbalk hing. De baby's hadden al bijna hun volledige vacht en leken miniatuurtjes van hun moeder. Ik sprak ze zacht toe. *Het is goed, jullie gaan met mij mee, alles komt in orde, baby's.* Ze keken me verlamd van angst aan.

Plotseling bulderde de wind en begon de steviggebouwde oude schuur te trillen. Ik keek bezorgd op. Ik sloot het deksel van het eiermandje en draaide me om naar de ladder om zo snel mogelijk naar beneden te klimmen.

Op dat moment stak een tornado zo'n vijftien meter bij me vandaan zijn dunne, krullende tong uit naar de aarde en gooide een paar grote populieren om. De lange bomen werden ontworteld en vielen om, raakten het dak van de schuur met de kracht van reusachtige baseballbats. Planken kreunden en bezweken, spijkers werden krassend uit de zware kastanjehouten balken gerukt en delen van het plaatstalen dak scheurden open als papier. Ik gilde en liet me op mijn knieën op de zolder neervallen, mijn lichaam over de eekhoorns heen gebogen, beide armen beschermend boven mijn hoofd.

Ik was een seconde te laat. Een losgerukte plank raakte me boven mijn oor. Ik viel niet flauw, maar ik zag een universum vol sterren terwijl ik een poosje heel stil bleef liggen. Tegen de tijd dat ik voldoende was hersteld om weer te gaan zitten had de tornado zich teruggetrokken en was de wereld akelig stil, wat slechts werd geaccentueerd door een zachte bries en wat spetters regen. Ik doopte mijn vingers in een dun stroompje bloed dat langs de rechterkant van mijn gezicht omlaagsijpelde, raakte toen de harde, natte bult onder mijn haar aan, waardoor er pijnscheuten door mijn hele schedel trokken. Ik keek naar de jonge eekhoorns. Ze hadden zich nog dieper in hun nest ingegraven en waren veilig. Ik benijdde ze.

Ik keek door kapotte balken, stukken gescheurd plaatstaal en de bladerrijke kruin van een omgevallen populier naar de hemel. Er vielen een paar regendruppels op mijn hoofd die aanvoelden als kleine, scherpe steentjes. Bevend kroop ik naar de verste muur en keek door een groot gat naar buiten. Een paar meter lager lag de tweede populier op het aanbouwtje van de schuur. Onder het dak van die ingestorte aanbouw had ik mijn auto geparkeerd.

Mijn auto.

Ik vond een stuk stevig paktouw, bond het rond mijn middel en hing het mandje met eekhoorns aan mijn geïmproviseerde riem. Ik was bijna de wankele ladder afgedaald toen de laatste twee sporten braken. Ik viel op mijn rug op de grond. De eekhoorns, veilig in hun mandje dat vastzat aan mijn buik, slaakten zachte, piepende geluidjes. Ik maakte het mandje los en zette het op de grond.

Alles deed me pijn. Ik was duizelig en baadde in het zweet. Ik lachte om de lugubere waanzin van mijn leven, maar zat toen plotseling te snikken met een hevigheid die me verbaasde. Ik huilde om mezelf, mijn auto, Arthur, pappa, Lassie en haar moederloze baby's, elk levend wezen en elke voorouder van me die gevangen was geweest in de cyclus van leven en dood op Bear Creek. Toen ik eindelijk uitgehuild was, sloot ik versuft en berustend mijn ogen.

Plotseling voelde ik een koude hondenneus en een warme tong tegen mijn gezicht. Ik opende mijn ogen. Een vreemde hond, groot, lelijk en met een vochtige, langharige gouden vacht stond naar me te kijken en met zijn staart te kwispelen terwijl hij het bloed van mijn linkerjukbeen begon te likken.

Ik deinsde achteruit, waarbij elke spier me pijn deed, tot ik uitgeput tegen de ruwe planken van een staldeur bleef zitten. De hond volgde me kwispelend. 'Je bent ofwel verdwaald of iemand heeft je op mijn land gedumpt,' zei ik grimmig. Mijn nieuwe vriend merkte het eiermandje op en begon er zacht blaffend aan te snuffelen. De onzichtbare eekhoorntjes kwetterden angstig.

Aan de andere kant van de grote open ruimte van wat de schuur was geweest viel de regen plotseling met bakken neer, dreunde op de restanten van het dak en overstemde elk ander geluid. De hond likte onbekommerd aan mijn bloederige haren. Dit alles moest een doel hebben, zo hield ik mezelf voor. Ik had voorgewend een hek te bouwen voor een hond, dus had de hemel me een hond gestuurd. 'Goed dan, je kunt blijven,' zei ik. Ik sloot weer mijn ogen.

Een paar seconden later hoorde ik twee geluiden – zware voetstappen op de harde kleibodem en daarna het bonken van mijn hoofd tegen de planken achter me terwijl ik terugweek voor de stevige aanraking van een mannenhand op mijn gezicht. Toen ik mijn ogen opende liet een vreemdeling met donker haar zich voor me op zijn hurken zakken, balancerend op een grote wandelschoen die hij naast mijn linkerdij zette. Zijn andere voet zette hij stevig tussen mijn knieën. We zaten bijna neus aan neus en ik ademde fel in om het effect dat hij op me had. Hij droeg een gekreukte kakibroek en een eenvoudig werkhemd. Hij leek erg lang, zelfs op zijn hurken.

'Kan ik u helpen?' vroeg ik, absurd. Hij gaf geen antwoord. Zonder zijn ogen van de balken boven ons af te wenden klemde hij een hand rond mijn pols. 'Houd uw mandje vast,' beval hij met zachte stem, alsof de schuur meeluisterde. Toen trok hij me naar voren, hees me over zijn rechterschouder en kwam moeizaam overeind met mij op zijn rug.

Sterren dansten voor mijn ogen toen hij me naar buiten droeg. Een meter of vijftien van de schuur vandaan zette hij me neer met zijn armen stevig om me heen. Toen ik eenmaal vaste grond onder mijn voeten voelde zette ik me schrap en verstijfde, verontwaardigd over wat hij had gedaan, met mijn ogen knipperend tegen de regen. Zijn hond zat naast ons, druipend van het water. De man keek me indringender aan dan ik ooit had meegemaakt. 'Houd op met bloeden,' beval hij.

'Er was een tornado voor nodig om een stuk uit die schuur weg te slaan,' verkondigde ik en probeerde een stap bij hem vandaan te doen. 'Die schuur staat hier al even lang als de boerderij en is gebouwd van sterk kastanjehout. We kunnen daar heus wel…' *schuilen voor de regen*, had ik willen zeggen, maar op dat moment stortte weer een stuk van het dak in en vielen dikke balken, planken en stukken plaatstaal precies op de plek waar ik zestig seconden daarvoor nog had gezeten.

Ik zakte door mijn knieën. De vreemdeling ving me op en we zakten samen op de grond. Hij hield me in zijn armen terwijl we samen naar de ingestorte schuur staarden. Koud zweet en bloed vermengden zich met de regen op mijn gezicht. '*Memento mori*,' mompelde ik.

'Wat zei u?' vroeg hij.

'*Memento mori*. Dat is Latijn. Het betekent…'

'Vergeet niet dat je sterfelijk bent,' vulde hij aan.

Stilte. We staarden elkaar aan in stomverbaasde dankbaarheid. Regendruppels hingen aan zijn wimpers en de mijne, vertroebelden mijn beeld, deden ons op een vreemde manier samensmelten. Ja, we wisten dat we sterfelijk waren, en dat we nu heel intens leefden en dat we samen waren.

En daar, op dat moment, sloegen ons verleden, ons heden en onze toekomst abrupt een nieuwe weg in.

Quentin was niet van plan geweest de volwassen vrouw aan te raken die het kind op de foto was geweest, of iemand te redden. Zij was niet van plan geweest zich te laten redden. Quentin stelde zichzelf voor en was verrast toen de naam Riconni een verbaasde blik in haar blauwe ogen teweegbracht.

De lucht klaarde op en de regen veranderde in een warme witte nevel die van de aarde opsteeg en met etherische schoonheid werd doorzeefd door een baan zonlicht die tussen hen in viel. Ze liepen tussen heksenkringen van klaver door, bezongen door het zachte koeren van een duif. Het land verwelkomde hem met al zijn mysteries en betoveringen. Hij voelde zich een beetje dronken, op de een of andere manier verrast, tot leven gewekt door het land en door Ursula Powell.

'Uw familienaam is hier legendarisch,' zei ze.

Ik heb haar leven gered en ze is me gewoon dankbaar, hield hij zichzelf voor, terwijl ze allebei probeerden te doen alsof er niets was gebeurd.

Toen ze de IJzeren Beer bereikten bleef hij er een poos alleen maar naar staan kijken. Toen liep hij om de sculptuur heen, bestudeerde hem, raakte hem aan, trok hier en daar aan een onderdeel, alsof hij de naden en de stevigheid wilde testen. Ursula hield afstand, bleef tien meter verderop in het gras zitten.

Voor hij de tunnel van bos en bloemen was ingeslagen die naar Bear Creek leidde, had hij veertien uur achter het stuur gezeten op de snelweg die langs de oostkust naar het zuiden voerde. Hij had tijd willen hebben om het gebied te bestuderen, om het land en de mensen een beetje te leren kennen. Hij wilde weten wat voor soort mensen zijn vaders abstracte sculptuur in hun weiland zetten en ervan hielden.

Zijn al even nieuwsgierige, in de stad opgegroeide hond, ging op de betonnen fundering van de Beer zitten en richtte zijn aandacht op een kleine kudde geiten en een stelletje kippen in een hoog afgezette kippenren. De geiten staarden terug. De kippen niet. Kippen waren zelden nieuwsgierig en nooit onder de indruk.

Quentin keek omhoog naar de massieve kop van de sculptuur, die hem met zijn holle doorkijkogen aanstaarde, en hij herinnerde zich nog heel goed wat voor effect de sculptuur vroeger op hem had gehad, of meende zich dat te herinneren. *Ik was erg jong, misschien verbeeld ik het me*. Maar er kwam wel degelijk een herinnering in hem naar boven, heel levendig en indringend, en plotseling stond hij weer heel ver omhoog te kijken naar dat fantastische halfvoltooide ding dat uit de schaduwen van Goets' garage opdoemde. Hij zag zijn vaders tevreden glimlach terwijl hij eraan werkte, met strepen in zijn gezicht van het vuil en het zweet, zijn grote handen in blijdschap uitgespreid.

'Balans,' had pappa geschreeuwd. 'Het gaat allemaal om het vinden van de juiste balans! Deze sculptuur is perfect!' *Balans*. Gedurende dat ene, korte moment was hij volstrekt in balans met zichzelf en zijn zoon, zijn vrouw, zijn leven, hun liefde. Quentins blik bleef op de sculptuur gevestigd. Zo wilde hij zich zijn vader herinneren. Hij wilde zijn moeder deze sculptuur aanbieden als een offergave.

Hij wendde zich af, ontmoette Ursula's intens onderzoekende blik en verborg elke vorm van emotie achter een schild. Hij vroeg zich af wat een boerenkinkel nou precies was en of zij daar ook onder viel. Hij kende de zuidelijke cultuur alleen via Popeye, uit boeken en films. Terwijl hij eerst naar haar keek en daarna naar de boerderij die werd overschaduwd door de blauw-groene bergen, ervoer hij een vreemd gevoel van opwinding in zijn borst. Hij vroeg zich af of ze vermoedde hoe gemakkelijk het voor hem zou zijn om haar aan te kijken zoals zij hem aankeek.

Hij liep naar haar toe. Ze ging rechter zitten en hij merkte dat op. Hij haalde een foto uit zijn broekzak en stak haar die toe. Ze hapte naar adem toen ze het oude kiekje aanpakte. Zij en haar vader samen voor de Beer, gelukkig, al die jaren geleden.

Ze keek beschermend naar haar kleine, onschuldige zelf en toen naar de verbazingwekkende man die haar eigen herinneringen bij haar had teruggebracht met zulke tegenstrijdige gevoelens.

'Weet u zeker dat u niet naar de dokter wilt?' vroeg hij bruusk.

'Zeker, ik voel me prima.'

'Vindt u het goed als ik naar de wond kijk?'

'Ga uw gang, zolang u geen zonlicht ziet valt het wel mee.'

Hij uitte een zacht, gespannen geluidje dat een lach zou kunnen zijn, liet zich toen op zijn hielen zakken en betastte haar hoofd. 'Het bloeden is gestopt. Geen zonlicht.' Toen hij zijn hand terugtrok, streelde die langs de zijkant van haar nek. Ze slaakte een diepe, tevreden zucht, als een kat die zich uitrekt. Ze stond op en ging bij hem vandaan, zo snel als ze kon zonder hem te beledigen. 'Bedankt dan. Ik zal het wel overleven.'

Op dat moment bereidde hij zich erop voor haar te zeggen wat hij van haar wilde. In elk geval wat hij hoopte te kunnen kopen.

Hij moest de sculptuur mee naar huis nemen.

We zaten tegenover elkaar aan de keukentafel toen het laatste licht van een goudpurperen zonsondergang door het raam boven het aanrecht en door de deur naar binnen filterde. De schemering verhulde de armoede in de keuken, deed de gedeukte aluminium cakevormen op de grenen planken glanzen, verzachtte de roestkringen op de afbladderende vensterbank, veroorzaakt door koffiepotten die pappa had beschilderd en als bloempot had gebruikt. Ik klemde mijn handen om een van de misvormde mokken van de Ledbetters, die ik had gevuld met wijn. Quentin koesterde een scheut whisky in een klein, roze glas dat Liza voor pappa had gemaakt. Op de tafel tussen ons in had Oswald voor pappa een bloemstuk met rozen op het formica blad geschilderd.

Quentin was klaar met uitleggen dat hij de IJzeren Beer wilde kopen en meenemen naar New York. Hij bood aan de huidige marktwaarde voor de sculptuur te betalen. 'Dat zou een à twee miljoen dollar zijn,' zei hij.

Ik stond op, drukte mijn blote hielen tegen de verbleekte linoleum vloer, vond ondanks alles mijn evenwicht. 'Ik heb een paar minuten voor mezelf nodig. Doe alsof u thuis bent, oké? Wanneer ik terugkom weet ik misschien wat ik moet zeggen.'

Hij stond op, keek grimmig. Hij had duidelijk op een eenvoudiger reactie gehoopt – geschoktheid, vreugde en daarna gretige instemming. Het antwoord dat de meeste mensen gegeven zouden hebben, en vooral de meeste vrouwen in een armoedige boerderijkeuken. Maar ik keek hem aan alsof hij me had geslagen. 'Voelt u zich goed?'

'Prima.' Ik dwong mezelf tot een glimlach en liep de keuken uit.

Ze is beslist iets bijzonders, dacht hij. Hij stond op de achterveranda naar de bergen bij maanlicht te kijken. Hij stak een stompje sigaar op en trok er een paar keer aan terwijl hij nadacht over de wilde schoonheid van deze plek, het verbazingwekkende effect van het thuis dat zijn vaders werk had gevonden. En wat was die Ursula Powell voor vrouw? Een bouwkundig ornament dat hij nog niet eerder had verzameld?

Hij raakte nooit verder bij de levens van andere mensen betrokken dan strikt noodzakelijk was, het hare incluis. Fronsend om de wending die deze eenvoudige reis had genomen ging hij terug naar binnen, draaide de keukenkraan open en doofde de sigaar in het stromende water. Vanonder het houten kastje klonk een gutsend geluid en toen hij het deurtje opende zag hij een stroom water uit de afvoerbuis in een gegalvaniseerde emmer spuiten.

Hij dacht een volle minuut over die lekkende afvoerbuis na, alsof alleen het feit dat hij zich daar druk om maakte hem zou besmetten met verlangen naar de zuidelijke hooglanden en barrevoets rondlopende roodharige vrouwen die niet gemakkelijk ja zeiden. Hij goot de emmer buiten leeg, zette hem terug en deed het kastje dicht. *Ik ben niet hier om haar leven op orde te brengen. Ze kan dat zelf doen, met het geld dat ik haar betaal.*

Ik liep door een donkere, smalle gang die naar hout en katoenen tapijten rook naar de enige badkamer van het huis, een kleine en praktische ruimte tegenover de open deur van een voorraadkamer waar de planken vol stonden met oude glazen kerosinelampen en dozen gevuld met geweckte groenten. Daar pakte ik een bijenwaskaars uit een stoffige doos, stak die aan met een lucifer die in een vijftig jaar oud bakpoederblikje lag en droeg hem mee naar de donkere, raamloze badkamer als een acoliet die een kapel binnenging. Het badkamerlicht was al een maand niet aan geweest; de lichtknop had een paar keer gevonkt en ik had nog geen tijd gehad om een doe-het-zelfboek door te worstelen om te leren hoe ik dat moest verhelpen. Hoe dan ook, ik hunkerde naar het vertroostende duister.

Ik sloot de deur door middel van het eenvoudige haakje, en ging in het donker op de rand van het bad naar de gele kaarsvlam aan de andere kant van het bad zitten staren. Een à twee miljoen dollar.

Mamma? Pappa? Ik heb heus niet het vertrouwen verloren. Ik heb alleen de koude, harde waarheid gezien. In contanten.

Ik hoorde niet de stemmen van mijn ouders, voelde niet hun geest in mij aan het werk, maar wenste toch dat ze me een teken zouden geven, zoals mamma zwoer dat ze kruisbeelden in de wolken en in ruiten zag. Ik verlangde naar een openbaring die me schuimbekkend in een aanval van schuldloze extase zou achterlaten. Mijn hoofd deed pijn.

Toch twijfelde ik er niet aan dat er maar één eervolle manier was om mijn moeder te eren, voor Arthur te zorgen en vrede te sluiten met alles wat mijn vader had opgegeven voor zijn overtuigingen en nu de mijne. Huiverend stond ik op en blies de kaars uit.

Toen ik terugkeerde in de keuken was het buiten helemaal donker geworden, brandde de plafondlamp en zat Quentin Riconni de rafelende draden van de lichtknop boven het aanrecht te bestuderen. Ik ging aan de tafel zitten, in elkaar gezakt, vernederd en een beetje boos. 'Ja, de bedrading moet gerepareerd worden,' zei ik grimmig. 'Ja, alles hier verkeert in erbarmelijke toestand. En nee, ik heb uw hulp niet nodig.'

Hij boog zijn hoofd, leunde toen tegen het aanrechtblad en sloeg zijn ene voet over de andere. 'Ik bied mijn hulp niet aan. Ik bied u evenmin een afkoopsom, ik lieg niet tegen u en probeer niet u te bedriegen. Ik vertel u alleen wat de sculptuur waard is en wat ik ervoor wil betalen.'

Ik schudde mijn hoofd. 'Zo eenvoudig is het niet. In een heel reële zin is de sculptuur niet van mij.'

'Ik nam aan dat u hem van uw vader had geërfd.'

Ik knikte. 'Maar hij behoort evenzeer aan mijn broer toe als aan mij.'

'Hebt u een broer?'

Ik legde hem uit hoe het met Arthur zat. Zijn frons werd dieper. 'Maar u bent zijn voogd. U kunt doen wat het beste is voor zijn toekomst.'

Ik keek naar de intens kijkende man die kennelijk geen enkel besef had van familiebanden. 'Toen mijn broer tien jaar oud was had hij nog steeds geen woord gezegd. We wisten dat hij autistisch was en misschien nooit zou kunnen praten. Maar op een dag kwam hij naar binnen en zei zomaar opeens tegen pappa en mij: "Mamma heeft gezegd dat ik jullie moest zeggen dat ik me pijn heb gedaan. En ze heeft gezegd dat ik niet meer met slangen mag spelen." Hij hield zijn arm omhoog. Er zaten twee gaatjes in zijn hand. De beet van een koperkop.'

'Hij praatte dus,' zei Quentin kalm. 'Dat komt vaker voor.'

'Het was niet alleen het praten. U moet begrijpen dat onze moeder afstamde van… fundamentalisten. Hun godsdienst was erg strikt, erg streng. Ze waren slangenhandelaars. Zij is als meisje door een ratelslang gebeten en zou gestorven zijn als mijn vader haar niet bij haar familie had weggehaald. Dus die dag kwam Arthur naar binnen en vertelde ons dat zij hem had gewaarschuwd voor slangen…'

'Hij heeft jullie vast dat verhaal horen vertellen.'

'Misschien. Waarschijnlijk. We konden ons niet herinneren of we ooit over mamma's verleden hadden gepraat waar hij bij was. Toen pappa hem naar de truck droeg, vroeg hij aan Arthur waar hij was toen mamma tegen hem had gesproken en Arthur wees naar de IJzeren Beer. "Mamma Beer," zei hij. Hij had besloten dat de sculptuur kon praten of dat onze moeder via de sculptuur tegen hem sprak. En dat gelooft hij nog steeds.'

Ik aarzelde, besloot toen dat ik er niet onderuit kon en vertelde hem stilletjes wat er in Atlanta met mijn broer was gebeurd. 'Ik heb hem pijn gedaan, ik heb tegen hem gelogen, ik heb niet goed genoeg voor hem gezorgd. Dus nu is zijn beer eenzaam, zal die sterven en kan hijzelf niet meer praten. De sculptuur is de enige hoop die ik heb om ooit weer tot hem door te dringen.'

'Ik heb het gevoel dat u me iets probeert te vertellen wat ik niet wil horen.'

Ik ademde diep in. Mijn hele lichaam deed me pijn. Zelfs mijn botten brandden van teleurstelling, maar er kon geen sprake zijn van dubbelzinnigheid, ijdele hoop, koele rationaliteit of praktische onmenselijkheid. 'Ik kan u de IJzeren Beer niet verkopen,' zei ik zacht. 'Ongeacht hoeveel geld u me ervoor biedt.'

'Laat mij met uw broer praten.'

'Dat zal niet helpen. En ik sta het niet toe. Hij is doodsbang van vreemden.'

'Hebt u het geld nodig dat ik u heb aangeboden?' Hij stelde die vraag met een bewonderenswaardig gebrek aan ironie.

Ik slaagde erin een lachje te produceren. 'Eerlijk gezegd ben ik blut en weet ik niet eens hoe ik over een paar maanden de rekeningen moet betalen. Maar deze situatie is met geld niet op te lossen.'

'Ik heb niet het gevoel dat de sculptuur voor u veel betekent – u lijkt er niet erg sentimenteel onder. Het zou gemakkelijk moeten zijn een beslissing te nemen en uw broer over te halen.'

'U hebt het mis. Niemand kan neutraal blijven tegenover de IJzeren Beer. Dat is juist zijn kracht – dat maakt dat zijn effect op de mensen zo groot is. Ik weet zeker dat het door dat gevoel van provocatie, door die hartstochtelijke vitaliteit, door die levenslust komt dat de sculpturen van uw vader eindelijk erkenning hebben gekregen. Als ze allemaal zijn zoals de Beer kruipen ze in je en praten ze tegen je. Je kunt ze niet buitensluiten.' Ik zweeg even. 'Zou ik hem aan u verkopen als Arthur het ermee eens was? Waarschijnlijk. Ik ben geen dwaas. Dat geld zou de toekomst van mijn familie veranderen. Maar dat is een onbelangrijk detail. Als ik het hart van mijn broer breek, héb ik geen familie meer.'

Met samengetrokken wenkbrauwen veegde hij zijn handen af aan een papieren handdoekje. Met verbazingwekkende accuratesse gooide hij het verfrommelde papier in een stalen afvalemmer die pappa met helderblauwe en oranje stippen had beschilderd. Perfect gemikt. Mannen als hij hadden er slag van vrouwen in een afhankelijke positie te brengen, een positie die veel veiliger leek dan hij in werkelijkheid was.

'De sculptuur hoort in een museum,' zei hij. 'Niet in een weiland. Het was het beslissende werk in mijn vaders carrière en zou tentoongesteld moeten worden waar de mensen het kunnen waarderen.'

'Ik heb mijn hele leven ermee doorgebracht. Ik ken zijn kracht veel beter dan u. Als u denkt dat hij hier bij mij niet gewaardeerd wordt, hebt u het mis.'

'Verkoopt u wel als ik mijn bod verhoog?' vroeg hij.

Meer dan twee miljoen dollar? Ik kwam huiverend overeind. Hij kwelde me. 'Ga terug naar New York, meneer Riconni. U hebt geen idee. U luistert niet eens.'

Hij keek me aan met pientere nieuwsgierigheid, bestudeerde me alsof hij meende dat ik niet echt kon zijn. Ik begreep dat gevoel. Ik had kippen geslacht en uitgebeend, het vlees eraf gesneden en de aders eruit gehaald, naar de pezen en gebroken botten gekeken. Na een minuut onder Quentins blik wist ik hoe het voelde om netjes in stukken gesneden te zijn.

Het geluid van een auto doorbrak de betovering. Toen ik uit het raam keek, herkende ik de koplampen van de oude Volkswagenbus van de Ledbetters die een kleine trailer trok die de huurders deelden. De Ledbetters hadden iedereen naar het festival gereden en de trailer gesleept die vol zat met dozen en doeken voor de kraam. Ze zouden morgenochtend teruggaan voor de tweede dag. Ik deed een paar buitenlampen aan die het achtererf verlichtten.

'U gaat kennismaken met Arthur,' zei ik.

'U hebt mijn woord dat ik niets zal zeggen over mijn aanbod de sculptuur te kopen.'

Ik keek hem een ogenblik aan en waarschuwde hem toen zacht: 'Dat is u geraden.'

Een paar seconden later sprong Arthur uit het duister tevoorschijn met Liza achter hem aan. Hammer kwam overeind van het plekje waar hij had liggen slapen en blafte, maar hield toen op, alsof hij in Arthur een vriendelijke hond herkende.

'Ik heb Arthur op de terugweg over Lassie verteld,' zei Liza ademloos toen ze bij de achterdeur aankwam. Ze had me een uur geleden gebeld om te zeggen dat ze gingen inpakken en ik had haar ingelicht over de schuur en de eekhoorns. 'Arthur, Arthur, kalmeer,' riep ze, waarbij haar wijde blauwe boerenrok om haar heen fladderde als de staart van een sialia. Arthurs bruine haar waaierde wild om hem heen en zijn bleke, zo mooie gezicht was vertrokken van ellende. Hij greep met kleine, klauwende bewegingen naar zijn broek en shirt, alsof hij op het punt stond om aan te vallen en sprong de achterveranda op. Hij gooide met een klap de achterdeur open, stormde de keuken binnen en staarde me woedend en met betraande wangen aan.

Ik wees naar een kastje en Arthur sprong erheen. Toen hij het deurtje opende, zaten de eekhoorns op hun draadmandje. Ze piepten gealarmeerd en doken terug in hun getransplanteerde nest. Arthur maakte sussende geluiden, nam het mandje in zijn armen en liep in de richting van de buitendeur. Ik ging voor hem staan. Oswald, Juanita en de Ledbetters beoordeelden zoals gewoonlijk vanuit de schaduw mijn controle over de situatie. 'Arthur, wil je een minuut naar me luisteren?' Ik stak beide handen uit naar mijn broer. 'Ik kon niets doen om de havik tegen te houden. Ik heb het geprobeerd. Het ging te snel. Ik heb het echt geprobeerd. Geloof me.'

Hij duwde mij en Liza opzij, haastte zich de veranda over en het erf op. Ik stoof achter hem aan en pakte hem bij zijn arm. 'Arthur, we kunnen zo niet doorgaan. Je moet praten. Je moet naar me luisteren. Ik wilde dat Lassie bleef leven, en ik wil dat jij blijft leven. Je bent mijn broer. Ik hou van je.'

Hij draaide zich om en gaf me een duw, zo geweldddadig dat ik wist dat het uit een impuls was, niet uit kwade wil. Ik viel languit op mijn rug en een scheut van pijn in mijn hoofd benam me de adem. Ik was me er vaag van bewust dat Liza zich over me heen boog en daarna Quentin, die bij me neerknielde en een hand op mijn voorhoofd legde. Zijn uitdagende aanwezigheid bracht me ertoe te gaan zitten voor hij me kon helpen. Arthur zat op zijn hurken aan de andere kant naast me, zacht huilend en met de rug van zijn hand tegen een van mijn knieën tikkend. 'Wat ben je nu, lieverd?' vroeg ik met verstikte waardigheid, met beide ellebogen steunend op de grond en vechtend om de gal die vanuit mijn maag naar boven kwam terug te dringen. 'Wat voor dier ben je nu? Vertel het me, alsjeblieft.'

Hij maakte klauwende bewegingen naar de lucht, en naar zijn keel, sloeg met zijn handen tegen zijn voorhoofd, pakte toen een van mijn handen beet en drukte die tegen zijn wang terwijl hij heen en weer begon te schommelen. 'Ik ben in orde, Arthur. Ik ga niet dood. Ik ben in orde. Niet huilen, lieverd. Alsjeblieft, praat tegen me. Ik weet dat je het kunt. Je hebt de toestemming van de Beer niet nodig. We hebben nog steeds elkaar. Vertel me alsjeblieft wat voor dier je bent. Ik wil het begrijpen.'

Hij huilde en wiegde. Plotseling weerklonk een diepe stem: 'Arthur? Arthur. Kijk me aan, kerel.' Na een seconde werd mijn hoofd helderder en besefte ik dat Quentin mijn broer toesprak. Arthur hield op met huilen en keek hem aan. Quentin stak een hand naar hem uit. 'Je bent een man,' zei Quentin. 'En een man zegt tegen zijn zuster: "Het spijt me dat ik je omver heb geduwd."'

Mijn broer week terug in de schaduw als een krab, het draadmandje tegen zijn buik geklemd en met open mond naar Quentin starend. 'Wees niet bang,' zei ik snel. 'Arthur, dit is een nieuwe... vriend. Hij zal je geen pijn doen.' En tegen Quentin: 'Dring hem niet een of ander soort mannelijk *machismo* op. Hij weet niet waar je het over hebt.'

'Jawel, dat weet hij wel.' Quentin wachtte, zijn hand nog altijd uitgestoken. Hij zag er dreigend uit; er was niets anders van zijn gezicht af te lezen dan kalmte en stoïcijns geduld. 'Arthur, mijn naam is Quentin Riconni,' zei hij, 'en ik ben de broer van de IJzeren Beer.'

Stilte. Ik keek Quentin waarschuwend aan. Naast me slaakte Liza een zachte kreet van ontzag. Arthur hapte naar adem. 'Ik ben de broer van de IJzeren Beer,' herhaalde Quentin voorzichtig. 'En ik zeg je dat Mamma Beer zou willen dat je een man bent en zegt dat het je spijt dat je je zuster pijn hebt gedaan.'

'Hou op,' beval ik hem. 'Arthur, het is goed...'

Arthur fluisterde: 'Broeder Beer?' Toen zette hij het mandje op de grond, ging als een berenwelp op handen en voeten zitten en kroop naar Quentin toe, waarbij hij hem dringende, betraande blikken toewierp en bevend zijn hand naar hem opstak. Quentin bleef op een knie gehurkt, alsof hij nederig wachtte om tot ridder geslagen te worden. Arthur raakte zijn hand aan, werd vrijer, pakte de hand vast, bestudeerde toen de vingers, palm en knokkels alsof hij zocht naar metalen klauwen en pezen van staaldraad. Kennelijk vond hij ze.

Bevend van opwinding liet Arthur zijn hand los en kroop toen naar mij toe. 'Heb jij hem gevraagd ons te komen bezoeken?'

'Ik heb niet, ik kan niet... Arthur, ik wil niet dat je gelooft...'

'Ja, dat heeft ze,' antwoordde Liza snel en wierp mij een azuurblauwe blik toe die me het zwijgen moest opleggen. 'Arthur, je zuster wist dat je Broeder Beer graag wilde ontmoeten en ze heeft hem speciaal voor jou hiernaartoe gehaald. Omdat ze van je houdt en wist dat je je broer nodig had om te zorgen dat jij en Mamma Beer weer gelukkig worden.'

Arthurs gezicht straalde. Hij raakte mijn gezicht aan met een vingertop die zo beefde als een herfstblad dat op mijn huid viel. Ik staarde hem verrast en in tranen aan. Hij stoof weg, pakte het mandje en keek Quentin aan. 'Tot morgen!' zei hij luid en haastte zich toen de avond in. Iedereen was in stomverbaasd stilzwijgen gehuld. Alle huurders staarden Quentin aan. En ik ook.

'Mijn God,' zei Oswald ten slotte lijzig. 'Arthur praat. Hij geloofde die flauwekul.'

Liza kwam overeind in haar blauwe sandalen en keek hem streng aan. 'Er is hier vandaag iets bijzonders gebeurd en daar mogen we niet mee spotten. Er zijn krachten aan het werk die je niet moet negeren.' Oswald gromde maar zei niets meer. De Ledbetters knikten. Juanita sloeg een kruis.

Quentin stak me zijn hand toe om me overeind te trekken en ik accepteerde zijn hulp zonder erbij na te denken, maar stapte bij hem vandaan zodra ik weer op mijn benen stond. Ik moest hem vanaf veilige afstand bestuderen om deze man te kunnen begrijpen die mensen en schuren analyseerde met een meedogenloos instinct voor hun zwakheden.

'Je hebt jezelf tot een deel van ons leven gemaakt,' zei ik. 'Ik weet niet zeker of ik wil dat je terugkomt, maar ik heb weinig keus. Mijn broer verwacht je.'

Quentin riep zijn hond. De huurders staarden hem aan alsof de storm een Appalachiaanse berggeest met een zwaar Brooklyn-accent had opgeroepen. *Wat haal ik mezelf op de hals?* vroeg hij zich in stilte af. Het was niet zijn bedoeling geweest gebruik te maken van Arthurs kinderlijke geloof en het baarde hem zorgen dat iemand zo plotseling en vol vertrouwen op hem rekende. Het was ook niet zijn bedoeling geweest iets om Ursula te geven. Maar hij moest de sculptuur hebben.

'Ik zie je morgen, Zuster Beer,' zei hij. En hij vertrok.

I I

IK BRACHT HET MERENDEEL VAN DIE NACHT DOOR ACHTER MIJN LAPTOP, op internet zoekend naar verhalen uit de kunstwereld over Quentins vader en de nieuwe roem die hem naar mij en de IJzeren Beer had geleid. Ik vond bevestigingen van alle feiten die Quentin had genoemd en een gedetailleerd verslag van de veilingen in januari dat mijn hoofd deed tollen.

Ik probeerde te slapen maar lag alleen maar te draaien in mijn bed en naar het lattenplafond te kijken. Arthur had gesproken. Mijn broer was eindelijk op de weg naar herstel, maar ik kon hem niet laten meeslepen in een of andere fantasie over Quentin Riconni, die niet meer was dan een vreemdeling op doorreis. De schade aan Arthurs vriendelijke aard zou volgende keer wel eens permanent kunnen zijn.

Maar deze man heeft je leven gered. Het was een groot dilemma. Ik stond een paar uur later op, nam wat aspirine en dronk zwarte koffie die ik op smaak bracht met een paar lepels dikke honing. Nog steeds gekleed in de spijkerbroek en het T-shirt van de vorige avond, mijn haar ongekamd rond mijn gezicht, reed ik die ochtend in pappa's kleurrijk beschilderde truck naar Tiberville. Ik was van plan Quentin op te zoeken in een plaatselijk motel en nog eens met hem te praten. Ik moest hem, zo vriendelijk mogelijk, zeggen dat hij terug moest gaan naar waar hij vandaan kwam. Dat hij mij en Arthur met rust moest laten. Zodat we hem konden vergeten, wat toch al moeilijk genoeg zou zijn.

Ik stopte onderweg bij The Quik Boy en dronk nog een kop zwarte koffie, omdat ik hyperalert wilde zijn bij Quentin, die mijn broers vriendschap al had weten te winnen. De bediende van die ochtend was een oude klasgenote die Rita heette. Ze keek me vreemd aan. Het was al bekend. 'Weet je niet dat je yankee in de gevangenis zit?' vroeg ze. Ik liet de koffie op de bar staan.

Hij was vroeg opgestaan voor een rusteloze wandeling in de heldere voorjaarszon, het nieuwe terrein bestuderend met de ogen van een soldaat. Hammer lag te snurken op een van de dubbele bedden in de motelkamer. Terwijl hij over de tweebaansweg in de richting van het plein liep, dacht Quentin: *mooi stadje. Het heeft goede lijnen.* In gedachten catalogiseerde hij de schaduwrijke buurt van rond de eeuwwisseling, de sierlijke kerktorens, de universiteitscampus die zich uitstrekte over golvende groene gazons, en het vergulde koepeltje van het gerechtsgebouw dat boven de bomen uitstak.

Hij moest steeds aan Arthur denken en aan de roodharige op blote voeten die Latijn citeerde en geld afwees uit principe. Ze deed hem denken aan de metalen puzzels uit zijn jeugd, iets waar hij al jaren niet aan had gedacht. En hij betrapte zich erop dat hij zich afvroeg: *als ik nu eens vrij was om haar te krijgen?* Die gedachte verraste hem. *Vrij waarvan?* Hij wist het niet.

Vogels zongen, een paar luie auto's reden langzaam door de vroege ochtend en ergens in de verte kon hij, als hij goed luisterde, zelfs hanen horen kraaien. Een vreemd gevoel van kalmte overviel hem. Deze stille wereld was zo vredig dat hij niet wist of hij moest toegeven dat die hem betoverde of zich argwanend op een afstand moest houden.

Hij at roereieren, bacon en toast in de Tiberville Diner aan het plein, stak geamuseerd zijn lepel in het schaaltje dampende gort dat de serveerster er ongevraagd bij had gezet. Hij voelde de starende blikken van de plaatselijke bevolking en de nieuwsgierigheid van de bezoekers die uit Atlanta hierheen waren komen rijden voor het festival van de vierde juli.

Hoe wisten ze dat hij niet een van hen was? Quentin realiseerde zich uiteindelijk dat de andere mannen die met hem aan de bar zaten hun warme gort op smaak hadden gebracht met zout, peper en boter, terwijl hij had geëxperimenteerd met suiker en melk. Mannen met petten op en jagershemden aan keken glimlachend en op hun tong kauwend in zijn richting. 'Straks gebruikt hij nog ketchup,' zei een van hen lijzig.

'Zo eten wij onze gort in Brooklyn,' zei Quentin op zijn weg naar buiten. Hij werd achtervolgd door gelach. Mensen rekten hun hals uit om te zien waar hij heen zou gaan.

Hij liep om het plein voor het gerechtsgebouw heen, dat nu vol stond met tenten en kraampjes, hoewel het nog veel te vroeg was om druk te zijn. Er dribbelden alleen een paar verkopers van kunst en handwerken rond, die hun eenvoudige canvaskraampjes klaarmaakten voor de tweede dag van het festival. Hij bleef staan bij het spandoek van *Bear Creek Arts Farm*, dat aan beide zijden werd gesierd door een onhandige maar aangrijpende geschilderde versie van de IJzeren Beer.

Ik wou dat pappa Tom Powell had gekend, dacht Quentin. In de war door de gevoelens van spijt en verdriet in zijn borst draaide hij het plein zijn rug toe en ging een smal zijstraatje vol met winkels verkennen. Hij zag een bord met OPEN bij de kleine antiekwinkel van Luzanne Tiber aan het eind van het straatje. Het eenvoudige mechaniek van een door een ezel getrokken zaaimachine die op het kleine stukje gras voor de winkel stond trok zijn aandacht. Hij liep erheen om het archaïsche stuk boerengereedschap te bestuderen en stapte toen naar binnen om naar de prijs te vragen.

De oudere zuster van meneer John was zelf niet vaak in de winkel, maar liet de dagelijkse leiding daarvan over aan een oudere neef, de heer Beaumont Tiber. Meneer Beaumont was minstens tachtig, tamelijk tenger en hardhorend. Toen Quentin binnenliep zat hij ineengedoken in een oude leunstoel achter het cilinderbureau te beven. Hij kwam enigszins wankel overeind. Kennelijk vond hij de aanblik van een lange, sterke vreemdeling wel bemoedigend.

'Meneer, blijft u alstublieft bij me tot de politie komt,' fluisterde hij tegen Quentin, ondertussen angstig naar de deur van de achterkamer kijkend. 'Er staan daarachter een paar jongelui die geen goeds in de zin hebben, meneer, en ik kan ze maar niet kwijtraken. Ze hebben een zilveren lepel uit die mand gestolen, en ik ben er vrij zeker van dat ze daarginds ook een oud kompas hebben gepakt. Wacht u alstublieft even hier, meneer. Ik wil niet alleen zijn.'

'Ik wacht wel,' zei Quentin en leunde tegen de toonbank met de kalme rust van een man die niet hoeft te zeggen waartoe hij in staat is. Hij richtte zijn blik op de deuropening naar de achterkamer. Hij was niet van plan om meer dan dat te doen.

De klanten kwamen terug naar de voorkamer en stonden onzeker stil toen ze hem zagen. Ze waren gezet, hadden kortgeknipt haar en droegen T-shirts, schone spijkerbroeken en dure sportschoenen en namen snel de houding aan van verwaande beroepsworstelaars. 'Ik geef u hier geen twintig dollar voor. Dat is het niet waard. Ik geef u er tien,' zei een van hen luid, terwijl hij een handgemaakte ijzeren tang op het bureau van meneer Beaumont gooide. De tang stootte een plastic mok vol ijsthee om. Meneer Beaumont kreunde van ontzetting en begon snel zijn papieren opzij te leggen terwijl hij ondertussen tissues uit een doos trok.

De man die het ongelukje had veroorzaakt week vol afkeer achteruit. 'Sorry,' zei hij met weinig overtuiging. Quentin liep erheen, legde de tang opzij en pakte een stapel catalogi op voor meneer Beaumont, die nog harder beefde terwijl hij de stroom lichtbruin vocht opdepte die zich over het bureau verspreidde.

'Werkt u hier?' vroeg de andere man op brutale toon aan Quentin, en zijn vriend lachte.

Quentin legde de stapel catalogi op een vitrine. 'Gewoon aan het winkelen. Ik denk erover een tang te kopen.' Hij pakte de tang en legde die op de vitrine. 'Ik denk zelfs dat ik deze maar neem. En ik betaal er twintig dollar voor.'

Hun gelach stopte onmiddellijk. 'Wat voor de duivel denk je dat je aan het doen bent?'

Quentin draaide zich zonder enig vertoon van woede of dreiging naar de twee om, maar toch deden ze na een blik op zijn gezicht allebei een stap terug. Hij kon in de verte al de sirene van de politiewagen horen. 'Ik wil gewoon die tang kopen, dat is alles.'

Na een moment vol spanning snoof de leider: 'Shit, houd hem maar. Ik wil dat verdraaide ding niet eens meer.' Hij en zijn vriend liepen langs Quentin heen naar de deur. Meneer Beaumont keek ze handenwringend na. 'O, zo meteen rijden ze weg met de gestolen spullen. Luzanne zal het me nooit vergeven.'

'Ik zal proberen ze hier te houden tot de politie er is.'

'O, dank u, dank u, meneer, wat vriendelijk van u. God zegene u.'

Quentin volgde het tweetal naar een glimmend rode, moderne truck die met één wiel op de stoep geparkeerd stond. 'Wat moet je nou, voor de duivel?' zei de chauffeur luid, terwijl hij het portier openzwaaide.

'Ik wil dat jullie hier wachten en even met de plaatselijke politie praten.' Quentin gebaarde de straat in, waar binnen vijftien seconden een politiewagen vanaf Main Street de hoek om zou komen.

'Lik m'n reet!' De chauffeur maakte aanstalten om in te stappen. Quentin had visioenen van een politieachtervolging over het plein, dat inmiddels was volgelopen met mensen die de tweede dag van het festival kwamen bezoeken. Hij zette twee grote stappen, greep de man bij zijn shirt en voor de chauffeur het wist lag hij op zijn buik op de grond. Quentin zette een voet op zijn rug, trok de linkerarm van de man zo ver mogelijk naar boven en draaide die achter zijn rug. Hij hield hem bij de pols vast. 'Als je je verroert, breek ik je arm,' zei hij kalm.

Met zijn andere hand haalde hij zijn mes uit de zak van zijn kaki-broek en toen de tweede man obsceniteiten schreeuwend op hem toe kwam, knipte Quentin het mes open. De man kwam tot stilstand met het mes onder zijn kin.

Dat was het tafereel dat agent Rexi Brown aantrof toen hij zijn auto tot stilstand bracht. Hij vond meneer Beaumont flauwgevallen achter zijn bureau. Hij trok zijn wapen, vroeg om versterking en arresteerde alle betrokkenen.

Ik kende de gevangenis van Tiberville beter dan ik zou willen toege-ven. Mijn maag trok zich samen toen een hulpsheriff me naar de cel leidde. Quentin zat met zijn rug naar ons toe en staarde door een klein raam met tralies ervoor naar het groentetuintje van de sheriff. Kort-gestraften gekleed in gestreept gevangenistenue plantten, wiedden en oogstten daar groenten, die verkocht werden op de boerenmarkt in Tiberville. De opbrengst ging naar een fonds voor behoeftige gezin-nen.

'Ik hoop dat je van stof en okra houdt,' zei ik.

Hij draaide zich langzaam om. Er bestond geen twijfel dat deze man knap was, geen twijfel dat de koele grijze ogen en de licht sardo-nische glimlach een verbazingwekkend effect hadden. 'Goeie gena-de,' zei de hulpsheriff, een grootmoeder, zacht.

'Ik eet alleen okra bij mijn gort,' antwoordde hij.

De hulpsheriff maakte de celdeur open. Ik stapte naar binnen en ze sloot me in. 'Dank u, mevrouw Dixon.'

Ze trok een zilvergrijze wenkbrauw op. 'Ik heb de mensen altijd al gezegd dat je weer hier terecht zou komen.'

Toen ze weg was ging ik op een lage stalen bank tegen de muur zit-ten. Hij kwam naast me zitten. Ik trok een wenkbrauw op. 'Heb je altijd een stiletto bij je?'

'Waar ik ben opgegroeid hoorde het bij de standaarduitrusting. Ik heb de gewoonte nooit afgeleerd.'

'Toen je het trok was meneer Beaumont bang dat je iemands keel zou doorsnijden. Hij ligt in het ziekenhuis met hartkloppingen. Ze hebben zijn kant van het verhaal nog niet gehoord.'

'Ik heb mijn kant van het verhaal verteld. De politie vond wat ik zei dat ze zouden vinden in de zakken van mijn "vrienden".' Hij spreidde zijn handen. 'Kijk, ik bemoei me met mijn eigen zaken. Ik ben hier niet gekomen om ergens bij betrokken te raken, om de reputatie van weldoener op te bouwen, of om iets duidelijk te maken wat mijn vaders werk betreft. Ik ben alleen gekomen om de berensculptuur te halen.'

'Dan zou ik maar ophouden mensen te redden.'

'Het klinkt alsof je gelooft dat ik onschuldig ben.'

'Je hebt gisteren je eigen veiligheid geriskeerd om mij uit de schuur te halen. Ik kan me niet voorstellen dat jij de oude meneer Beaumont zou terroriseren.'

Hij knipte met zijn vingers. 'Altijd oude mensen, vrouwen en kinderen erin laten lopen met valse vroomheid. Dat is mijn stelregel.'

'O, de mijne ook,' zei ik zo luchtig als ik kon.

Zijn humor verbleekte. Hij knikte in de richting van de deur. 'Wat bedoelde die hulpsheriff toen ze zei dat ze altijd had geweten dat je hier terug zou komen?' Ik zei niets, maar keek hem streng aan. Hij trok een donkere wenkbrauw op. 'Ik ben een nieuwsgierige yankee,' zei hij.

Ik zwichtte. 'Ik heb als tiener in de kipverwerkingsfabriek van de Tibers gewerkt. Ik probeerde de werknemers bij de bond aangesloten te krijgen. Een echte Norma Rea was ik. Ik klom op een tafel met een bord in mijn handen waarop stond NU DE BOND. Ik werd ontslagen. Dus ging ik de volgende dag terug en hing posters van de bond op aan de muur van de kantine. Toen ik weigerde mijn excuses aan te bieden en te beloven dat ik het niet meer zou doen liet meneer John me arresteren. John Tiber. Hij is een neef van me.'

'Liet je eigen neef je opsluiten?'

'Jawel. Ik wed dat je dacht dat we hier alleen maar met onze neven trouwden.'

De flauwe grap veranderde niets aan zijn nieuwsgierigheid. 'Hoe werd het uiteindelijk geregeld?'

'Ik heb heel nederig mijn excuses aangeboden en toen lieten ze me gaan.'

'Nou ja, je was nog maar een kind.'

'Je begrijpt het niet.' Ik aarzelde weer. Mijn verdedigingssysteem liet waarschuwingsbellen rinkelen. Ik vertelde deze man te veel over mezelf en ik begreep niet waarom dat zo noodzakelijk leek. Ik had zelfs Gregory nooit over dat incident verteld. 'Mijn vader kwam hierheen en stond erop samen met mij opgesloten te worden. Hij weigerde weg te gaan. Ik heb mijn excuses aangeboden om hem hier weg te krijgen. Hij verdiende die vernedering niet. Hij was al genoeg vernederd in zijn leven.'

Stilte. Eindelijk knikte Quentin tevreden. 'Het is gemakkelijker als het alleen om jezelf gaat. Je kunt alles verdragen als er niet iemand anders is om wie je je zorgen hoeft te maken.'

Hij begreep het. Geschrokken stond ik op en begon in mijn tas te zoeken alsof ik iets nodig had. *Blijf in beweging. Hij heeft een sloopbedrijf. Hij haalt je uit elkaar om te zien wat er van waarde tussen zit. En hij zal dit tegen je gebruiken.* 'Ik heb het nooit op die manier bekeken, maar ja, dat is waar. Natuurlijk moeten de mensen die je liefhebt wel de moeite waard zijn. En dat was hij.'

'Ik benijd je om wat je voor je vader voelt,' zei Quentin zacht.

Ik stond stil, staarde hem aan, wilde weten waarom hij niet hetzelfde van zijn vader kon zeggen. Plotseling zag ik lange, ruwe striemen aan de binnenkant van zijn polsen. Ik vergat al het andere. Dat had Rexie hem aangedaan, met handboeien. De onhandige klootzak. 'Jezus,' zei ik zonder enige charme. 'Je polsen.'

Hij keek ernaar alsof hij het niet eerder had opgemerkt. 'Het is niets.'

Ik opende mijn macramé-tas en haalde het potje uierzalf eruit. 'Hier.' Ik ging weer naast hem zitten en lepelde de zachte, dikke zalf op met een vingertop, boog me toen over zijn handen en smeerde de zalf over de rode plekken uit. Toen ik het potje weer in mijn tas deed, keek ik in zijn verwarde ogen. We zaten dichter bij elkaar dan ik me had gerealiseerd, of ik was zonder het te merken dichter bij hem gaan zitten. We wisselden een lange, zwijgende blik die mijn hart sneller deed kloppen. 'Dank je,' zei hij.

'Het is uierzalf. Ik heb het ook op de snee in mijn hoofd zitten. Ik geloof dat ik het in de loop van mijn leven al overal heb gebruikt behalve op mijn tepels.'

Hij lachte even luid, stond toen op en liep naar het raam. Hij leunde tegen het smalle kozijn en keek me met duistere geamuseerdheid aan. 'Zo. En ben je nu van plan omwille van mij hier te blijven zitten? Dat is niet nodig. Probeer alleen borgtocht voor me te regelen. En zorg voor mijn hond, alsjeblieft.'

'Nee. Je bent míjn yankee. Dat heeft iedereen al besloten. Ik laat je niet in de steek.'

Hij pinde me vast met weer een sluwe blik, nu met een zweem van stille bewondering. Ik kon mijn blik niet afwenden.

'Je krijgt bezoek,' zong onze oma-hulpsheriff terwijl ze weer de gang door kwam lopen. Ik liep naar de tralies terwijl mevrouw Dixon meneer John bij ons bracht en de deur ontsloot. Hij keek me geërgerd aan en wendde toen met een diepe frons zijn blik naar Quentin. 'Wat hebben we hier?' vroeg hij.

'Hij beschermde alleen maar meneer Beaumont,' zei ik zacht.

De deur zwaaide open. Meneer John stapte naar binnen en liep naar Quentin. 'Dat weet ik. Dat weet ik inderdaad. De oude Beau is eindelijk voldoende gekalmeerd en vertelt tegen iedereen die wil luisteren wat een fantastische kerel u bent. Ik mag het dan niet eens zijn met uw methoden, maar ik ben hier om me te verontschuldigen voor uw moeilijkheden en om u te bedanken. U bent een vrij man, meneer Riconni.' Hij stak Quentin zijn hand toe. 'John Tiber.'

Quentin keek enkele intense seconden lang van hem naar mij, en de gladgeschoren wangen van meneer John kleurden rood. 'Je neef?' vroeg Quentin en ik knikte verbaasd.

Quentin wendde zich tot meneer John en vroeg zacht: 'Was u er verantwoordelijk voor dat mijn vaders sculptuur van de universiteitscampus werd verwijderd?' Hij ving meneer Johns aandacht met verbazingwekkend gemak, zijn stem een diep monotoon geluid, zijn handen losjes langs zijn zij. Geen poespas, geen gebluf, geen fysieke dreiging, alleen het pure besef van zijn eigen doel.

Meneer John liet zijn hand zakken. Hij knipperde verrast met zijn ogen. 'Ja, dat was ik.'

'En u hebt hem verkocht aan Tom Powell?'

'Ja.'

'En anders had u hem als oud roest verkocht?'

'Ik... ja.'

'Was u er verantwoordelijk voor dat de universiteit loog tegen iedereen die vroeg wat ermee was gebeurd?'

Het gezicht van meneer John werd nu helemaal rood. 'Daar was ik inderdaad verantwoordelijk voor. Noemt u mij een leugenaar?'

'Ja. Ik wil gewoon weten waarom.'

'Mijn familie heeft deze stad gesticht, meneer, en wij zijn verantwoordelijk voor wat erin komt en eruit gaat. Inclusief alle zogenaamde kunst.' Meneer John draaide zich om en keek mij aan. 'Ursula Victoria Powell, wil je deze heer uitleggen hoe het hier gaat? Ik ben hierheen gekomen om hem te bedanken, niet om te worden beschuldigd van misdaden die ik niet heb begaan.'

'Hij heeft reden om antwoorden te willen,' zei ik zo beleefd als ik kon. 'Het zou geen kwaad kunnen de familie Riconni je verontschuldigingen aan te bieden. Zijn moeder heeft jaren om de Beer gerouwd. De universiteit had haar laten weten dat die vernietigd was.'

Meneer John keek me aan alsof ik mijn verstand verloren had. 'Nou moet je eens goed luisteren. Je vader had ook een hoop dwaze ideeën en ik heb mijn best gedaan een goed voorbeeld voor hem te zijn dat hij zou kunnen volgen, maar dat heeft hij nooit gedaan. Als ik soms hard tegen hem was, was dat voor zijn eigen bestwil, precies zoals ik tegen deze kerel vastberaden probeer te zijn voor zijn eigen bestwil. Ik ga me niet verontschuldigen, nergens voor. Ik ben hierheen gekomen om een nobel gebaar te maken omwille van Beaumont, en nu word ik door jullie beschuldigd!'

Ik staarde hem aan. De woorden *dwaze ideeën* weergalmden door mijn hoofd. 'Meneer John, misschien wil je even gaan zitten,' zei ik tussen opeengeklemde tanden door. 'Ik heb nieuws voor je. De sculpturen van Richard Riconni zijn nu erg gewild. De Beer is een fortuin waard.'

Meneer John gaapte me aan, keek toen naar Quentin. 'Dat geloof ik niet,' zei hij.

Quentin knikte. 'Wat u denkt of gelooft doet niet ter zake. Evenmin als een verontschuldiging van uw zijde nog ter zake doet. Ik ben hierheen gekomen om de sculptuur te kopen en hem terug te brengen naar waar hij thuishoort. Dit gaat om zaken, niet om familiesentiment. Ik wil alleen de waarheid.'

Meneer John was vol aandacht. 'Als die sculptuur aardig wat waard is, gelooft u dan maar, meneer, dat mijn familie een groot deel van de eer verdient – en van het geld.'

'Wat?' Ik liep ongelovig, met langzame, gelijkmatige passen op hem toe. Hij keek me fronsend aan. 'Meneer John, dat meen je niet.'

'Dat meen ik wel degelijk. Miss Betty heeft die sculptuur betaald. Zij heeft er opdracht toe gegeven.'

'Je hebt hem aan mijn vader verkocht!'

'Op zijn best een halfslachtige, informele transactie.' Hij keek Quentin aan. 'Wat is de huidige waarde?'

Quentin keek op hem neer alsof hij een bijzonder insect was, iets zo basaals dat iemand zich alleen maar kon verbazen over de primitieve dreiging alvorens het stilletjes te vermorzelen. 'De prijs maakt deel uit van persoonlijke onderhandelingen met de familie Powell.'

'Ik begrijp het. Wat u zegt, meneer.'

'Ik zeg dat u nooit een cent van dat geld te zien zult krijgen. Ik zeg dat u de rest van uw leven tegenover míj in de rechtbank zult staan, want als u Ursula's eigendomsrecht aanvecht, dan zal ik advocaten in dienst nemen om haar te verdedigen.'

Meneer John was een buldog op leeftijd die voor niemand terugdeinsde. Maar er verscheen een uitdrukking op zijn gezicht die zei dat hij wist dat hij in moeilijkheden zou komen. 'Ik wou alleen even iets duidelijk maken, niet tot actie overgaan,' zei hij.

'Er is geen sprake van onderhandelingen,' zei ik. 'Ik verkoop niet.' Ik was vreselijk van streek door het verraad van meneer John. Ondanks alles was hij toch altijd iemand geweest die ik vertrouwde. 'Hoe kun je zeggen dat je recht hebt op de Beer? Hoe kun je mij, mijn vader, dat aandoen? Je weet dat de sculptuur allang vernietigd zou zijn als hij er niet was geweest. Dat weet je! Zou je me echt voor de rechtbank dagen over het eigendomsrecht? Me laten vervolgen? Weet je wat de mensen in dit district over je zouden zeggen als je dat deed? Weet je wat dat voor je goede naam zou betekenen?'

Meneer John stak beide handen op en zuchtte, had in elk geval het fatsoen er enigszins beschaamd uit te zien. 'Ik was boos, sprak zonder erbij na te denken. Je weet dat ik je geen kwaad zou willen doen, liefje. We praten hier later wel over, als we allemaal gekalmeerd zijn.' Ik had hem op een gevoelige plek geraakt… zijn publieke imago.

Maar ik kalmeerde nog niet. Ik deed een stap naar voren. 'Pappa was aardig tegen je. Hij pikte je autoritaire houding. Hij heeft altijd gezegd dat je een goed mens was die veel voor de gemeenschap heeft gedaan, zelfs al gedroeg je je als een kleingeestige dictator. Hij geloofde in passief verzet. Hij had meer geduld dan Gandhi, maar ik niet!'

'Een kleingeestige dictator? Denk je zo over me?'

'Je profiteerde van zijn goede aard en je liet je hele familie hun neus voor hem optrekken om dingen die minstens vijftig jaar geleden zijn gebeurd. Je kleineerde hem en koeioneerde hem en noemde dat "voor zijn eigen bestwil". Dat zal je bij mij niet lukken. Ik begrijp de Tibermentaliteit veel beter dan pappa deed. Ik ben niet terug naar huis gekomen om dezelfde oude spelletjes te spelen, meneer John. Als je mijn respect wilt, zul je het moeten verdienen. Ik verwacht dezelfde beleefdheid van jou en iedere andere Tiber. Waag het niet te proberen van míj te profiteren!'

'Ursula, je staat je op te winden. Kalmeer nou toch…'

'Het geld dat je mijn vader hebt laten betalen voor de IJzeren Beer had gebruikt kunnen worden voor de doktershulp voor mijn moeder. Het was pappa's keus om dat geld te betalen, maar het was jouw keus om het te eisen. Ik weet niet zeker of mijn moeder anders vandaag nog in leven zou zijn. En ik weet evenmin zeker of Arthur zonder handicap geboren zou zijn. Maar ik weet wel dat je mijn vader niet om die tweehonderd dollar had moeten vragen die je helemaal niet nodig had, terwijl mijn vader van die sculptuur hield en het recht om hem te bezitten door de jaren heen al wel duizend keer had verdiend. Jij bent mede schuldig aan de dood van mijn moeder en de handicap van Arthur!'

Meneer John keek woedend maar ook verbaasd. Hij knipperde met zijn ogen, schudde het hoofd. Eindelijk hervond hij zijn stem en bulderde: 'Ik heb je altijd aan Janine voorgehouden als een voorbeeld van wilskrachtige, hardwerkende ambitie. Mijn vrouw, God hebbe haar ziel, bleef altijd volhouden dat je nooit een dame zou worden. Maar ik heb altijd gemeend dat als de ruwe kantjes er eenmaal afgeschaafd waren, je even knap en bewonderenswaardig zou zijn als mijn eigen dochter. Ik ben erg teleurgesteld door je grove aanval. Wat voor effect heeft deze man op je?' Hij knikte in Quentins richting.

Ik herkende een nutteloze ethische en filosofische strijd. Mijn hoofd deed pijn, de schuur was vernield, mijn auto was kapot, en ik had het dilemma dat Quentin vertegenwoordigde – de sculptuur, Arthurs toekomst, de enorme som geld die ik had afgewezen maar heimelijk wel wilde hebben en wanhopig hard nodig had. Ik stond in een cel met pijnlijke zenuwen en ongekamde haren die naar uierzalf met mentholgeur roken omdat ik geen dokter kon betalen. Het had geen zin ruzie te maken met het enige Tiber-familielid dat me te hulp zou komen als ik echt wanhopig was.

Ik keek Quentin in de ogen. Hij vond me op dat moment ongelooflijk. Mooi. Sterk, dat zag ik. Ik ademde diep in. Ach, wat maakte het ook uit. 'Ik ben teleurgesteld in jou!' zei ik tegen meneer John. 'En laat me je iets vertellen over Janine. Ik hoop bij God dat ik nooit zal worden zoals zij, want ze is een meedogenloze teef.'

Het was niet mijn bedoeling geweest mijn nicht een teef te noemen, vooral niet tegenover haar eigen vader. Ik vond het geen prettig woord en gebruikte het normaal nooit. Zoals alles die dag floepte het er gewoon uit. De ware ik. Vals als een slang en twee keer zo koud. Een krankzinnige Powell die de paar krakkemikkige bruggen die naar veiligheid leidden achter zich verbrandde. Ik zweeg, wist niets meer te zeggen. Ik trok een gezicht.

Meneer Johns ogen vulden zich met tranen. Met tranen! 'Je breekt mijn hart,' zei hij zacht en met een zekere mate van melodrama dat niettemin oprecht was. Hij liep weg. De celdeur bleef openstaan. Toen hij de gang uit was, merkte ik dat ik stond te beven. Ik ging op de metalen bank zitten en legde mijn hoofd in mijn handen.

Quentin kwam naast me zitten, zijn gezicht bedachtzaam. Het was alsof we allebei ons hele leven door een galerie vol halfvoltooide beelden hadden gedwaald, zoekend naar dat ene, beslissende element dat zoveel dingen die ons waren overkomen zou verklaren, dat zei dat er wel degelijk antwoorden bestonden. De energie die we in dat vertrek hadden gecreëerd, het karma of de essentie of de fall-out van onze jeugd, wat het ook was – het was met primitief gemak over ons neergedaald.

'Gaat het wel?' vroeg hij. Zijn stem klonk vast. Zijn wilskracht werkte op vol vermogen.

Ik knikte en rechtte mijn rug. 'Ik moet hier wonen. Ik moet iets vinden om de kost mee te verdienen in deze gemeenschap, moet met deze mensen omgaan en zorgen voor de mensen die afhankelijk van me zijn. Dat wordt nu een stuk moeilijker. Maar ik heb mijn keus gemaakt. Het had niets met jou te maken.'

'Dat is niet waar, maar ik waardeer het dat je het zegt,' zei hij.

Ik keek hem aan, bevend. Geen zwakte. *Geef tegenover deze man geen blijk van zwakte.* Mijn research had uitgewezen dat hij beroepsmilitair was geweest, een oorlogsheld! Hij hoefde niet te bewijzen dat hij een sterk karakter had, dat was duidelijk. Dat maakte me des te vastberadener mezelf tegenover hem te bewijzen. Ik kon niet meer zeggen dat hij terug moest gaan naar New York en ons met rust moest laten; daarvoor was de situatie te ingewikkeld geworden. Als ik had geweten wat hij werkelijk over me dacht, had ik misschien nog harder gebeefd.

Of had ik wellicht simpelweg mijn armen voor hem gespreid. *Ik heb op je gewacht, wat er ook gebeurt,* zou ik gezegd hebben.

12

'IN DE STAD PRATEN DE TIBERS EROVER DAT DE BEER VEEL GELD WAARD is,' fluisterde Liza toen ik terugkeerde op de boerderij. 'Je kunt hem niet verkopen, Ursula. Dat betekent de dood voor je broers ziel.'

'Ik weet het,' antwoordde ik vermoeid.

Toen Quentin later die middag langskwam trof hij een menigte van vijfentwintig buren en alle vijf mijn huurders aan die enthousiast stonden te wachten om de held van meneer Beaumont te bedanken. Natuurlijk kwamen de buren vooral om alles te weten te komen over deze interessante man die van Ergens Anders was gekomen. Hij was een nieuwe plaatselijke legende in de maak. 'Ik wil kunnen zeggen dat ik er vanaf het begin bij ben geweest,' zei een man tegen me.

Quentin dirigeerde me onmiddellijk mijn eigen keuken in en deed de deur dicht. 'Ik heb die mensen niets te zeggen. Ik wil hun dankbaarheid niet.' We stonden wat onhandig tegenover elkaar na de intimiteit in de gevangenis. Hij leek humeurig en rusteloos.

'Het is te laat om je privacy nog te bewaren,' zei ik grimmig. 'Het verhaal over je missie en de waarde van de Beer heeft de ronde gedaan. Een van mijn huurders vertelde me al dat ze het had gehoord.'

'Weten ze de prijs?' vroeg Quentin.

'Nee. Alleen dat hij erg waardevol is. Het zal niet lang duren voor iemand Arthur vertelt waarom je werkelijk hierheen bent gekomen. Je moet die mensen te vriend houden en ze bij hem vandaan houden tot ik heb besloten wat ik moet doen. Ze willen alleen wat vragen stellen over je vaders carrière, dat is alles.'

'Ik ben niet hier om als gids te fungeren. Mijn vaders carrière liep tweeëntwintig jaar geleden ten einde. Dankzij mijn moeders inspanningen is hij niet vergeten en ook dankzij haar inspanningen won publiciteit het uiteindelijk van gezond verstand. De mensen besloten veel voor zijn werk te betalen. Dat is het hele verhaal. Jij en ik moeten met Arthur praten. Hem de waarheid vertellen en samen met hem aan het idee werken om de Beer te laten gaan. Ik denk dat ik hem er wel toe kan overhalen me de sculptuur mee te geven. En dan heb jij geen geldzorgen mee. Alles hier waarvan je houdt – en je houdt er wel degelijk van, dat kan ik zien – zal veilig zijn.'

Ik wilde wel schreeuwen: *Begrijp je het dan niet? Ik kan die verdomde sculptuur niet verkopen.* Maar dat leek hij nooit te horen. 'Ik praat met hem als ik denk dat de tijd rijp is. Nu niet. Jij beseft niet wat daarbuiten op mijn erf gaande is. Die mensen hebben foto's meegebracht van zichzelf naast de sculptuur. Foto's die ze aan jou willen laten zien. In het begin was de Beer iets waar ze grapjes om maakten – "Ach, die malle Tom Powell heeft dat lelijke ding in zijn weiland gezet!" Maar door de jaren heen is hij een deel van hun leven geworden. Er zijn huwelijksaanzoeken gedaan naast de Beer, mensen zijn er getrouwd en gedoopt. Ze brengen hun gasten – hun "goede gezelschap" noemen ze hen – mee hierheen om de IJzeren Beer te zien. Ze brengen hun kinderen mee, en hun kleinkinderen. En die kinderen lijken het te begrijpen. Ze klimmen erop, praten ertegen en zeggen dat hij terugpraat. Voor die mensen maak jij deel uit van wat de Beer zo bijzonder maakt. Ze willen wat weten over jou en je familie. Probeer het alsjeblieft. Beantwoord gewoon hun vragen.'

Hij keek me een ogenblik lang aan zonder iets te zeggen. Alles wat ik hem had verteld leek hem een sprookje; hij geloofde niet dat hij een dergelijke reactie op zijn vaders werk ooit zou begrijpen. De flarden van zijn eigen herinneringen waren slechts de dromen van een kind. Veilige fantasieën uit een tijd voordat de waarheid ze had vernietigd. 'Het is maar een stuk metaal,' zei hij.

Hij liep naar buiten en naar de Beer met de groep achter zich aan. Hij gedroeg zich stijfjes, niet onvriendelijk, maar bruusk. Hij beschouwde de sculptuur als een voorwerp met een prijskaartje eraan. Ik keek in stomme verbazing naar buiten. Wie was deze vreemdeling die nu al mijn leven veranderd had? Ik had in zijn auto gekeken en een zestal boeken op de passagiersstoel zien liggen. Het waren veelgelezen, geliefde exemplaren, fictie en poëzie en boeken over bouwkunde.

Hij was een boekenliefhebber die Latijn sprak, een krijger, een zakenman, een mysterie. Een artikel uit een kunstmagazine waarin veel roddels stonden dat ik had gevonden op internet, meldde dat de zoon van Richard Riconni een volledige beurs aan MIT had laten schieten om in het leger te gaan. Waarom? En waarom voelde hij zich zo slecht op zijn gemak als het over zijn vader ging? Ik wist dat Richard Riconni lang geleden zelfmoord had gepleegd. Ik wist niet wat tot zijn dood had geleid.

Plotseling zag ik Arthur uit de bossen tevoorschijn komen en vanuit de verte met glimmende ogen naar Quentin kijken. Ik liep naar hem toe. Hij stapte terug het struikgewas in, met nog altijd een zekere argwaan waardoor hij niet al te vriendelijk tegen me kon zijn. Ik bleef staan, voelde me ellendig. 'Ik wist dat Broeder Beer een held was,' fluisterde hij luid. Ik was zo blij zijn stem te horen, maar tegelijk zo bang dat het slechts tijdelijk zou zijn.

'Lieverd, denk je dat Mamma Beer blij is hem te zien?' vroeg ik.

Arthur knikte driftig. Zijn bruine ogen waren groot en triest. 'Maar… ze wil dat hij haar iets geeft. Ik ben er nog niet achter wat. Het is belangrijk. Ze moet iets hebben waardoor ze zich nooit meer eenzaam of bang zal voelen.' Hij raakte zijn borst aan, ter hoogte van zijn hart. 'Hoe kan ze een einde maken aan de pijn? Daarvoor is Broeder Beer hierheen gekomen. Wat wil ze? Ik wed dat hij het weet.'

Ik keek naar mijn enige broer, mijn enige familielid, mijn vormveranderaar en profeet en ik kon wel huilen. *Ze wil jou. Een goed hart en vertrouwen. Ik zal je voor altijd kwijtraken.*

De bezoekers verzamelden zich rond Quentin. Met hun lijzige bergbewonersstemmen, met zachte klinkers die over harde kiezels gleden, stelden ze beleefde vragen, om de beurt. *Hoeveel sculpturen heeft uw vader gemaakt? Wist hij dat hij beroemd zou worden? Waar deed hij zijn werk? Wat was zijn lievelingssculptuur? Heeft hij nog meer beren gemaakt?* En nog veel meer, elke vraag beantwoord met een pragmatisch antwoord gevuld met feiten maar weinig emotie. Tot er eindelijk iemand zei: 'U en uw moeder moeten wel erg trots op hem zijn.' En Quentin keek die persoon aan, een oudere vrouw met grote, versleten handen en hoopvolle ogen, en hij zei zo hoffelijk mogelijk: 'Dat moeten we zeker.'

Quentin hief een 35mm camera die duidelijk vaak gebruikt was, met lichte krassen op de rand van de lens en een brede leren draagriem die de sporen van Hammers puppytanden droeg. Hij en Ursula waren de volgende morgen alleen bij de sculptuur, stonden tot hun knieën in een oceaan van gras dat wuifde in een lome bries. De Beer leek op die groene zee te drijven.

Moeder zal geïnteresseerd zijn in alles en iedereen hier, hield hij zichzelf voor. Hij dacht eraan hoe hij haar het nieuws zou vertellen, de blik in haar ogen als hij uitlegde hoe hij *Bare Wisdom* had gevonden en wat hij had gedaan om de sculptuur te kunnen kopen. Ze zou verrukt zijn over de foto's, maar hij wist dat ze meteen hierheen zou willen vliegen om het allemaal zelf te zien. *Dit is Ursula Powell. Je zult haar aardig vinden. Ze is pienter, ze houdt van boeken, ze is sterk. Haar familie betekent alles voor haar. Jullie hebben veel met elkaar gemeen.*

Hij maakte zichzelf wijs dat hij de foto's alleen maar maakte voor zijn moeder.

Ik bleef op een afstandje staan met Hammer naast me, keek toe terwijl hij om de sculptuur heen liep en van alle kanten foto's maakte. 'Kom hier,' riep hij, me wenkend. 'Ik heb foto's nodig van jou met de Beer.'

Ik keek hem sardonisch aan maar ging toch op de oude betonnen fundering zitten. 'Glimlachen,' beval hij droogjes.

'Waarom? Zodat je de mensen thuis kunt laten zien dat wij hier ook tanden hebben?'

'Absoluut.'

Ik ontblootte mijn tanden en hij grinnikte. Toen hij de foto had genomen kwam hij naast me zitten. We keken omhoog naar de Beer, die omringd was door zes kleine witte vlinders die geen weet hadden van zijn existentiële macht. Quentin blies langzaam zijn adem uit en de vlinders verdwenen tussen de ribben van de Beer, alsof ze daar bescherming zochten. Misschien wisten ze het toch.

'Een van mijn vroegste herinneringen,' zei ik tegen hem, 'is dat ik met mijn vader op bezoek ging bij de Beer toen die nog op het gazon voor het administratiegebouw van Mountain State stond. En ik herinner me dat ik op een zonnige dag op pappa's schouders zat – het moet zomer geweest zijn – ik herinner me de prachtige bloembedden op de campus en overal zaten vlinders. Ze kwamen naar ons toe. De vlinders fladderden om pappa en mij en de Beer heen alsof we bloemen waren. Het was ongelooflijk – net een sprookje – ik zat zo hoog en was omringd door die prachtige kleine wezentjes. Pappa zei: "Maak ze niet bang, want het zijn piepkleine engelen." Hij zei dat ze waren gekomen om de Beer al het nieuws van de hemel en aarde toe te fluisteren, omdat de Beer die plek niet kon verlaten om het nieuws uit de eerste hand te ontvangen. En zo kwam het dat de Beer alles wist over de wereld en alles erin, zei pappa.

Plotseling schrokken de vlinders ergens van en ze vlogen allemaal bij de Beer naar binnen, net als nu. En ik zei: "O nee, de Beer heeft de nieuwsengelen opgegeten." Pappa lachte en ik zal nooit vergeten hoe zijn gelach onder mij aanvoelde, als een stroming van... van liefde en plezier. Hij vertelde me dat iedere wijze ziel een vlindereter was. Ik had toen geen idee wat hij bedoelde, maar nu wel.'

Na die sentimentele bekentenis keek ik Quentin schuw aan, maar hij zat zo vriendelijk naar me te kijken dat ik wist dat hij het begreep of het in elk geval wilde begrijpen. Peinzend richtte hij zijn ogen op de bergen, ze dichtknijpend tegen de zon en zijn eigen herinneringen.

De vochtige warmte van de aarde steeg rond ons op, droeg de geur mee van onze eigen huid, de vruchtbare wei, de bergen die wachtten op de tijd en op nieuwe kinderen om op hun hellingen te spelen, vogels die oude lofliederen zongen, insecten die in een geheime taal spraken. Hij bekeek het uitzicht om ons heen en ik keek toe met mijn hart in mijn keel.

'De Beer heeft een geweldig uitzicht,' zei hij, en hij nam mij in dat uitzicht op toen zijn blik langzaam terugkeerde naar mijn gezicht. 'Misschien weet hij toch iets wat wij niet weten.'

Zonlicht stroomde tussen de kapotte planken en het vernielde dak van de schuur door, legde een halo rond Arthurs nertsbruine haar terwijl hij angstig omlaagkeek van de zolder van de schuur, waar hij zichzelf had gebarricadeerd. Quentin wierp bezorgde blikken op mijn angstige gezicht. Ik kon zien wat hij dacht. *Ze trekt zich dit vreselijk aan. Ze probeert zo hard haar familie bij elkaar te houden.*

'Wat voor beestje ben je, lieverd?' riep ik voorzichtig naar boven.

'Een uil.' Arthur hurkte neer en sloeg zijn armen om zijn knieën, keek ons toen aan zonder met zijn ogen te knipperen.

'Waarom heb je plotseling besloten boven in de schuur te kruipen? Weet je niet meer dat ik heb gezegd dat het daar niet veilig is?'

'Ik had het gevoel dat ik de dingen vanuit de hoogte moest bekijken. Zodat ik het kan begrijpen.'

'Waardoor kreeg je dat gevoel?'

'Ik hoorde Oswald zeggen dat Mamma Beer geld kost.'

'Ik denk dat je Oswald tegen Bartow Ledbetter hebt horen zeggen dat de Beer meer waard is dan geld. Hij bedoelde dat niemand een prijskaartje aan Mamma Beer kan hangen. Dat is iets goeds.'

'Waarom praat iedereen over geld? Heb je een geheim voor me?'

Ik aarzelde, piekerend over elk van zijn woorden. Quentin zei zacht: 'Laat mij met hem praten.'

'Nee. Hij zweeft op het randje van volledige terugtrekking. Ik moet met hem praten. Niet jij.' Tegen Arthur riep ik: 'Ik heb inderdaad een geheim, en ik ga je zo vertellen wat het is. Het is een verrassing.'

'Zoals toen pappa stierf? Je wilt toch niet dat ik terugga naar Atlanta, is het wel?' Zijn grote donkere ogen staarden me aan, maar er sprak niets kalms of uilachtigs uit. Hij keek doodsbang.

'O nee, lieverd, nee. Het is niets vervelends. Dat beloof ik je. Ik zal er geen verhaal omheen breien. Ik zal je de waarheid vertellen.'

'Hoe zal ik weten dat het de waarheid is?'

'Je moet me vertrouwen.'

Hij zweeg. Dikke tranen biggelden over zijn wangen. 'Ik weet niet meer hoe dat moet.'

Zijn klaaglijke bekentenis deed me pijn. Terwijl ik trachtte te spreken legde Quentin een hand op mijn arm. Ik keek hem aan en knikte.

'Arthur,' zei hij. 'Kijk.' Hij liet zich op zijn hurken zakken. We stonden naast de ingestorte aanbouw van de schuur. Mijn auto, een oude bruine Mercedes sedan, was begraven onder zware kastanjehouten balken, gebroken grenen planken en lange stukken van de roestige dakplaten van de schuur. Ik had de sedan jaren geleden voor tweeduizend dollar gekocht van een klasgenote van Emory die haar voet had gebroken toen ze er een trap tegen had gegeven na de laatste van een reeks dure motorproblemen. Ik had er een Chevrolet-motor ingezet en sindsdien had hij altijd gelopen. Nu was mijn hybride geplet.

Quentin voelde in de lucht tussen het hout en toen onder de auto. Ik keek met verbazing naar zijn vreemde gedrag. Net als Arthur, die zijn hoofd schuin hield. 'Broeder Beer?' riep hij op bezorgde toon.

'Hier. Ik heb er een.' Quentin stak een grote hand in de ruimte tussen de ingestorte planken, alsof hij iets ving. Hij trok zijn gesloten hand terug en keek er ingespannen naar. 'Ze zit erin. Ik voel haar bewegen. Ik heb haar geen pijn gedaan.'

'Wat is het?' riep Arthur, zijn hals uitrekkend. Ik merkte dat ik vooroverboog om te kunnen kijken, en rechtte snel mijn rug.

Quentin kwam overeind, zijn gesloten hand voor zich uitgestrekt. 'Het is een van de wezentjes die in de ruimte tussen de dingen leven. Tussen de stenen en de grond. Tussen de planken van de schuur. Tussen de onderdelen van de auto. Als jongen noemde ik ze Tussers. Omdat ze overal tussen leven.'

'Een Tusser,' zei Arthur vol ontzag. 'Hoe zien ze eruit?'

'Dat weet ik niet. Tussers zijn onzichtbaar.'

'Wat doen ze?'

'Ze houden de wereld in stand. Ieder onderdeel, ieder stukje van ieder ding wordt bij elkaar gehouden en omhooggehouden door Tussers. Als je weet hoe je de Tussers tevreden moet houden, valt niets in duigen.'

Arthur haalde zijn handen van zijn benen en wees op het ingestorte dak van de aanbouw. 'Ik zie ze! Daar en daar. Het zijn er honderden! Griljoenen! Maar ze zijn niet erg gelukkig. We zitten in de problemen. Dat is wat ze ons vertellen.'

Quentin opende zijn hand. 'Vooruit maar, het is goed, ga je werk maar doen,' zei hij tegen de Tusser en blies toen zachtjes over zijn hand. Met veel vertoon keek hij naar een onzichtbaar ding dat weer wegvloog in de rommel. Ik betrapte mezelf erop dat ik de veronderstelde route van het ding gefascineerd volgde.

'Zijn alle Tussers goed?' riep Arthur.

Quentin aarzelde, beoordeelde welk antwoord het beste zou werken, schudde toen het hoofd. 'Je moet voorzichtig met ze zijn. Sommige zijn slechtgehumeurd. Ze maken extra ruimte en duwen dingen uit elkaar. Ze maken bouwsels zwak. Als je ergens te veel leegte ziet, heeft daar gewoonlijk een boze Tusser iets mee te maken.'

'We hebben hier een paar heel boze Tussers,' zei Arthur somber.

'Je hoeft niet bang voor ze te zijn. Ik weet hoe je Tussers tevreden kunt houden. Het is heel eenvoudig. Als je tegen een Tusser liegt, laat ze de dingen waar je het meest van houdt in stukken vallen. Geloof je dat ik tegen je zal liegen, Arthur? Vraag het de goede Tussers.'

Mijn broer boog het hoofd en bleef diep in gedachten verzonken zitten. Ik keek Quentin aan. 'Waar heb je dat prachtige verhaal geleerd?' vroeg ik zacht.

Hij keek me aan als een man met geheugenverlies, even diep in gedachten als Arthur, zoekend naar zijn identiteit. 'Mijn vader heeft het bedacht om me af te leiden terwijl hij aan het werk was,' zei hij en wendde zich toen af. 'Broeder Arthur? Wat denk je? Wat zeggen de goede Tussers?'

Arthur hief het hoofd op. Hij richtte zijn sombere blik op mij. 'De goede Tussers willen weten wat het geheim is dat je me te vertellen hebt.'

Ik ademde diep in. 'Het is niet echt een geheim. Mamma Beer behoort jou toe. Begrijp je dat? Ze is jouw eigendom. Jij bent de enige die voor haar kan zorgen. Wat jij over haar beslist, zal gebeuren. Begrijp je? Jij houdt van haar en bent haar beschermer.' Hij knikte maar hield zijn hoofd ongelovig en waakzaam schuin. 'Oké,' zei hij langzaam.

'Maar Quentin en zijn moeder houden ook van Mamma Beer. Quentins moeder meende zelfs dat Mamma Beer lang geleden naar de schroothoop was gebracht en in stukken gezaagd. Ze is erg blij te weten dat Mamma Beer in orde is.'

'Mamma Beer wordt nog steeds door de goede Tussers bijeengehouden.' Arthur keek naar Quentin, die knikte.

'Quentin zou Mamma Beer graag mee terug naar zijn huis nemen zodat zijn moeder net zoveel van haar kan houden als jij.'

Arthur schoot als een raket overeind. Zijn benen schrap gezet, zijn handen naast zijn lichaam tot vuisten gebald staarde hij op ons neer. Mijn hart stond stil. Naast me zei Quentin zacht: 'Als het moet klim ik naar boven om hem te halen.'

Ik stak beide handen omhoog. 'Arthur! Het is jouw keus. Weet je nog wat ik net heb gezegd? Mamma Beer gaat nergens heen tenzij jij denkt dat het goed voor haar is.'

Arthur beefde. Hij wees naar Quentin. 'Broeder Beer! Denk jij dat ze doodgaat als ze hier niet weggaat? Denk je dat ze daarom zo eenzaam is?'

'Ik weet het niet. Jij moet beslissen wat het beste voor haar is en het mij vertellen. Dat is alles wat ik wil weten. Het is jouw beslissing.'

'Ik ben niet de baas over haar. Ze beslist voor zichzelf.'

'Goed dan, dan zul jij het voor mij moeten vertalen.'

'Misschien wil ze weg. Ik moet hier over nadenken.' Hij stond te wankelen op de rand van een balk. Eén verkeerde stap en hij zou bijna zeven meter omlaagvallen, in de restanten van de aanbouw. Ik was doodsbang. 'Arthur, ga zitten.'

'Ik moet met de goede Tussers praten die haar overeind houden, en kijken wat voor boze Tussers er in de buurt zijn!' Hij deed een haastige stap naar voren. De neus van zijn tennisschoen hing over de rand heen. Quentin stak een hand omhoog. Met kalme, bevelende stem zei hij: 'De Tussers hebben alleen respect voor een man die op zijn eigen ruimte past. Wees een man. Ga zitten!'

Mijn broer liet zich op zijn hurken zakken met de snelheid van een stuk speelgoed dat is opgedraaid en wordt losgelaten. Zijn blik was vol gevoel maar vastberaden. 'Als een man,' zei hij. Ik slaakte een zucht van verlichting. Maar toen lichtten Arthurs ogen op en wees hij naar mij. 'Zuster! Ik zie een grote boze Tusser precies tussen jou en Broeder Beer.'

Ik wreef over mijn voorhoofd. Quentin had een geheel nieuwe fantasiewereld voor Arthur gecreëerd, een die snel meer vorm aannam. 'Ik zie geen Tusser,' zei ik.

'Het is een gemene Tusser,' hield Arthur vol, luider nu. 'Ze is onder de aanbouw uit gekomen. Ze zweeft tussen jou en Broeder Beer.'

'Ik zal haar wat ijsthee en een koekje geven. Ze is niet gemeen, ze heeft alleen honger. Rustig maar.' Ik keek Quentin aan. Het was verbazingwekkend dat Arthur niet hysterisch was geworden – of opnieuw was gestopt met praten – bij alleen al de suggestie de sculptuur te verkopen. Maar ik voelde dat dat maar een tijdelijk respijt was. Ik was boos op Quentin en was hem tegelijk dankbaar. 'Als we hem niet snel naar beneden krijgen, versjouwen de Tussers mijn verstand straks naar een gesticht.'

Quentin wenkte Arthur met zijn vinger. 'Arthur, kom nu naar beneden. Ik wil dat je langzaam en voorzichtig loopt. Als je dat doet – en niet valt – laat ik je zien hoe je een boze Tusser wegjaagt.'

Mijn broer veerde overeind en kwam tevoorschijn, zette zijn voet steeds zorgvuldig en met veel melodrama voor de andere. Quentin en ik liepen naar de voorkant van de schuur en wachtten terwijl hij de ladder af kwam en daarna over de balken en brokstukken klom. Quentin pakte hem bij een arm, hielp hem over de laatste balk heen.

Arthur keek ons opgewonden aan. 'Oké, jaag nu die gemene Tusser weg. Ik moet leren begrijpen hoe ze denken, zodat ik een beslissing kan nemen over Mamma Beer. Ik wil niet dat de slechte Tussers boos op haar worden.' Hij wipte van de ene voet op de andere, handenwringend. 'Jaag haar weg!'

Ik stak mijn hand naar hem uit. 'Lieverd, stil nou, rustig…'

Hij dook weg. 'De Tusser zit recht voor je!'

Quentin keek me aan en pakte me bij de schouders. 'Vertrouw me,' zei hij en voor ik besefte wat hij van plan was, kuste hij me zacht op de mond. Verdwaasd bleef ik staan. Hij had die dag een sinaasappel gegeten en de smaak daarvan hing nog aan zijn lippen. Ik wist op dat moment dat wanneer ik als oude vrouw een partje sinaasappel in mijn mond zou stoppen ik me hem nog altijd zou herinneren.

'Je hebt mijn zuster gekust,' zei Arthur vol ontzag.

Hij knikte. 'Ik heb de boze Tusser weggejaagd.'

Arthur hapte naar adem en keek naar een plek in de lucht tussen ons in. 'Het is waar!'

Quentin schonk me een halfslachtige glimlach die ons allemaal bespotte. Ik staarde hem aan, nog niet in staat woede te registreren om de inbreuk, of verzet tegen de gevoelens die ongekend heftig door me heen raasden. 'Pas jij maar op dat je niet tussen wal en schip raakt,' waarschuwde ik hem.

'Daar heb ik al vaak genoeg gezeten. Ik vind dat niet zo erg, en ik geloof niet dat jij bezwaar had tegen de kus.' Zijn wangen kleurden heel vaag roze onder het fijne donkere waas van baardstoppeltjes. Hij fronste zijn voorhoofd en wreef over zijn kaak alsof de zachtheid van mijn gezicht die gladder had gemaakt. *Een vergissing, een godverdomde roekeloze vergissing*, dacht hij.

'Ik moet weg om na te denken over de Tussers en Mamma Beer,' verkondigde Arthur en rende toen naar de bossen.

Ik keek naar Quentin, wendde toen mijn blik af. 'Hij denkt langzaam. Hij denkt uren, of zelfs dagen over belangrijke vragen na. De kleur van de vleugel van een vogel, de vorm van het huis van een slak. Hoe hij een eekhoorn moet noemen. Je hebt hem gevraagd een beslissing te nemen die zijn hele wereld zal veranderen. Verwacht niet direct een antwoord. En verwacht niet het antwoord dat jij wilt. Hij zal nadenken en piekeren, maar uiteindelijk zal hij niet besluiten dat zijn Mamma Beer met jou mee wil.'

'Dat risico neem ik,' zei Quentin.

In de ruimte tussen onze levens wonnen de Tussers aan macht.

13

*ZORG DAT JE ARTHURS ANTWOORD KRIJGT EN WERK DE ONDERHANDE-
lingen af voor de hele situatie om ons heen in elkaar valt.* Zo eenvoudig was
Quentins plan voor die dag toen hij de volgende ochtend zijn motelkamer verliet. Bij de Tiberville Diner aan het plein parkeerde hij zijn
auto tussen modderige pick-up trucks en busjes. Het New Yorkse
kenteken van zijn Explorer ontlokte nieuwsgierige blikken aan de
arbeiders die naar binnen liepen voor een snel ontbijt. De mannen
knikten hem toe, ook al was hij een vreemde, en zeiden: 'Morgen, hoe
maakt u 't?' Hij kon niet anders dan terugknikken en antwoorden.

Hij draaide de raampjes van de Explorer omlaag en sloot Hammer
achterin op. Hammer slurpte tevreden aan zijn kom droogvoer en een
kom water, nadat hij een keer diep en dreigend had geblaft tegen een
grote roestbruine jachthond die tussen de ladders achter op de truck
van een schilder zat. De hond zwaaide alleen even met zijn staart.
Morgen, hoe maakt u 't?

Quentin nam een tafeltje in een hoek waar hij minder aandacht
trok. Hij spreidde een reeks plaatselijke geschiedenisboeken en toe-
ristische foldertjes uit die hij had gekocht en begon, nadat hij wafels
had besteld en alvast een mok zwarte koffie had gekregen, de informatie methodisch door te nemen. Het was een spoedcursus Powell-
en Tiber-geschiedenis, inclusief het verhaal van Erim en de verdwenen Annie, dat hij twee keer las. In de recentere foldertjes, die inlich-
ting gaven over opmerkelijke feiten en mijlpalen, werd met geen
woord over de IJzeren Beer gerept. Dat feit begon aan hem te knagen,
maar hij zette het toch van zich af.

'God, u bent al net als Ursula,' zei de serveerster, die glimlachend haar gouden tanden liet zien toen ze hem zijn wafels kwam brengen. 'Ook de hele tijd met uw neus in de boeken. Wat bent u aan het lezen?' Ze tikte met een lange kunstnagel op een dik boek met verhalen over Tiber County en snoof. 'Dat zijn allemaal verhalen van de Tibers. Als u dat leest denkt u straks dat de Tibers over water kunnen lopen en dat de rest van ons niet eens kan zwemmen.'

'Zelfs niet pootjebaden,' zei een man aan de bar en anderen gniffelden. En voordat Quentin zelfs een woord kon zeggen of een vraag kon stellen begonnen de andere aanwezigen hun eigen versie te vertellen van de geschiedenis van het district. Hij hoorde het nieuws over mijn familie in kleurrijke details, inclusief het verhaal van de aankomst van de Beer en hoe mijn vader de sculptuur vanaf die dag had verdedigd. Tegen de tijd dat ze afsloten met de avond van Miss Betty's dood en de confrontatie tussen pappa en meneer John, had Quentin zijn eten koud laten worden en hield hij zijn handen nog steeds rond een lege koffiemok.

Hij liep naar de kassa om af te rekenen. Een gezette oudere man draaide zich op zijn barkruk om en keek hem met samengeknepen ogen aan. 'Ik heb gehoord dat u en Ursula Powell John Tiber gisteren flink op zijn nummer hebben gezet,' zei hij. De man droeg een shirt van Tiber Poultry. Alle andere aanwezigen zwegen en keken afwachtend toe.

Quentin keek van het logo naar de ogen van de man, hij verwachtte moeilijkheden. 'Dat zou kunnen.' Er was geamuseerd respect van het gezicht van de man af te lezen. 'Dan past u heel goed bij de Powells, meneer. Ze jennen de Tibers al sinds God nog een baby was. Houden ze zo goed mogelijk in toom. Blij te zien dat u zich daarbij aansluit.'

'Nou, Albert, zijn vader heeft immers de Beer gemaakt,' merkte een trucker in overall op. 'Het zit hem in het bloed om op te komen voor iets waarin hij gelooft.'

Quentin legde zijn geld op de kassa. De serveerster gaf het hem terug. De eigenaar van het eetcafé keek hem vanachter een sissende grill aan. Hij had een lange spatel in zijn ene hand en een vastberaden uitdrukking in zijn ogen. 'Uw ontbijt is op kosten van het huis, meneer Riconni,' zei hij. 'Het is me een eer.'

Quentin bedankte hem, knikte naar de anderen en liep de warme, naar bloemen geurende buitenlucht in. Aan de andere kant van de parkeerplaats rees en daalde het land in grote, met bossen begroeide golven omlaag naar een dal met kleine huizen en wegen. In de verte schemerden groene bergen in de schaduw en het zonlicht. Hij had nog nooit zo'n blauwe lucht gezien. Soms leek het paradijs een gemakkelijke illusie.

Hij ademde diep in, verward, en ademde weer uit.

Ik was die ochtend ook in de stad, mijn eigen zaken aan het regelen, trachtend me te concentreren op de eenvoudige taak een winkelwagentje te vullen bij de Piggly Wiggly. Bijna elk bergstadje had wel een Piggly Wiggly en die van ons was niet veel anders dan de rest – klein, bescheiden, geen flauwekul. Je kon er geen wijn of bier kopen of de ingrediënten voor sushi, of zelfs voor een decoratieve spinaziesalade. Het was een vlees-en-groenten-kruidenierswinkel en ik stond net na te denken over de prijs van een groot blik goedkope goulash toen Janine Tiber de metalen klapdeuren van het magazijn van de winkel openduwde.

Ze hield een klembord in mahoniefineer vast met een stapel aantekeningenbriefjes erop geklemd en werd gevolgd door een half dozijn opgetogen mannen en vrouwen in zakenkleding. Ik zag Rolexen, Gucci-stropdassen en diamanten manchetknopen. Janine zag er vlot en autocratisch uit in een mooi linnen pakje met bijpassende pumps. Haar blonde haren werden, zoals altijd voor zaken, onder in haar nek bijeengehouden door een gouden speld.

Ik vloekte in stilte. Ik droeg leren sandalen, een verschoten korte broek en een Faulkner T-shirt dat ik had gewonnen in een loterij op een boekenmarkt. William Faulkner staarde somber voor zich uit met mijn borsten als achtergrond. Mijn haar rook nog steeds naar uierzalf.

'Piggly Wiggly is een van de grootste klanten van Tiber Poultry in dit gebied,' zei ze onder het lopen. Ze was investeerders aan het rondleiden. Het gerucht deed de ronde dat ze van plan was flink uit te breiden wanneer meneer John over een paar jaar met pensioen ging. Janine bleef staan toen zij en haar kleine leger mijn smalle gangpad in kwamen. Ik stond net bij het Tiber-gedeelte in de vleeskoeling en blokkeerde de doorgang met mijn karretje. Haar ogen glinsterden. 'Goedemorgen.'

'Morgen.' Ik knikte naar de groep, die me aanstaarde. 'Geef me heel even de tijd, dan ben ik weg.' Ik manoeuvreerde met de kar om een display met gedroogd vlees aan de andere kant van het gangpad te ontwijken. Ik botste ertegen. Een wiel blokkeerde. Ik schudde met de kar en schopte tegen het geblokkeerde wiel. Janine zei niets, maar tuitte ongeduldig haar lippen. Mijn gezicht gloeide. Ik botste weer tegen de display. Diverse vacuümpakken gedroogd vlees vielen op de grond. Ik hurkte neer en begon de verdraaide pakken op te rapen.

'Bent u een vaste klant bij de Piggly Wiggly?' vroeg een dame in een roodzijden pakje.

'Mijn hele leven al.' *En ook in dit verduivelde parallelle universum.* Ik stond op, met mijn handen vol gedroogd vlees. Ik begon de pakken terug op hun plaats te leggen. Niemand, vooral Janine niet, stak ook maar een vinger uit om me te helpen.

'Laten we snel een klantenonderzoek doen,' zei de roodzijden vrouw tegen de anderen. Ze kwam naar me toe. 'Koopt u hier producten van Tiber Poultry?'

Ik legde het laatste pak gedroogd vlees terug. Ik had er genoeg van. Ik keek naar Janine, toen naar Rode Zijde. Ik zei botweg, en naar waarheid: 'Ik eet geen kip.'

Janines ogen schoten vuur. Rode Zijde trok een wenkbrauw op. 'O? Waarom niet?'

'Mijn vader stond als kippenboer bij de Tibers onder contract. Ik heb mijn jeugd doorgebracht met het scheppen van kippenstront en het begraven van dode kuikens. We aten kip omdat dat het enige was wat we ons konden veroorloven. Het jaarinkomen van boeren die bij de Tibers onder contract staan is nauwelijks hoger dan het minimumloon als je er het voer, de openbare voorzieningen en het werk aftrekt. Natuurlijk heeft de boer gewoonlijk weinig keus, want zijn kippenhokken zijn gebouwd met leningen van de Bank of Tiberville, die natuurlijk in handen van de Tibers is. Hij moet de hypotheek betalen, dus kan hij niet te hard klagen. Het is een door de regering goedgekeurde vorm van contractslavernij.' Ik glimlachte. 'Ik zwoer dat ik als ik eenmaal vrij was, nooit meer kip zou eten.'

De groep staarde me met strakke, afkeurende gezichten aan. Ik had hun niets verteld wat ze niet al wisten, ik had ze er alleen mee in verlegenheid gebracht. Aan de andere kant van het pad stond een groepje vrouwen, onder wie mevrouw Greene, Juanita en Liza, achter de kast met diepvriesproducten mee te luisteren, met de neuzen van hun karretjes tegen elkaar als koeien die bij de waterbak staan. Liza applaudisseerde. 'Wees sterk en blijf in het licht,' zei ze zacht.

Waarom vraag ik nou weer om moeilijkheden? Ik heb al problemen genoeg. Ik was mijn verstand kwijt. Quentin had het meegenomen. De Tussers hadden hem daarbij geholpen. Dit zou zeker bekend worden.

Janine was woedend. 'Mijn excuses voor het feit dat ik u ongewild heb laten kennismaken met de plaatselijke politiek,' zei ze met vlijmscherpe stem tegen haar groepje. 'Ik verzeker u dat dit een persoonlijk geschil betreft, geen ernstige kwestie die tot kwade wil of controverse in de omgang met onze contractboeren leidt. Tiber Poultry wordt zelfs als een geliefd deel van de gemeenschap beschouwd en we behandelen onze ondergeschikten als familie.'

'Dat klopt,' zei ik. 'Ik ben haar nicht en ze behandelt míj als haar ondergeschikte.'

Na die opmerking zag ik de krijgslust in Janines ogen. Ze had me wel kunnen wurgen. 'Laten we verdergaan,' verkondigde ze gladjes, leidde toen haar volgelingen langs me heen en naar de bedrijfsleider van de winkel, die hen meevoerde naar een pad ver bij mij uit de buurt. Vijf seconden later stapte Janine weer op me af. Ze gooide haar klembord op de display met vlees en zette haar handen op haar heupen.

'Eerst beledig je mijn vader in het openbaar en nu mij. O, ik heb alles gehoord over je gast, je messentrekkende New Yorkse misdadiger die met geld loopt te zwaaien en beweert dat de Beer een waardevol kunstobject is. Hij heeft je er kennelijk van overtuigd dat je rijk zult worden van dat stuk schroot. Gaat het daar allemaal om? Arme blanke Ursula, die nog altijd probeert te bewijzen dat ze iemand is en nu een rijk suikeroompje meent te hebben gevonden om haar daarbij te helpen. Je kon niemands respect winnen met je beurs en je diploma van Emory. Je hebt gefaald als ondernemer, je uitgeverij is een lachertje, je bent platzak terug naar huis gekomen, je broer komt in een inrichting terecht, dus het enige waarop je nog kunt hopen is een lucratieve deal met een gangster. Gefeliciteerd! Je weet de Powell-traditie van niets presteren en niets bereiken weer prima voort te zetten.'

Ik legde mijn vlakke hand tegen haar gezicht en duwde. Ze wankelde achteruit en stootte tegen de display met gedroogd vlees. Die kieperde om. Ze struikelde en viel erbovenop.

Het gedroogde vlees vloog om haar heen.

Quentin keek naar me tussen de tralies van de cel door, waar ik op het metalen bankje zat met mijn handen in mijn schoot en mijn rug kaarsrecht. 'Doe je ook aan modderworstelen?'

'Alleen met mijn familie. Je had niet hoeven komen. Ik kom er zelf wel uit.'

'Deze keer niet. Ik moest de winkel betalen voor de beschadiging van de display.'

Ik keek recht voor me uit. 'Dank je.'

Hij leunde tegen de tralies aan met zijn ene voet over de andere gekruist en zijn handen diep in zijn broekzakken. Volgens mij was die nonchalance geveinsd, omwille van mij. 'Graag gedaan.'

De hulpsheriff, mevrouw Dixon, schudde haar grijze hoofd toen ze de deur ontsloot en openzwaaide. 'Ik denk dat ik jullie de sleutel maar geef.' Ze liep weer de gang uit en liet ons alleen. Quentin wenkte me met zijn wijsvinger. 'Kom, Xena, Warrior Princess. Je bent vrij. Geen borgtocht. De aanklacht is ingetrokken. De Tibers vinden het kennelijk leuk hun nicht te laten arresteren en dan weer vrij te laten als teken van familieverwantschap.'

Ik stond op. 'Dat is een zuidelijke traditie.'

Toen ik de cel uit kwam, rechtte Quentin zijn rug en werd zijn gezichtsuitdrukking ernstig. 'Dit had met mij te maken, heb ik gehoord.'

'Ten dele.'

'Dat spijt me. De mensen zullen het wel vergeten als ik eenmaal weg ben. En dat gebeurt zodra Arthur me de sculptuur laat meenemen.'

'Ik moet rekeningen betalen en heb huurders die afhankelijk van me zijn en een broer die veeleer een kind dan een volwassen man is. Ik moet zorgen dat de toekomst veilig voor hem is. Maar dat wil niet zeggen dat ik wat ik moet doen leuk vind. En ik vind het niet leuk te worden aangeklaagd wegens geweldpleging en in de cel te worden gestopt! De mensen zullen dat níet vergeten!'

Hij luisterde zonder uiterlijke reactie, zijn sombere blik voortdurend op mijn gezicht gericht. 'Ik zal zorgen dat het de moeite waard is,' zei hij. 'Als je rijk bent geven de mensen niets meer om vandaag.'

'Je kent deze stad niet en je kent míj niet. Dus hou je kloterige beloften alsjeblieft voor je.'

De sfeer verkilde. Als Arthurs boze Tussers bestonden, zaten ze nu gevangen in de kristallen ijslagen die we hadden gecreëerd. 'Ik doe geen beloften die ik niet kan houden,' zei hij zacht.

'Doe me liever helemaal geen beloften.'

De deur aan het eind van de gang ging met een klap open. 'Komen jullie nog of blijf je daar wonen?' riep mevrouw Dixon.

We liepen in gespannen stilzwijgen het kleine bakstenen gebouw uit en werden buiten opgewacht door een kleine menigte. Mijn huurders snelden ons tegemoet. Arthur was bij hen, klemde zich vast aan Liza's hand. Hij stond voor ons stil, zwaar ademend, zijn ogen wild van angst terwijl hij van mij naar Quentin keek.

'Hij dacht dat je voor altijd opgesloten zou blijven,' fluisterde Liza. 'Hij was bang dat je dood was en dat niemand het hem durfde te vertellen.'

Ik probeerde hem aan te raken, maar hij week terug. 'Ik ben in orde, lieverd,' zei ik vermoeid.

Arthur stapte naar Quentin toe. 'Broeder Beer.' Zijn stem klonk schor. 'Je zorgt toch wel dat mijn zuster niets overkomt, hè?'

'Je zuster kan heel goed voor zichzelf zorgen.'

'Nee, de Tussers hadden haar bijna te pakken, gisteren al en vandaag weer! Precies zoals ze Mamma Beer zullen pakken als ik de verkeerde beslissing neem. Maar jij zorgt wel dat er niets gebeurt. Dat weet ik gewoon. Zolang jij er bent hebben we geen grote lege plekken!' Hij sloeg zijn armen om Quentin heen en omhelsde hem. Quentin onderging het gereserveerd, legde uiteindelijk een hand op mijn broers schouder en duwde hem voorzichtig van zich af. Het werd me zwaar te moede.

Arthur had een held gevonden en dacht dat Quentin voor altijd bij ons zou blijven.

De gastvrijheid gebood dat ik Quentin aanbood op Bear Creek te verblijven. Tot mijn ergernis nam hij het aanbod aan. 'Hoe dichter ik bij Arthur ben, hoe eerder hij een beslissing zal nemen,' zei hij.

Hij belde de oude sergeant om hem over de vertraging in te lichten. Popeye was de enige die wist dat Quentin de sculptuur had gevonden. Aangezien Quentin vaak langere tijd de staat uit was om gebouwen te kopen en te ontmantelen, vond tot dusver niemand zijn afwezigheid vreemd. Maar er zouden spoedig vragen gesteld worden.

'Wat voor de duivel ben je daar aan het doen?' gromde Popeye. 'Je aan het vermaken met die berggriet?'

'Onderhandelen.'

'Is ze knap?'

'Sergeant, hou op met vissen.'

'Niet getrouwd of zo?'

'Hou op.'

'Laat me je waarschuwen, jongen, als een vrouw uit de bergen je te pakken krijgt, perst ze je ziel uit je lijf. De vrouwen in die bergen zijn hard en gretig.'

Quentin liet het typerende geraas van de sergeant langs zich heen gaan en wijdde niet uit over de situatie. *Ik ben degene die gretig is met haar om me heen*, dacht hij.

Hij wees Ursula's aanbod om in de boerderij zelf te logeren af – ze zou hem haar vaders slaapkamer hebben gegeven – en nam zijn intrek in een sjofel, half ingericht appartement aan het eind van het tweede kippenhok, waar de huurders ruimte hadden afgezet voor hun ateliers. Er drong stof tussen de muren door vanuit het pottenbakkersatelier van de Ledbetters. De toegevoegde warmte van Liza's glasoven zorgde voor een verstikkende hitte in het kleine tweekamerappartement. De airconditioner in het raam was kapot, van het kleine fornuis werkte maar één brander en de spoelbak van het toilet lekte.

Ik word op de proef gesteld, dacht hij grimmig. Hij opende de deur en een klein raam, zette de elektrische ventilator neer die Ursula hem had gegeven en bracht zo weinig mogelijk tijd binnen door. Hij kon nauwelijks de aandrang weerstaan om de hele zaak – en mij – onderhanden te nemen. *Ze vindt het vreselijk dat ik hier ben. Ze houdt me constant in de gaten.*

Arthur volgde hem als een jonge hond, vaak zwijgend, hem gewoon met verdrietige bewondering in de gaten houdend, peinzend over de Tussers die Quentin hem had leren zien en de beslissing die hij moest nemen. Hij liep rond en hurkte neer, streelde met zijn blote handen de sculptuur, kon niet eten, werd steeds stiller. Telkens als Quentin hem in een discussie over de toekomst wilde betrekken trok hij bleek weg.

Ik zou hier een einde aan kunnen maken, zo hield ik mezelf voor. Gewoon tegen Quentin zeggen dat hij weg moet gaan, ons met rust moet laten, zoals ik meteen al had moeten doen. Maar wat zeg ik dan tegen Arthur? Hij zou denken dat Quentin dood was. Iedereen kon op elk moment sterven in de kwetsbare wereld van mijn broer. Het dilemma maakte dat ik 's nachts in mijn eigen bed lag te woelen. Ik ontwaakte uit een droom waarin ik dakloos was en Arthur doodgeslagen naast de graven van mamma en pappa vond.

Ik rende naar buiten in het warme maanlicht, hapte een paar keer naar adem en hurkte toen bij de tuinsproeier neer, bespatte mijn gezicht en hals met ijskoud bronwater. Terwijl ik daar op mijn knieën zat, op blote voeten en slechts gekleed in een dun katoenen nachthemd, keek ik op en zag ik Quentin het weiland oversteken. Ik kwam snel overeind.

Hij liep naar de sculptuur en ging ernaar staan kijken, keek omhoog naar de dikke berensnuit die zijn vader had gemaakt van grote gietijzeren pannen die mijn vader had verzameld. Zijn schouders gingen omlaag; zelfs in het maanlicht sprak er zowel kracht als verslagenheid uit zijn silhouet. Hij was zo alleen. Ik drukte mijn hand tegen mijn hart en sloop uit het licht naar het door bomen overschaduwde achtererf.

Ik zou luisteren als jij het me kon vertellen. Ik zou het je vertellen als jij kon luisteren.

Hij draaide zijn hoofd mijn kant uit. Ik twijfelde er geen moment aan dat hij me kon zien in mijn dunne nachthemd, met mijn hand op mijn hart alsof ik trouw zwoer. Een enerverend moment lang dacht ik dat hij naar me toe zou komen, maar in plaats daarvan draaide hij zich om en liep langzaam terug naar zijn eigen deur.

We spraken er nooit over.

'Wat zegt hij toch tegen dat ding?' vroeg Quentin. We zaten de avond daarna vanaf de veranda toe te kijken terwijl Arthur op de betonnen fundering van de Beer met zijn armen om zijn benen zat te schommelen, zijn mond bewegend in een kennelijk drukke conversatie, verloren in een eenzame wereld.

'Hij praat elke avond rond zonsondergang tegen de sculptuur. Dat is zijn gewoonte. Toen hij nog een kind was troostte hem dat. Maar nu zegt hij dat hij de Beer troost. Ik heb hem vanmiddag gevraagd of hij al dichter bij een beslissing was. Hij zei dat de Beer nog steeds nadenkt.'

Quentin leunde achterover in een oude Adirondack-stoel, een peinzende blik in zijn ogen. 'Praat jij er ook tegen?'

Ik aarzelde. Alles wat ik hem over mezelf vertelde leek te intiem. 'Iedereen die lang in de buurt van de Beer is gaat ertegen praten. Daar kun je niets aan doen.'

Quentin trok zijn wenkbrauwen samen. 'Ik praatte nooit tegen de sculpturen van mijn vader, had nooit het idee dat ze echt leefden.'

'Begrijp je wat de Beer voor ons betekent?' vroeg ik.

'Jeugdherinneringen. Dat begrijp ik.'

'Zo eenvoudig ligt het niet.' Ik stond op uit mijn stoel om op het trapje bij zijn voeten te gaan zitten, keek hem aan alsof ik in gebed was. Kon ik het hem maar doen begrijpen. Misschien kon er vriendschap zijn tussen ons, tussen onze families, iets waar Arthur aan vast kon houden, ongeacht wat er met de sculptuur gebeurde.

'Ik weet niet wat mijn vader tegen je zou zeggen, maar ik weet dat hij zou willen dat je het juiste deed,' zei ik op vurige toon, met druk gebarende handen, bijna zijn broek aanrakend, bijna bereid hem aan te raken, mijn handen uit te steken naar de zijne, die met de handpalm naar boven open op zijn knieën lagen. Hij leunde voorover – fronsend, aandachtig luisterend zonder zijn grote zilvergrijze ogen van mijn gezicht af te wenden. 'Het leven was hier zwaar. Pappa had erg weinig keuzes. Hij leerde te waarderen wat hij had – hij genoot zelfs van het weinige dat hij had. Hij was een rechtschapen mens. Werkelijk, volstrekt rechtschapen. Hij geloofde in de integriteit van samen delen. Hij zou met jou delen, dat weet ik zeker.' Ik aarzelde. 'Ik was gisteren in de gevangenis boos op jóú omdat ík me dwaas gedroeg. En omdat ik je geld wel degelijk wil hebben. Ik wil er iedere verdomde Tiber in het district mee om de oren slaan. Mijn vader zou zich voor me schamen.'

Ik wilde me afwenden, mijn emoties verbergen en van onderwerp veranderen, maar Quentin raakte met zijn vingertoppen mijn schouder aan. 'Nee, dat zou hij niet. Hij zou trots op je zijn. Er mankeert niets aan het feit dat je geld wilt hebben om voor je huis en je familie te zorgen.'

Hem hulpeloos aankijkend zei ik: 'Ben je helderziend?'

'Absoluut niet. Ik kan me alleen niet voorstellen dat een man niet trots zou zijn op een dochter als jij.'

Warmte trok door me heen. 'Een van mijn huurders, Liza, zegt dat ze in haar dromen met pappa heeft gesproken. Dat is flauwekul. Ik geloof niet echt in dat soort dingen, maar toch. Ik heb geprobeerd over hem te dromen. Het ergste is dat als ik over hem droom, ik niet kan praten. Of ik praat wel en hij hoort mij niet.'

'En jij wordt badend in het koude zweet en met een zere keel wakker.'

Ik staarde hem aan. 'Je bent wel helderziend.'

'Ik heb zelf zulke dromen gehad.'

Ik aarzelde opnieuw, zei toen: 'Vertel me over je vader.'

'Ik praat niet graag over hem. Er valt niets te zeggen – en kennelijk kan ik het zelfs in mijn dromen niet zeggen. Hij is al heel lang dood.'

'Was hij aardig? Hield je van hem?'

'Dat doet er allemaal niet toe.'

'Maar je droomt nog steeds over hem?'

'Ik probeer dat niet te doen.'

'Hoe kun je dan leven met wat je niet kunt veranderen en niet kunt verklaren?'

Hij fronste. 'Ik sta elke ochtend weer op en vergeet dat hij heeft bestaan.'

'Zo gemakkelijk is het niet om jezelf af te sluiten, op te houden ergens om te geven.'

Hij kneep zijn ogen tot spleetjes. Hij keek me aan alsof ik hem opzettelijk uitdaagde. 'Oefening baart kunst.'

Ik hief vol weerzin mijn handen. 'Ik heb een artikel gelezen waarin stond dat hij zelfmoord heeft gepleegd. Oké? Ik weet wat er met hem gebeurd is. Ik kan me voorstellen wat dat voor jou en je moeder betekende.'

Zijn ogen werden donkerder. *Goed dan, ze wil het dus weten, ze denkt dat ze het zich kan voorstellen?* 'Hij heeft zichzelf in de borst geschoten. Ik vond zijn lichaam. Ik kan het bloed nog steeds ruiken. Ik kan het gat boven zijn hart nog steeds zien en de kleine stukjes huid die daaromheen kleefden. Ik kan me nog herinneren hoe koud hij was toen ik mijn hand daar neerlegde. Ik zie nog steeds de blik in zijn ogen. Hoe eenzaam hij was toen hij stierf. Dat is zoals ik hem zie in mijn dromen.'

Ik wendde mijn blik af, verbaasd, beschaamd om mijn nieuwsgierigheid. Ik wuifde met mijn hand en raakte daarbij per ongeluk de zijne aan. Het leek niet meer dan natuurlijk om mijn hand op een van de zijne te leggen als teken van verontschuldiging en sympathie. Ik had geen idee hoe hij zou reageren.

Maar hij legde zijn andere hand over de mijne en draaide mijn hand in de zijne om, kruiste toen zijn vingers met de mijne. 'Het spijt me dat ik het zo bot zeg.' Zijn stem was zwaar, zijn greep teder en opwindend.

Ik keek hem weer aan. 'Het was niet bij me opgekomen dat jij degene was die hem gevonden had. Anders zou ik het niet hebben gevraagd.'

'Ik praat gewoon niet graag over hem. Ik denk nooit aan hem zonder me zijn dood te herinneren. Niets wat ik zeg kan daar verandering in brengen.'

Ik schudde mijn hoofd. *'Stilzwijgen is de grootste vijand van de hoop.* Ik weet niet meer wie dat heeft gezegd. Plato misschien, of een van de heiligen. Maar het is wel waar.'

Hij leunde langzaam achterover en liet mijn hand los. Het beschermende schild was terug. 'Ik respecteer je. Verpest dat niet door me het soort advies te geven dat je in een gelukskoekje zou vinden.' De toon van zijn stem veroorzaakte rillingen op mijn rug.

Een van mamma's favoriete gezegden kwam in me op. Ik had daar in jaren niet aan gedacht maar plotseling zat ze naast me, duidelijk en simpel, me waarschuwend. *Je houdt een slang niet vast. De slang houdt jou vast.* Quentin had me even binnengelaten om me daarna weer buiten te sluiten. Ik stond op. 'Vriendschap sluiten met mij en Arthur is gewoon een noodzakelijke manoeuvre voor je, is het niet?' vroeg ik zacht. 'Je zegt wat je moet zeggen, doet wat je moet doen, het is allemaal berekend. Je wilt niet dat we jou kennen, wilt ons niet kennen. Je vindt ons maar raar volk. Je hebt niet echt respect voor ons.'

'Dat is niet waar, maar ik ben hier om zaken te doen, niet om verdrietige verhalen uit te wisselen of het leven van mijn vader te analyseren. Dat moet je goed onthouden.'

'Dat zal ik doen, van nu af aan.' De huurders zouden al snel komen voor het eten. Ik had een grote pan stoofvlees op het fornuis en aardappelsalade in de koelkast. Ik moest de tafel dekken, de vrouwe van mijn vaders huis zijn, nu het mijne. 'Excuseer me.' Ik liep naar binnen. De warme avondzon kon een onnatuurlijke huivering niet voorkomen.

Quentin lag die avond op het smalle, goedkope bed in het appartement over ons gesprek na te denken. Hij had de deur opengelaten als bescherming tegen de warmte en de benauwde lucht, maar had wel de hordeur dicht. Motten fladderden tegen de hor. De raamventilator stuwde warme, naar bloemen geurende lucht over zijn naakte lichaam. Hij haakte zijn handen achter zijn hoofd in elkaar en keek door een smal raam naar een hemel vol heldere sterren die niet werden verbleekt door stadsverlichting. Hammer sliep op de eenvoudige tegelvloer naast het bed, lag met zijn poten te trekken en te hijgen terwijl hij de herinnering achtervolgde aan een grijs konijn dat hij in de wei had gezien.

Het is hier zo gemakkelijk te vergeten wie je bent, dacht hij. *Haar hand op de mijne. Haar blauwe ogen wijdopen en niet zo wereldwijs als ze zelf denkt. Ze heeft niet zo ver gereisd, heeft niet zo'n hekel aan haar eigen leven. En toch zijn we in zoveel dingen hetzelfde. We hebben dezelfde donkere wolk boven ons. We zijn arm opgegroeid, hielden van ouders die niet altijd verstandig leken te zijn. Hebben degene verloren die het gezin bij elkaar hield. Kunnen nooit vergeten.*

Hij kreunde zacht en sloot zijn ogen.

Ik wilde haar geen pijn doen, maar ze kwam te dichtbij.

14

DAARNA WAS ELK MOMENT DAT IK IN QUENTINS GEZELSCHAP DOOR-
bracht vol van tegenstrijdige emoties. Ik zag flitsen van humor, zachtheid, grote intelligentie, maar altijd die koude deklaag, die onneem-
bare muur. Ik wist dat ik mezelf ook verschool achter een eenvoudiger
versie van dat wapenschild, maar ik voelde me erg kwetsbaar met hem
om me heen.

Ik liep met hem naar het afgelegen huis van de Washingtons en
stelde hem voor. We zaten met de professor op de veranda, dronken
ijsthee uit kristallen glazen en aten plakjes cake die ik had gebakken.
Dr. Washington wees naar de hangmat op de veranda waar mijn broer
de meeste van zijn nachten doorbracht. 'Misschien kunnen jullie een
verklaring geven voor iets wat Arthur in zijn slaap vaak vasthoudt.'

Arthur sliep zo vaak in de hangmat dat ik er een dunne katoenen
quilt en een kussen in had gelegd. Dr. Washington haalde een bedui-
meld exemplaar van Hemingways *Old Man and the Sea* onder het kussen vandaan. 'Hij klampt zich hieraan vast als een klein kind aan zijn
knuffeltje. Ursula, komt dit uit de boekenkast van je vader?'

'Het is van mij,' zei Quentin. 'Ik had het op de stoel in mijn auto
laten liggen. Het was weg.'

Ik kromp ineen. 'Het spijt me. Arthur is geen dief. Hij wilde
gewoon iets van jou hebben als aandenken. Als talisman.' Ik keek
Quentin koel aan. 'Of je het nu wilt of niet, je bent een van zijn Tussers. Je houdt zijn wereld bij elkaar.'

'Wat hij wil geloven is zijn zaak. Laat het maar hier.' Quentin stopte het boek terug onder het kussen.

Toen ik hem probeerde te bedanken, schudde hij zijn hoofd en veranderde snel van onderwerp. 'Mag ik eens naar uw schuur kijken?' vroeg hij de professor. De schuur van professor Washington was een architectonische rariteit van twee verdiepingen opgebouwd uit dikke balken. De bovenste verdieping was twee keer zo groot als de onderste en rustte op de kleinere benedenverdieping als een reusachtige paddestoel. De overhangende vloer vormde een overkapping rondom de benedenverdieping, die eens plaats had geboden aan de melkkoeien van de Washingtons.

'Het is een cantileverconstructie,' zei dr. Washington. 'Heel zeldzaam hier. Mijn broer Fred was er altijd erg trots op.'

'Nederlands, nietwaar? Ik heb wel gelezen over dergelijke schuren in oostelijk Tennessee.'

'Ja.'

'Laat het me weten als u hem ooit wilt verkopen.'

Dr. Washington keek hem bevreemd aan. 'Wat moet u nou met een oude schuur van balken?'

'Ik zou een ploeg mannen hierheen halen, de schuur voorzichtig ontmantelen en meenemen naar New York. En dan verkopen aan iemand die hem weer in elkaar wil zetten.'

'Ik dacht dat u in bijzondere architectonische stukken handelde.'

'Dat doe ik ook. Het vakmanschap van het ijzerwerk alleen al maakt uw schuur bijzonder.'

'Ik geef toe dat ik niet altijd veel om die schuur heb gegeven, maar ik ben nu wijzer. Mijn betovergrootvader heeft elke spijker, elk scharnier en elke haak eigenhandig gesmeed. Een van zijn kinderen schreef dat hij geloofde dat hij de geest van de Afrikaanse kracht overbracht in alles wat hij smeedde. Zijn werk was een eerbetoon aan zijn erfgoed en zijn trots, ook al was hij het grootste deel van zijn leven een slaaf.'

Quentin luisterde zwijgend, respectvol. 'Ik zou zeggen dat hij een kunstenaar was.'

'Interessant. Ik veronderstel dat u gelijk hebt.'

Quentin liep naar de schuur, stapte de schaduw van de overhangende tweede verdieping in en streek met zijn hand over de massieve ijzeren scharnieren van een van de deuren.

'Hij is zelf ook een interessante man,' zei dr. Washington tegen me.

Ik ademde gefrustreerd uit. 'Ik heb in een artikel gelezen dat zijn vader hem alles heeft geleerd over het werken met metaal. Hij houdt van ijzer, al lijkt dat het enige.'

'Hij heeft duidelijk waardering voor geschiedenis, toch is hij vreselijk onsentimenteel. Zoveel tegenstrijdigheden.'

Ik kon alleen maar instemmend knikken.

Ik kan dit niet, ik kan hier niet zomaar zitten en niets doen, gaf Quentin zichzelf toe toen een nieuwe dag zich voor hem uitstrekte zonder enig teken dat Arthurs diepe overpeinzingen snel tot een conclusie zouden leiden. Hij en Ursula hadden bijna alle redenen benut om elkaar te ontlopen of in elk geval bezig te blijven in elkaars gezelschap. Hij had Liza's glasblaastechnieken en de pottenbakkersvaardigheden van de Ledbetters bestudeerd. Hij had een pottenbakkersschijf die niet goed meer draaide voor hen hersteld en de elektrische bedrading van hun grootste oven vervangen. Hij had een tekening gemaakt voor een nieuw raam in het kleine schildersatelier van Oswald en had toegekeken en serieus commentaar geleverd toen Oswald een erotisch bostafereel voltooide dat hij om redenen die iedereen voorwendde te negeren *Peckerwood* (Pikkenwoud) noemde.

Ik ben al betrokken, zo zei hij tegen zichzelf. *Dan kan het toch geen kwaad om bezig te blijven?*

De boerderij riep hem binnen alsof ze een stem had. Hij stelde zich die stem voor als vrouwelijk en erg zuidelijk. Mijn stem, in feite. Het huis, met zijn eenvoudige voorzieningen en oude hout omarmde hem telkens als hij door de keukendeur naar binnen stapte. Hij inhaleerde de geuren van generaties van haardvuren en wecken, gebakken maïsbrood en appeltaart, oude katoenen gordijnen en geboend linoleum. Hij had Ursula op een ochtend biscuitdeeg zien kneden in een houten kom die door haar overgrootmoeder was gemaakt, en zijn bloed golfde door zijn aderen alsof hij haar handen op zijn lichaam voelde. Hij had een stap terug moeten doen en zijn hoofd geschud om zijn eigen opwinding. Dat een vrouw op blote voeten die in een te wijde, afgeknipte overall biscuitdeeg stond te kneden een dergelijk effect op hem had. Werk, zwaar lichamelijk werk was het enige antwoord. Hij kon zijn demonen eruit zweten.

Quentin kwam mijn woonkamer binnen met een gereedschapsriem over zijn brede schouder en een blik in zijn ogen die de kleren van mijn lijf brandde. 'Tijd om je waterleiding en je stopcontacten te repareren,' zei hij.

Ik staarde hem vanachter mijn bureau aan. Powell Press was nu gevestigd in een omgeving zonder enige professionele allure. De haagwinde groeide door het raam naar binnen en een kleine aardeekhoorn stoof de beroete haard in en uit. 'Pardon?'

Hij hield zijn handen omhoog als om te zeggen: *rustig maar, ze zijn leeg.* 'Ik moet iets te doen hebben terwijl Arthur de onderhandelingen laat voortslepen en hier zijn een paar reparaties nodig.'

Ik wist dat hij als jongen in een garage had gewerkt en dat hij was afgestudeerd in bouwkunde. Ik wist dat hij zowel met zijn hoofd als met zijn handen werkte, dat hij met chirurgische precisie huizen en fabrieken uit elkaar haalde. Maar hij bouwde niets op en hij vestigde zich niet op één plaats en de gedachte nog door zijn handwerk te zijn omringd als hij al weg was veroorzaakte een steek van verdriet. Hij zou overal in mijn huis aanwezig zijn, en toch ook weer niet. 'Ik waardeer je aanbod, maar nee. Dank je, maar ik kan het niet aannemen.'

Hij dacht daarover na terwijl hij naar de muren vol boekenplanken en kantoorbenodigdheden keek, naar de oude sofa en de bijzettafeltjes met klauwpoten die opzij waren geschoven voor dozen vol onverkochte boeken van mijn auteurs, de sjofele, lowbudgetindruk van mijn werk. Hij liep naar een boekenkast gevuld met mijn vaders favoriete boeken. Hij koos een dik boek over moderne kunst en begon het fronsend door te bladeren. 'Ik wou dat ik je vader had ontmoet. Ik zou hem vragen hoe je was voor je besloot niet op een man te vertrouwen. Welke man dan ook.'

'Dat heb ik niet alleen met mannen,' zei ik zo luchtig mogelijk. 'Het geldt ook voor vrouwen, kinderen, huisdieren en levenloze voorwerpen. Jij moet trouwens nodig wat zeggen. Ouwe vrijgezel.'

Hij sloeg het boek dicht en zette het terug, haalde toen een tandenstoker uit de zak van zijn shirt en begon op de punt te kauwen terwijl hij mij aankeek. 'Ouwe vrijster,' antwoordde hij met een uitgestreken gezicht.

'Wil je graag het beleefde excuus van een zuidelijk meisje horen? *Wat niet kapot is moet je niet repareren.*'

Quentin gaf een knikje naar de haard. De aardeekhoorn was tevoorschijn gekomen. Hij zag ons en dook weer weg door een gat in de houten plint. 'Heb je er plezier in een kennel voor ratjes te runnen?'

'Luister, de waarheid is dat ik hier niet kan werken als jij lawaai loopt te maken in huis.' Ik klopte op mijn bureau. 'Geloof het of niet, dit is mijn bedrijf en ik verdien er, nou, een kolossale honderd dollar per maand mee. Ik zou dat geregelde inkomen graag kunnen melden wanneer ik straks om voedselbonnen moet gaan vragen.'

'Vertel me eens wat over je werk.' Hij ging in een oude stoel bij de haard zitten. Hij zag er zo goed uit, zo op zijn plaats. Ik knipperde het beeld weg van mijn netvlies. 'Welkom bij Powell Press Uitgeversmaatschappij.' Ik wees naar de dozen die in een hoek stonden opgestapeld. 'Mijn magazijn.' Een boekenkast vol boeken en dossiers, mailinglists en promotiemateriaal. 'De afdeling marketing.' Een werktafel vol dozen, etiketten en rollen kleefband. 'Verzendafdeling.'

Ik wees naar waar hij op de stoel zat, voor mijn bureau. 'Je zit op mijn laadplatform. Pas op voor vorkheftrucks.'

'Ik wil graag de twee boeken lezen die je hebt uitgegeven.'

'O?' Heimelijk verheugd pakte ik een potlood. 'Dan ben je op de juiste plaats. Je spreekt met de vertegenwoordiger.'

Hij stond op. Ik gaf hem de twee boeken en hij liep naar buiten met de boeken onder zijn arm. Ik ging weer aan mijn bureau zitten en legde mijn hoofd in mijn handen.

Een uur later kwam Liza binnen. 'Weet je dat Quentin aan het werk is in je schuur?'

Hij knikte me toe vanaf de zolder, waar hij en Arthur kapotte planken en balken aan het opruimen waren. Een van de baby-eekhoorns kwam uit zijn borstzakje tevoorschijn en sprong op Arthurs schouder. 'Ik lijd aan eekhoornbesmetting,' zei hij droogjes.

'Lijkt me een pijnlijke zaak.'

'Ik moet iets te doen hebben. Hier heb je toch geen last van, is het wel?'

'Wat doet een man nu?' vroeg Arthur luid. Hij hield het ene uiteinde van een korte plank vast, Quentin het andere.

'We laten mijn uiteinde van de plank voorzichtig door het gat in de muur zakken en gooien hem naar beneden.' Ik keek toe terwijl ze met de plank manoeuvreerden en hem op een stapel naast de muur gooiden. Arthurs nieuwe hobby, naast piekeren over het lot van de sculptuur, was Quentin om instructies vragen over dit wezen, *een man*. Als Quentin niet Broeder Beer was, was hij het toonbeeld van mannelijkheid, en Arthur deed wanhopig zijn best hem te imiteren. Ik had nog nooit zoiets gezien. Mijn broer had een weg gevonden om aan de onzichtbare ketens van het autisme te ontsnappen. Dankzij Quentin, die niets om hem wilde geven.

'Wat doet een man?' vroeg Arthur weer, terwijl hij het uiteinde van een zwaardere balk oppakte.

'Een man laat dat rotding niet los tenzij hij hem op zijn tenen wil krijgen,' zei Quentin en pakte het andere uiteinde op. Ze leidden de balk door het gat naar buiten. Arthur hield vast met de stille concentratie van een monnik die heilige teksten bestudeert. 'Nu laat een man los,' zei Quentin. De balk viel met een bevredigende klap neer. Arthur glimlachte. Quentin stak zijn duim op. Hij droeg zoveel zachtheid in zich. Arthur zag dat, en plotseling zag ik het ook.

Ik keek omhoog naar Quentin Riconni en zonder waarschuwing, zonder gezond verstand of logica, zonder de ruimte om het idee zelfs voor mezelf te verbergen, dacht ik: *ik wil van je houden.*

De telefoon ging en ik nam ongeïnteresseerd op. 'Pappa is gisteren flauwgevallen met pijn op zijn borst,' verkondigde Janine.

'Is alles goed met hem?'

'Het gaat wel. De dokter heeft hem nieuwe medicijnen voor zijn angina pectoris en kalmeringsmiddelen gegeven. Hij staat de laatste tijd erg onder spanning. Ik vraag me af waardoor. Hij wil dat je morgen komt lunchen. Misschien voelt hij zich beter als de lucht is opgeklaard. Kom je?'

'Ja.'

'Dank je.'

'Janine, het spijt me dat ik je geduwd heb.'

'Nee, dat spijt je niet. Maar ik sluit een pact met de duivel als jij tijdens de lunch aardig bent tegen mijn vader.'

'Die uitnodiging neem ik aan, Beëlzebub, en dank je.'

Ze hing op.

Tiber Crest, een groot landgoed dat wel wat van een plantage had, een paar kilometer ten westen van de stad, was het pronkstuk van de familie sinds de jaren zestig, nadat meneer John en Janines moeder de grond als huwelijksgeschenk hadden ontvangen en er een reusachtig huis met witte pilaren op hadden gebouwd. Onder de werknemers van de Tibers stond het landgoed bekend als Haantjesheuvel.

Mijn rit over het landgoed voerde me via een kronkelende bestrate laan langs grote, oude appelboomgaarden die tegen heuvelhellingen prijkten waarop terrassen waren aangelegd en die omzoomd werden door maagdelijk witte houten hekken. Zwarte slachtkoeien graasden decoratief in de weelderige weilanden. Toen ik het huis naderde keek een troepje statige uit marmer gehouwen kippen en hanen me vanuit de azalea- en laurierbedden aan. Veel mensen in de bergen decoreerden hun tuinen met beelden van dieren – herten, ganzen, soms het uit multiplex gezaagde silhouet van een berenjong – maar marmeren kippen waren de specialiteit van de Tibers. De Tibers namen hun tuinkunst erg serieus.

Het drie verdiepingen tellende huis met zijn witte pilaren op Tiber Crest prijkte trots boven op een heuvel die in het oosten uitzicht bood op de stad. Toen ik de stenen binnenplaats opreed, hoorde ik de klokken van de universiteit twaalf uur luiden, de klanken als een recital meegevoerd op de hoge bergbries. Op een heldere dag konden de bewoners van het huis boven op een van de balkons gaan zitten en naar de kerktorens, het gerechtsgebouw en het administratiegebouw van de universiteit kijken. Niet dat ik die kans ooit had gehad. De zeldzame keren dat meneer John Janine had gedwongen mij uit te nodigen voor een verjaardagsfeestje – en mijn vader mij had gedwongen erheen te gaan – had Janine me op haar B-lijst geplaatst, wat inhield dat ik niet mee naar boven mocht om Janines slaapkamer en eigen balkon te bewonderen.

Tricky Stuart, ook van de B-lijst, deed de dubbele deur van het landhuis voor me open toen ik wilde aanbellen. Ze grinnikte tegen me. 'Hé, Berenklauw.' Mijn bijnaam op school. 'Hé, Tricky.' Haar voornaam. Ze droeg een blauw polyester broekpak als dienstmeisjesuniform. In onze jeugd hadden we onze littekens en groteske verhalen over dode kuikens vergeleken. Haar ouders verdienden nog steeds de kost als kippenboeren en hadden zich weer diep in de hypotheekschulden gestoken met de bouw van vijf nieuwe kippenhokken. Tricky en haar man woonden bij hen, hielpen de zaak runnen en vulden het inkomen aan met wat Tricky op Tiber Crest verdiende. Ze ploeterde om vier kinderen op te voeden, met stijl op te voeden. Ze droeg haar ravenzwarte haar met een blonde pluk erin, had aan één kant een kies met een gouden kroon en in haar ogen blonken harde, geen-flauwekulverwachtingen. 'Hoe is het met je New Yorker?'

Ik gaf haar twee handenvol gele rozen die Liza had geplukt. Het had geen zin tegen Tricky's opmerkingen in te gaan. Ze waren een ritueel, de stenoversie om me haar plaats in de sociale orde mee te delen, en de mijne. 'Mijn New Yorker is mijn schuur aan het repareren,' zei ik. 'Ik denk dat hij er een ondergrondse in gaat aanleggen.'

Ze bracht me op fluistertoon op de hoogte van alles wat de Tibers over Quentin zeiden (onruststoker, slechte invloed, verwaande buitenstaander) terwijl ze me voorging door een gang die volhing met in vergulde lijsten gevatte portretten van vooraanstaande dode Tibers. Aangezien alle Tibers zichzelf vooraanstaand achtten, was het een lange gang. Ik las het naamplaatje onder een onbekend portret en bleef abrupt stilstaan.

De persoon op het portret had prachtig koperkleurig bruin haar, op een ingewikkelde manier opgestoken. Haar weelderige lichaam was in het keurslijf van een prachtige jurk van rond de eeuwwisseling gestoken, waardoor ze eruitzag alsof ze een cruise wilde maken met de *Titanic*. Ze had een fier gezicht. Ze leek een beetje op pappa en mij, en met reden.

Bethina Grace Powell Tiber keek op haar familielid neer met zachte, blauwe Powell-ogen en iets vaag ongelukkigs in haar glimlach. Ik had nooit iets anders gezien dan een grofkorrelige foto van haar als kind, die was gemaakt van een ferrotypie. Pappa had die in een lijstje op een tafeltje in de woonkamer staan. De vrouw die de hedendaagse Tibers en Powells met elkaar verbond zag er helemaal niet uit als een dwaze wildebras, een verdorven overspelige vrouw of, in de grovere termen van weleer, een nikkerhoer. Ze zag er mooi en droevig uit. 'Tricky, waar komt dit schilderij vandaan?'

'Meneer John heeft het vorige week laten ophangen. Het komt uit het huis van zijn oude tante Dotty Tiber in South Carolina. Esmé heeft het van de oude Dotty geërfd en zij is dol op het schilderij en omdat meneer John en Janine hun best doen Esmé het gevoel te geven dat ze hier thuis is, hebben ze het voor haar opgehangen. God zegene haar goede, dwaze hart.'

'Wie is Esmé?'

'Het nichtje van meneer John. De dochter van William. Je weet wel – William – de broer die lang geleden is overleden tijdens het beklimmen van een berg. Ze zeggen dat hij de Powell-aard had, net als Miss Betty. Maankijker. Zwerver. Dat is wat ze hier zeggen.' Ik herinnerde me vaag dat William Tiber tijdens het bergbeklimmen in een of ander exotisch land was verongelukt toen ik nog een meisje was. 'Ik wist niet dat hij getrouwd was, laat staan dat hij een dochter had.'

'Hij was niet getrouwd. Heeft een meisje zwanger gemaakt. Zij stond hun dochtertje af nadat de artsen hadden gezegd dat het kind niet goed bij haar hoofd was. Dotty heeft haar grootgebracht. Esmé. Nu is Dotty overleden en is Esmé hier. Negentien jaar en haar motor loopt niet op alle cilinders, begrijp je? Ik veronderstel dat jij haar licht geestelijk gehandicapt zou noemen. Nou, doe dat hier maar niet. Hier heeft ze "speciale behoeften".'

Ik was nog steeds aan het bekomen van het zien van het portret. Deze wetenschap over een tweede vreemde in dit huis maakte dat ik om me heen keek alsof ik was uitgenodigd voor een surpriseparty en er elk moment nog meer mensen tevoorschijn zouden kunnen komen. Ik kon niet anders dan me afvragen of meneer John het portret van ons roemruchte familielid had opgehangen als teken van verzoening. Tricky ging door met het spuien van een stroom onbeduidende zaken, retorische vragen en roddels, terwijl we doorliepen naar een lichte, met bloemen gevulde serre aan de achterkant van het huis. Meneer John was gekleed in een golfshirt en een witte broek, zag er bleek en een beetje vermoeid uit. Hij stond op van het terrastafeltje waaraan hij zat en gebaarde me bij hem te komen zitten. Geen omhelzing, niet het joviale 'Ursula, meisje', dat door de jaren heen zijn gewoonte was geworden.

Er stonden ijsthee, broodjes en kipsalade en we keken elkaar wat triest aan. 'Hoe voel je je?' vroeg ik.

'Hm. De dokter heeft me nieuwe medicijnen geven. Mijn hart zal nu wel wat rustiger tikken.'

'Hoe is het met Janine?'

'Haar trots is gekwetst.'

'Het spijt me wat er is gebeurd. En voor de duidelijkheid, het was ook niet Quentin Riconni's bedoeling dat zijn ontmoeting met jou in een fiasco zou eindigen.'

Hij keek nors bij het horen van Quentins naam. 'Ik zal mijn best doen eerlijk te zijn en hem het voordeel van de twijfel gunnen. Dat is beter dan dat hij me een hartaanval bezorgt.' Ik knikte. Meneer John duwde plotseling zijn bordje weg en keek me aan. 'Het breekt mijn hart dat ik onenigheid met je heb. Ik heb mezelf beloofd dat ik voor jou en Arthur zou zorgen nadat Tommy was overleden. Ik wil het feit goedmaken dat ik hem niet op een respectvollere manier in de familie heb opgenomen. Ben ik zo'n gemene oude man dat je me alleen maar kunt haten?'

'Ik haat je helemaal niet. Ik wilde dat de zaken anders lagen.'

'Nou dan! Weet je niet dat jij en Janine heel veel met elkaar gemeen hebben? Pientere en goed-uitziende jonge vrouwen, hard-werkend, ambitieus. Jouw voordeel is dat je praktischer bent, omdat je niet zo in de watten bent gelegd als Janine. Je weet niet hoe vaak ik haar jou als voorbeeld heb gesteld. Ik vrees dat ik de oorzaak ben van haar jaloezie, omdat ze verbolgen is over mijn bewondering voor jou.'

'Ik heb háár altijd benijd!'

'Dan zouden jullie tweeën toch eens bij elkaar moeten kunnen gaan zitten en vrede sluiten, niet dan?'

'Ik zou graag eens een openhartig gesprek met Janine voeren.' *Als Pasen en Pinksteren op één dag vallen.*

'Fantastisch!' Hij begon zijn theelepeltje op te poetsen met zijn servet en keek naar zijn spiegelbeeld erin. 'Heeft Quentin je al een bod gedaan voor de sculptuur?'

Ik verstarde. 'Meneer John, als je van plan bent me voor het gerecht te dagen over de waarde van de sculptuur, dan wil ik dat nu weten.'

Hij legde het lepeltje neer. 'Vergeet alsjeblieft wat ik daarover heb gezegd. Het was in woede uitgeroepen onzin. Ik verafschuw je IJzeren Beer. Het feit dat hij nu waardevol is en dat het werk van Richard Riconni zo bekend is geworden, is nog het meest ironische van de hele situatie.'

'Het ziet er trouwens niet naar uit dat er een deal zal komen. Ik laat het aan Arthur over en ik denk niet dat hij de Beer zal opgeven.'

'Maar als hij ermee instemt doe je het? Echt waar?'

'Ja.' Het klonk hol. Ik voelde me leeg vanbinnen. 'Voor het bedrag dat ermee gemoeid is zou ik zeer onverantwoordelijk zijn als ik hem niet verkocht.'

'Een goede beslissing. Ik weet dat je iets van jezelf en die oude boerderij van jullie wilt maken. Je hebt ook Arthur om voor te zorgen. Wat je niet nodig hebt is een sjofele buitenstaander die zijn neus overal insteekt, je ijdele beloften doet en je verdriet bezorgt. Als de sculptuur zo waardevol is, zullen verzamelaars net zoveel bieden als hij. Zorg dat je Quentin kwijtraakt, voor je eigen bestwil.'

'Dat kan ik hem niet aandoen.'

'En als hij nou geen haar beter blijkt te zijn dan sommigen van die onbenullen die profiteerden van je vaders goedheid?'

'Zo'n type is hij niet.'

'Hoe weet je dat? Ik heb gehoord dat hij je betoverd heeft. Ik heb gehoord dat hij in Arthurs ogen een ware tovenaar is.'

Ik bracht enkele ogenblikken door met het vouwen van mijn linnen servet, trok met mijn vingers het Tiber-monogram uit model. 'In zijn hart is hij een goed mens.'

'Nou, dat ben ik ook. Heb ik jullie dat niet al een paar keer bewezen?'

Ik knikte. Liza had me verteld dat hij tijdens die vreselijke toestand twee jaar geleden voor mijn vader in de bres was gesprongen. Toen FBI-agenten een van pappa's huurders arresteerden wegens het dealen van drugs en een deel van zijn voorraad in zijn appartement op de boerderij aantroffen, had meneer John zijn invloed aangewend om te voorkomen dat de DEA beslag legde op Bear Creek.

Meneer John keek me aan en zuchtte. 'Ik wist dat Tommy er geen idee van had dat een van zijn huurders een crimineel was. Ik kon niet toelaten dat zijn familienaam met een dergelijk schandaal werd besmeurd. We zijn bloedverwanten.'

Hij dacht altijd aan de reputatie van de Tibers. Niettemin was ik hem wel enige nederigheid schuldig. 'Ik heb je daar nooit voor bedankt. Dat doe ik hierbij.'

'Geen dank, liefje. Zie je? We zijn familie. Doe me dus een plezier en luister naar me wat Quentin Riconni betreft.'

De fase van nederigheid was snel voorbij. Ik verstarde. 'Destijds had je gelijk, nu heb je het mis.'

'Luister nu eens…'

'Ik zag het portret van Bethina Grace in de gang hangen.' Van onderwerp veranderen leek me een goed idee.

Meneer John keek me ongeduldig aan. 'Het wordt tijd om dat verleden te laten rusten. Tijd om te zeggen dat de Powells en de Tibers trots zijn op hun familieverwantschap.'

'Mooi. Je kunt me een dienst bewijzen.'

Hij fronste het voorhoofd. 'Zeg het maar, liefje.'

'Ik zou graag willen dat je Quentin Riconni's moeder per brief je verontschuldigingen aanbiedt. Dat je haar vertelt dat jij de sculptuur van de campus hebt laten verwijderen en de universiteit hebt gezegd de mensen te vertellen dat de Beer vernietigd was.'

Hij staarde me aan, ijskoud. 'Nooit! En als dat de enige reden is dat je vandaag hier bent komen lunchen, ga dan maar weer gewoon...'

Tricky stoof de serre binnen. 'Esmé heeft het golfkarretje weer gepakt!'

Meneer John sloeg met zijn hand op de tafel. 'Doe de poort op slot!'

'Dat heb ik al gedaan, maar ze rijdt al over de oprijlaan en u weet dat ze van streek zal raken wanneer ze de poort bereikt.' Meneer John kwam moeizaam overeind, zag er ontmoedigd uit. 'Heb je het gehoord van mijn nieuwe gast? Mijn nichtje?'

'Ja.'

'Nou, ze rouwt om haar tante Dotty en heeft heimwee naar South Carolina, en ze probeert telkens weg te lopen.'

Ik kwam overeind. 'In een golfkarretje?'

'Ze is langzaam van begrip. Ongeveer het tempo van een golfkarretje. Tricky, zet mijn auto buiten.'

'Ik kan haar sneller inhalen dan Tricky,' zei ik. Ik rende naar buiten, stapte in pappa's truck en reed snel de oprijlaan af. Ik zag het golfkarretje staan voor de monumentale ijzeren poort bij de kruising met de openbare weg. Esmé Tibers blonde hoofd was over het stuur gebogen. Haar schouders schokten.

Ik liep langzaam naar haar toe. Ze snikte zo hard dat ze me niet had horen naderen. Ze was blootsvoets, gekleed in een lichtblauwe korte broek en een T-shirt met Minnie Mouse erop en er stonden gebloemde canvas reistassen naast haar. Achter in het golfkarretje, waar gewoonlijk tassen en golfclubs werden vervoerd, had ze het ingelijste portret van Bethina Grace gelegd.

'Esmé?' zei ik, zacht vragend. Ze hapte naar adem en ging rechtop zitten, wreef in haar ogen met de zachtblauwe kleur van een verbleekte spijkerbroek in een lief, hartvormig gezicht en riep toen: 'Bethina Grace! Je leeft!'

'Nee, ik heet Ursula. Maar ik ben familie van Bethina Grace, net als jij. Ik ben je niet.'

'Mijn nicht Ursula. Ursula. Ursula. O!' Ze klom uit het karretje, een negentienjarig meisje wier langzame, tinkelende stem me deed denken aan een fee die kalmeringsmiddelen toegediend had gekregen. Ondanks haar tragische gezichtsuitdrukking en door tranen opgezwollen ogen sloeg ze haar armen om me heen in een stevige omhelzing. Ik kon niet anders dan haar ook omhelzen. 'Ik ben Esmé, Esmé Tiber, Esmé, Esmé,' zong ze tegen mijn schouder aan. 'Kun jij de poort openmaken?'

'Ik ben bang van niet. Waarom wil je weg?' Ze deed een stap terug, haar onderlip trilde en ik pakte haar hand vast alsof ze inderdaad een meisje was. 'Heb je heimwee?' Ze knikte driftig, deed zo hard haar best niet te huilen dat ze snuivende geluidjes maakte.

Ik kneep in haar hand. 'Mijn broer krijgt ook heimwee wanneer hij erg ver van huis gaat. Ik begrijp het.' Ze keek langs me heen naar pappa's kleurrijke truck, haar ogen werden groter en ze was afgeleid. 'Wat is dat?'

'Dat,' zei ik droogjes, 'is een magische Powell-mobiel.'

Ze stoof langs me heen en rende naar de truck, waar ze met haar vingers over een cartoonversie van een zwarte beer streek die met engelen en dinosauriërs over het rechterspatbord liep. Ze tolde rond. 'Ben jij de dame van de IJzeren Beer?'

'Ik neem aan van wel. Ik woon op Bear Creek. En daar staat de IJzeren Beer.'

'Miss Betty!'

'Ik ben niet Miss Betty, ik ben Ursula.'

'Nee, nee, ik heb het over Miss Betty en de IJzeren Beer en hoe die op Bear Creek terecht is gekomen. Tante Dotty heeft me de verhalen verteld sinds ik een klein meisje was. Ik heb het boek.'

'Het boek?'

Ze rende terug naar het golfkarretje, maakte een van haar tassen open en doorzocht een wirwar van kleren en schoenen, gooide toen een kleine, paarlemoeren revolver op de stapel. Ze groef verder in haar bezittingen terwijl ik verdwaasd de revolver oppakte. Een snelle controle maakte duidelijk dat er geen kogels in zaten. Ik ademde opgelucht uit. 'Esmé? Is deze van jou?'

'O ja.' Ze was nog steeds naar iets op zoek. 'Ik heb hem van tante Dotty gekregen. Ik kan op een doel schieten.' De Tibers hielden allemaal van jagen en schieten, dus het verbaasde me niet echt dat zelfs de tengerste onder hen die liefde voor wapens had. Ik legde de revolver opzij.

'Hier!' riep ze dolgelukkig uit. Ze haalde een oud plakboek tevoorschijn waarop de naam van Betty Tiber Habersham in vervaagd goud-reliëf was aangebracht. 'Miss Betty's boek. Tante Dotty heeft het me gegeven.'

We gingen aan de kant van de oprijlaan zitten en ze opende het vergeelde plakboek. Er zaten tientallen foto's en artikelen in, allemaal over de IJzeren Beer. 'Dat is mijn vader,' zei ik, wijzend op een foto uit een krant, waarop pappa de Beer aan het overschilderen was nadat hij door vandalen op de campus was beklad. 'En dat ben ik.' Een kiekje van Miss Betty toonde mij als pakweg vierjarige, boven op de kop van de Beer gezeten alsof ik een circusolifant bereed.

Esmé Tiber gaapte me aan. 'Wil je de foto sign... sing...' ze wor-stelde met haar woordenschat '... je handtekening erop zetten?'

Niettegenstaande een ongemakkelijk gevoel van mijn kant haalden we een pen uit mijn tas en signeerde ik een hoekje van de foto. Ze drukte het boek tegen haar borst. 'Ik heb heel veel verhalen verzonnen over de IJzeren Beer. Hij was mijn vriend toen ik klein was. Nu is hij mijn enige vriend.' Tranen welden op in haar ogen.

'Dat is niet waar. Je raakt wel gewend aan het leven hier. Het is hier heerlijk. En je zult een hoop nieuwe vrienden vinden.'

'Zoals jij? Mag ik jou en de IJzeren Beer komen opzoeken, alsje-blieft? Alsjeblieft, alsjeblieft?' De blik in haar ogen was eenzaam en hoopvol.

Wat overkwam me vandaag toch allemaal? Ik werd omringd door Tibers die me hun leven binnenlokten. 'Waarom vraag je niet aan meneer John of Tricky je een keer mag brengen?'

'O, dat doe ik zeker!'

'Maar dan moet je me beloven dat je niet meer wegloopt.'

'Goed!'

'Wat zeg je ervan als ik terugrijd over de oprijlaan en jij me volgt in het golfkarretje?'

'Oké.'

Esmé Tiber mocht dan niet de pienterste uit het nest zijn, achter het stuur was ze Mario Andretti. Ze zoefde achter me aan de oprijlaan op en bracht het karretje slippend tot stilstand voor het huis, waar meneer John en Tricky stonden te wachten. 'Ik ga binnenkort bij Ursula en de IJzeren Beer op bezoek,' verkondigde ze. 'Ik zal niet meer weglopen. Dat heb ik Ursula beloofd!'

Meneer John keek me duister aan. Hij trok me terzijde. 'Ik sta niet toe dat ze je bezoekt zolang Quentin Riconni bij je is.'

'Dat is dan jammer.' Stijf van waardigheid bedankte ik hem voor de lunch. Hij schonk me een triest, kort knikje. Ik reed verdwaasd de oprijlaan af. Hoewel meneer John Tricky had gezegd de op afstand bedienbare poort te openen, moest ik nog wachten tot die helemaal open was. Ik werd overvallen door een vreemd gevoel van paniek, een claustrofobische beklemming die me moeizaam deed ademen. Ik bleef maar aan die arme, verdrietige Esmé denken, die meer dan andere mensen opgesloten zat; door haar eigen tekortkomingen en de gewoonten van haar familie. Nu was ze gevangen in de toenemende complicaties van de toestand rond mij en Quentin.

Zodra ik kon trapte ik het gaspedaal van de truck diep in en zoefde de openbare weg op. Vrij. Bevrijd van de slang.

Of wensend dat ik vrij was.

15

HET WAS HALVERWEGE DE MIDDAG. DE HEMEL BOVEN DE BERGEN DROEG de grijze belofte van regen in zich. De lucht was drukkend, vochtig en zwaar. Quentin was de stad in, had Arthur en de schoorvoetend respectvolle Oswald meegenomen om spijkers en andere spullen voor de schuur te kopen.

Al het puin in de schuur was geruimd en hij was met de hulp van Arthur en Oswald begonnen de dakspanten te vervangen. Ik zei niets, protesteerde niet; zijn werkzaamheden hielden ons bij elkaar vandaan. Arthur leek bijna een onderdeel geworden van Quentins aura, gefascineerd door de mannelijke taken die hij imiteerde. Arthur was nog volstrekt niet in staat ons te vertellen wat zijn geliefde Mamma Beer voor besluit had genomen over haar toekomst.

De telefoon in de keuken ging. Ik nam met een vochtige hand op en ging verder met het afdrogen van een grote gietijzeren koekenpan die ik had gebruikt om worstjes te bakken voor het ontbijt. Koken had nooit tot mijn gewoonten gehoord toen ik nog in Atlanta woonde. Sinds ik naar huis was gekomen, was dat wel veranderd, ik deed erg mijn best Arthurs favoriete maaltjes klaar te maken.

'Met Harriet,' zei een trieste stem.

Ik zette snel de pan weg. 'Hoe maak je het?'

'Ik sta aan het hoofd van de afdeling fijn porselein bij Perimeter Rich. Ik mis mijn winkel.' Ze vertelde me hoe het mijn andere voormalige buren verging en waar ze een baantje hadden gevonden. 'Ik moest het je gewoon laten weten. Volgende week beginnen ze met de sloop in Peachtree Lane.' Ze begon te huilen. 'Ik ben naar de oude winkels gaan kijken. Ursula, het zijn net oude mensen die op de dodenlijst staan. Je zult wel niet willen gaan kijken.'

Ik voelde me verdrietig, drukte mijn voorhoofd tegen de muur naast de telefoon en deed mijn ogen dicht. 'Ik moet wel,' zei ik.

Ik was op weg naar pappa's truck. Ik had een lange, mouwloze jurk aangetrokken die Liza voor me had gemaakt van een lap katoen met rozenprint die ik op zolder had gevonden. Mamma had die daar neergelegd, in vetvrij papier gewikkeld. Tot onze verbazing was alleen de buitenste laag verrot en door motten aangevreten.

'Ze zou beslist willen dat je er iets van maakte,' zei Liza. 'Ik heb altijd haar geest gevoeld in dit huis en altijd geweten dat die heel liefdevol en positief was.'

'Ik kan niet naaien. Ik doe alleen zomen en knopen.'

'Dan maak ik hem wel.'

Ik keek haar aan met een gemengd gevoel van genegenheid, maar stemde uiteindelijk in. Nu was ik blij met de jurk. Ik voelde vandaag de behoefte om talismans, herinneringen te dragen. Ik wilde me optutten ter ere van het heengaan van de oude winkels.

Ik hoorde een auto aan komen rijden. Een felrode Corvette nam de laatste bocht in het zandpad en reed mijn erf op. Ik fronste mijn voorhoofd en gooide mijn tasje op de voorstoel van de truck. Ik herkende de bezoeker niet.

Hij was een dikke man met wallen onder zijn ogen en een dubbele kin. Hij wrong zijn lichaam uit de Corvette, schonk me een brede grijns en veegde toen wat onzichtbare pluisjes van zijn golfshirt en broek. Hij droeg veel gouden sieraden – pinkringen, halskettingen met kruisjes, een dikke armband met naamplaatje. 'Goedemorgen. Hoe maakt u het?' zei hij op lijzige toon.

'Kan ik u helpen, meneer?' Hij knikte, zuchtte, haalde toen een zwarte leren aktetas tevoorschijn en zette die op de motorkap van de Corvette. Hij draaide even aan een pinkring en stak toen een vlezige hand uit. 'Joe Bell Walker. Ik kom voor Tommy Powell.'

'Ik ben zijn dochter, Ursula.' We schudden elkaar de hand.

'Echt waar? Ik heb veel over u gehoord. Hij is geweldig trots op zijn kinderen.'

'Meneer Walker, het spijt me het u te moeten zeggen, maar mijn vader is in januari overleden.'

'Nee!' Tot mijn verbazing leunde hij tegen zijn auto, boog het hoofd, haalde een witte zakdoek uit zijn broekzak en depte zijn ogen. Ik zweeg, keek naar de eiken op het erf, vroeg me af wat voor soort vriend hij was. Hij droeg te veel opsmuk om een van pappa's artistieke makkers te zijn en gedroeg zich te overdreven om tot de plaatselijke bevolking te horen.

'Heer, heer,' kreunde hij. Hij vroeg me wat er gebeurd was en ik vertelde het hem met gevoel en tot in details. 'O heer, o heer,' zei hij nog eens en stopte toen zijn zakdoek weg. Hij wees met een met goud gevulde hand naar de Beer. 'Zorg goed voor Tommy's kinderen, hoor je me?' riep hij.

'Meneer Walker, bent u een kunstenaar?'

'Nee, schatje, al heb ik wel waardering voor kunst, en heb ik heel wat gekocht bij de huurders van uw vader. Mijn vrouw en dochters zijn dol op de parfumflesjes die Liza maakt.' Hij pakte zijn aktetas en zuchtte. 'Maar vandaag ben ik hier voor zaken. Ik ben ontvanger voor het Donahue Financial Institute.'

Ik deed een stap terug, mijn mond viel open in stil afgrijzen. Het zogenaamde Donahue Financial Institute was in het hele berggebied berucht. Er gingen geruchten dat de oude Donahue en zijn zoons tot de jaren zeventig een speelhal hadden gerund voor de maffia. De afgelopen twee decennia had hun clan een slechte reputatie opgebouwd als woekeraars. Deze betraande fan van mijn vader was een knieschijfbreker. 'Heeft mijn vader geld geleend?'

'Ja, juffrouw, dat heeft hij inderdaad. Zo'n twee jaar geleden heeft hij tienduizend dollar geleend, rente niet meegeteld. Hij zei dat hij de zaak hier moest opknappen na die onfortuinlijke kwestie met de drugs. Zei dat hij een paar huurders had die de huur eigenlijk niet goed konden opbrengen – die lui die er nu nog zitten – dat het fatsoenlijke mensen waren die hij niet wilde wegsturen, maar dat ze niet voldoende konden betalen en dat hij niet wilde dat ze wisten dat hij het geld nodig had. Dus heeft hij een lening afgesloten.'

'Hoeveel is hij nu nog schuldig, met rente?'

'Vijfduizend, schatje. Ik heb het laten lopen sinds de winter. Hij kon niet aflossen – zei dat het wat minder ging in de kunstwereld. Zijn huurders konden hem geen cent betalen maar ze sprongen wel bij als het nodig was. Juffrouw Liza gaf wat van haar sieraden en de Ledbetters stuurden een hele set mooi aardewerk naar meneer Donahues vrouw, en Oswald heeft zijn motorfiets afgestaan, maar het is gewoon niet genoeg, schatje. Ik bedoel, er zijn regels, en dat wist uw vader toen hij zijn handtekening zette voor het geld.'

Ik verzette me tegen de opkomende misselijkheid en angst. 'Wat had mijn vader als onderpand gebruikt?'

'Anderhalve hectare grond. Hier aan de voorkant van de boerderij.'

Pappa moet wanhopig geweest zijn als hij ons land op het spel zette. In de honderdvijftig jaar van onze turbulente geschiedenis hadden we nooit, maar dan ook nooit, maar één centimeter van het oorspronkelijke grondgebied verloren.

'Ik heb hier wat papieren, schatje. Als u die zou willen tekenen, laat ik de zaak bekrachtigen.'

Ik dwong mezelf na te denken. Mijn hoofd tolde. 'Ik kan morgenochtend die vijfduizend dollar contant hebben.'

'Nee maar!' Hij staarde me plezierig verrast aan. 'Zeker weten?'

'Absoluut. Ik breng het u morgen in de loop van de ochtend.'

'Oef.' Hij klapte zijn aktetas dicht, gaf me een visitekaartje en veegde zijn voorhoofd af. 'Dat is een pak van mijn hart.' Hij haalde een zakcomputer tevoorschijn en maakte daarop een notitie. Zelfs de goeie ouwe knieschijfbrekers waren overgegaan op hightech.

'Het spijt me echt dat ik met dit nieuws moest komen,' besloot hij. Joe Bell Walker zag er verslagen uit. 'En ik hoop dat u me het geld brengt. Contant, begrijpt u?'

'Ik begrijp het.'

Hij legde een hand op zijn hart en zei me gedag. Toen hij wegreed, begaven mijn knieën het, alsof hij ze kapotgeslagen had. Ik leunde tegen de truck. Pappa had geld nodig gehad; hij had zijn best gedaan de oude boerderij op te knappen en zijn favoriete huurders te beschermen. Hij had gewild dat ik trots op hem zou zijn. Dit was gebeurd direct nadat ik hem met mijn schaamte en woede om de oren had geslagen.

Drie uur later zat ik aan een bureau tussen de glimmende planken en vitrines van de betrouwbaarste zilverhandelaar van Atlanta. Ze was een discrete oudere vrouw in een maatpakje van blauwe wol en met een dun parelsnoer om haar hals. Ik had gehoord dat ze in de zilverhandel was gegaan nadat haar man was overleden, omdat ze haar eigen familiezilver had moeten verkopen om de eindjes aan elkaar te kunnen knopen. We waren door de jaren heen op vriendschappelijke voet met elkaar komen staan, terwijl ik alles bij elkaar schraapte om mijn trotse erfenis te vergaren, de eerste set tafelzilver die een vrouwelijke Powell ooit had bezeten, de set die ik op een dag zou doorgeven aan mijn oudste dochter en zij aan de hare. Nu stond die collectie in kartonnen dozen aan mijn voeten.

'Lieverd, ik vind het vreselijk je dit te zien doen,' zei de vrouw met zachte, oud-zuidelijke stem.

'Je weet hoe het soms kan gaan.'

Ze knikte en legde een blauwgeaderde hand op de mijne toen ze me een cheque gaf. 'Ik houd je zilver een maand lang vast en je kunt het terugkrijgen voor de prijs die ik je heb betaald.'

Ik bedankte haar, maar wist toen ik de deur uitliep dat het zilver voor altijd voor me verloren was. Het regende. De dag liep ten einde, het werd donkerder. Ik zou naar huis moeten gaan, me ontspannen, dronken worden.

Ik reed naar Peachtree Lane.

Ik zou haar het geld gegeven hebben, als ik het had geweten. Als ze het gevraagd had. Maar ze heeft het me niet gevraagd. Quentin reed Atlanta binnen, op zoek naar Ursula. Liza had hem over Joe Bell Walker verteld; ze had Ursula betrapt toen die in de woonkamer van de boerderij haar tafelzilver aan het inpakken was en Ursula had het wel aan Liza moeten uitleggen.

Godverdomde woekeraar, net als de klootzakken met wie ik ben opgegroeid, dacht hij. Hij manoeuvreerde zijn auto een smalle, volle rijbaan op. *Maar ze had het me alleen maar hoeven te vragen. Ik zou haar gegeven hebben wat ze nodig had. We hadden het een voorschot op de Beer kunnen noemen.*

Hij fronste zijn voorhoofd, dacht aan haar houding, vloekte toen zacht.

Ze wil je niets schuldig zijn. Ze weet precies hoe je in elkaar zit. Inpakken en wegwezen. Het vooral onpersoonlijk houden. Dat heeft ze dus gedaan. Wil jij dat je leven zo in elkaar zit? Dan kun je dat krijgen.

Quentin stuurde de Explorer een afrit op en de stad in. Regen droop langzaam over zijn voorruit. Hij zette de ruitenwissers aan en draaide zijn raampje dicht. De geuren en kleuren van een regenachtige dag hadden hem altijd al het gevoel gegeven dat de wereld leeg was en hij er alleen voor stond. Hij ging sneller rijden.

Misschien wil ik het nu niet meer zo.

Regenachtige zuidelijke zomeravonden waren een gevaarlijke sauna, die zelfs de ernstigste remmingen deed wegsmelten in zijn vochtige warmte. De sensuele damp bracht mensen ertoe te doden of te verleiden, te janken naar de volle maan of hun wildheid te kanaliseren tijdens revivalbijeenkomsten waar zweet, seks en verlossing allemaal dezelfde geur hadden. De vochtige warmte deed de ramen van de truck beslaan. De ruitenwissers leken tegen hem te praten, *sjish, dwaas, sjish, dwaas, sjish, dwaas.*

De dag was tot vochtige schaduwen aaneengesmolten toen ik mijn auto op een van de parkeerplaatsen haaks op het brede trottoir van

Peachtree Lane zette. De straten om me heen waren stil en leeg, de woonhuisverlichting gloeide in de eenzame nevel op die doordeweekse avond. Niet ver van me vandaan, in het huis dat ik hem had helpen opknappen, waren Gregory en zijn nieuwe ik waarschijnlijk bezig een wastafel uit te schrobben of een desinfecterend middel op zijn brandschone vloer te spuiten.

Het terrein dat aan de winkels grensde was al veranderd in een opengereten landschap van omgeploegd beton. De pecan- en perzikbomen waren verdwenen; er gaapte een groot gat waar de perzikboom had gestaan en de pecans waren nog slechts afgezaagde stompen in het trottoir. Niet beschut door groen zag de zielige rij oude bakstenen winkeltjes er kwetsbaar en naakt uit. De hoge ramen met zijvensters waren eruit gehaald en de openingen dichtgetimmerd met planken. Het ergste was nog dat het hele blok omringd was door een drie meter hoog hekwerk van gaas. Ik klemde me aan het hek vast en drukte mijn gezicht ertegenaan, staarde naar mijn winkel als een ouder die een gewond kind niet kan bereiken. Ik wilde me door het gaas heen drukken als zachte boter door een zeef.

Ik liep terug naar de truck. Ik reed naar de achterkant, waar de containers altijd hadden gestaan, zette de truck in een lage versnelling, reed de voorwielen zachtjes de stoep op en duwde met pappa's roze geschilderde bumper tegen het hek. Het hek wankelde. De stalen posten staken duidelijk niet erg diep in de grond, dus men maakte zich niet echt druk om indringers. Een teken van God.

Ik drukte langzaam het gaspedaal in. Een deel van het hek ging met bevredigende overgave neer, tikte even ondeugend tegen de grille van de truck en werd toen onder de wielen platgedrukt. Ik stapte uit, haalde een kleine ijskoeler uit de cabine van de truck en liep toen het trapje op naar de achterdeur van mijn winkel. Pas toen zag ik dat de sloper een groot hangslot op de deur had bevestigd.

Ik sloeg met mijn vuist tegen de deur, liep toen naar de ramen en probeerde daar de planken weg te trekken, ik dacht er zelfs – heel even maar – over de achtergevel te rammen met de truck. De langzame, warme regen drupte over mijn gezicht omlaag, het duister sloot zich om me heen.

Ik hoorde een auto met een zware motor door de smalle straat rijden die aan de parkeerplaats grensde. De eiken en een rij grote seringenstruiken langs de weg ontnamen het zicht op mij en de truck, maar toen klonk het onmiskenbare geluid van een voertuig dat de hoek om ging, omdraaide en langzaam achterom kwam rijden. Waarschijnlijk een politiewagen met krachtige motor. *De wet*, zoals oude mensen uit de bergen het zouden zeggen. Iemand had het platgereden hek, en mij, gezien en had de politie gebeld.

Ik veegde mijn gezicht af en liep weer het trapje op om mijn lot als vandaal en indringer onder ogen te zien, beide handen weerspannig om de sierlijke metalen reling geklemd die ik ieder jaar liefdevol in de zwarte, roestbestendige lak had gezet. Ik klemde me gewoon vast aan het stevigste bouwsel dat ik zag. Als de mannen van de wet me kwamen halen, zouden ze me los moeten trekken.

Quentin kwam dichterbij rijden. Ik keek hem met oprechte opluchting aan.

'De boel op stelten aan het zetten als een rechtgeaarde rebel?' riep hij met zijn lage stem, de stem van boksers uit Brooklyn en gangsters uit oude films, hard genoeg om een magnolia die vlakbij stond geschokt zijn laatste deftig witte bloemblaadje te laten loslaten alsof het een zakdoekje was.

Ik knikte. 'En ik trap meteen even tegen een symbolisch achterwerk.'

Hij stapte door de straatjungle van platgereden hek en ontwortelde palen naar me toe. Een gele straatlamp ging aan en de zachtjes neervallende avondnevel nestelde zich in zijn donkere haren als kleine edelsteentjes. Zijn aanwezigheid alleen al was groot en geruststellend. Het enige wat ik kon denken was: *ik ben blij dat hij er is.*

'Je hangt altijd rond bij gebouwen die op het punt staan in elkaar te storten.'

'Jij ook.' Hij kwam het smalle trapje op en ging naast me staan. 'Liza vertelde me waar je heen was. En over het zilver.'

'Ze denkt dat ik behoefte heb aan een schouder om op uit te huilen. Ze heeft het mis.'

'Ik ben hier niet naartoe gekomen om lichaamsdelen aan te bieden.' Hij hief een hand op en toen ik niet liet blijken er bezwaar tegen te hebben, raakte hij met een enkele knokkel mijn wang aan, volgde het jukbeen en ving een druppel regen op die ook een traan zou kunnen zijn. Toen draaide hij zich om en keek naar het hangslot in plaats van naar mij, terwijl ik hem ongegeneerd aankeek. 'Wil je naar binnen?'

'Ja. Ik wil nog één keer mijn oude winkel zien.'

'Geef me een paar seconden.' Hij liep naar zijn truck, kwam toen terug met een krachtige zaklamp en wat fijn gereedschap dat hij in zijn ene hand hield. Ik hield de zaklamp vast terwijl hij zijn werktuigen in het sleutelgat van het hangslot stak en even later hoorde ik het klikken. Hij trok het slot open, haalde de beugel eraf, ik duwde de deur open. De ingebakken geur van oud hout, leer, papier, kennis, de essentie van boeken, kwam me in het donker tegemoet. Ik inhaleerde diep. 'Dank je.'

'Bedank een kerel die Lockhead heette. Hij heeft me dit geleerd toen ik twaalf was. Wil je dat ik buiten wacht?'

'Nee, kom binnen. Er huizen hier fantastische geesten.'

Hij wierp een vreemde blik op de koeler bij mijn voeten en pakte hem toen op. Hij volgde me ermee het gezellige labyrint van kleine kamers in dat nog steeds vol stond met boekenkasten. Zelfs leeg straalden ze een zekere warmte en persoonlijkheid uit. Onze voetstappen weergalmden op de krakende houten vloer. Ik streelde over de kastplanken en het verbleekte rozenbehang. Hij verplaatste het licht van de muur naar mijn jurk met rozenprint. 'Boekwinkelcamouflage,' zei hij. 'Handig om op wilde boeken te jagen.'

Ik lachte gesmoord. Hij zette de zaklamp op de oude eiken toonbank die herinnerde aan zestig jaar van verkopen, lezingen, auteurs, lezers en plezier. 'F. Scott Fitzgerald heeft op deze toonbank geleund toen hij in 1945 de oorspronkelijke eigenares bezocht,' zei ik. 'Ik heb een foto van haar en hem. En vorig jaar leunde F. Scott Shey hiertegen toen hij mij bezocht. Hij won de Nobelprijs voor natuurkunde. Ik heb een foto van hem en mij. Zo'n breed spectrum. Zo'n continuïteit.'

Quentin knikte. 'Oké, dat waren dus de F. Scotts. Vertel me over iedereen die daartussenin zit. Praat het van je af.'

'Dat kan wel een tijdje duren.'

'Ik heb geen haast.' Hij leunde tegen de toonbank, gehuld in schaduwen, in stilte mijn verdriet delend. De regen troostte me, en ik was blij dat we maar met z'n tweeën waren, hij en ik, beschut in deze oude veilige haven tijdens de laatste dagen van haar bestaan.

'Ik had een kleine ceremonie gepland,' zei ik tegen hem. Ik knielde naast de koeler op de vloer neer, bedacht toen iets en keek hem aan. 'In de achterkamer staat nog een oude houten bank. De kussens zijn kapot en hij was het niet meer waard om gered te worden. Kun je hem hierheen sjouwen? Hij is wel zwaar – en ongeveer één meter tachtig lang.'

'Uw wens is mijn bevel.'

Was het maar waar, dacht ik toen hij het vertrek uit liep.

We gingen op de bank zitten, deelden een fles champagne en een teer glas op lange steel dat Liza had gemaakt. We baadden in flakkerend licht van twee lange dikke kaarsen die ik op de toonbank had gezet. Het was Quentins beurt om van de gekoelde champagne te nippen en ik opende een poëziebundel dat ik had meegebracht. Een paar flinke slokken champagne hadden mijn kunstmatige waardigheid al verdreven. Mijn maag was warm, mijn spieren ontspannen. Ik was klaar om mijn boekwinkel toe te spreken.

'Ik kon echt niet besluiten wat ik ter ere van je geest zou offeren,' zei ik hardop, in het vertrek om me heen kijkend. 'Dus heb ik gezocht naar iets in de klassieken. Ik heb dit van Ben Jonson genomen.' Ik boog mijn hoofd over het boek. '*A lily of a day is fairer far in May. Although it fall and die that night, it was the plant and flower of Light. In small proportions we just beauties see; and in short measures life may perfect be.*'

Ik keek op, nam het champagneglas aan dat Quentin me voorhield en hief het op naar de in diepe schaduwen gehulde ruimte. Het was zo stil in de winkel, de stilte werd niet eens doorbroken door het zachte zoemen van een lamp, alleen door de regen op het dak. Er had evengoed geen wereld kunnen zijn buiten de dichtgetimmerde ramen. Vreemd genoeg voelde dat goed aan. Zelfs Quentin leek tevreden. Ik knikte de oude winkel toe. 'Je hebt de levens van veel mensen perfect gemaakt tussen deze muren. Ook het mijne. Dank je.'

Bij de laatste woorden trilde mijn stem enigszins. Ik nam snel een slok, draaide me toen om en zette het glas op de toonbank achter ons, naast de fles. 'Ik hoef niet meer.'

'Mag ik dat boek eens zien?'

Ik gaf het hem. 'Het is een verzamelwerk,' zei ik. 'Een beetje van alles wat.'

'Zullen we iets uit *Macbeth* nemen?' Hij bladerde met vaardigheid en eerbied door een gedeelte van Shakespeare en las toen met een zachte, melodieuze bariton: '*Life's but a walking shadow, a poor player that struts and frets his hour upon the stage and is heard no more; it is a tale told by an idiot, full of sound and fury, signifying nothing.*'

Ik kreunde zacht. 'O ja, echt jouw keus, wat morbide.'

Hij trok een donkere wenkbrauw op. 'Alle poëzie is morbide.'

'Dat is niet waar.' Ik ging dichter bij hem zitten en sloeg de bladzijden in het gebonden boek om terwijl hij het vasthield. 'Hier. Ogden Nash. Heel mooi.' Ik las voor: '*The turtle lives 'twixt plated decks, which practically conceal its sex. I think it clever of the turtle, in such a fix to be so fertile.*'

'Hmm. Goed dan, een compromis. Iets wat Masefield heeft geschreven.' Met iets van humor in zijn ogen bladerde hij het boek door. '*Let me have wisdom, beauty, wisdom and passion, bread to the soul, rain where the summers parch. Give me but these, and though the darkness close, even the night will blossom as the rose.*'

'Rozen,' plaagde ik. 'Je dacht daar alleen maar aan vanwege het rozenbehang.'

'Nee, vanwege jou en je jurk,' antwoordde hij met een knikje naar de verbleekte rozen die soepel rond mijn lichaam vielen. 'Je bent mooi.'

We zwegen, wisselden een blik uit die me een ontspannen, rustig en open gevoel gaf. Hij keek weer naar het boek. 'Laten we terugkeren naar Shakespeare.' Hij straalde een diepgewortelde warmte uit die ik niet kon weerstaan. Ik boog mijn hoofd naast het zijne, sloot toen heel even mijn ogen, genoot van de geur van zijn kleren, zijn haar, zijn huid. Zijn schouder streek langs de mijne en ik week niet terug.

Hij schraapte zijn keel. '*He jests at scars, that never felt a wound. But, soft! What light through yonder window breaks? It is the east, and Juliet is the sun.*' Zijn stem liefkoosde me terwijl hij de gehele beroemde monoloog uitlas. Geen enkele man had me ooit eerder voorgelezen; niet sinds pappa me als kind verhalen had voorgelezen. Ik keek naar hem, verrukt, voelde me voor het eerst in maanden, nee jaren, weer vernieuwd en levendig. Het was jaren geleden dat het zo eenvoudig was geweest simpelweg te voelen.

Quentin was zich sterk bewust van mijn adem tegen zijn wang, mijn geur, de behoefte in mijn ogen, de moeiteloze intimiteit die ons bij gesproken woorden en stille verlangens aaneen had gesmolten. Onder het boek was hij hard geworden, roekeloos, hunkerend. Toen hij uitgelezen was, richtte hij zijn ogen op mij, intens en zoekend, donker in het kaarslicht. 'Kijk me niet zo aan. Sta op en loop naar buiten.'

Ik schudde mijn hoofd. 'Ik kan niet weglopen voor de gevoelens die jij bij me oproept. Ik wil gewoon meer.' En toen, na zijn zachte zucht of de mijne – dat weet ik niet – kuste ik hem. Ik beefde toen we ons van elkaar losmaakten. Ik keek naar zijn gezicht en zag mijn eigen emoties daarin weerspiegeld – het gevaar, de impuls, de lust. En misschien de liefde. Ik had geen idee of dat míjn wens of zíjn realiteit was.

'Ik geef je nog één kans om weg te lopen,' zei hij.

Ik kuste hem opnieuw en deze keer nam hij het heft in handen. Hij streelde mijn gezicht, haalde zijn handen door mijn haar, trok mijn tong in zijn mond en proefde me met de zijne. Plotseling waren we allebei heel gejaagd en ruw, met elkaar verstrengeld, elkaar opvretend.

We schoven de kussens van de bank op de ruwe houten vloer en gebruikten ze als bed. Uitzinnig, ruw, snel, zwijgend, werkten we eendrachtig samen. We trokken onze kleren uit – klamme huid blootgesteld aan aanraking in de warme, zwoele lucht, zijn handen op mijn borsten, daarna zijn mond. Ik streelde hem terwijl hij zich boven op me uitstrekte. En ten slotte, toen ik hem in het gezicht keek, kuste hij me heel rustig, als een stilte in de storm, en leidde ik hem mijn lichaam binnen.

We smolten even gemakkelijk samen als regen met vruchtbare aarde.

De sterren stonden aan de hemel toen we op Bear Creek terugkeerden. Ik had de lange rit naar huis, alleen in mijn truck, de tijd gehad om mijn gedachten leeg te maken en te vullen met een ellende die zo diep was dat ik me nauwelijks op de weg kon concentreren. *Je zult de rest van je leven naar hem blijven verlangen.*

Hij had dezelfde pijnlijke gedachten als ik, maar dat wist ik niet. We liepen het donkere, mistige erf over zonder elkaar aan te raken. Ik ontstak een kerosinelamp op de veranda en liet me op de krakende schommelbank neerzakken. Quentin ging op het verandatrapje zitten, een meter of vier bij me vandaan. Hammer kwam kwispelend uit het donker tevoorschijn. Hij keek berustend toen Quentin noch ik hem aanhaalde.

'We moeten praten,' zei Quentin.

'Ik weet het.'

'Ik ben acht jaar ouder dan jij.'

'Acht jaar maar? Je zult een beter argument moeten bedenken.'

'Oude gewoonten zijn moeilijk te veranderen.'

Ik schopte mijn sandalen uit en zette me met mijn tenen af tegen de vloer van de veranda, zacht schommelend, het ritme zo sensueel dat ik na een seconde weer stopte. 'Ik heb ook oude gewoonten. Ik ben altijd mijn eigen weg gegaan. Heb erg mijn best gedaan een serieuze relatie te vermijden.'

'Wat was je professor voor iemand? De onderzoeker? Liza heeft me iets over hem verteld.'

'Gregory? Erg netjes. Erg betrouwbaar.'

'Maar hij heeft je bedrogen.'

'Ik denk dat ik wist dat hij dat op een dag zou doen. Ik wist dat ik nooit met hem zou trouwen.'

'Je moet toch op een of andere manier van hem gehouden hebben. Hij moet iets gedaan hebben wat je deed besluiten te blijven.'

'Als je seks bedoelt heb je het mis. Niet dat het niet plezierig was, maar het is voor mij altijd een drang geweest die ik goed kon weerstaan.' Ik zweeg even. 'Tot voor kort. Ik heb me nooit eerder zo op een man gestort.'

'Ik dacht dat ik jou verleid had,' zei hij met vermoeide humor. 'Toen ik zei dat je moest weggaan? Toen loog ik.'

Die galante woorden verwarmden me tot op het bot. 'Je hebt er slag van de vinger op verbanden en relaties te leggen. Structuur, bedoel ik. Ruimtes en verbindingen en systemen. Daar heb je gevoel voor. Het is een creatief instinct. Je zag wat ik wilde en gaf het me.'

'Dat heeft niets te maken met creatief zijn, maar met het man-zijn.'

'Ik denk dat je in je hart een kunstenaar bent.'

'Nee.'

De volgende woorden perste ik er met pijn en moeite uit. 'Heb je een vriendin in New York? Dat moet wel. Meer dan één, vermoed ik.'

Hij vertelde me over Carla Esposito, ronduit, eerlijk en zonder te zeggen dat ze geen toekomst hadden. 'We zijn vrienden geweest sinds we kleine kinderen waren,' besloot hij. 'Ze komt en gaat.'

Vrienden die het grootste deel van hun leven met elkaar hebben geslapen, dacht ik in akelig stilzwijgen. 'Dat is niet zomaar een vriendin. Dat is een vrouw van wie je houdt.' Ik sprak zonder beschuldiging, constateerde alleen iets wat in mijn ogen een duidelijk feit was.

'Nee.'

'Wat noem jij dan liefde?'

'Iemand zonder wie ik niet verder kan leven.'

Daarna bleef het lang stil, zonder indicatie dat ik ooit zijn *iemand* zou kunnen zijn. Ik tuurde naar de duisternis buiten de lichtcirkel van de lantaarn. 'Dat is ook mijn definitie van liefde. Misschien ben ik er daarom altijd voor weggelopen en zal ik misschien wel nooit ophouden weg te lopen. Mijn ouders hielden op die manier van elkaar.'

'De mijne ook.'

'Te pijnlijk.'

'Ja.'

Ik haalde diep adem. 'Mijn leven ligt hier. Op deze plek. Ik ben een Powell. Dit land houdt me in zijn greep. En Arthur. Arthur kan nooit ergens anders wonen.'

'Je hebt iemand nodig die net zoveel van deze boerderij houdt als jij.' Quentin haalde een sigaarstompje uit zijn borstzakje, stak het toen in de potaarde bij mijn perzikzaailing. Hij leek me te vertellen dat hij was grootgebracht met plaveisel onder zijn voeten en de puurheid van aarde niet kon waarderen. Ik keek naar het licht op zijn donkere haar, zijn vermoeide profiel, zijn harder wordende ogen. Ik keek naar hem en huilde inwendig.

Hij was niet beter af dan ik, al realiseerde ik me dat niet.

Hammer hief zijn kop en blafte zacht. Quentin en ik keken naar het bospad voorbij de forsythia's aan de zijkant van het huis. Aanvankelijk hoorde ik alleen het zachte gezang van kikkers op de kreekoevers, maar toen weerklonk duidelijk het geluid van voeten op takjes.

Ik stond op en liep naar de rand van de veranda. 'Arthur?'

Hij kwam tevoorschijn uit het duister en stapte een strook maanlicht binnen. Hij hield iets in zijn handen. 'Broeder Beer?' riep hij.

'Ik ben hier, Arthur,' zei Quentin.

'Zuster Beer?'

'Hier,' zei ik.

'Ik weet wat Mamma Beer nodig heeft. Ik ben er eindelijk achter.'

Mijn adem stokte. 'Wat dan, lieverd?'

Hij stapte verder het maanlicht in, zilver danste op zijn haren, zijn gezicht zag zo bleek als room. Hij deed nog een stap naar voren en bleef toen staan, wankelend alsof hij naar een gebedsgenezing was gekomen. Het grote voorwerp in zijn armen leek erg zwaar. 'Ze heeft niemand zoals zij. Van haar eigen soort. Dat denk jij toch ook, Broeder Beer? Je gaf Ursula laatst een kus om de boze Tusser weg te jagen omdat zij ook eenzaam was. Net als de Beer.'

Quentin ging staan. 'Ik heb je zuster gekust omdat ik haar aardig vind.'

'Mamma Beer heeft ook een kusvriend nodig. Ze is zo eenzaam – als ze zich niet beter gaat voelen zal ze… zal ze doodgaan!' Met een pijnlijke snik hield hij het mysterieuze voorwerp voor ons omhoog. 'Het is zo erg om alleen te zijn. Ze zal doodgaan als ze niet gelukkig is! Net zoals pappa doodging! Maar jij kunt haar helpen!'

'Rustig, rustig, Arthur,' zei ik zacht, intussen de veranda aflopend. Hij week achteruit en ik bleef staan.

'Vertel me wat je wilt dat ik doe, kerel,' spoorde Quentin hem zacht aan.

'Ze heeft een vriend nodig! En als ze zich daar niet beter door gaat voelen, kun je haar meenemen om bij jou te wonen.'

'Meen je dat? Mag ik haar dan meenemen?'

'Ja. Als ze zelfs met een vriend niet gelukkig is. Dat moeten we eerst afwachten. Oké?'

'Oké, Arthur. Wat je wilt. We zullen het afwachten.' Quentin en ik wisselden verbaasde, fronsende blikken.

'Ik heb je het eerste stuk van haar vriend gebracht!' zei Arthur. 'Ik heb het gevonden in de schuur, waar we samen aan het werk zijn geweest. Pappa had het heel hoog opgeborgen, maar het is omlaaggevallen. Omdat hij wil dat we het gebruiken!' Arthur knielde neer en legde het voorwerp aan Quentins voeten, sprong toen op en week weer achteruit. 'Een bot!' riep hij uit. 'Ik zal morgen nog meer onderdelen gaan zoeken!' Hij draaide zich om en liep de nacht in.

Quentin en ik bleven beiden even zwijgend staan, trachtten de complexiteit van mijn broers verzoek te doorgronden. 'Laten we eens kijken wat hij heeft meegebracht,' zei Quentin. Ik ging naar binnen om het licht op de veranda aan te doen. Toen ik terugkwam zat Quentin op zijn hurken naast twee lange rechthoeken van ornamenteel ijzerwerk met gevorkte poten, die met grof paktouw bijeen waren gebonden. 'Het lijkt wel de voet van een oude naaimachine,' zei hij.

'Dat is het ook. De naaimachine hebben we al lang niet meer. Die was van mijn grootmoeder en daarna heeft mijn moeder hem gebruikt. Pappa had de onderdelen van het onderstel opgehangen op de zolder van de schuur. Hij was van plan er een tafelblad op te maken. Daar is hij nooit aan toegekomen.'

'Wat verwacht Arthur dat ik ermee ga doen?' Hij zette de zware stukken tegen zijn gebogen knieën en veegde er roest af. 'Wat wil hij?'

Plotseling begreep ik het. Ik ging op de door regen doorweekte grond zitten en tilde de twee zware ijzeren stukken op mijn schoot. Ik keek Quentin somber aan – verslagen, boos, verloren. Wat mijn broer wilde was onmogelijk, net zo onmogelijk als mijn verlangen naar Quentin. We zouden uiteindelijk allemaal ons hart, onze stem, onze hoop verliezen. 'Hij wil dat je nog een IJzeren Beer maakt,' zei ik.

16

NA EEN SLAPELOZE NACHT BRANDDE DE HETE OCHTENDZON IN QUENTINS ogen. Hij scheen door een dikke dennenboom heen en verlichtte de kleine, witgekalkte katholieke kapel van Tiberville. Bloempotten van gebakken klei vol bonte petunia's flankeerden het pad naar de deur van de kapel. Een kleine, grijzende priester met een witte boord, een zwart hemd en een spijkerbroek aan, was dat pad aan het vegen. Zijn mollige beagle onderbrak zijn gesnuffel op het netjes gemaaide gazon van de kapel lang genoeg om naar Quentin te blaffen alsof hij een vos was.

'Goedemorgen, Quentin,' zei de priester lijzig. 'Ik heb veel over je gehoord. Ik weet wie je bent.'

Een dergelijke reactie verbaasde Quentin niet langer. 'Ik wil graag dat u me de biecht afneemt. Maar ik moet u waarschuwen. Ik ben in jaren niet in de kerk geweest. Ik ben een beetje roestig.'

'O? Nou ja, geen beter moment dan het heden om je geweten te smeren. Kom binnen. Ik ben Roy. Pastoor Roy.' Ze schudden elkaar de hand.

Quentin begon aan zijn beslissing te twijfelen toen ze over het pad tussen de ouderwetse bloemen liepen. Hij kon zich niet voorstellen dat de elegante en kosmopolitische pater Aleksandr petunia's kweekte, een spijkerbroek droeg of een beagle had. Of dat hij Roy heette. Het leek gewoon te comfortabel. Maar een priester was een priester en vanochtend, nu hij zich vanbinnen zo verward voelde, zocht hij vertroosting in de tradities van zijn jeugd. 'Waar komt u vandaan, pastoor?'

'Mississippi. Ik ben drie kilometer van de geboorteplaats van Elvis opgegroeid. Hier is dat net zoiets als dat je schouder aan schouder hebt gestaan met een heilige.'

'Misschien is Sint Elvis wel mijn beste gok.'

Pastoor Roy lachte.

Ik ging naar de bank en reed toen over de slaperige, door bomen overschaduwde weggetjes naar het volgende stadje. Ik wachtte in de hal van een klein bakstenen kantoorgebouw, staarde nietsziend naar Jerry Springer op een televisie in de hoek, samen met twee andere verfomfaaide 'cliënten' van het Donahue Financial Institute. 'Je zou haar onder haar kleine valse reet moeten schoppen,' zei een van hen tegen de strijdende partijen op de televisie.

Het leven werd gedomineerd door stompzinnige onzin, teleurstellingen en vernederingen, slechts onderbroken door zeldzame momenten van alles overtreffende overwinning en vreugde. Gisteravond, in Quentins armen, was een van die bijzondere momenten geweest. Nu was de werkelijkheid weergekeerd.

Had er al die jaren iets aan de wereld ontbroken zonder een tweede IJzeren Beer om onze levens en onze lotsbestemming te delen? Arthur meende van wel en nu zat er niets anders op dan er een te maken – en dat was niet te doen. Ik had een groot deel van de maanverlichte zomeravond doorgebracht in een schommelstoel op de met kamperfoelie overgroeide veranda van dr. Washington, toekijkend hoe mijn broer, glimlachend en droomloos, in de hangmat lag te slapen.

Toen hij een keer wakker werd, fluisterde ik: 'Arthur, weet je zeker dat je een tweede Beer nodig hebt?' en hij mompelde: 'Er zijn er twee nodig om baby's te kunnen maken,' alvorens weer in te dutten, behaaglijk weggekropen in koele mousseline en de diepe sereniteit van zijn beslissing. Als een stamsjamaan had hij vruchtbaarheid en oogst gepland, symbolische rijkdom om onszelf en ons land te onderhouden en behouden.

Toen Joe Bell Walker verscheen met een doos donuts in zijn ene hand met gouden pinkring, volgde ik hem zijn kantoor in en legde een dikke envelop op zijn bureau. 'Vijfduizend, contant. In briefjes van twintig. Sorry. De kassier bij de bank was een sadist.'

'Ik ben een beetje verdrietig over de manier waarop u me behandeld hebt.' Hij schudde het hoofd en trok een wenkbrauw op. 'Houdt u me voor de gek? Ik ben al afbetaald.'

'Wanneer? Hoe?'

'Heb vanochtend vroeg een telefoontje gehad van een kerel. Een vriend van u. Quentin Riconni? Sprak met me af in de donutwinkel en gaf me het geld. We hebben even gepraat.' Hij schonk me een afkeurende blik.

Ik staarde hem aan. Mijn geest was beneveld, ik had nauwelijks geslapen, mijn lichaam was gevoelig en ik voelde me verdoofd. Quentin scheepte me af met geld, vertelde me dat de band tussen ons uit te drukken was in simpele contanten. 'Ook goed,' zei ik en pakte mijn pakketje weer op. Ik moest hier weg, moest alleen zijn met de ellende waarvan mijn hele wezen doortrokken was.

Joe Bell schraapte zijn keel. 'Ik wil nog even iets zeggen. Wie een dergelijke man naar Joe Bell Walker stuurt, stuurt hem een boodschap! U bent een harde tante. Ik heb u beslist onderschat. Maar ik ben zelf ook niet van gisteren. Dus laat me even één ding duidelijk stellen. Even goede vrienden, oké? Ik wil geen moeilijkheden met zijn soort.'

'Zijn soort?'

'U weet wel wat ik bedoel. Italiaan, New York. Wij hier hebben ons eigen territorium. Die kerels daar hebben het hunne. We hebben elkaar nooit voor de voeten gelopen. Laten we het zo houden. Als u onder hun bescherming staat, zullen we dat vanaf nu zeker respecteren. Okidoki?'

Hij dacht dat Quentin bij de maffia zat. Ik moest bijna lachen, of huilen. Ik zou Joe Bell eigenlijk de waarheid moeten vertellen, maar ik knikte slechts en liep naar buiten, met mijn geld. Ik had die vijfduizend dollar verdiend op de vloer van een lege boekwinkel.

Quentin en ik liepen de wei door en gingen voor de Beer staan. 'Wanneer ga je weg?' vroeg ik. Ik was keihard.

Zijn gesloten uitdrukking deprimeerde me even. Ik daagde hem uit me te zeggen dat hij niet van plan was zo snel mogelijk zo ver mogelijk bij me uit de buurt te gaan. Mannen geven vaak cadeautjes wanneer ze zich schuldig voelen. 'Vandaag.'

Zo dan. Klaar. Helemaal niet zo moeilijk. Scherp afgesneden, netjes. Blijven ademen.

Ik knikte goedkeurend. 'Bel alsjeblieft niet, schrijf niet, kom niet terug met een nieuw aanbod. Arthur zal daardoor sneller herstellen. Ik verzin wel een sprookje om uit te leggen waarom je niet kunt doen wat hij je gevraagd heeft.'

'Hou op.' Quentin nam me bij de schouders. 'Je weet waarom ik geen tweede sculptuur kan maken – ik ben verdomme geen kunstenaar. Ik heb nooit gezegd dat ik dat wel was.'

'Ik begrijp het. Ik zag al aan je blik gisteravond dat je niet van plan was het te doen.'

'Zelfs al zou ik het willen... ik kan het niet. Ik ben niet mijn vader!'

Hij had het grootste deel van zijn leven getracht dat te bewijzen en dit was de ultieme test. 'Ik begrijp het,' herhaalde ik.

'Hou op het met me eens te zijn!'

'Ik wil gewoon een eind maken aan deze fantasie voor de zaak helemaal uit de hand loopt.'

'Ik ben nog steeds van plan de IJzeren Beer te kopen. Ik vind wel iemand – een ervaren metaalkunstenaar – die hem voor Arthur kan namaken. Ik laat die imitatie maken en breng hem hierheen. Hij zal hem mooi vinden. Hij zal met me ruilen. Je zult het zien. Ik heb er alles voor over om de originele sculptuur te krijgen. Je hebt mijn woord dat ik ervoor zal zorgen dat deze deal rondkomt.' Hij liet me los en deed een stap terug.

Ik schudde mijn hoofd. 'Mijn broer wil geen kopie van het origineel. En hij wil niet dat die door een vreemde gemaakt wordt. Hij wil een tweede, unieke Beer. Hij meent dat jij de enige bent die hem kan maken. En hij moet gemaakt worden zoals de eerste – van dingen die we in deze gemeenschap vergaren. Onze herinneringen. Onze talismans. Onze rommel. Ons schroot. De stukken van onszelf die we weg willen gooien. Hoe je het ook wilt noemen. Maar alleen jíj kunt maken waar hij om vraagt! Ik weet dat je het niet kunt – of niet wilt. Daarom moet je nu maar meteen uit onze levens verdwijnen. Voor hij nog erger gekwetst wordt.'

Hij keek met zulke brute frustratie op me neer dat het leek of hij pijn had. Ik sloeg mijn handen achter mijn rug in elkaar om de aandrang hem aan te raken, me aan hem vast te klampen te weerstaan. 'We proberen het eerst op mijn manier,' zei hij met opeengeklemde tanden.

Ik was eerst teleurgesteld en toen woedend. Ik liep een meter bij hem vandaan alvorens hem weer aan te kijken. 'Slopen en bergen, dat is jouw stijl. Geen permanente woonplaats, geen permanente relaties. Je hebt nooit in je leven iets opgebouwd, is het wel? Je breekt alleen maar dingen af.'

'Elke sloper en berger kan een gebouw afbreken,' zei hij langzaam, me met zijn blik vasthoudend. 'Maar ik ben de enige in het vak die een gebouw uit elkaar kan halen.'

'Je gelooft dat het werk van je vader niets anders is dan opgeklopte lucht. Je praat over zijn sculpturen alsof het stukken metaal zijn die bedoeld zijn om mensen ertoe over te halen naar een diepere betekenis te zoeken. Goed dan. Als het zo simpel is zou je er gemakkelijk zelf een moeten kunnen maken.'

'Nee. Nee! Dat is mijn antwoord.'

De stilte strekte zich tussen ons uit. Hij was kalm, duidelijk, niet bereid tot een compromis. Ik geloofde dat hij zou terugkeren naar New York en zich de dwaasheid van zijn eigen plan zou realiseren. En daarmee zou het voorbij zijn. 'Vaarwel,' zei ik.

Hij liep naar me toe, stak zijn hand uit en legde die tegen mijn haar. Toen hij hem terugtrok zat er een heel kleine witte vlinder op zijn vingertop. Zijn gekwelde blik hield de mijne vast. 'Ze zullen je het nieuws komen vertellen zodra ik het weet.'

En toen, nadat hij drie weken en zes dagen, dertien uur en zevenentwintig minuten deel had uitgemaakt van mijn leven en het voor altijd had veranderd, verliet Quentin me.

'Waar is Broeder Beer heen?' vroeg Arthur me gejaagd, zoals ik had geweten dat hij zou doen. 'Hij is toch niet dood, is het wel? Weet je zeker dat hij niet dood is?' Ik zag het afgrijzen in zijn ogen. We stonden boven op een granieten overhang die als de rand van een hoed over een heuveltop boven Bear Creek uitstak. We hadden als kinderen wel duizend keer onder de blauwe schaduwen van de hoogste bomen gespeeld. De granieten top was een van de mooiste plekjes op de boerderij.

Ik had hem hierheen gebracht om tegen hem te liegen, iets wat ik gezworen had nooit meer te zullen doen.

'Hij is naar huis gegaan om aan een nieuw idee voor jouw Beer te werken. Hij komt terug, maar het werk aan een Beer vergt veel denkwerk. Ik kan niet precies zeggen wanneer we hem weer zullen zien.'

Arthur liep handenwringend heen en weer. 'Hij moet een vriend maken voor Mamma Beer. Dat moet hij. Het moet gewoon.'

'Lieverd, luister wat we zullen doen. We komen elke dag hierheen en leggen een kiezel op deze rots om de dag te markeren. Zolang we de dagen blijven tellen, komen we steeds dichter bij de dag dat hij terugkomt.' Zo waren waarschijnlijk de steenhopen uit vroeger tijden ontstaan, gebouwd op verdriet en hoop.

Arthur keek me dringend aan. 'Zolang we stenen hebben, hebben we dagen?' Ik knikte. Hij rende een stuk de helling af, groef een paar seconden en stak toen een handvol kleine stenen op. 'Hoeveel zijn dit er?'

Ik telde er zeven en zei hem de rest terug te gooien. 'Dat is genoeg voor de eerste week.' Hij stopte zes stenen in de zakken van zijn korte broek, veegde zorgvuldig bladeren weg van een vlakke plek op ons granieten podium en legde de zevende steen daar met plechtig ceremonieel neer. 'Ik reken op je, Broeder Beer,' fluisterde hij. 'Ik weet dat je terug zult komen.'

Ik wou dat ik het ook kon geloven.

De volgende ochtend reed een grote vrachtwagen van een koeriersdienst het erf op. De chauffeur laadde diverse grote dozen uit. Terwijl hij wegreed, stond ik nog naar het adres van de afzender te kijken: de zilverwinkel in Atlanta. 'Dit kan niet kloppen,' zei ik tegen Liza en Fannie Ledbetter, die nieuwsgierig naderbij waren gekomen. Ik opende de dozen en vond er mijn complete zilvercollectie in. Uiteindelijk vond ik een handgeschreven briefje van de eigenares van de winkel, mijn deftige en sympathieke raadgeefster op het gebied van de overlevingsstrijd van een zuidelijke dame. *Soms is het volstrekt juist een geschenk van een heer aan te nemen. Je vriend is beslist een heer.*

'Dat heeft Quentin voor je gedaan,' zei Lisa met stil ontzag. 'O, Ursula.'

'Hij is een goede man,' stemde Fannie Ledbetter met haar in.

Ik droeg de dozen naar binnen, ging midden tussen al dat koude, prachtige zilver zitten en huilde.

Deel drie

17

HIER THUIS KAN IK DE GEDACHTE AAN HAAR UIT MIJN HOOFD ZETTEN. Haar stem, haar ogen, haar lichaam, haar gedachten. Hoe het voelde haar om me heen te hebben en het gevoel dat ze me gaf, zo hield Quentin zichzelf voor toen hij was teruggekeerd naar New York. Hij was altijd nog in staat geweest zijn dagelijks leven weer op te pakken, zich op specifieke taken te concentreren en moeilijke omstandigheden uit zijn gedachten te verdringen. Dat had altijd nog gewerkt wanneer hij een vrouw probeerde te vergeten.

Deze keer werkte het niet.

New York en zijn wijken zagen er plotseling anders uit in Quentins ogen, leken opgetrokken uit de verkeerde soort bergen, niet langer echt, een plek vol gehuurde woonruimten en kleine daktuintjes, openbaar bezit en weinig privacy. Hier waren geen prachtige bossen. Voorzover Quentin wist had geen enkele Riconni in de geschiedenis van de familie in Amerika ooit land bezeten. Hij bleef maar denken aan Ursula en Bear Creek en duwde de gedachten dan weer van zich af.

'Goed, Joe, vertel me eens wat het probleem is. Ik hoorde aan de telefoon al dat het plan je niet aanstond.' Hij en Joe Araiza zaten aan een oude houten tafel in een bar midden in Manhattan, waar Joe een prestigieuze beeldengalerie had.

Zijn vaders voormalige leerling, nu een gedrongen man van middelbare leeftijd, haalde een hand door zijn dunner wordende zandkleurige haar alvorens een slok whisky achterover te gieten. Hij zette het glas met een klap op tafel en keek Quentin lelijk aan. 'Wat je me gevraagd hebt te doen staat me niet aan. Ik wil weten wat je denkt te bereiken met dat waanzinnige idee het werk van je vader na te maken...'

'Ik wil een pendant voor *Bare Wisdom*. Geen kopie, maar een soortgelijke sculptuur. Jij zoekt een beeldhouwer die hem voor me kan maken. Jij legt de contacten. Zo eenvoudig is het.'

'Ik moet weten waarom je dat wilt.'

'Ik heb mijn redenen.'

'Doe je dit voor Angele?'

'Indirect. Ik wil niet dat ze het weet voor ik klaar ben.'

Joe spreidde geërgerd zijn handen. 'Klaar? Klaar om haar een kopie van je vaders meesterwerk onder de neus te duwen? Wil je haar doen geloven dat *Bare Wisdom* nog bestaat?'

'Nee! Het gaat er niet om haar te bedriegen. Ik wil geen kopie van het origineel. Dat zei ik toch al.' De beschuldigingen knaagden aan Quentin en brachten een harde blik in zijn ogen. Had hij zo'n kille reputatie gekregen dat zelfs Joe Araiza meende dat hij tot een dergelijk bedrog in staat was?

Joe keek naar de blik in zijn ogen en leunde achterover. 'Goed. Ik had het niet op die manier moeten stellen.' Hij ademde uit en wreef over zijn wijkende haarlijn, ging toen met zijn ellebogen op tafel vooroverhangen. 'Quentin, wat ik wil zeggen is dit: je weet niet wat je van me vraagt.'

'Ik vraag een kundig vakman een karwei voor me te klaren. Dat is alles.'

'Je vader was een kunstenaar! Je kunt zijn werk imiteren, maar je kunt nooit de magie herscheppen.'

'Praat gewoon met de beste mensen en kies er een uit. Huur hem in en stuur mij de rekening.'

Joe zuchtte. 'Goed dan. Maar besef je wel dat dit een gigantische klus is voor de dwaas die bereid is eraan te beginnen?'

'Dat geloof ik niet. De structuur ligt al vast, het basisontwerp is gemaakt. Het is gewoon een kwestie van met het metaal werken en improviseren op het concept.'

'Je weet kennelijk zelf zo goed wat je wilt. Of dat denk je te weten. Waarom maak je de sculptuur niet zelf?'

'Ik moet een bedrijf runnen. De sergeant heeft niet echt de persoonlijkheid om klanten te ontvangen. Als hij met een handelaar moet praten krijg je het gevoel dat hij niet weet of hij moet salueren of hem toe moet schreeuwen dat hij twintig push-ups moet doen.'

Joe dacht even over dat excuus na en keek hem fronsend aan. Toen zuchtte hij. 'Je vader heeft me eens verteld dat hij maanden met die sculptuur bezig is geweest – en dat hij hem minstens een keer of zes heeft afgebroken en opnieuw is begonnen. Bovendien hebben we alleen een paar oude foto's en schetsen om mee te werken. Het zal tijd kosten om de juiste persoon te vinden. Je beseft niet hoe indrukwekkend je vaders reputatie is. Of hoeveel bloed, zweet en tranen hij in elk stuk stopte.'

'Het bloed herinner ik me wel.'

'God, dat had ik niet moeten zeggen. Sorry.'

Ze zwegen allebei even. Quentin leunde achterover, nam een slok uit zijn eigen glas dat tot de rand gevuld was met whisky, en bestudeerde het amberkleurige vocht. Liza Deerwoman had hem toevertrouwd dat ze geloofde in water-kijken om met de doden te communiceren. Ze zei dat ze zo een paar keer met Tom Powell had gesproken en dat hij wilde dat Quentin de tweede sculptuur maakte.

Quentin merkte dat hij dieper in het glas staarde. *Wat zou je nu tegen me zeggen, pappa? Ga terug naar Bear Creek en probeer het? Evenveel van een vrouw houden als jij van moeder hield? Of het opgeven, zoals jij hebt gedaan? Moet ik tot in het graf in je voetstappen treden?*

'Quentin? Voel je je wel goed?'

Hij zette het glas neer en lachte scherp. 'Neem iemand voor me aan, Joe. Als ik het gewenste resultaat krijg, zul je blij zijn dat je het hebt gedaan.'

'Leg me eens iets uit. Je hebt nooit iets om je vaders werk gegeven. Waarom nu wel?'

Quentin glimlachte zuur. 'Ik geef er nog steeds niets om.'

Een week verstreek, en nog een. Hij begon in te zien dat het maanden kon duren voor er een sculptuur was ontworpen en voltooid. Hij nam de telefoon op om Ursula te bellen, maar legde weer neer. Geen nieuws was goed nieuws. Het zou de zaak alleen maar erger maken. 's Nachts in bed herinnerde hij zich hoe ze samen op de vloer van de oude boekwinkel hadden gelegen.

Laat het los. Ursula had gelijk. Je zult Arthur kapotmaken. Blijf weg uit hun leven. Vergeet haar. Hij sliep slecht, nam te veel risico's tijdens zijn bergingswerkzaamheden en zat tijdens te veel hete, van smog vergeven zomeravonden aan zijn bureau te piekeren. *Je zou het kunnen. De sculptuur voor haar maken. Voor Arthur. Voor jezelf.*

Maar hij wist helemaal niets over het gedachtepatroon van zijn vader, hoe hij plannen had gemaakt en was begonnen aan de sculptuur, welke van zijn willekeurige ideeën koud metaal transformeerden in provocerend leven. Wat voor toverkracht had een man nodig om een dergelijk bijna goddelijk resultaat te bereiken? *Ik kan zo diep niet gaan voor pappa. Ik kan het niet verdragen zo lang diep in zijn hart te kijken.*

Hij zocht in een doos naar enkele van zijn oude metalen speeltjes, alsof die hem een aanwijzing zouden kunnen geven voor de gedachtegang achter zijn vaders ideeën. In plaats daarvan vond hij iets wat zijn moeder lang geleden had ingepakt: een handvol gladde, blauwgrijze kogellagers, als donkere stalen parels. Pappa had er heel kleine gaatjes in geboord en ze aan stevig koord geregen. Ze hadden dienstgedaan als zijn rozenkrans.

Het was een van de weinige keren in zijn leven dat hij werd belemmerd door een situatie die hij niet kon reduceren tot de verspreide som van de delen. Een dergelijke leegte was een nachtmerrie voor hem en een van de redenen dat hij niet met een vliegtuig reisde, al was niemand daarvan op de hoogte. Hij vond het niet prettig zoveel ijle lucht om zich heen te hebben.

Terwijl hij piekerde over een beslissing bezocht hij torenhoge schroothopen, boten vol vernielde auto's, sloopbedrijven waar het naar menselijk afval stonk. Hij doorzocht het afval van het industriële tijdperk, probeerde vormen en figuren te zien zoals hij meende dat zijn vader dat had gedaan, trachtte zijn vaders stem te horen die hem advies gaf te midden van het krakende staal en het trieste verval. Hij droeg bij dat alles de rozenkrans in zijn zak en raakte hem vaak aan.

Het hielp niet.

'Wat is er toch met je gebeurd in Georgia?' vroeg Popeye. 'Iemand heeft je behoorlijk veranderd.'

'Laat me met rust,' zei hij zacht terwijl hij een smeedijzeren tuinhek oppakte en in een verzendkrat schoof die de volgende dag verstuurd moest worden. Popeye staarde hem aan. Er lag een zachte dreiging in zijn stem, een dodelijke leegte die tot dan altijd verborgen was geweest. De oude sergeant was vervuld van genegenheid en bezorgdheid. 'Kapitein, zuip een stuk in je kraag, neem een vrouw, betaal haar om je plat te neuken. Dat zal het merendeel van je problemen oplossen.'

Quentin dacht langer over het advies na dan de oude man ooit had verwacht. Maar hij kende slechts één tegengif tegen elke onbehaaglijke gedachte. Hij belde Carla.

Carla glom van plezier, plaagde en maakte grapjes, raakte vaak zijn hand aan terwijl ze in zijn eethoek onder een kroonluchter van rond de eeuwwisseling die hij had gerestaureerd een diner met kreeft en steak aten dat door een cateraar was bezorgd. Zijn zeldzame uitnodiging droeg alle kenmerken van een nieuw begin, een nieuwe intieme fase in hun relatie. Ze verwachtte die nacht bij hem te zullen blijven. Hij verwachtte dat ook.

Ze praatte tijdens het eten over haar dochters, hoe goed ze het deden op de lagere school, dat ze hen meenam naar het ballet en de opera – zij zouden niet opgroeien zonder cultuur, nee, zij zouden niet vast blijven zitten in Brooklyn. 'Ze vragen me steeds wanneer hun oom Quentin weer op bezoek komt.'

'Wat dacht je van dit weekend? Ik zou met ze naar de dierentuin kunnen.'

Carla staarde hem aan. Hij had haar dochters nog nooit mee uit genomen. 'Ben je… is alles goed met je? Wat is er aan de hand?'

'Wil je niet dat ik ze meeneem naar de dierentuin?'

'Nee, dat vind ik geweldig. Het is alleen zo… vreemd. Je hebt nooit eerder gewild dat ze je aardig vonden.'

'Dat was voor hun eigen bestwil. Misschien probeer ik wel te veranderen.'

'Quentin?' Glimlachend, ongelovig kwam ze overeind, liep naar zijn kant van de tafel en ging op zijn schoot zitten. 'Dat uitstapje naar het zuiden heeft je echt een nieuw perspectief gegeven. Ik mag dat wel.'

Er trok een dof besef van gemis door hem heen, maar hij knikte en pakte haar bij haar taille terwijl ze zijn gezicht bedekte met kleine kusjes. 'Ik ga even iets bijzonders aantrekken,' fluisterde ze. 'Wacht hier tot ik je roep.'

'Klinkt interessant.'

Ze kuste hem zacht op zijn mond, sprong op en verdween in zijn slaapkamer. Hij bleef voor zich uit zitten staren. *Ga met haar naar bed en zet door. Dit zou een goed leven kunnen zijn. Als je niet meer alleen wilt zijn heb je Carla. Heel simpel.*

Hij hoorde iets vallen, daarna een gil. Hij liep naar zijn slaapkamer. Het was een grote, ruime kamer met reusachtige ramen waar zelfs 's nachts geen gordijnen voor hingen. Hij vond Carla voor een van de ramen, haar woede werd weerspiegeld in het raam door het licht van een grote koperen staande lamp. Ze hield een handvol foto's vast. Een van de laden van zijn dressoir lag op de grond. 'Wie is ze?' vroeg ze, hem een foto voorhoudend waarop ik naast Hammer zat met mijn arm om hem heen.

'Waarom snuffel je in mijn dressoir?'

'Omdat ik wist dat je iets voor me verborgen hield.'

Hij stak zijn hand uit. Ze week terug. Haar zwarte haar viel voor haar gezicht toen ze met haar hoofd schudde. Haar ogen glansden. 'Ik wist dat er een reden moest zijn waarom je je zo vreemd gedroeg. Dit is die reden.' Ze pakte de foto's. 'Je hebt meer dan tien foto's van deze vrouw gemaakt. Dat is geen toeval. Je hebt van geen enkele vrouw ooit zoveel foto's gemaakt. Zelfs niet van mij.'

'Dit slaat nergens op. Ik nodig je hier uit, ik bied aan tijd door te brengen met je dochters en jij gaat ervan uit dat ik met een andere vrouw omga?'

'Ja! Het is mij volstrekt duidelijk! Je gebruikt mij om haar te ontlopen. Verdomme. Verdomme, Quentin. Ik wist dat het te mooi was om waar te zijn.' Ze liet zich op de brede vensterbank neerzakken. Haar schouders hingen af. Hij ging naast haar zitten, nam haar de foto's uit handen en legde ze opzij. 'Ik heb geen leven met haar,' zei hij zacht.

'Dat heb je wel.'

'Nee. Jij en ik hebben een leven. We hebben een lang verleden. Misschien hebben we ook een lange toekomst. Ik probeer beslissingen te nemen. Ik ben veertig.'

Tranen dropen over haar mooie gezicht. Ze veegde ze ruw weg. 'Veertig en gedwongen na te denken over het feit dat je op een dag een oude man zult zijn zoals Popeye. Je begint wanhopig te worden. Je neemt genoegen met mij als comfortabele tweede keus.'

'Ik vertel je de waarheid als ik zeg dat wat jij in die foto's ziet niet mijn toekomst is. Het zal niet werken. Ik ben niet in staat het te doen werken.' Hij zweeg even. 'Dit is het enige feit dat ik kan garanderen: ik geef om je.'

Ze slaakte een harde, pijnlijke zucht en sloeg haar ogen op. 'Moeder Maria, hij gééft om me. Is dat niet het meest romantische dat je ooit hebt gehoord? Hij houdt niet van me, hij heeft geen tiental leuke foto's van me in zijn dressoir, maar misschien zal hij op een dag met me willen trouwen omdat hij me zo verdomd goed kent.'

Hij stond op en liep naar een ander raam, stak zijn handen in zijn broekzakken, staarde naar een landschap van ouder wordende industriële gebouwen die werden omgetoverd tot appartementen en woonzolders, zoals de zijne. De wereld die hij zich herinnerde was aan het vervagen. Zijn moeder, die al oud begon te worden, had hem nog altijd niet vergeven, ook al had ze geen idee van zijn ware misdaad. Carla, die eindelijk het dunne vernislaagje van hoop losliet dat hij al die jaren onbewust had aangemoedigd, zou iemand anders vinden, waarschijnlijk de bankier met wie ze nog steeds uitging. Deze keer zou haar huwelijk voortduren.

Ze droogde haar ogen en liep naar hem toe. Ze keken samen naar buiten. 'Ik wil dat je van me houdt,' zei ze. 'Ik wil dat je gelooft dat je zonder mij niet elke dag gelukkig wakker kunt worden. Ik wil dat je me zegt dat je leven niet compleet zal zijn zolang jij en ik samen geen baby hebben. Ik wil je horen zeggen dat niemand anders je het gevoel geeft dat ik je geef.'

Even later sloeg hij een arm om haar schouders en trok haar tegen zich aan voor een omhelzing. Ze huilde in de kromming van zijn nek, duwde zichzelf toen van hem weg. 'Ik zie je nog wel,' fluisterde ze. Hij liep met haar naar de lift, maar ze wuifde hem weg toen hij met haar naar beneden wilde gaan om haar naar haar auto te begeleiden. 'Ik sta er alleen voor,' zei ze. 'Eindelijk.'

Er verstreken nog twee weken. Popeye gromde terwijl hij Quentin een gekreukte bruine envelop toewierp, die strak om de aanzienlijke inhoud gevouwen was. 'Ik vond dit onder de zak met hondenvoer achter in je auto. Je had hem niet gezien met het uitpakken. Je bent de laatste tijd onzorgvuldig. Dat is niets voor jou.'

'Ik heb geen idee wat het is.' Aan zijn bureau gezeten haalde Quentin zijn mes tevoorschijn, knipte het open en sneed het dunne touwtje door dat het pakketje bijeenhield. Toen hij de envelop opende vielen er biljetten van twintig dollar uit, samen met een vel briefpapier van Powell Press.

Dit is van jou, Ursula.

Popeye las het briefje over zijn schouder mee voor Quentin het opzij kon leggen. De sergeant keek hem plotseling begrijpend aan. 'Ik weet niet wat je met die dame hebt gedaan, kapitein, maar verdraaid! Ze probeert je over te halen terug te komen.'

'Alfonse zegt dat jij en Carla ernstige onenigheid hebben gehad,' zei zijn moeder. Quentin maakte een vaag geluid dat 'geen commentaar' betekende, hing het jasje van zijn pak over een stoelleuning en ging tegenover haar aan tafel zitten. Hij had haar die zondag meegenomen om te gaan brunchen en zat nu aan een kleine, met kant bedekte tafel in haar salon. Ze nodigde hem altijd uit voor de thee op zondag, alsof het verleden kon worden uitgewist met voldoende thee en elegantie.

'Alfonse kan wel wat gaan bijverdienen als verklikker,' zei hij.

'Is het waar wat hij over Carla zei?'

'Wacht eens even. Alfonse speelt voor mij ook verklikker. Ik weet dus dat je niet terug bent geweest naar de dokter voor controle, zoals je had beloofd.'

'Ik gebruik de medicijnen voor mijn bloeddruk. Ik voel me prima. Verder geen gezeur.'

'Ik heb gehoord dat je met een uitgever praat over het publiceren van een soort biografie over pappa.'

'Ja, iets heel persoonlijks, iets heel warms.'

Quentin zette zijn theekopje neer. 'Doe het niet,' zei hij zacht. 'Je zult een vreemde er nooit toe brengen te begrijpen wat er met hem is gebeurd.'

'Omdat ik het zelf nog steeds niet begrijp? Is dat wat je bedoelt?'

'Laat hem los, moeder!'

Ze sloeg met haar hand op de tafel. 'Hoe kan ik dat? Heb jij hem losgelaten?'

'Ja.'

'Nee.'

Quentin duwde de thee opzij. Hij had een zuur gevoel vanbinnen. 'Zijn reputatie van een man die zelfmoord heeft gepleegd is een feit dat we niet kunnen veranderen. Je kunt de manier waarop hij is gestorven niet goedmaken.'

Haar lippen verstrakten. 'Ik ga dit niet met jou bespreken. Zoals gewoonlijk probeer je weer het onderwerp van gesprek af te leiden van je eigen ongelukkige situatie.' Angele streek met haar vinger over de fijne fronslijntjes tussen haar wenkbrauwen. 'Ik vind het vreselijk over jouw leven te moeten horen via roddels.'

'Het spijt me. Je hoeft het maar te vragen.' Hij keek haar triest aan, wilde maar dat ze nog altijd de kameraadschap voor elkaar voelden die aanmoedigde tot lange gesprekken.

Ze stak een lepel in de donkere fijne theeblaadjes en schonk het laatste restje water door een zeefje in een van de porseleinen theekopjes die Alfonse haar door de jaren heen met haar verjaardag had gegeven. Daarna legde ze het zilveren zeefje op een vrolijke, felgele lepelhouder met zeemeerminnen op de rand geschilderd. Ongeacht hoeveel porselein en zilver ze ook op tafel zette, ze gebruikte altijd de lepelhouder met de zeemeerminnen. Die had zijn vader voor haar gewonnen op de kermis in Coney Island, toen ze nog verkering hadden.

'Had Alfonse gelijk dat er een probleem is?' drong ze aan.

Quentin roerde citroensap door zijn thee. 'Oké dan. Ja. Carla en ik hebben gepraat. Het is voorbij.'

'Je bedoelt tijdelijk voorbij, zoals gewoonlijk?'

'Nee. Voorgoed voorbij, deze keer. Ze wacht niet langer.'

Zijn moeders bezorgde, vragende blik was ook geschokt. 'Ik kan niet zeggen dat ik ooit heb gemeend dat Carla de perfecte vrouw voor je was, maar ik heb er nooit aan getwijfeld dat ze van je houdt, of dat ze een zeer toegewijde echtgenote voor je zou zijn. Weet je zeker dat je haar wilt laten gaan?'

Hij glimlachte. 'Zou je genoegen nemen met een huwelijk uit praktische overwegingen en een paar kleinkinderen?'

Ze verstarde. 'Heb ik ooit genoegen genomen met minder dan het beste? Voor mezelf of voor de mensen van wie ik hou?'

Quentin pakte opnieuw het tere theekopje op met zijn forse, grove handen, hield het zorgvuldig tussen zijn handpalmen. Hij kon zijn wijsvinger nauwelijks door het oor krijgen. Hij vroeg zich wel eens af of ze soms naar hem keek en dacht: *als hij architect was geworden zouden zijn vingers wel passen.* 'Weet je nog dat je tegen me zei dat ik op moest houden Carla's leven te verpesten? Dat heb ik nu gedaan.'

'Ze zei tegen Alfonse dat je een andere vrouw hebt. Iemand die je tijdens die reis door het zuiden hebt ontmoet.' Angele zweeg fronsend. 'Een bijzonder iemand, zei Carla. Of in elk geval een heel fotogenieke vrouw.'

Quentin registreerde zwijgend het kleine verraad van Carla. Voorzichtig nu. Geen details. Hij wilde niet dat zijn moeder namen of mogelijkheden met elkaar in verband zou brengen. Ze beschikte over een encyclopedische kennis van in zijn ogen onbelangrijke zaken die met zijn vaders sculpturen te maken hadden. De naam Tiber of Tiberville – als ze die of iets wat ermee te maken had hoorde, zou ze meteen op haar hoede zijn. Zolang er een kans was dat hij *Bare Wisdom* als verrassing naar huis kon halen, zou hij niet het risico lopen die verrassing te verpesten.

'Ik heb tijdens mijn reis een interessante vrouw ontmoet. Ik wil liever niet over haar praten. Het is niet wat Carla denkt.'

'Ik begrijp het. Je zit tegenwoordig vol geheimen. Een vriendin zag je laatst in de galerie van Joe. Heeft het iets met je vader te maken? Ik kon het nauwelijks geloven, omdat je nooit eerder interesse in het werk van Joe hebt getoond.'

'Ik ken Joe al sinds ik een kind was. Het is niet zo vreemd dat ik een keer met hem ga lunchen. Meer was het niet.'

'Quentin, wat is er aan de hand? Die mysterieuze vrouw? De ontmoeting met Joe? Vertel me de waarheid.'

'Er is niets sinisters aan. Kun je me niet vertrouwen?' Hij zweeg even, voegde er toen snel aan toe: 'Het lijkt me dat ik dat recht wel heb verdiend.'

'Kun jij mij niet vertrouwen?' Ze keek hem aan met tranen in haar ogen, wendde toen haar blik af. 'Ik hoop dat je me op een dag nog eens zult vertellen wat jouw vader gedaan kan hebben om te verdienen dat jij zo over hem denkt als je doet.'

Quentin leunde achterover. Hij weigerde het hier over te hebben. 'De vrouw die ik heb ontmoet?' zei hij abrupt. 'Ze spreekt een beetje Latijn, heeft bedrijfskunde gestudeerd, heeft een boekwinkel gehad. Ze leidt nu haar eigen kleine uitgeversmaatschappij. Ze heeft een heel aardige jongere broer die autistisch of misschien lichtelijk geestelijk gehandicapt is, dat is moeilijk te zeggen. Ze zijn maar met z'n tweeën en zij zorgt voor hem. Ze wonen op een boerderij in de bergen – het mooiste gebied dat ik ooit van mijn leven heb gezien. Ze heeft daar een paar huurders – kunstenaars, handwerkslieden. Ze hebben een stel oude kippenhokken omgebouwd tot appartementen. Het is een heel verbazingwekkende plek. Zij is verbazingwekkend.'

Tegen de tijd dat hij was uitgesproken leunde Angele verrukt voorover. 'Je kunt niet... je kunt me niet over die bijzondere vrouw vertellen en me doen geloven dat er geen hoop is. Ik heb je nog nooit op deze manier over iemand horen praten.'

'Er valt verder niets te vertellen.'

'O, Quentin. Vertel me tenminste haar naam. Geef me dat in elk geval.'

Hij aarzelde, zei toen heel zacht: 'Ik noemde haar Rose.'

18

TWEEËNVEERTIG STENEN. ARTHUR EN IK STONDEN OP DE GRANIETEN overhang, staarden verloren naar de grote hoop stenen terwijl een kille septemberregen tussen de boomtakken door sijpelde en ons natmaakte, ondanks regenjassen en grote strohoeden. Ik had het gevoel alsof er iemand aan de binnenkant langs mijn borst schraapte. 'Broeder Beer is vast gestorven,' kreunde Arthur met een benepen stemmetje. 'Anders was hij wel teruggekomen.'

'Nee, lieverd, hij maakt het prima, daar ben ik van overtuigd. Echt waar. We hebben nog een hoop stenen over.' Ik wees naar de grond om ons heen.

'Als hij niet terugkomt, krijgt Mamma Beer nooit iemand om van te houden. Dan zal ik nooit weten of ze hier wil blijven wonen. Ze zal doodgaan.' Hij huiverde. 'Ik ben bang dat ik ook dood zal gaan. Dan ga ik naar pappa en mamma. Denk je dat mamma me zal herkennen?'

'Je gaat niet dood, dat beloof ik je. Kom nu maar mee.' Ik leidde hem naar de rand van de grote, vlakke rots. 'Laten we onze zakken vullen met kiezels. We nemen ze mee naar huis en doen ze in een pot en halen er elke dag een uit. En als de pot leeg is en Broeder Beer nog steeds niet terug is gekomen, ga ik persoonlijk naar New York om hem te halen!'

Arthur gaapte me aan. 'Kun je dat?'

'Ja, maar alleen als de pot leeg is.'

Arthur nam het complexe plan in zich op en er verscheen weer hoop in zijn ogen. Ik had hem en mezelf nog wat extra tijd gegeven. Ik zou moeten besluiten wat te doen wanneer we de laatste kiezel uit de pot haalden. Arthur spreidde zijn armen en strekte zijn vingers uit terwijl we over het modderige pad terug naar huis liepen, zwaarbeladen met hard, keihard vertrouwen. Ik keek hem gespannen aan. 'Wat doe je, lieverd?' Hij sloot zijn ogen. 'Ik vlieg naar New York,' zei hij.

Het was een heldere blauwe dag, maar een beetje fris. Alleen de bladeren van de kornoelje aan de rand van het gras aan de voorkant begonnen rood te worden, verder zag alles er nog uit alsof het zomer was. 'Ik hoor iemand de weg op komen,' riep Fannie Ledbetter. Ik holde naar een raam in de huiskamer aan de voorkant en keek naar buiten, mijn hart in mijn keel. Maar het was niet Quentin. Langzaam kwam een golfkarretje de bocht in het zandpad om gereden. Ik zag één glimp dun blond haar en een pittig gezicht en kreunde. Esmé Tiber.

Ze was eindelijk de poort van Tiber Crest te slim af geweest. Het golfkarretje was volgeladen met haar bagage en het portret van Bethina Grace. Toen ze met haar verward neerhangende haren uit het karretje stapte, dromden Fannie, Liza en ik om haar heen. Haar gezicht was opgezet van het huilen en ze keek angstig. 'Ik was nog nooit echt weggelopen,' kreunde ze en begon toen te beven.

Ik sloeg een arm om haar heen. 'Het komt wel in orde. Kom maar naar binnen om wat te rusten.' Op weg naar het huis stelde ik haar voor aan Liza en Fannie. Ze keek om zich heen en begon wat op te knappen. Toen we de veranda hadden bereikt zag ze de IJzeren Beer in de wei staan.

'De Beer!' riep ze uit. Ze maakte zich los uit mijn armen, rende het erf over, de wei in en naar de sculptuur. Ik volgde haar snel. Ze ging onder de abstracte snuit van de Beer staan, gaf hem klopjes alsof hij een reusachtige hond was. 'O, Beer, Beer,' kirde ze glimlachend met haar grappige feeënstem. 'Toen ik klein was, verzon ik altijd verhalen over je. Steeds als ik eenzaam was, was jij er. Steeds als mensen om me lachten, at jij ze op. Steeds als ik bang was, kwam jij naast me zitten en begon zacht te snorren.' Ze keek me aan, huiverend, glimlachend, en sloeg toen haar armen om zichzelf heen. Tranen liepen over haar wangen. De traumatische acht kilometer van Tiber Crest naar Bear Creek, over de openbare weg met een topsnelheid van ruim twintig kilometer per uur, had zijn tol van haar geëist. 'Beren kunnen echt snorren,' fluisterde ze.

Ik stak mijn hand uit. 'Ik geloof het als jij het zegt.'

'Niemand anders gelooft me. Ik ben de familie-idioot. Laatst kwam iedereen naar het huis voor een feestje en ik hoorde iemand zeggen: "Esmé is heel knap voor een idioot." Ik weet wat een idioot is.'

Ik had zo'n medelijden met dit prachtige, eeuwige kind. 'Nou, dit is een heel bijzondere plek,' zei ik. 'Hier snorren de beren echt.'

Ze lachte. Ik nam haar mee naar binnen.

Ik kon meneer John niet aan de telefoon krijgen en liet een boodschap voor Janine achter bij Tiber Poultry. Intussen zette ik thee voor Esmé en liet haar daarna een dutje doen op mijn bed. Liza en ik bespraken in de keuken wat we met haar zouden doen. 'Meneer John zal haar nu toch zeker wel op bezoek laten komen,' zei Liza. 'Quentin is immers niet meer hier.'

Ik keek naar de pot met kiezels op de vensterbank. Er zaten er nog maar een paar in. Ik had al genoeg problemen boven mijn hoofd hangen zonder een confrontatie over de weggelopen Esmé. Arthur stormde het huis binnen. Hij had een van zijn tochten door de bossen gemaakt. Bladeren hingen in zijn lange bruine haar en hij liet een gebloemde zak op de tafel vallen die uitpuilde van zijn dagelijkse verzameling – interessante stukjes bast, de witte schilden van al lang overleden schildpadden, vogelnesten en andere souvenirs uit de natuur. Zijn ogen waren echter op het plafond gericht. Hij keek verbaasd. 'Er is iemand boven,' fluisterde hij luid. 'Ik zag haar voor het raam.'

'Het is een gast,' verzekerde ik hem. 'Ze zal je geen kwaad doen. Ze is een nicht van ons die deze zomer uit South Carolina hierheen verhuisd is. Ze heet Esmé.'

'Ik zag haar voor het raam! Ze keek naar me!'

'Ze moet wakker zijn geworden,' zei ik tegen Liza. 'Ik ga wel kijken.'

Ik liep het huis door met Arthur op mijn hielen. Ik bleef staan. 'Luister eens, lieverd, Esmé heeft een zware dag gehad en ze is een beetje verdrietig en bang. We moeten haar maar niet laten schrikken. Ga jij in de keuken op me wachten...'

'Mickey!' weerklonk de twinkelende stem van Esmé. Ze stond op de onderste trede van de trap naar Arthur te staren. Haar wangen waren roze. Haar ogen straalden. Ze wees naar het T-shirt dat hij onder zijn wijde blauwe jas droeg. Mickey Mouse glimlachte haar in zijn verbleekte glorie toe. Esmé droeg een sweater. Ze trok hem uit en wees toen naar zichzelf. Ze droeg het T-shirt met Minnie Mouse dat ze ook had aangehad toen ik haar de eerste keer ontmoette. 'Mickey!' zei ze weer, naar Arthur wijzend.

Met een blik die even lief was als haar weerspiegeling in zijn ogen, legde hij een hand op zijn hart en wees met de andere naar het T-shirt van Esmé. 'Minnie,' antwoordde hij zacht.

'Ze had wel kunnen verongelukken op de weg,' zei meneer John boos. 'Ze had wel overreden kunnen worden door een truck met oplegger!'

Janine, die naast hem op mijn achterveranda stond, maakte een sussend gebaar met haar handen. 'Pappa, ze is hier goed aangekomen. Laten we geen problemen gaan zoeken. Kijk haar nou. Er is niets mis met haar. Zo gelukkig is ze nog niet geweest sinds ze naar Tiberville is gekomen.'

Esmé en Arthur hingen bij de Beer rond, lachend, naar elkaar wijzend, om de sculptuur heen lopend alsof ze verstoppertje aan het spelen waren. Ik staarde Janine aan, verbaasd dat ze niet tegen me tekeerging. 'Esmé vertelde me hoe dol ze op je is,' zei ik.

Janine hief haar kin op. Ze zag er erg streng uit in haar koele zwarte jasje en maatrok. 'Doe maar geen pogingen je verbazing te verbergen. Die is heel duidelijk zichtbaar. Ja, Esmé en ik hebben erg veel met elkaar op. Ik ben altijd een soort oudere zus voor haar geweest. Ik zou haar wel in mijn eigen huis opnemen, maar ik ben te vaak weg voor zaken.'

Dit was een kant van Janine die ik niet kende. Oprecht medeleven. Tederheid. Edelmoedigheid. Terwijl ik over die verbazingwekkende onthulling nadacht, viel meneer John me genadeloos aan. 'Jij hebt haar aangemoedigd hierheen te komen,' beschuldigde hij me. 'Jij hebt ideeën in haar hoofd geprent over die sculptuur.'

'Ze is opgegroeid met verhalen over Miss Betty en de Beer.'

'Alleen omdat tante Dotty dat ook aanmoedigde. Wat prima was toen Esmé hier vierhonderdvijftig kilometer vandaan woonde, maar ik wil niet dat ze hierheen komt om dat… ding te aanbidden.'

'Pappa,' verzuchtte Janine. 'Ze heeft niets anders om haar tijd mee te verdrijven. Ze heeft een vriend nodig. Kijk haar en Arthur nou. Het kan toch geen kwaad als Tricky haar af en toe hierheen brengt voor een bezoek.' Janine wierp mij een ijskoude blik toe. 'Een bezoek onder supervisie.'

'Dochter,' zei meneer John met een harde klank in zijn stem. 'Je bent nog niet de baas over de familie. Ik wil je graag even onder vier ogen spreken.' Ze liepen naar de rand van het erf. Ik deed alsof ik niet naar hen keek, maar keek niettemin. Uit de geïrriteerde uitdrukking van Janine en het handengezwaai van meneer John viel duidelijk op te maken dat ze het nog steeds niet met elkaar eens waren.

Hij won. 'Pappa heeft het erg moeilijk met deze hele situatie,' zei ze tegen me terwijl we samen naar de Beer liepen. 'En hij is de laatste tijd toch al vreselijk chagrijnig. Hij wordt oud. Moet zich terugtrekken uit het familiebedrijf. Is bang dat ik veranderingen zal doorvoeren waar hij het niet mee eens is.'

'Ik kan wel een paar veranderingen voorstellen waar jullie geen van beiden blij mee zouden zijn.'

'Ga niet te ver.'

'Luister, Esmé is hier welkom. Als jullie het eens kunnen worden, laat Tricky haar dan brengen. Anders gaat ze er misschien weer vandoor.'

'Ik vrees dat ze geboren is om te zwerven en vreemde dingen te bedenken. Moet de Powell in haar zijn.'

'Ik heb het wapen gezien dat ze bij zich draagt. Ze is ook geboren om op mensen te schieten. Moet de Tiber in haar zijn.'

Janine en ik wisselden zure blikken uit. Ze praatte zacht met Esmé, die haar schouders liet hangen. Esmé wendde zich tot mijn broer, raakte met een trillende wijsvinger zijn T-shirt aan en zei: 'Tot ziens, Mickey.'

Hij keek haar verdrietig aan. 'Vergeet niet wat ik je heb verteld over de Tussers.'

Ze knikte. 'Ik zal naar ze uitkijken.'

Toen ze zich opmaakten om in een luxe wagen met een naamplaat van Tiber Poultry voorop weg te rijden, bleef meneer John lang genoeg stilstaan om tegen me te zeggen: 'Ik heb begrepen dat Quentin Riconni je voorgoed heeft verlaten?'

De vernedering brandde door tot diep in mijn botten. 'Dat zou ik niet willen zeggen.'

'Nee, natuurlijk niet, maar iedereen in het district vraagt het zich af. Schatje, het is maar beter zo. Die man was ruw van karakter en duidelijk niet het soort dat ergens blijft plakken.'

Toen ze weg waren gereden draaide ik me om en keek naar de verlegen blikken van Liza, Fannie, Bartow, Juanita en Oswald. 'Hij komt terug,' zei ik beslist.

Maar ik geloofde het zelf ook niet meer.

Twee dagen later ontsnapte Esmé opnieuw, deze keer in Tricky's oude vijfdeursauto, die Tricky had laten staan met de sleutels erin. Ze kwam drie kilometer ver alvorens ze een kruispunt overstak zonder te kijken. Een vrachtwagen van Tiber Poultry die een nieuwe lading kuikens moest afleveren bij een kippenboer, raakte de achterbumper van de auto, waardoor die in de sloot terechtkwam. Esmé had een gebroken pols, een lichte hersenschudding en talloze kneuzingen.

'Zeg het niet tegen Arthur,' waarschuwde ik iedereen op de boerderij en haastte me toen naar het onlangs geopende ziekenhuis van Tiberville. Esmé lag in de Betty Tiber Habersham Memorialvleugel. Meneer John wachtte me in de hal op. 'Je gaat niet naar haar toe! Ik verbied het! Ze praat over niets anders dan Arthur en die Beer, over elfen of feeën of dergelijke onzin...'

'Tussers,' zei ik.

'Tussers! De Beer wordt overeind gehouden door Tussers, zegt ze en nu heeft ze besloten dat zij zo'n Tusser is en dat ze moet helpen dat verdomde ding overeind te houden! Ik sta niet toe dat die verdraaide sculptuur mijn familie kapotmaakt!' Hij stond tegen me te schreeuwen, echt te schreeuwen, terwijl verpleegsters en Tibers met uitgestoken handen op ons toe kwamen rennen. *Wees rustig, alstublieft, kalmeer.* Meneer John negeerde hen allemaal. 'Niemand heeft mij ooit de kans gegeven rond te lummelen en in Tussers te geloven! Een man moet beschermen wat hem is toevertrouwd! En ik zal er verdomme voor zorgen dat mijn nichtje bij die sculptuur wegblijft!'

'Het spijt me, maar je hebt het mis,' zei ik. Toen draaide ik me om en liep weg. Ik hoorde hem nog nasputteren toen ik al de hal uit liep. Ik liet een bosje goudgele chrysanten, die Liza in pappa's tuin had geplukt, op de receptiebalie achter.

'Ik wed dat Esmé ook ijs lust,' merkte Arthur op, terwijl hij aan een grote chocoladehoorn likte. 'Wanneer komt ze weer?'

'Daar werk ik nog aan,' zei ik. Weer een leugentje. Esmé zou terugkomen. Quentin zou terugkomen. Of ik zou hem gaan halen. Mamma Beer zou ophouden zich zo eenzaam te voelen. Arthur zou veilig en gelukkig zijn, zijn besef van geborgenheid zou worden hersteld. We zouden succesvol zijn op Bear Creek. Ik wist hoe ik dat alles voor elkaar kon krijgen.

Leugens. Niets dan leugens.

Op die koele herfstmiddag zaten we rond een houten picknicktafel met dr. Washington en alle huurders. Een zaterdags uitstapje om ijs te gaan eten was onze vaste gewoonte geworden. Ik schepte vanilleijs uit een kartonnen bekertje. Aan het kleine, met mos begroeide betonnen gebouw achter ons hing een roestig geel uithangbord waarop Big Mountain Sweets stond. Het stond in een eikenbosje vlak bij het huis en de stal met tien melkkoeien van de eigenaar. Big Mountain Sweets verkocht al vijftig jaar zelfgemaakt ijs aan de bewoners van Tiberville. Tijdens dit uitstapje trakteerde ik, het was bedoeld om Arthur af te leiden van de vraag wanneer Esmé Tiber terug zou komen.

'Ach, paradijselijk,' zuchtte dr. Washington terwijl hij een lepeltje in zijn aardbeienijs stak. 'Brengt herinneringen aan mijn jeugd naar boven.'

Oswald keek hem met een zekere diplomatie aan. 'Lieten ze hier dan kleurlingen toe toen u jong was?' De vraag was niet onaardig bedoeld.

'Jazeker. Aan een speciaal tafeltje.' Dr. Washington knikte naar een plekje tegen de muur van het gebouw. 'Het was alleen voor ons. Mijn broer Fred en ik voelden ons de koning te rijk. We waren te jong om het verschil te kennen.'

'Ik ben zo blij dat de ideeën uit die tijd veranderd zijn,' zei Liza.

Hij glimlachte triest. 'Is dat zo? Mijn zoon in Boston stelt zich mij voor in een overall, katoen plukkend. Ik heb hem uitgebreid uitgelegd dat we in de bergen geen katoen verbouwen, maar hij houdt vol dat dat de manier is waarop hij mijn leven hier ziet. Mijn dochter is ervan overtuigd dat ze hier op bezoek zal komen en me zwervend in de bossen zal aantreffen met een strop van de Klan om mijn nek, hoewel de Klan hier al veertig jaar niet meer actief is. Ik probeer hen nog steeds over te halen met de kinderen op bezoek te komen, maar ze willen niet.'

'Hebt u hun verteld dat meneer John wil dat u directeur wordt van Mountain State College?'

'O jawel, dat heb ik hun verteld. Ze denken dat ik de zaak mooier voorstel dan die is om hen gerust te stellen.' Hij lachte. 'Soms krijg ik de neiging mijn kinderen een foto van mezelf te sturen: blootsvoets, in overall, met een strohoed op mijn hoofd en een sprietje hooi tussen mijn tanden, een zak katoen over mijn ene schouder en een brandend kruis achter me.' Hij lachte nog harder. 'Mijn kinderen zouden flauwvallen.'

'Waarom bent u nou echt teruggekomen?'

Zijn gezichtsuitdrukking werd ernstig. 'Omdat ik dat aan Fred verschuldigd was. Als ik onze familie hier niet terugbreng zijn er geen Washingtons meer in Tiber County. Dit is ons thuis, onze oorsprong. Het is de plek waar onze voorouders zich realiseerden dat deze familie ware vrijheid heeft, ook al waren ze slaven. Land is vrijheid.' Hij zweeg even, glimlachte droogjes om zijn eigen sentimentaliteit en voegde er toen met een melodramatische imitatie van Tara aan toe: 'We hebben altijd het land nog, Katie Scarlett O'Hara.'

Ik knikte.

Toen ik die dag met Arthur terug naar huis reed kreeg ik het gevoel dat er iets niet klopte. Er voelde iets helemaal fout aan. De anderen waren naar de Piggly Wiggly gegaan, dus we waren alleen toen ik bij pappa's kleurrijke brievenbus de openbare weg af draaide. Fronsend stuurde ik de oude truck het zandpad op. Arthur werd zenuwachtig. 'Zuster, stop!' zei hij. 'Het zand ziet er raar uit.'

Hij had gelijk. Het was het pad zelf dat me dwarszat. Ik stopte, stapte uit en keek naar de brede bandensporen in het zand en de kiezels. Arthur stak zijn hoofd uit het raampje aan de passagierskant. 'We hebben groot gezelschap,' zei hij.

Inderdaad. De oude weg droeg de tekenen van bezoekers als vingerafdrukken. De verse sporen duidden op een groot, zwaar voertuig met dubbele wielen. Ik werd even overspoeld door hoop, maar realiseerde me toen dat Quentin niet rondreed in een auto met het formaat van een cementwagen.

'Lieverd, ik ga een spelletje doen,' zei ik tegen Arthur. 'Doe je mee?'

'Zeker.'

Ik reed een stukje verder maar stopte uit het zicht van het huis, schakelde de motor uit en stapte uit. 'Ik ga onze bezoekers verrassen,' zei ik. 'Blijf jij hier en verras iedereen die verder nog het pad op komt rijden. Maar kom niet uit de truck. Zwaai alleen maar tegen ze.'

'Oké, maar het is een stom spel.'

'Ik weet het. Ik ben over een paar minuten terug.'

Toen hij even de andere kant op keek haalde ik een oude revolver onder de bestuurdersstoel vandaan. Ik had geen idee waarom ik die argwaan koesterde, hoewel mensen op het platteland altijd wordt aangeleerd om eerst een wapen te pakken voor ze op een donkere avond naar buiten stappen of wanneer er een vreemde hun erf op komt rijden. Ik hield mezelf voor dat ik te veel luisterde naar Liza's gebabbel over geestbegeleiders die haar ingevingen gaven. Als ik geestbegeleiders had lachten ze zich daarboven waarschijnlijk rot toen ze me door mijn eigen bossen zagen sluipen met een .45 pistool in mijn hand.

Wat ik zag toen ik de rand van de open plek bereikte schokte me dusdanig dat ik me een hele minuut niet kon verroeren. Een ploeg van vier man was koortsachtig bezig om de IJzeren Beer te vernietigen. Ze hadden zuurstof- en acetyleentanks opgesteld naast een vrachtwagen zo groot als een verhuiswagen. De vonken vlogen van hun snijbranders. Ze hadden de kop van de sculptuur er al af. Die lag op de grond.

Ze doden de Beer. Voor ik het wist stapte ik uit het bos tevoorschijn met de revolver in mijn geheven hand. 'Maak dat jullie hier wegkomen, klootzakken,' schreeuwde ik en loste een schot in de lucht. Ze schrokken op, rukten de vizieren van hun lashelmen omhoog. Ik liep op hen toe, nu met de revolver op hen gericht. Ze gooiden hun helmen en snijbranders weg, stoven uiteen en verdwenen in de bossen.

Ik loste nog twee schoten in de lucht. Zwaar ademhalend bleef ik daar staan met mijn benen iets gespreid, terwijl het geluid van de schoten tegen de bergen weerkaatste. Ik staarde naar de onthoofde sculptuur. De mannen waren nog maar net begonnen er een tweede gedeelte af te branden. Ik zag nog gloeiende strepen op het metalen skelet, maar verder was er geen schade.

Maar de kop van de Beer lag wel op de grond. Ik kon wel huilen.

'Nee!' Arthurs stem veranderde achter me in een langgerekt gejammer. Ik draaide me om. Hij was me gevolgd. Nu stoof hij langs me heen en viel bij de kop van de sculptuur op zijn knieën. 'Ze is dood,' jammerde hij. 'De Tussers hebben haar te pakken gekregen.' Zijn mond bewoog in stuiptrekkingen. Zijn ogen rolden weg en hij viel neer.

De oktoberwind die over de oceaan aan kwam krullen, was kil. Staand in wat was overgebleven van de bovenste verdieping van een groot huis aan het strand dat ooit aan een Vanderbilt had toebehoord, zette Quentin zich schrap onder het enorme gewicht van een massieve mahoniehouten haardmantel. Hij stond op de restanten van een zuilengang tien meter boven een marmeren patio. Zijn ploeg kroop om hem heen, schreeuwend en vloekend terwijl ze zich haastten met het weer vastmaken van de kettingen van de takel die ze gebruikten om de reusachtige, decoratieve haardmantel op te hijsen toen er een haak was losgeschoten. Popeye brulde hem vanaf de grond toe: 'Laat dat verrekte ding vallen! Laat vallen, kapitein! Nu!'

Zweet stroomde over zijn gezicht; de pezen in zijn hals zwollen op; hij boog diep door onder het loodzware hout. De gesp aan de canvas zak van zijn gereedschapsriem stak door zijn werkbroek heen in zijn dij.

'We hebben hem, baas, we hebben hem!' riep zijn voorman en plotseling werd het gewicht met een gegier en geratel van katrollen en kettingen van zijn rug getild. Hij zakte hijgend door zijn knieën. Even later kwam zijn ploeg hem op zijn pijnlijke schouders kloppen.

Kuchend kwam hij overeind, strompelde naar binnen en liep een wankele houten bouwladder af naar beneden, zich vasthoudend aan de veiligheidsleuning omdat zijn knieën knikten. Beneden stond Popeye hem op te wachten in wat eens de foyer van het landhuis was geweest. 'Ik heb hier genoeg van!' schreeuwde hij. 'Ik ben niet van plan dergelijke flauwekul nog langer aan te zien! Wat is er toch met je aan de hand, jongen? Probeer je soms zelfmoord te plegen?'

Ja. Ja, ik denk het wel. De woorden slopen Quentins gedachten binnen als slangen. De oude sergeant sprong in een truck en reed weg. Quentin liep naar buiten en ging op de restanten van een lage stenen muur zitten. Deze keer was hij er zelf ook van geschrokken.

Er klonk een schel gepiep op uit de stoffige mobiele telefoon die aan zijn riem hing. *Je geweten roept,* sisten de slangen.

Zijn hand beefde toen hij de telefoon naar zijn oor bracht. 'Quentin?' zei een bevende, zachte New Orleans-stem gespannen. 'Met Liza Deerwoman.'

Hij ging staan. 'Wat is er mis?'

Ze vertelde het hem. Tien minuten later was hij op weg naar het dichtstbijzijnde vliegveld.

19

ARTHUR LAG IN EEN BED IN HET NIEUWE ZIEKENHUIS, ZWAAR ONDER DE
kalmeringsmiddelen. Ik had diverse hechtingen in mijn wijsvinger,
waar hij tijdens zijn stuip zijn tanden in had gezet. De knokkel was
gezwollen tot het formaat van een walnoot. Mijn broer had een atta-
que gehad.

Het hele district verkeerde in rep en roer. Het kostte de sheriff
maar een uur of twee om te bepalen wie de eigenaar was van de op
Bear Creek achtergelaten vrachtwagen. Vervolgens achterhaalde hij
de namen van de vier mannen, die uit North Carolina kwamen. De FBI
greep onmiddellijk een van de mannen en deze deed al snel uitgebreid
verslag.

Er was hem en de anderen verteld dat iedereen op de boerderij elke
zaterdag wegging om ijs te eten en boodschappen te doen. Ze hadden
niet verwacht dat Arthur en ik vroeg terug zouden komen. Ze hadden
hun informatie immers van iemand die ons erg goed kende.

De mannen waren ingehuurd door meneer John.

Ik zat naast Arthurs bed naar de vloer te staren. Fannie kwam de
kamer binnen. 'Ga maar even een kop koffie drinken, meisje,' zei ze
en klopte me zachtjes op het hoofd met een troostende hand die wist
dat een stuk klei zou breken als je het te heet bakte. 'Ik blijf wel bij
onze arme lieve jongen.'

Ik knikte en stond op. Ik liep door de hal naar een wachtruimte en
ging voor het raam staan. De dokter van Arthur wilde er een psychiater bij roepen. 'Uw broer heeft de afgelopen tien maanden zoveel
trauma's doorstaan dat hij groot gevaar loopt op een ernstige, langdu-

rige ziekte,' zei ze tegen me. 'Misschien wilt u er eens over nadenken hem ergens te laten opnemen voor behandeling.'

'Mijn broer blijft bij mij,' antwoordde ik. 'Al moet ik mijn huis veranderen in een psychiatrische afdeling en vierentwintig uur per dag voor hem zorgen, dan doe ik dat.'

De arts keek me geduldig aan. 'Dat is niet verstandig en dat weet u ook wel.'

'In mijn familie,' zei ik langzaam en nadrukkelijk, 'wordt verstandig zijn niet als een deugd beschouwd.'

In gedachten verzonken bij het raam hoorde ik Janine niet aankomen. 'Ursula, weiger alsjeblieft niet tegen me te praten,' zei ze met een stem die zo gekweld klonk dat ik hem nauwelijks herkende. Ik draaide me langzaam om, mijn gezichtsuitdrukking gesloten.

Er puilden tissues uit de zak van haar blazer. Er zaten koffievlekken op haar spijkerbroek. Op haar strak naar achteren getrokken haar stond een baret schuin op haar hoofd en haar ogen waren rood omrand. Ze worstelde met zichzelf. 'Ik ben… ik schaam me zo. Over pappa. Over onze familie. Over mezelf. Onze oudste, dierbaarste vrienden keren ons de rug toe. Het respect dat generaties van mijn familie hebben verdiend is voor altijd besmeurd.'

'Vraag je me om mijn sympathie?'

'Nee. Nee. Het is alleen… ik kan niet echt verklaren wat hij heeft gedaan, maar ik moet het proberen. Dit weet ik wel: hij wilde zich ontdoen van de sculptuur zodat die Esmé niet weer kon verleiden weg te lopen. Hij heeft gehandeld uit bezorgdheid om haar. Ja, het was een waanzinnige en wrede daad. Dat weet hij. En daarvoor is geen excuus. Maar Ursula, hij heeft zichzelf aangegeven bij de gevangenis. Hij zit daar in een cel, als een gewone crimineel, en zijn hart doet pijn om wat er met Arthur is gebeurd. Hij heeft zijn advocaat gevraagd niet om borgtocht te vragen. Hij zegt dat hij gestraft wil worden.'

Ik bestudeerde haar gekwelde gezicht. 'Ik wil niet dat hij vervolgd wordt. Ik wil geen aanklacht tegen hem indienen. Dat zal ik hun vertellen.'

Ze bracht een hand naar haar keel en staarde me aan. 'Zou je dat voor hem doen?'

'Het wordt tijd dat een Powell eens een Tiber uit de gevangenis haalt.'

Ze liet zich met gebogen hoofd op een sofa neerzakken. Ik bleef staan. Er lag een zekere waardigheid in het schenken van genade, in het nemen van de juiste beslissing, maar ik was niet zo nobel dat ik naast haar wilde gaan zitten. 'Iedereen zegt dat je volstrekt het recht hebt om genoegdoening te eisen.'

'Ik verwacht beslist genoegdoening. Maar niet op deze manier.' Op dat moment stroomde een warm gevoel van sereniteit en vastberadenheid door me heen. Ik deed wat ik wist dat juist was, wat pappa gedaan zou hebben.

'Ik zal dit nooit vergeten,' zei ze. 'Dank je.'

'Ik moet nu terug naar Arthur.'

'Wacht.' Ze hief haar ogen op naar de mijne. 'Je gelooft het misschien niet maar ik was al van plan de arbeidsomstandigheden voor alle werknemers van Tiber te verbeteren. Betere betaling, toeslagen, een eerlijker behandeling. Dat geldt ook voor de contractboeren. Die potentiële goodwill is nu misschien wel tenietgedaan.' Ze moest even zoeken naar haar stem. 'Deze... vreselijke toestand rond de Beer en Arthur heeft veel ontsteltenis veroorzaakt bij de mensen. Ze praten erover te gaan staken.'

Ik staarde haar aan. *De zaak en het imago boven alles. Te allen tijde een Tiber.* 'Wil je dat ik met ze praat?'

'O, Ursula, wil je dat doen?'

'Absoluut.' *Maar niet zoals jij denkt.* 'Ik zal ze helpen een lijst van eisen op te stellen voor die nieuwe toeslagen en regelingen. Zodat ze een goed uitgangspunt hebben voor onderhandelingen.'

Haar enthousiasme nam iets af. 'Je zult hun voorstellen om het onmogelijke te vragen.'

'Goed. Dan kun je ze halverwege tegemoetkomen; blijft er voldoende ruimte over om te delen.'

Ze zuchtte. 'Wat je wilt. Vooruit dan maar.'

Voor het eerst in ons leven schudden we elkaar de hand.

Ik stuurde de huurders naar huis. Ik wilde alleen zijn met mijn broer. Arthur keek naar me op met wazige, lege ogen en zei niets. Ik kamde zijn haar, zong slaapliedjes voor hem en beloofde hem dat Mamma Beer gemakkelijk gerepareerd kon worden. Zijn gezicht vertrok. Langzaam schudde hij het hoofd en wendde toen zijn blik af.

Toen hij in slaap was gevallen liep ik blindelings de hal in, trok zijn deur dicht en leunde ertegenaan. *Wat moet ik doen?* Mijn gedachten waren vervuld van het besef dat ik had gefaald. Ik was zo moe, had bijna geen geld meer en was doodsbang. Ik had me nog nooit van mijn leven zo hopeloos gevoeld. Mijn gewonde hand deed pijn. Ik liet hem op mijn andere arm rusten en sloot mijn ogen.

Een minuut later hoorde ik krachtige, zware voetstappen op de tegelvloer van de hal, maar ik deed mijn ogen niet open om te kijken aan wie ze toebehoorden. Een broeder of een gehaaste psychiater op weg naar zijn middagronde. Het kon me niet schelen. Ik wilde alleen maar dat die indringer zo snel mogelijk doorliep en me alleen liet met mijn sombere gedachten.

Een grote, ruwe hand raakte mijn gezicht aan, sloot zich om mijn wang. Ik opende snel mijn ogen. Quentin keek met grote bezorgdheid op me neer. Ik pakte met mijn goede hand de voorkant van zijn shirt beet en staarde hem aan alsof ik niet kon geloven dat hij er werkelijk was. Zijn kleren waren nog bedekt met het stof en vuil van zijn werk, al had hij wel zijn gezicht en handen gewassen in de toiletruimte van een vliegveld. De onderste helft van zijn gezicht droeg de donkere schaduw van een baard. De spanning van de afgelopen weken was af te lezen van zijn ogen, die grijs waren als staal. Die hadden een geheel eigen schoonheid. Ik had nog nooit zoiets moois gezien. *Hij was terug.*

We zeiden geen van beiden een woord. Zijn vingers rustten bezitterig tegen mijn wang. Er waren geen woorden voor mijn gevoelens nu hij er weer was, althans geen woorden die ik zou uitspreken. Ik wierp me niet tegen hem aan. Ik slaagde erin mijn trots te bewaren. Ik bracht gewoon mijn gezonde hand omhoog, legde hem op de zijne en kneep erin als verwelkoming. Hij tilde mijn andere hand op en keek er fronsend naar. Ik liet hem dankbaar op zijn handpalm liggen, als een gewonde vogel.

'Als ik gebleven was, was dit niet gebeurd. Dan was Arthur en de sculptuur niets overkomen.' Hij richtte woedende, vastberaden ogen op de mijne. Ik liet mijn hoofd een beetje zakken.

'Arthur denkt dat Mamma Beer dood is.'

Quentin hief met zijn vingertoppen mijn kin op. Zonder zijn blik af te wenden keek hij recht bij me naar binnen, en ik bij hem. 'Dan zullen we haar weer tot leven brengen.'

Hij stond voor de vernielde sculptuur, alleen en onvoorbereid op de golf van woede en verdriet die hem overspoelde. *Ik zal hem weer in elkaar zetten. Hij is niet onherstelbaar vernield. Ik zal het regelen, pappa, zoals ik al het andere heb geregeld.* Maar die andere, die andere – onzichtbaar, wachtend om gemaakt te worden – loerde naar hem op een plek waar nachtmerries en onuitsprekelijk berouw gekoesterd werden. *Ook dat zal ik regelen, om te krijgen wat ik wil,* dacht hij. *Voor moeder. Voor Ursula. Voor Arthur. Voor jou, pappa, verdomme. Dit is de laatste keer.*

Een laatste eerbewijs, dan zou de schuld die hem al zoveel jaren kwelde zijn afbetaald.

Iedereen zei dat hij was teruggekomen omwille van mij en zijn familie-eer. Alom werd aangenomen dat een persoonlijke confrontatie met meneer John onvermijdelijk was.

Juanita, die sinds ik haar kende nauwelijks tien woorden tegen me had gezegd, kwam de cafetaria van het ziekenhuis binnenrennen waar ik net Arthurs favoriete yoghurt bestelde. De verlegen vrouw van Oswald, die voor haar huwelijk in de fabriek van de Tibers had gewerkt, droeg een kleurige trui over haar denim overgooier en spuide een nerveuze stroom Spaanse woorden. 'Langzaam,' vroeg ik haar. Ze hapte naar adem. 'Mijn vrienden zien Quentin net het parkeerterrein van de fabriek op rijden.'

Ik gaf haar de yoghurt en haastte me achter hem aan. Tiber Poultry was maar twee minuten hardlopen van het ziekenhuis vandaan. Op elke hoek keken mensen om toen ze me voorbij zagen rennen.

De verwerkingsfabriek doemde voorbij het stedelijk spoor op als een bijenkorf van baksteen. Koelwagens stonden aan het brede laadplatform aan de ene kant van het gebouw. Een rij gekoelde treinwagons stond op een zijspoor te wachten om te worden volgeladen. De parkeerplaats stond vol auto's van werknemers. Ik kreunde toen ik langs Quentins gehuurde sedan op de parkeerplaats voor bezoekers stoof.

'Heb je hem binnengelaten?' vroeg ik op beschuldigende toon aan de receptioniste, een voormalige klasgenote van me.

Ze hief beide handen. 'Meneer John zei dat ik hem door moest laten als hij hier aankwam. Ga zelf maar kijken.'

Stomverbaasd liep ik door de hal waaraan de kantoren grensden naar een donkere, dubbele deur. Het kantoorpersoneel stond in open deuropeningen naar het kantoor van meneer John te staren. 'We hebben nog geen tekenen van geweld gehoord,' zei iemand tegen me. 'Maar hij is ook nog niet lang binnen.'

Voor de deur bleef ik staan. Ik luisterde even, hoorde zelf ook niets, dacht erover om aan te kloppen maar duwde toen gewoon de deur open. Meneer John zat in een leunstoel in een hoek van de kamer, voor een groot raam dat een prachtig uitzicht op Tiberville bood. Quentin stond tegenover hem en keek ook naar buiten.

Ze draaiden beiden hun hoofd om toen ik binnen kwam stormen. Meneer John zag er afgetobd en oud uit, zijn grijzende haar lag nog slechts als een schaduw over zijn kalende hoofd. Hij had zich altijd heel netjes gekleed in zijde en linnen, versierd met het Tiber-logo, maar nu was hij een gezette oude man in een golfshirt en gekreukte broek. Zijn ogen achter de dikke dubbelfocusglazen die hij droeg als hij op zichzelf was, waren roodomrand en gezwollen. Hij had duidelijk net nog gehuild. Toen hij me zag legde hij zijn hoofd in zijn handen. 'O, schatje,' kreunde hij, 'het was niet mijn bedoeling jou en Arthur pijn te doen.'

'Daar is het te laat voor,' zei Quentin met een koude, enigszins trieste gelaatsuitdrukking. 'We zijn tot overeenstemming gekomen,' zei hij tegen mij. 'Er komt een bronzen plaquette op de campus van Mountain State, waar vroeger de sculptuur stond. Ik wil dat erop komt te staan hoe de sculptuur tot stand is gekomen en wie er verantwoordelijk voor was. Betty Tiber Habersham. Tom Powell. Richard Riconni.' Hij zweeg even. 'En ik krijg een excuusbrief om aan mijn moeder te geven.'

Meneer John hief zijn hoofd op en keek mij aan. 'Is er iets, wat dan ook, dat ik kan doen om het tegenover jou goed te maken?'

'Ik wil de tweehonderd dollar die je pappa voor de Beer hebt laten betalen. Ik wil dat ze aan de March of Dimes worden overgemaakt.'

'Ja.'

'En ik wil dat je Esmé toestemming geeft naar Bear Creek te komen wanneer ze maar wil.'

Hij knikte.

'Dat is alles.'

Zijn gezicht vertrok. 'Ik zou er al mijn geld, alles voor overhebben om de klok terug te kunnen draaien.'

'Ik ook,' zei ik, zelf bijna in tranen. 'Ik zou hem meer dan twintig jaar terugdraaien. De Beer zou op de campus blijven. En ik zou mijn moeders leven redden.' Ik keek naar Quentin. 'En jij zou dat van je vader kunnen redden.' De blik die in zijn ogen verscheen was hard en pijnlijk, een rauwe wond. Toch knikte hij.

We lieten meneer John alleen met zijn berouw en namen het onze mee.

Arthur zat lusteloos in een tuinstoel terwijl Quentin, Oswald en ik, staande op ladders, de kop van de Beer terug op zijn plaats geleidden. De andere huurders en dr. Washington keken gespannen toe. De abstracte ijzeren kop hing aan de kabel van een reusachtige sleepwagen die bedoeld was om vrachtwagens te slepen. Die werd bediend door de zoon van een buurman die erop gestaan had te helpen. Iedereen in het district leek te zijn langsgekomen om zijn medeleven te betuigen en hulp aan te bieden in de paar dagen sinds Quentin terug was.

'Nog een paar centimeter, zo ja, houd hem maar zo,' riep Quentin van boven op een houten ladder die tegen de schouder van de Beer steunde. Hij wuifde ons allemaal weg, trok het vizier van zijn lashelm voor zijn gezicht en stak de kleine lasbrander aan die hij in een gehandschoende hand hield.

'Kijk niet naar de brander, alleen naar de mooie vonkjes,' riep ik tegen Arthur. Op mijn knikje haastte Liza zich naar hem toe. 'Kijk die prachtige vuurvliegjes eens, Arthur,' zei ze zacht en liet zich naast zijn stoel op het bruin kleurende gras van het weiland zakken.

Hij zei niets. Toen Quentin de eerste dag zijn ziekenkamer binnen was komen lopen waren zijn ogen iets helderder geworden. 'Broeder Beer,' had hij gefluisterd. 'Ik wist dat je zou komen. Ik had nog kiezels over.' Toen was hij terug in zijn kussen gezakt en had gejammerd: 'Maar het is te laat. Mamma Beer is dood.' En niets wat Quentin of ik kon zeggen had hem van die overtuiging af kunnen helpen.

Quentin zette de punt van de lasbrander tegen een van de scheuren tussen de kop en het lichaam van de sculptuur. Vonken stoven om hem heen als klein vuurwerk. Langzaam begonnen verse metalen littekens de wonden van de Beer te helen.

Arthur kroop dieper in de dunne quilt die ik om hem heen had geslagen, hoewel het weer die dag tegen het einde van september erg mild was. Ik ging achter hem staan, streek zijn haar weg van zijn voorhoofd. 'Dit doet me denken aan de dagen dat pappa de Beer hierheen bracht,' zei ik tegen hem. 'Hij laste de poten vast aan de metalen pennen die hij in het beton had verankerd. Mamma en ik zaten ongeveer op deze plek naar de vonken te kijken. Het was prachtig. Wil je dat verhaal niet nog eens horen, lieverd?'

'Nee, het maakt me nu verdrietig.' Hij huiverde onder mijn handen. Ik liep om hem heen en liet me voor hem op een knie zakken. 'Waarom, lieverd?'

Hij keek op me neer met tragische ogen. 'Omdat Mamma Beer niet meer tegen me kan praten. Ze komt niet meer terug. We moeten een begrafenis voor haar organiseren.'

'Nee! Nee, ze maakt het prima. Kijk maar. Ze is bijna weer zichzelf. De goede Tussers helpen Quentin haar te repareren.' Arthur fronste, dacht na. Zijn handen lagen slap boven op de quilt. Ik pakte een ervan voorzichtig vast. 'Lieverd, de Beer leeft niet volgens normale regels. Je kunt haar niet doden door haar in stukken te snijden. Ze leeft hierboven.' Ik wees naar mijn hoofd en toen naar het zijne. 'En ze wacht nog steeds tot Quentin haar een vriend van haar eigen soort zal geven om van te houden.'

Hij luisterde aandachtig maar zuchtte slechts.

Liza en ik brachten hem laat die middag naar binnen voor een dutje. Hij sliep weer in zijn eigen bed onder een donzen dekbed dat mevrouw Green ons had geleend omdat Arthur het bij haar thuis ooit had bewonderd. Quentin was net na zonsondergang klaar met het herstellen van de Beer. In de koele, roze-purperen schemering spatten de laatste vonken naar beneden. De heldere vlam van de lasbrander werd gedoofd. Quentin kwam van de ladder af. We stonden daar met z'n tweeën in het weemoedige halfduister dat dichters en rouwenden de avondgloed noemen.

De Beer keek naar ons en over ons heen, even groots als voorheen. Ik sloeg mijn armen om mijn lichaam. 'Het verschil tussen Arthur en mij is dat ik ben opgegroeid met de wens dat ik deze sculptuur kon vernietigen,' bekende ik hem. 'Ik had gedacht dat ik het altijd zo zou voelen, maar nu ben ik blij dat hij weer heel is.'

Quentin stond heel stil naast me. Zijn afhangende schouders vertelden me dat hij doodmoe was. Hij stak zijn lashandschoenen achter de tailleband van zijn broek. 'Ik ben nog erger dan jij. Ik wenste altijd dat ik elke sculptuur kon vernietigen die mijn vader had gemaakt.' Zijn gekwelde toon maakte dat ik hem bedroefd aankeek. 'Het maakt nu geen verschil meer,' vervolgde hij, 'maar er was een tijd dat ik hield van alles wat hij aanraakte.'

Dat doe je nog steeds. Het is zo overduidelijk, dacht ik. Ik keek hem aan, stak mijn hand uit maar trok hem even snel weer terug. Een bijna onmerkbare beweging van zijn lichaam vertelde me dat hij de onvoltooide liefkozing had gevoeld. Ik hield afstand en hij moedigde me niet aan. Maar de rauwe spanning was er, de diepe en dringende stroom van bewustzijn cirkelde voortdurend om ons heen, kolkte tussen onze lichamen, vulde de nacht, onze dromen, verstoorde de simpele daad van communiceren en samenwerken. 'Waarom ben je teruggekomen?' vroeg ik. 'Waarom ben je van gedachten veranderd over het maken van een tweede sculptuur?'

'Ik ben in zekere zin verantwoordelijk voor deze situatie. Ik ben hieraan begonnen.'

'Ik begrijp het.'

'Er is geen andere oplossing.' Hij had me al verteld over de voormalige leerling van zijn vader, Joe Araiza, en diens vergeefse pogingen een geschikte kunstenaar te vinden om nog een sculptuur te maken. Hij maakte met zijn hoofd een beweging in de richting van de Beer. 'Ik ben nog steeds van plan dat ding te kopen. Ook al houdt het in dat ik een soort kopie moet maken waar Arthur van kan houden.' In het laatste restje daglicht zag ik zijn cynische glimlach, die me deed vermoeden dat hij nog even hardvochtig was als altijd. 'Misschien vraag ik zelfs wel korting,' waarschuwde hij me, 'hij is immers beschadigd.'

We waren weer in onderhandeling. Ik veinsde een lach. 'Geen sprake van. Je hebt hem prachtig gerepareerd.'

We liepen naar het huis. Ik fronste mijn voorhoofd. 'En als het Arthur nu niet meer kan schelen? De omstandigheden zijn veranderd. Hij dringt er niet langer op aan dat je een vriend voor Mamma Beer maakt.' Quentin legde een hand op mijn arm en hield me staande. We stonden aan de zijkant van het huis, afgeschermd door hoge camelia's en laurier die het licht dat door de ramen scheen filterden. In dat gedeeltelijke duister zag ik de strakke lijn van zijn kaak. 'Geef je het op?' vroeg hij.

'Ik bied ons beiden een gemakkelijke uitweg. We kunnen met hem praten. Misschien zou je het origineel nu meteen mee kunnen nemen.'

'Vind je het zo onplezierig me in je nabijheid te hebben?'

'Niet als we van elkaar af kunnen blijven. Dat is niet eenvoudig.' Stilte. De blik die in zijn ogen verscheen, en beslist ook in de mijne, bracht ons op dat moment bijna bij elkaar. Ik deed met knikkende knieën een stap terug. 'Ik wil niet dat Arthur denkt dat je zult blijven. Ik kan het risico niet lopen die fantasie aan zijn repertoire toe te voegen.'

'Dat ben ik met je eens. Maar ik heb je broer beloofd een bepaalde taak te verrichten en ik ben van plan dat te doen. Als het effect van de sculptuur zo krachtig is als iedereen hier schijnt te denken, zal hij Arthur weer uit zijn schulp lokken.'

'Je weet dat het niet gemakkelijk zal zijn er nog een te maken.'

'Het zal geen kunstwerk worden.'

Het feit dat hij was teruggekeerd, dat hij vastbesloten was het te proberen, maakte de onderneming op zich al tot een zeldzaam meesterwerk. Ik keek hem peinzend aan. 'Ik denk dat je jezelf zult verrassen.'

Ik wenste hem goedenacht en liep naar binnen. We hadden geen troostende woorden voor elkaar, geen regels, geen bekende vragen. We vormden samen een cocon met daarin twee vreemden die elkaar probeerden te veranderen. Hij bleef in het donker voor mijn raam staan, in de beschutting van de oude trouwe struiken, kijkend naar het licht.

20

QUENTIN BELDE POPEYE EN VERTELDE HEM WAT HIJ VAN PLAN WAS. HIJ zou de herfst besteden aan het maken van een tweede sculptuur, hopend dat hij daarmee een deal kon sluiten. Het antwoord van de oude sergeant schokte hem. 'Jongen, dat heb je je hele leven al moeten doen. Maak je geen zorgen om de zaken hier. Ik zal een glimlach op mijn gezicht toveren en de zaak draaiende houden.' Hij zweeg even. 'Neem alleen niet meer op je schouders dan je kunt dragen, verdorie.'

Daarna belde hij Joe Araiza en zei hem het zoeken naar een kunstenaar te staken. 'Verandering van de plannen,' was de enige uitleg die hij gaf.

Joe klonk eerder nieuwsgierig dan boos. 'Het mysterie verdiept zich.'

'Het is gecompliceerd, maar uiteindelijk zul je het begrijpen.'

'Waar zit je?'

'Ik ben in een andere staat aan het werk.'

'Weer ergens in het zuiden? Ben je aan het inkopen? Of ben je met bergingswerk bezig?'

'Joe, doe me een lol. Stel geen vragen en als mijn moeder naar je toe komt met vragen, vertel haar dan niets.'

'Ik dans al weken om haar vragen heen. Ik heb mijn techniek geperfectioneerd.'

'Blijven dansen dan.'

Quentin liet zich na deze telefoongesprekken achteroverzakken in een stoel in zijn motelkamer. Hij hield nog steeds de telefoon in zijn hand, bedacht dat hij de receptie zou moeten bellen en de kamer minstens voor de rest van de maand zou moeten bespreken. Hij had geen zin weer in het kleine kippenhokappartement te gaan wonen.

Ik zou hier in de stad moeten blijven. Dit project behandelen als een karwei. Naar de boerderij gaan om te werken en elke dag hier terugkomen. Eten in het restaurant en 's avonds in deze kamer zitten, alleen. De verleiding uit de weg blijven. Ursula uit de weg blijven.

Hij keek een tijdje rond in de antiseptische motelkamer, probeerde zichzelf ervan te overtuigen dat zijn pogingen er te wonen echt verschil zouden maken. Op het verlichte bord voor de methodistenkerk van Tiberville las hij de wekelijkse spreuk: ER IS GEEN VERVANGING VOOR EEN WILSKRACHTIGE GEEST.

Hij zette de telefoon neer, ging zijn rekening betalen en reed naar Bear Creek.

Toen oktober begon en de groene bergen veranderden in een lappendeken van goud en rood, zette hij zijn basiskamp op naast de IJzeren Beer. Hij plaatste een grote groene legertent op een platform dat hij aan de rand van het eikenbos had opgebouwd, en installeerde een kleine potkachel die dr. Washington uit de voorraad in zijn topzware schuur had opgedoken. De kachelpijp stak door een luchtgat in het tentdak als een zilveren torenspits op een kleine kerk. Hij hing lantaarns op en legde tapijten op de vloer die hij in Tiberville op de vlooienmarkt had gekocht, waar hij ook een oude, witte houten tafel en een zware leunstoel op de kop had getikt die alleen een keer opnieuw gelakt moest worden. Hij deed dat niet, maar toen hij de stoel naast de tafel zette, paste het geheel niettemin bij elkaar. Hij zette een laptop en een kleine printer op de tafel, naast een stapel boeken over kunsttheorie en design.

Hij rangschikte zijn kleren en andere bezittingen – Popeye had die naar hem toe gestuurd, samen met Hammer, die het heerlijk leek te vinden om terug te zijn – in een oude kleerkast die hij in de stad bij de 'Meubelschuur – Nieuw en Gebruikt' had gevonden.

Hij legde een stroomkabel aan vanaf de meterkast in de boerderij, sloot een miniatuurkoelkast en twee kookplaten aan, maar maakte buiten ook een vuurplaats met een kookgedeelte voor een gietijzeren pan en een koffiepot. We aanschouwden het allemaal gebiologeerd. Zelfs Arthur kwam naar buiten om te kijken. Het was duidelijk dat hij Quentin nog steeds vereerde. Op de meeste dagen was toekijken hoe hij zijn werk deed de enige stimulans waarvoor Arthur uit bed kwam.

Ook alle anderen vergaapten zich echter aan Quentins elegant ingerechte werkkamp. Bartow Ledbetter leunde op een wandelstok en keek als een goedaardige trol vanonder zijn borstelige wenkbrauwen toe. 'Ik neem aan dat hij in het leger wel heeft geleerd om buiten te leven. Hij mag dan geen kunstenaar zijn, hij heeft het buitenleven wel tot een kunst verheven.'

'In het leger krijg je geen tapijten op de vloer van je tent,' snoof Oswald. Hij wendde zich tot mij. 'Weet je zeker dat hij geen homo is?'

'Ik weet het zeker,' zei ik.

Daarna gebruikte hij het afvalhout van mijn schuur om midden in de tent een hoge ombouw voor een groot bed te maken. Hij legde er een luxueus matras op, dat hij dekte met flanellen lakens en een reeks zware, kleurige spreien die ik hem had geleend uit onze dekenkist. Daarbovenop legde hij een aantal dikke kussens.

Tot slot huurde hij een chemisch toilet en liet dat discreet achter zijn tent zetten, afgeschermd voor nieuwsgierige blikken door een houten scherm. Hij zou in het kippenhokappartement gaan douchen maar verder zou hij volstrekt onafhankelijk zijn aan de rand van de wei. Hij en de Beer.

'Ik wil een tweedehands truck kopen,' zei hij tegen me. Oswald en ik namen hem mee naar de Tiber County-veiling, waar we ons onder de boeren, handelaren, pruimtabak spugende motorrijders en vrouwen in strakke shirtjes met allerlei opschriften mengden. *Backseat Mama. Doe het op vier wielen. Stel me af en smeer me door.*

Hij kocht een oude konvooitruck van de Nationale Garde, die zijn olijfgroene kleur had verruild voor een prachtige tint primer-roestrood. 'Waarvoor heb je zo'n groot gevaarte nodig?' vroeg Oswald.

'Om plaatstaal en oud ijzer op te halen.' Heimelijk vond hij het gewoon leuk al die paardenkrachten te bedwingen en hoog boven de grond te zitten, alles vanuit de hoogte te bekijken. Hij kocht ook nog een lasuitrusting, stroomkabels, een aambeeld, tangen, hamers, slijpstenen, schuurmachines, andere gereedschappen die ik niet herkende en nog veel meer, plus een grote gettoblaster die hij aan de onderste tak van een eik hing en afstemde op een jazz-zender in Atlanta.

Na nog geen twee weken was hij klaar met kopen, bouwen en inrichten en trok hij in de tent.

Op een vroege ochtend liep ik erheen om hem wat crackers met bacon te brengen. De temperatuur neigde naar een milde vorst, dus alles was in de vroege ochtendzon bedekt met een glanzend laagje. Boven zijn kampvuur stond een koffiepot te dampen. Uit zijn schoorsteen kwam de geurige rook van een houtvuur.

Quentin zat in zijn leunstoel bij het vuur, Hammer als een sfinx slapend naast hem. Quentins donkere haar zat nog in de war van het slapen. De rijpheid van zijn gezicht en het vage grijs bij zijn slapen maakte hem alleen maar nog knapper. Hij droeg een oude spijkerbroek en een flanellen shirt over een thermoshirt. Hij strekte zijn lange benen voor zich uit en sloeg zijn enkels over elkaar, zonder op te kijken van het boek dat hij zat te lezen. Ik tuurde ernaar en zag tot mijn verbazing dat het een van de boeken was die ik hem geleend had. Een van mijn auteurs.

Mijn zintuigen vulden zich met de frisse, naar dennen geurende lucht, het aroma van de koffie, de trots hem een boek van Powell Press te zien lezen, het plezierige tafereel, hoe goed hij hier paste... en hem, bovenal hém. Verlangen naar hem. Met heel mijn wezen verlangde ik ernaar zijn wereld en zijn zelfgemaakte bed in te glippen, onder de spreien die diverse generaties Powell-vrouwen en hun echtgenoten hadden warmgehouden.

Ik bleef midden op het pad staan, de vergeten crackers met bacon in een broodvorm met een handdoek eroverheen in mijn handen. Ik was dronken van emotie en verlangen. Toen hij opkeek werd mijn gezicht rood en wendde ik mijn blik af. Hij legde het boek weg en kwam overeind. 'Aan het spioneren?' riep hij.

'Ja, dat was het.' Ik hervond mezelf, haalde een keer diep adem, liep toen naar hem toe en knikte naar het boek. 'Vertel me eens wat je werkelijk van *The Strangled Willow* vindt.' Het was immers een moeilijke collectie essays over de emotionele verbondenheid van vrouwen met hun omgeving.

'Ik vind de gedeeltes over vrouwen die seks hebben met bomen wel leuk.'

'Dat heet magisch realisme. Het is een metafoor over de natuur.'

'Nee, *Moby Dick* is een metafoor over de natuur. *The Strangled Willow* is een boek over vrouwen die al te veel belangstelling hebben voor de verkeerde soort wortels.'

'Mannen begrijpen dat boek nooit.'

Zijn humor vervaagde. 'Dat is niet waar. Ik respecteer het. Ik respecteer jouw oordeel bij de keuze van de auteur en ik respecteer de manier waarop je het hebt uitgegeven. En je andere boek ook. Je bent erg goed in wat je doet.'

Hij stak een hand uit naar de crackers en toen ik hem de broodvorm gaf, raakte mijn hand de zijne en rustten onze blikken even op elkaar. De stemming was plotseling zo verhit, zo teder, dat ieder van ons desgewenst de ander had kunnen verleiden. We werden elke dag wel duizend keer in de verleiding gebracht – een gedeelde blik, zijn hand die langzaam de mijne raakte tijdens een maaltijd, de manier waarop hij op koele avonden tevreden achteroverleunde voor de knetterende houtblokken in mijn haard, de manier waarop ik op de bal van mijn voeten liep als hij in de buurt was.

Hij ademde uit en ik realiseerde me dat ik ook mijn adem had ingehouden. 'Ik moet eens met je jonge perzikboom praten,' zei hij spottend-melodramatisch. 'Vragen of hij verliefd op je is. Of andersom.' De boom, die zijn bladeren had laten vallen voor de herfst, was nu een robuuste anderhalve meter hoog. Ik had hem in de met kippenmest verrijkte grond naast pappa's moestuin geplant. Hij zou reusachtig worden.

Ik veinsde walging. 'Laat mijn kleine vriend erbuiten.'

'Vriend? Je hoort in de cel thuis.' Hij keek me met opgetrokken wenkbrauwen aan. 'Je vriend is minderjarig.'

Ik kon mijn lachen niet inhouden. Ik kon mezelf helemaal niet inhouden in zijn nabijheid.

Ik haastte me terug naar het huis. Hij wendde zijn blik geen moment van me af. Gedachten tolden door zijn hoofd. Hij voelde de sterke impuls de regels te overtreden die hij zichzelf had opgelegd. *Nooit houden van iets wat je kunt verliezen.*

Ik vroeg Janine naar Esmé. 'Ze is er ongeveer net zo aan toe als Arthur,' bekende Janine vermoeid. 'Gedeprimeerd door alles wat er gebeurd is. Bang dat haar wereld om haar heen in duigen valt. Gekwetst. Ze heeft nog steeds gips om haar pols. Ik zal haar een keer naar Bear Creek brengen zodra ze daar aan toe lijkt te zijn. Op het moment huilt ze alleen nog maar om alles.'

Ik reed naar Tiber Crest, met een doos van Liza's pindakaaskoekjes voor Esmé. Toen ik aanbelde, zwaaide Tricky de brede voordeur open met een grimas en een glimlach. 'Je weet zeker dat meneer John er niet is.'

Ik knikte. 'Ik heb gehoord dat Janine hem op een cruise heeft gestuurd.'

'Ja. Naar al die eilanden in de Bahama's. Hij wilde niet. Ze heeft een stelletje van zijn oude neven meegestuurd. Het lijken wel reclasseringsambtenaren, zei hij.'

'Misschien zie ik hem wel als hij terug is.' Hij had me een lange brief vol verontschuldigingen gestuurd en had Quentin een formelere versie daarvan gegeven voor Angele. 'Kom je me opzoeken?' had hij onder aan zijn brief aan mij geschreven. Ik had niet geantwoord. Mijn mededogen was voor dat moment tot het uiterste opgebruikt.

'Je zou hem eens moeten opzoeken als hij terug is,' las Tricky me de les. 'Ik weet het, hij is een arrogante oude klootzak, maar hij heeft zichzelf en de familiereputatie zowat geruïneerd met wat hij heeft gedaan en dat weet hij. Janine zegt dat hij nu officieel gepensioneerd is. Ze heeft de leiding over de zaak van hem overgenomen. Hij wordt echt gestraft.'

Hoewel dat me een onprettig gevoel gaf, wilde ik geen sympathie voelen voor meneer John. 'Luister, ik ben hier voor Esmé. Janine zei dat ik haar kon opzoeken.'

'Natuurlijk, maar ze zal haar kamer niet uitkomen. Haar zenuwen zijn naar de filistijnen. Ze krijgt pillen om haar stemming te verbeteren, maar die helpen niet.'

'Dan ga ik wel voor haar deur zitten.'

'Al goed, al goed, Berenklauw, kom binnen.' Ze zweeg even, keek me met een glinstering in haar ogen aan. 'Ik heb gehoord dat je volgende week een bespreking hebt met de raad van de fokkersgroep.'

'Dat klopt. We werken samen aan een nieuw standaardcontract met Tiber Poultry. We zijn er bijna mee klaar. Jullie krijgen het tijdens de vergadering in november allemaal te zien.'

Ze legde een hand op mijn arm. 'Dat zal veel verschil maken voor mij en mijn familie. Voor een hoop mensen in het district. Dank je. Je vader zou trots op je zijn.'

'Bedank hem maar. En bedank de Beer,' zei ik zacht. Ze keek me verbaasd aan, maar ging me toen voor over een sierlijke trap naar de eerste verdieping. Ik klopte aan op een maagdelijk witte deur. 'Esmé? Ik ben het, Ursula.'

Ik hoorde zachte voetstappen en andere geluiden. Ze klopte ook tegen de deur. 'Hallo.' Haar stem klonk lusteloos.

'Ik heb koekjes voor je meegebracht. Janine zei dat je pindakaaskoekjes het lekkerst vindt. Liza heeft deze gebakken. Mag ik binnenkomen?'

'Ik word bibberig als ik de deur opendoe. Ik k-kan het niet.'

'Oké, laten we dan gewoon ieder aan één kant van de deur gaan zitten en met elkaar praten.'

'Je bent… je bent grappig. Op de vloer zitten?'

'Jazeker.' Ik ging in kleermakerszit zitten en veegde mijn handen af aan mijn broek. 'Ik ga een koekje eten.' Ik maakte wat extra lawaai met het aluminiumfolie, schoof met de koektrommel over de houten vloerplanken en maakte luide hmm-geluiden tijdens het kauwen. Esmés schaduw verscheen in de kier tussen de deur en de vloer. Ik hoorde dat ze ging zitten. 'Je zou een koekje onder de deur door kunnen schuiven,' zei ze.

Ik deed het en we aten in kameraadschappelijk stilzwijgen. 'Hoe is het met Arthur?' fluisterde ze. 'Ik hoorde dat hij ziek was.'

'Ja, hij mist je. Hij heeft behoefte aan een vriendin.'

'Ik hoorde...' haar stem brak, 'ik hoorde een van oom Johns vrienden zeggen dat niemand van mijn familie ooit nog naar Bear Creek kan gaan.'

Ik kreunde. 'Nee! Schatje, dat is niet waar.'

'Oom John is zo verdrietig. Ik weet wat hij met de IJzeren Beer heeft gedaan. Hij is helemaal stuk.'

'Nee, dat is hij niet. We hebben hem gerepareerd.'

'Echt waar?' Ze klonk iets monterder.

'Zo goed als nieuw. Ik wilde alleen maar dat er een bijzonder iemand was die Arthur kon repareren.'

Ze kreunde. 'Ik... ik zou het kunnen. Dat weet ik zeker. Ik durf alleen niet meer naar buiten. Als je naar buiten gaat word je overreden.'

'Arthur voelt zich ook zo verdrietig dat hij nergens meer heen gaat.'

'O, Arthur!'

'Janine en ik hebben een idee dat hem misschien zal helpen. Ik denk dat het iets is waar jij ook bij kunt helpen.' Ik vertelde haar ons plan en ze werd erg stil. 'Ik zal het proberen,' zei ze met beverige stem. 'Voor Arthur en de Beer.'

'Goed.' Ik schoof nog een aantal koekjes onder de deur door en zei tegen haar dat ik de rest op het tafeltje in de hal neer zou zetten. Toen ik naar de truck liep, hoorde ik een zacht getik. Ik keek op. Esmé zwaaide me vanachter haar raam zielig toe.

Ze droeg haar T-shirt met Minnie Mouse.

Quentin en ik stonden op het perfect bijgehouden gazon achter het prachtige oude huis van Miss Betty, dat nu werd bewoond door haar achternicht, Luzanne, de oudste zus van meneer John. Luzanne keek steeds naar boven. Ze bracht een dikke hand vol levervlekken naar haar dubbele kin. 'Ik hoop dat het werkt,' fluisterde ze.

Ik fluisterde terug. 'Volgens mij is dat al zo.' Arthur zat op de rand van de borrelende fontein en keek op naar het huis. Hij had zich al vijf minuten niet verroerd. 'Lieverd, kom,' riep ik. 'We gaan in de schuur kijken.'

'Ik wacht hier wel,' antwoordde hij, zonder zijn blik van de mysterieuze ramen af te wenden.

'Hij heeft haar gezien,' giste Quentin. 'Kom. Laten we het spel uitspelen.'

'Ik ga naar binnen om te zien of ik wat kan aanmoedigen,' zei Luzanne en haastte zich toen met de hoogste snelheid die haar oude knieën konden opbrengen het trapje naar de veranda op.

Ik zuchtte en volgde Quentin het halfduister van Miss Betty's voormalige garage in, die nu als bergschuur werd gebruikt. We hadden tegen Arthur gezegd dat we hier misschien iets zouden kunnen vinden om als onderdeel van de tweede Beer te gebruiken. Ik had wel iets in gedachten maar wist niet zeker of het nog bestond.

De schuur stond vol moderne metalen rekken en de stenen vloer was bedekt met oude tapijttegels. Dozen en vergeten kisten stonden manshoog opgestapeld. Er dwarrelde stof door de lucht. Ik duwde met mijn vingertoppen de restanten van een spinnenweb opzij. 'Luzanne zei dat als dat wat we zoeken er nog steeds is, het waarschijnlijk daar ergens in die hoek staat.'

Quentin zocht zich een weg tussen afgedankte stoelen en staande schemerlampen door. 'Laten we meteen maar op zoek gaan naar Atlantis en de verloren stad van de inca's nu we toch bezig zijn. Er kan hier wel van alles verborgen liggen.'

Ik liep naar een hoek tegenover het raam en samen verzetten we enkele minuten lang allerlei dozen en oeroud tuingereedschap. De ruimte was beperkt en warm. We hoorden elkaar ademhalen en lichaamscontact was onvermijdelijk. 'Daar,' zei ik uiteindelijk, opgelucht en teleurgesteld tegelijk.

We keken naar een kinderwagen waarin alle kinderen van Miss Betty hadden gelegen: haar verloren dochters en haar favoriete achterneef, meneer John. De leren kap was kapot, het metalen frame was behoorlijk verbogen, er ontbraken twee wielen en de satijnen binnenbekleding was vergeeld en gescheurd. Het ding moest meer dan honderd jaar oud zijn, maar had nog steeds een zekere grandeur.

'Miss Betty heeft hier zelf in gelegen toen ze nog een baby was,' legde ik uit. 'Hij was van haar moeder, Bethina Grace, dus is het ook Powell-antiek.'

Quentin bestudeerde het haveloze voorwerp met een diepe frons. 'Misschien kan ik een deel van het frame als versiering gebruiken.' Hij aarzelde. 'Ik kan geen sculptuur maken met dergelijke zwakke stukken als deze. Ik verwacht ergens staal en gietijzer te moeten kopen voor de hoofdmassa van het skelet.'

Ik begreep zijn bezorgdheid. Aandenkens en afval ombouwen tot inspirerende abstracte sculpturen was zijn vaders talent, niet het zijne. Hij begon nog maar net te begrijpen hoe obsederend elke beslissing moest zijn. Ik probeerde het hem gemakkelijker te maken. 'Nou, laten we de kinderwagen maar meenemen voor het geval je hem kunt gebruiken. En zo niet, dan kan hij alsnog naar de vuilnisbelt. We zijn immers alleen hier om te doen alsof we iets zoeken terwijl Arthur en Esmé elkaar uit hun schulp proberen te lokken.'

Quentin streek met zijn hand over zijn kaak en schudde zijn hoofd. 'Denk je dat wat er tussen hen bestaat zo krachtig is? Ze hebben elkaar maar één keer gezien.'

'Ze zijn zielsverwanten.'

Hij trok een wenkbrauw op. 'Ze zijn neef en nicht!'

'En ze kussen elkaar. Maar ze zijn zo ver familie dat dat geen kwaad kan.' Ik keek hem aan. 'Wat heb jij tegen romantiek?'

'Het vergt te veel simpel vertrouwen.'

'Bedoel je dat mensen die romantiek in hun leven willen simpel zijn?'

'Nee. Het vergt alleen volstrekte toewijding, waartoe de meeste mensen niet bereid zijn, mezelf incluis. Waarom zou je doen alsof?'

'Je vriendin Carla zal het wel heerlijk vinden als je zo praat.' Ik draaide hem in de beperkte ruimte mijn rug toe zodat hij mijn gezichtsuitdrukking niet zou zien. Ik begon wat dingen heen en weer te schuiven op een plank. 'Zoek je andere kandidaten zoals zij? Eens kijken. De advertentie zou luiden: *Gevraagd: toegewijde, probleemloze vrouw voor lange duur die het niet erg vindt "vriendin" genoemd te worden.*' Ik rammelde met oude gieters, schoof nog meer spullen opzij. Op de plank boven me helde een doos gevaarlijk voorover en Quentin deed een stap naar voren en ving de doos op. 'Wat zoek je nou werkelijk?' drong ik aan. 'Geen harten en bloemen, kennelijk.'

Hij manoeuvreerde de doos terug op zijn plaats. Zijn dij duwde tegen mijn heup. 'Ik heb de harten en bloemen lang geleden opgegeven, toen ik oud genoeg was om me te realiseren dat de meeste vrouwen geld en een auto willen.'

'Dat is niet waar.'

'Nee, maar het klinkt beter dan zeggen dat ik spelletjes speel.'

Zonder waarschuwing, zelfs voor mezelf, draaide ik me woedend om. We stonden maar een paar centimeter bij elkaar vandaan. 'Wil je alleen maar iemand om mee te neuken?'

Hij nam mijn gezicht tussen zijn handen. 'Ik wil jou!' Niet echt een duidelijk antwoord, maar dodelijk effectief. Hij kuste me en ik weerhield hem daar niet van. We hielden elkaar vast, tegen de planken aan gedrukt, hunkerend naar elke gram gevoel, ruw en teder tegelijk. Dozen en bakken vielen om ons heen. Ik voelde hem hard tegen mijn buik en duwde mezelf tegen hem aan. Hij liet zijn handen omlaagglijden terwijl onze monden zich aan elkaar vastklemden.

We hoorden Arthur buiten gillen en lieten elkaar onmiddellijk los. Tegen de tijd dat we de tuin in liepen had hij Esmé in een hoek gedreven. Ze zat ineengedoken achter een grote hortensia, keek met een bleek gezichtje door de plant heen op plekken waar de vorst de bladeren al had doen verdwijnen. Luzanne stond vlak bij hen, handenwringend. 'O, ze zijn helemaal wild geworden.'

Arthur zat aan de andere kant onder de hortensia gehurkt, alsof hij zich elk moment op Esmé kon storten of heel hard weglopen. 'Wat is er met je aan de hand?' vroeg hij bedroefd. 'Ben je bang van me?'

'Nee, ik ben maar een idioot!' kreunde ze. 'Ik kan niet eens fatsoenlijk weglopen. Ik ben overreden.'

'Ik ben ook overreden, maar op een andere manier.'

'Ik ben overal bang voor.'

'Ik ook,' antwoordde hij hees. 'Maar Quentin leert me een man te zijn. Ik wed dat jij zou kunnen leren een vrouw te zijn. Mijn zuster zou het je wel kunnen leren. Quentin zegt dat ze op en top vrouw is.'

'Hoe kan ik nou een vrouw worden? Ik weet niet eens hoe ik de weg moet oversteken!'

'Dat kan mij niets schelen. Ik blijf wel met jou aan één kant van de weg.'

'Is Mamma Beer dood?'

'Ik weet het niet zeker. Ik dacht van wel, maar misschien slaapt ze alleen tot haar nek weer beter is. Toen ik in het ziekenhuis lag, deed mijn nek zeer en wilde ik helemaal niet praten. Ik was gevallen en had mijn nek pijn gedaan tijdens een aanval, weet je. Maar nu is mijn nek weer beter.'

'Als Mamma Beer beter wordt, worden wij misschien ook beter.'

Hij knikte, kroop toen langzaam om de struik heen en stak aarzelend een hand naar haar uit. Ze kroop op handen en knieën naar hem toe, aarzelend, bevend. Toen hief ze langzaam een hand op en raakten haar vingertoppen de zijne. Alsof er een betovering verbroken was overbrugden ze de resterende ruimte en sloegen hun armen om elkaar heen.

Luzanne begon te huilen. 'Wonderen bestaan dus nog.'

Ik knikte en ontmoette toen Quentins verontruste blik. We hadden de kloof tussen ons beiden alleen maar nog pijnlijker gemaakt. *Op en top vrouw*, had hij gezegd? Hij had gelijk. 'Ik wil wat ik zojuist heb gezien,' zei ik tegen hem. 'Harten en bloemen.'

Zijn gezichtsuitdrukking vertelde me dat ik dat nooit zou krijgen en ik wendde me af.

21

haar 's avonds weer op. Soms trad Janine zelf op als chauffeur, maar ze vond het duidelijk niet prettig in zo'n nederige positie tegenover me te staan. Het contract dat ik voor de vereniging van fokkers had opgemaakt had haar in stilte doen schuimbekken. We onderhandelden nog.

Arthur en Esmé klampten zich aan elkaar vast voor wederzijdse aanmoediging. Hoewel Liza en de Ledbetters Esmé vermaakten met hun werk, zat ze het merendeel van de tijd samen met Arthur aan de rand van het weiland somber naar Quentin te kijken. Ik keek ook naar Quentin, gekwetst maar nog steeds onder zijn betovering. Ik beleefde elk moment en elke nuance van ons laatste samenzijn telkens opnieuw, vervloekte mezelf om mijn zwakte.

Hij kocht een stapel schroot en oud ijzer, begon toen te sorteren, vormen, snijden. Ik vroeg me af hoe hij zo methodisch te werk kon gaan. Kon hij voor zich zien waar elk stuk moest komen? Verwachtte hij een sculptuur op te bouwen als een reusachtige puzzel? Of vermeed hij gewoon de dag waarop hij zou moeten beginnen iets te creëren waarvan de som veel moeilijker te maken was dan elk van de delen?

Diverse weken verstreken terwijl zijn verwarde werk vorderde. Ik had behoefte aan zwaar werk om mijn gedachten van de toenemende spanning af te leiden. Ik haalde pappa's kettingzaag tevoorschijn, sleep het blad, ververste de olie en begon de grote populieren in stukken te zagen die op de schuur gevallen waren.

Quentin had nog nooit een vrouw dergelijk werk zien doen.

Ik keek meer dan eens op en zag hem dan takken voor me verwijderen, of afgezaagde delen van de boomstammen opstapelen, dus mijn pogingen hem te ontwijken werkten averechts. Toen ik met de uitgeschakelde zaag op mijn knieën en een vijl in mijn hand op een stronk zat om het blad aan te scherpen, zei hij: 'Dat kan ik wel voor je doen.'

Ik keek naar hem op. 'Waarom? Ik kan het zelf.'

Andere mannen, onder wie Gregory, waren ineengekrompen onder zo'n botte uiting van zelfstandigheid, maar Quentin knikte slechts. 'Dan heb je wel een betere vijl nodig.' Hij bracht me een van de zijne.

's Nachts lag ik alleen onder de oude roze chenille in het bed uit mijn jeugdjaren, zij het niet langer onschuldig. In mijn dromen raakte hij mijn borsten aan, spreidde mijn benen, fluisterde me toe, vervulde me met chaos. Ik had plichten te vervullen als de vrouw des huizes. Ik kon het me niet veroorloven van een man te houden die niet bij me zou blijven. Een koor van geharde zuidelijke schonen fluisterde: *hier heb je een trouwe echtgenoot nodig. Trouw aan jou, trouw aan je familie, trouw aan je land.*

Ik voegde eraan toe: *goed in bed, pienter en romantisch. En politiek, sociaal en godsdienstig verenigbaar.* En hij moest kinderen willen. Arthur en ik waren de laatste Powells in Tiber County. Een van ons moest zich vermenigvuldigen. Ik moest huilen bij die gedachte. Ik lag in het donker in mijn eentje in bed te huilen van woede omdat ik het einde, de laatste, de enige was.

En van de verkeerde man hield.

Op een middag verscheen dr. Washington aan mijn deur, een wandelstok in de ene hand, een uitpuilende katoenen tas in de andere. 'Ik ben hier om de redacteur en uitgever van Powell Press te spreken,' zei hij gemaakt. Ik nodigde hem binnen en we gingen op stoelen voor de open haard in de woonkamer zitten. 'Welkom bij weer een opwindende dag in mijn bedrijf.' Ik gebaarde naar de grotendeels ongebruikte kantooruitrusting. De eekhoorns zaten op mijn bureau pinda's uit een open potje te eten.

Hij zette de tas op de haardmantel en duwde ertegen met zijn wandelstok. 'Ik heb een project voor je.'

'O?'

'Geïnspireerd door Arthur.' Hij glimlachte. 'Het is goed om te zien dat er weer wat leven in hem zit.'

'Maar hij is nog lang niet in orde.'

De oude professor klakte met zijn tong. 'De meeste mensen op aarde zijn voortdurend op zoek naar wegen om zichzelf terug te vinden. Ik ben hierheen teruggekeerd om mijn weg te vinden. Jij zult ook je weg vinden, en Quentin en Arthur ook. Ik wou alleen dat mijn kinderen het eens wilden proberen.'

Ik bleef naar de tas met geheimzinnige voorwerpen staren. 'We bedenken wel iets om uw familie hierheen te krijgen voor een bezoek. Ze zullen wel anders praten als ze eenmaal hier zijn.'

'Je leert inderdaad gemakkelijk van deze oude bergen houden. Ik weet alleen niet wat ik moet doen om ze hierheen te krijgen.'

'Ik weet dat u eenzaam bent op uw boerderij. Meneer Fred was dat ook.'

Hij zuchtte. 'Daarom heb ik Arthur zo graag bij me. Dit is wat ik met inspiratie bedoelde: weet je waar ik sinds vorige winter mee bezig ben? Ik vertel hem de verhalen die ik mijn kinderen vertelde toen ze klein waren. Verhalen die ik zelf heb bedacht over hoe het is om hier op te groeien. Hij vindt ze mooi. Hij kan fantastisch luisteren.'

'Verhalen voor kinderen?'

'Ach, gewoon wat dwaze vertelsels.' Hij tikte tegen de tas. 'Ik vertelde het een poos geleden tegen Quentin en hij haalde me over ze op bandjes op te nemen. Dus hier zijn ze dan. Ik hoop dat je naar een paar ervan wilt luisteren en me wilt vertellen of ze uitgegeven kunnen worden.'

Ik zat inmiddels met gretige opwinding naar de tas te kijken. God helpe me, maar ik zette mijn marketingpet op en zag de krantenkoppen in *Publishers Weekly* en de *New York Times* al voor me, om er maar een paar te noemen. *Bekend historicus brengt magie over aan jonge lezers. Gepensioneerde professor nieuwe ster kinderlectuur. Powell Press haalt miljoenenverkoop met* Verhalen van Bear Creek.

'*Verhalen van Bear Creek*,' zei ik hardop.

Zijn ogen glommen. 'Een potentiële titel? Je weet niet eens of mijn verhaaltjes wel goed zijn.'

'Ik wed van wel.' Ik begon enthousiast te gebaren, stelde onzichtbare prioriteitenlijstjes op. 'Eerst zal ik ze uittikken. Dan stuur ik ze naar een boekverkoopster die ik ken die gespecialiseerd is in kinderboeken. Ze zal me haar eerlijke mening geven. O, en ik ken een fantastische illustrator in Atlanta die op zoek is naar een project om...' Ik zweeg, keerde terug naar de realiteit en liet mijn handen zwaar in mijn schoot vallen. 'Dr. Washington, als uw verhalen goed zijn zal ik ze aanbevelen bij redacteurs van enkele van de beste uitgeverijen. U verdient het dat uw werk goed wordt gepresenteerd. Ik heb daar het geld niet voor. Het zou niet eerlijk zijn tegenover u en uw verhalen.'

Hij fronste zijn voorhoofd. 'Maar ik wil juist dat jij ze uitgeeft. Als het moet zal ik de kosten zelf wel betalen.'

'Nee, alstublieft. U hebt geen idee wat het zou kosten om uw boek goed te publiceren en te promoten. Geen sprake van. U hebt een grote uitgever nodig die volop geld te investeren heeft.'

'Ik neem aan dat je het niet wilt financieren. Verwacht je de IJzeren Beer niet aan Quentin te verkopen?'

Ik bleef even mat zwijgend zitten. 'Ik heb mijn twijfels of dat plan zal werken.'

'Leg me die warrige redenering nog eens uit.'

'Arthur zegt dat hij de Beer niet naar New York kan laten gaan tenzij hij ervan overtuigd is dat hij – zij – hier zonder mijn vader altijd eenzaam zal blijven. Hij zegt dat ze misschien zal blijven als ze een vriend krijgt. Als ze nog altijd niet gelukkig is wanneer haar "vriend" gemaakt is, mag ze gaan. Mijn financiële vooruitzichten zijn dus afhankelijk van Arthurs grillen. Het is heel goed mogelijk dat Quentin de tweede sculptuur maakt en dat mijn broer zegt: "Ja, dat is precies wat Mamma Beer nodig heeft, en nu is ze gelukkig." Wat wil zeggen dat ze hier blijft. Geen verkoop.'

'Wil je echt dat de sculptuur hier weggaat?'

Mijn schouders zakten omlaag. 'Nee.'

'Goed, dan zal ik je iets bekennen. Toen Quentin me tot dit project overhaalde…' hij wees weer naar de tas met cassettebandjes, 'waren we het erover eens dat het een Powell Press-boek moest zijn. Ursula, jij en ik zijn familie, in zekere zin. We zullen nooit weten wat er van Nathan en Bethina Grace is geworden, maar die band tussen de Powells en Washingtons is voor eeuwig.'

Ik knikte. 'En daar ben ik trots op.'

'Zeker. Dat ben ik ook.'

Een stille bekentenis van wederzijdse acceptatie na anderhalve eeuw van stilzwijgen. Zowel hij als ik namen een ogenblik de tijd om de blik af te wenden, met de ogen te knipperen, de keel te schrapen. 'Mijn verhalen moeten, als ze goed genoeg zijn, gewoon door jou worden uitgegeven. Ik zou het als een eer beschouwen.'

'Het zal me een eer zijn ze uit te geven. Als ik er het geld voor heb.'

Hij knikte. 'Daar zullen we het voorlopig bij laten.'

Ik liep die avond naar Quentins tent met in mijn handen de tas met cassettebandjes. 'Ik heb een aantal hiervan beluisterd,' zei ik tegen hem. Hij keek me aan over een rokende grill vol steaks heen – twee voor hem en twee voor Hammer. 'Zijn ze goed genoeg?' vroeg hij.

'Ze zijn fantastisch. Ik weet dat jij het aan dr. Washington hebt voorgesteld. Dank je.'

'Je krijgt het geld om ze uit te geven. Om elk boek uit te geven dat je wilt. Je hebt mijn woord.'

Een laatste, eenzame vlinder, die op de een of andere manier was ontsnapt aan de kou en de vroege vorst, fladderde loom naar de IJzeren Beer en ging tussen zijn ribben zitten. *Hoe zit het met de vrijgevigheid van deze man?* vroeg ik zwijgend.

Gemakkelijk te geven, laat in het seizoen, wanneer je niet weg kunt vliegen, antwoordde de vlinder.

Quentin Riconni, zoon van beeldhouwer Richard Riconni, is dit najaar de inwonend kunstenaar op Bear Creek. Hij ontwerpt een metgezel voor de Beer! We hopen hem te kunnen interviewen. Dit berichtje stond in een plaatselijk blaadje, getiteld *Outside In,* dat zichzelf betitelde als maandblad voor bergvolkskunst en kunst van buitenstaanders. Pappa had geholpen het op te zetten.

Toen Quentin las dat hij tot kunstenaar was uitgeroepen vertelde hij me heel rustig dat hij geen woord meer afgedrukt wilde zien over zichzelf en zijn plannen. Ik belde de redacteur, die een goede vriend van mijn vader was geweest, en legde het hem zo goed mogelijk uit. 'Is hij verlegen?' vroeg de man.

'Nee, hij is gewoon geen kunstenaar. Hij is bouwkundige en hij wil de mensen niet misleiden.'

'Hoe wil hij dan een creatief zo complexe sculptuur maken als die van zijn vader?'

'Ik weet het niet,' bekende ik.

Hoe kunnen die mensen nou maar gewoon aannemen dat ik weet wat ik doe? dacht Quentin. Zijn vaders erfenis was zo sterk, het effect van de Beer zo immens, dat volstrekte vreemden hem puur op basis van vertrouwen hun eerbied betoonden. Hij vreesde dat de plaatselijke publiciteit ook andere media zou aantrekken en dat het nieuws New York zou bereiken.

Wanneer hij de stad in ging, lieten de mensen zelfgemaakte kaartjes met foto's van zichzelf of familieleden met de IJzeren Beer onder zijn ruitenwissers achter. *God zegene u en Ursula dat u het goede werk voortzet,* stond erop.

Er kwamen zo vaak bewonderaars naar de boerderij dat hij al met Arthur achter zich aan de bossen in vluchtte zodra hij een auto hoorde aankomen. Ze speldden briefjes voor hem op de grote legertent. En toen begonnen, zonder waarschuwing, oude vrienden en buren van de Powells naar Bear Creek te komen met hun bijdragen voor de nieuwe sculptuur – oude wagenassen, versleten handgereedschap, verroest ijzeren kookgerei. Aan elk cadeau zat een persoonlijk verhaal vast.

Arthur en Esmé bestudeerden de stapel schroot elke dag, zaten er soms uren met gekruiste benen peinzend naar te kijken. Quentin staarde met toenemende onrust naar het ratjetoe. Wanneer hij zijn vaders sculptuur analyseerde, zag hij natuurlijk dat de botten waren gemaakt van vele verschillende stukken ijzer. Toch was elk stuk tot iets unieks gemaakt, tot de essentie van zijn oorspronkelijke vorm gezaagd, gevormd en bewerkt. *Hoe kon pappa dat alles samenvoegen tot een samenhangend geheel?*

Hij legde elk stuk verzameld schroot in een cirkel rond zijn kamp en de IJzeren Beer. Hij legde stukken opzij, haalde ze uit elkaar, selecteerde soortgelijke stukken in verschillende stapels en sorteerde die weer in andere stapels. Als een wetenschapper die verdiept is in een Frankenstein-project of een paleontoloog die het skelet in kaart brengt van een dier dat geen enkele moderne mens ooit had gezien, zocht hij naar patronen in vreemde botten. Hij eiste zelfs mijn vernielde sedan op en sleepte die naar het werkterrein.

Toen begon hij te schetsen – hij zat voortdurend op dikke blocnotes te tekenen die niemand te zien kreeg. Ik deed mijn best niet steeds over zijn schouder mee te kijken als hij in de buurt was; aangezien hij zelden de tijd nam om het huis binnen te komen en het eten dat ik hem bracht staande nuttigde, werd mijn eer niet vaak op de proef gesteld.

'We moeten op jacht naar meer berenonderdelen,' verkondigde Arthur. Hij nam Esmé bij de hand en ze liepen door de bossen naar dr. Washington. Ik volgde hen een uur later, nieuwsgierig.

'Ze zitten in de oude maïsdroogbak naar een vaatje spijkers te kijken,' zei dr. Washington op plechtige toon terwijl we naast de schuur stonden.

'Misschien kan Quentin een stekelvarken maken.'

Hij lachte. Ik keek de schuur in, waar ik nog net de hoofden van Arthur en Esmé over een stapel roestige spijkers gebogen zag. 'Ik kom straks nog even naar ze kijken. U bent erg aardig voor mijn broer en ik waardeer alles wat u gedaan hebt heel erg.'

'Arthur vindt zijn weg in de wereld zonder een vader, langzaam maar zeker, net als Quentin, net als jij. Het komt wel goed met hem.'

Ik had mijn twijfels.

Hij kon het niet langer uitstellen. Hij moest aan het opbouwen van een sculptuur beginnen.

Verlicht door het vuur wierp de IJzeren Beer vreemde schaduwen over de wei. Quentin werd midden in de nacht zwetend wakker uit een droom over zijn vaders bebloede handen. Hij hoopte de herinneringen te kunnen wegvagen door een nieuw vuur aan te leggen, maar dat hielp niet. *Ik ben omringd door geesten*, dacht hij, kijkend naar de stapels afgedankte en versleten voorwerpen rondom zijn kamp, veranderlijke vormen in het licht van het oplaaiende vuur. Sommige leken te bewegen of hem met holle ogen aan te staren, zoals de IJzeren Beer altijd deed. *Waar wacht je op? Ik ken je*, zei hij. *Je behoort mij toe. En dat zal zo blijven tot je jezelf terugvindt in mij.*

De sculptuur van zijn vader had eindelijk tegen hem gesproken, zoals hij altijd al had gevreesd. Hij doofde het vuur, nam een fikse slok uit een fles whisky en bleef de rest van de nacht in onverbiddelijke duisternis zitten, de ruwe vormen van zijn verleden en toekomst uitdagend hem te grijpen.

Ik werd bij het ochtendgloren met bonkend hart wakker. Ik sliep meestal met een raam open, zelfs in de koude najaarsnachten. Van buiten mijn raamhor klonken de geluiden die me hadden gewekt. Ik haastte me om te gaan kijken, op de een of andere manier wetend dat Quentin die geluiden veroorzaakte.

Ik had gelijk.

Buiten in de wei was hij grond aan het uitgraven voor de fundering van zijn sculptuur. In een strak raster had hij lijntjes gespannen die een oppervlakte van vier bij vier meter afbakenden voor het betonnen plateau. De lijnen lagen perfect parallel aan de grond en waren met chirurgische precisie aan kleine houten stokjes bevestigd. Naast hem stond een van mijn diepe metalen kruiwagens met de tuinslang eroverheen gedrapeerd, en er lag een grijze berg kiezelbeton, klaar om gemengd te worden. Vlakbij lagen een waterpas en een schietlood. Hij zou alles opmeten. Elk detail moest perfect zijn.

Ik kleedde me aan, keek even in Arthurs kamer en ging toen naar beneden om koffie te zetten. Arthurs eekhoorns, inmiddels sterke tieners, renden om me heen en pakten nootjes uit een schaal op het aanrechtblad.

Toen de koffie klaar was haastte ik me naar buiten met twee mokken in mijn hand en gevolgd door de eekhoorns, die Hammer met onverschrokken gekwetter tegemoet traden. 'Goedemorgen,' riep ik Quentin toe. 'Kan ik je helpen? Ik ben goed met beton. Ik heb mijn vader geholpen het eerste plateau te maken, al moet ik toegeven dat hij niet zo secuur te werk ging als jij.'

'Je kunt me niet helpen.' Hij groef gewoon verder.

Ik keek bezorgd naar hem. 'Wat dacht je van een koffiepauze? Gevolgd door een eetpauze?'

'Nee. Ik moet dit afmaken. Ik wil daar geen hele menigte bij hebben. Ik giet het beton voordat alle anderen naar buiten komen.' Hij keek stuurs naar me op en ik hapte bijna naar adem bij het zien van zijn gezicht.

Hij zag er afgetobd uit. Zelfs het leggen van de fundering had een verandering in hem teweeggebracht, had een deur geopend die hij nooit had willen openen. Afgeleid stak hij zijn schop in de grond. Die raakte een van de strakgespannen lijnen en stak die bijna door. De uiteinden veerden terug als jonge katjes die ergens van geschrokken waren. Hij vloekte luid en obsceen, wat helemaal niets voor hem was. De eekhoorns stoven weg. Hammer jankte. Ik bleef staan kijken naar die duistere kant van zijn persoonlijkheid – zag zoveel pijn waarvan ik het bestaan niet had vermoed.

'Je hoeft dit niet alleen te doen,' zei ik. 'Wat je ook drijft, je kunt er met me over praten. Ik zweer je dat wat je me vertelt niet herhaald zal worden.'

'Het is niet jouw probleem.'

'O, ja. Dat is het wel. Dit draait evengoed om mijn familie en de toekomst van mijn familie als om de jouwe. En als je me niet vertrouwt dan hebben we niets. Zelfs geen vriendschap.'

'Dan hebben we niets,' zei hij.

Na een moment van stomme verbazing draaide ik me om en liep terug naar binnen.

Twee dagen later kwam Arthur de keuken binnen rennen. Ik was met de lunch bezig. 'Hij heeft een poot gemaakt,' riep Arthur uit. 'De eerste poot!'

Ik liep naar buiten. Quentin keek op van het betonnen plateau, een lasbrander in een gehandschoende hand, een lashelm boven op zijn hoofd zodat zijn gezicht te zien was, dat ondanks het koele weer al besmeurd was met zweet en vuil. Op het plateau, vastgezet aan een stalen anker, stond een samenraapsel van stukken staal dat op een poot leek.

'Hij leeft,' zei hij.

Ik vertikte het mijn hulp aan te bieden, hoewel hij er met de dag slechter uit ging zien en ik me behoorlijk zorgen maakte. 'Je kunt komen lunchen als je wilt,' zei ik en liet hem alleen met zijn eigen ellende.

Je wilde toch dat ze op afstand zou blijven? Nou, dat heb je voor elkaar gekregen, zo hield hij zichzelf met sombere tevredenheid voor. Vermoeid richtte hij zijn aandacht weer op de eenzame poot. *Nu kan hij me achtervolgen, zoals pappa's sculpturen hem achtervolgden. Eens kijken wie het overleeft.*

Vanaf die dag behoorde Quentin volledig, in lichaam en geest, toe aan het mysterie van zijn vaders eenzame werk. Niemand kon hem helpen en niemand mocht hem in de weg lopen. Hij werkte vreselijk methodisch en nauwkeurig aan de nieuwe sculptuur – zaagde, hamerde, vormde stukken metaal in bochten en krommen, paste, laste, paste opnieuw. De sculptuur groeide van poten naar complete benen.

Plotseling besloot hij dat het er niet goed uitzag. Hij stak een snijbrander aan en haalde alles weer van elkaar los. Beer Twee verdween en liet alleen een betonnen plateau achter dat de vlekken van Quentins zweet droeg en een paar op antennes lijkende uitsteeksels wapeningsstaal, die wachtten om de volgende versie te verankeren.

'Waar is Beer Twee naartoe?' vroeg Arthur bezorgd.

'Terug naar de IJzeren Beer-hemel,' opperde Esmé.

Dit bracht hem behoorlijk van streek. Beer Twee, zoals hij hem noemde, had nog niet gesproken, dus wist Arthur nog steeds niet of hij de juiste vriend was voor Mamma Beer, maar één ding wist hij wel: Quentin had hem niet eens een kans gegeven.

22

IK VROEG LIZA ME TE HELPEN MET HET UITTIKKEN VAN DR. WASHINGTOns bandjes, omdat ik had begrepen dat haar vaardigheden uit een vorig leven haar in staat stelden te werken met de snelheid van een wervelwind. We verscholen ons een hele dag in de woonkamer en zaten dicht bij elkaar achter mijn computer. Ik vond het prettig haar in mijn kantoor te hebben, als gezelschap. Ze besefte dat er iets vreselijk mis was tussen mij en Quentin, maar stelde geen vragen. Haar extravagante blonde haar en vreemde uitdossing – die dag een wijde witte overall en een roze sweatshirt – waren een vertrouwde en vertroostende aanblik geworden.

Tijdens een pauze kon ik haar niet vinden en ik dwaalde naar boven. Ze was zo in gedachten verzonken dat ze me niet hoorde. Ik keek in pappa's kamer. Ze stond met gebogen hoofd aan het voeteneind van zijn bed. Ik wilde me terugtrekken maar stapte op een krakende vloerplank en ze hoorde me. Toen ze zich omdraaide zag ik tranen op haar gezicht. Ze veegde ze snel weg. 'Het spijt me.'

Het vermoeden dat ik al maanden koesterde, sloeg me plotseling keihard in mijn gezicht. 'Sliep je met hem?' vroeg ik.

Ze knikte.

Er borrelde iets heel irrationeels in me naar boven. *Godverdomme, het enige dat ik vraag is een beetje gemoedsrust in mijn eigen huis.* 'Hoelang was dat al gaande?'

'Meer dan twee jaar.'

'Hij had het me moeten vertellen. Ik had het recht het te weten.'

Dat was eigenlijk niet zo, maar ik sprak in woede en pijn.

'Hij wílde het je vertellen. Dat wilden we allebei. Maar je kende me niet – wist helemaal niets van me. Je zou het er niet mee eens zijn geweest. Hij wilde je niet nog verder wegdrijven.'

'Dat is geen excuus.' Ik ging harder praten. 'Ik heb het recht te weten wie mijn vader neukt in mijn moeders bed!'

Haar gezicht verbleekte. 'Ursula, alsjeblieft...'

Maar ik was al op weg naar beneden. Ik liep de keukendeur uit, graaide een jas en een rugzak mee die ik soms meenam op wandeltochten. Ik moest weg van de beelden van haar en pappa die zich aan me opdrongen.

Ik ging bij Bear Creek zitten, op een plek vol afgevallen herfstbladeren, waar een dun stroompje water tussen blootliggende boomwortels en gladde keien door stroomde. Quentin vond me daar en kwam naast me zitten. Ik hield mijn schetsblok op mijn schoot om activiteit te veinzen, maar hij zag ongetwijfeld dat ik daar alleen maar had zitten huilen. 'Iedereen was bang dat je door een beer opgegeten was,' zei hij.

'Er zijn hier al decennialang geen beren meer. En zwarte beren eten geen mensen.'

'Ik heb toch maar gezegd dat ik zou gaan kijken.'

'Hoe is het met Liza?'

'Ze is van streek. En maakt zich zorgen over jou.'

Ik staarde het stille, naakte bos in, dat slechts werd doorbroken door bosjes laurier en een paar grote dennen. 'Ik was heel wreed. Nu ben ik gekalmeerd. Het was gewoon een schok. Te denken dat zij en mijn vader het bed deelden waarin ik ben geboren.'

'Je hoeft het niet uit te leggen. Ik ben een expert in wreedheid als alles te veel op me afkomt.'

'Luister, Quentin, je hoeft niet te zeggen...'

'Ik vond het vreselijk zoals mijn vader leefde. Hij ging van huis weg toen ik acht was. Mijn moeders leven draaide erom hem te steunen in zijn ambities. Er was nooit genoeg geld en wanneer hij thuis was, keek hij nooit goed genoeg om echt te zien hoe slecht we eraan toe waren.'

Ik ademde diep in. 'Ik ben op dezelfde manier opgegroeid; het enige verschil is dat mijn vader niet van huis wegging om zijn dromen na te jagen. Hij joeg ze hier na.' Ik keek naar het schetsblok op mijn knieën. 'Ik neem aan dat ik geen haar beter ben. Over fantasie gesproken. Ik kom naar deze plek om schetsen te maken van een huis dat ik waarschijnlijk nooit zal bouwen. Maar ik kan er wel van dromen.' Ik gebaarde achter me. 'Daar boven op de top van de bergkam, met uitzicht op deze plek.'

'Mag ik je tekeningen zien?'

'Lach niet.' Ik gaf hem het schetsblok en hij sloeg het langzaam open. Hij bestudeerde mijn ruwe schetsen van een mooi huis met brede veranda's en grote ramen, op de een of andere manier ouderwets, bekend en warm. 'Het zou mooi zijn met een onderrand van veldsteen en een zijgevel van leisteen,' zei hij met duidelijke goedkeuring. 'Wat is dit?' Hij wees naar een plek waar ik ZEEZICHT had gekrabbeld.

'Een plek voor een heel bijzondere erker met uitzicht op de kreek. Je weet wel, de kreek stroomt naar de rivier en de rivier naar de zee, dus is het een zeezicht.' Ik voelde dat mijn gezicht warm werd.

'Wat leuk. Ik weet er de perfecte erker voor, ik heb er eentje in mijn inventaris. Hij komt uit een villa aan zee. Het is een reusachtige ovalen erker met een rand van gebrandschilderd glas van Tiffany.'

Ik slaagde erin vermoeid te lachen. 'Ik vermoed dat die meer waard is dan mijn hele bouwbudget.'

'Je moet groot denken, Rose.'

Stilte. Ik staarde hem aan. 'Rose?'

Hij keek me slecht op zijn gemak aan. 'Mijn moeder had voldoende informatie vergaard om erg nieuwsgierig naar je te worden. Ik heb maar een naam genoemd om haar af te leiden. Sorry.'

'Nee. Ik… ik vind het wel leuk. Het is al goed.'

Hij keek weer naar mijn schetsen. 'Als je er ontwerptekeningen van wilt hebben, kan ik die wel maken.'

'Kun je dat?'

'Ik ben bouwkundig ingenieur. Dat is architectuur zonder de poeha.' Eens zou hij zonder nog achterom te kijken terugkeren naar New York, maar we wilden allebei doen alsof we contact zouden houden. 'Ik zal over je aanbod nadenken,' zei ik.

Hij brak een twijgje door en hield me de beide uiteinden voor. 'Trekken. Het korte eind betekent dat we allebei zullen krijgen wat we willen.'

Ik trok er een tussen zijn vingers uit en hij stak zijn helft op. 'Het korte eind,' zei hij. 'We winnen allebei.'

Ik gooide mijn helft weg. 'Stel nooit vertrouwen in hout. Het rot.'

'Ik stel vertrouwen in jou! Je weet wat je hier hebt. Je hebt een paradijs in handen en dat weet je, en al moet je ervoor bedelen, lenen, doden of stelen, je zult het niet loslaten. Liza heeft vandaag je ideeën over thuis verstoord, maar het is nog steeds je thuis.'

De koele lucht bij de kreek, het mos en de restanten van de varens, het herfstleven, zijn aantrekkingskracht, dit moment, zijn oprechte woorden, vervulden me met hoop voor een onbekende toekomst. 'Soms krijg ik het idee dat jij je hier ook wel thuisvoelt.'

We zaten even zwijgend naast elkaar; zijn koele zilverkleurige ogen boorden zich in de mijne, ik staarde terug, met rode wangen. 'Geloof dat maar rustig voor ons beiden,' zei hij zacht. 'De manier waarop jij in dingen gelooft staat me wel aan.'

'Zeg alsjeblieft wat tegen me,' zei Liza. Ze kwam me op de achterveranda tegemoet.

Ik hing mijn rugzak aan een haak. 'Het is al goed. Je overviel me gewoon. Het spijt me dat ik je gekwetst heb.'

'Niemand zou je moeders plaats kunnen innemen. Je vader wist dat. Hij en ik hadden het nooit over trouwen. Ik maak nergens aanspraken op, maar ik hield wel van hem – hou nog steeds van hem – en ik geloof dat hij ook van mij hield. Ik ben de boerderij ook als mijn thuis gaan beschouwen.'

Ik ademde diep in en zei niets. Pappa had haar in zijn testament moeten opnemen, zijn wensen duidelijk moeten maken. Deden vaders dat maar met alles wat hun kinderen nog moesten weten, moesten horen. *Lieve dochter, hier zijn alle instructies die ik je altijd al heb willen geven en alle dingen die nog moesten worden opgehelderd tussen ons beiden, zodat je verder kunt gaan met je leven en kunt ophouden te wensen dat we nog een laatste keer met elkaar hadden kunnen praten.*

Liza keek me bezorgd aan. 'Hij heeft zichzelf nooit vergeven wat er met je moeder is gebeurd. Ik heb nooit haar plaats ingenomen. Ze was altijd bij ons, dat wist ik.' Ik ging op de schommelbank zitten en zij kwam naast me zitten. 'Hij hield zoveel van je. Hij begreep je gevoelens heel goed.'

'Ik kon hem niet veranderen. Ik had het niet moeten proberen. Als je pas van iemand kunt houden nadat je hem naar je eigen wensen hebt veranderd, waarom heb je dan om te beginnen van hem gehouden?'

'Dat is altijd de vraag, nietwaar?' Haar stem brak. 'Toen ik hem ontmoette wist ik dat ik een man had gevonden die trouw was aan zichzelf. Geen valse goedheid. Geen valse trots. Hij was hoe dan ook de puurste ziel die ik ooit had ontmoet. Ik werk zo dicht bij het vuur dat ik een beetje wispelturig ben wat kleine brandwonden betreft. Ik draag de littekens als bewijs daarvan.' Haar gezicht vertrok van verdriet. 'Thomas was de enige man die ik ooit heb gekend die helemaal geen littekens naliet.'

'Je zult hier altijd je thuis hebben. Ik weet zeker dat hij het zo zou willen. Maar ik wil het zelf ook.'

Tranen liepen over haar wangen. Ze veegde ze weg en keek voor zich uit, legde haar handen in haar schoot. 'Ik ben het je verschuldigd om wat over mezelf te vertellen.'

'Nee, dat is niet nodig...'

'Ik kom uit New Orleans. Ik was daar geen goed mens. Ik was als meisje echt een feestbeest en gebruikte drugs. Ik ben twee keer getrouwd geweest, beide keren met een rijke man die me slecht behandelde, en ik liet dat toe. Ik kreeg een kind bij mijn tweede man, maar ik was een dronkaard en een drugsverslaafde en de baby stierf ten gevolge van postnatale complicaties. Dat heeft me veranderd. Ik heb alles opgegeven. Zelfs mijn naam. Ik wilde iemand anders zijn.'

Na een ogenblik vroeg ik: 'Hoelang geleden?'

'Tien jaar.'

'Wist mijn vader over je verleden?'

'Ja. Ik heb het hem verteld. Hij zei...' haar stem stierf weg, 'hij zei dat het niets anders was dan een van de lagen waaruit mijn leven is opgebouwd, een laag waar ik lang geleden al overheen geschilderd heb. *Het maakt je tot wie je nu bent,* zei hij. *En ik hou van die persoon.*' Ze aarzelde. 'Ik dank je dat je het risico hebt willen nemen met me – en met de andere huurders.'

We zaten een poosje zwijgend bij elkaar, lieten alles bezinken. Ik dacht ook nog steeds aan Quentin, met een ongemakkelijk gevoel in mijn maag. *Konden we maar gewoon naar de mensen toe rennen om wie we geven en hun vertellen waar we ons bij hen over verwonderen, en hoezeer ze het mis hebben door het ergste te geloven. Luisterden ze maar.* 'Ben je blij dat je het nu weet over mij?' vroeg Liza. 'Of was je het je liever blijven afvragen?'

'Ik wist al wie je was.'

'Wat bedoel je?' Ze keek me gespannen aan.

Ik stond op. 'Je bent de tweede vrouw van wie mijn vader gehouden heeft. Hij koos zijn liefdes niet lichtvaardig. Dat is het enige dat belangrijk is.'

Dank je, las ik in haar gelukzalige blik.

De volgende dag klopte ik aan op Oswalds roze deur. Risico's nemen. Trachten te geloven in de mensen om me heen, alsof ik daardoor energie kon opwekken om Quentin te helpen.

Oswald bleek evenzeer op zijn hoede als ik. We gingen tegenover elkaar op een stoffen bankstel onder een van zijn schilderijen zitten, een reusachtige naakte vrouw in een maïsveld. De maïskolven vertoonden een vage gelijkenis met penissen. Ik deed alsof ik het niet zag.

'Ik heb een manuscript voor je.' In mijn hand hield ik de netjes uitge-
tikte pagina's met dr. Washingtons verhalen. Ik legde hem uit waar ze
over gingen. 'Ik wil graag dat je deze leest en me laat weten of je denkt
ze te kunnen illustreren. Je zou kunnen beginnen met een paar proef-
schetsen om te zien of we er samen iets moois van kunnen maken.'

Hij was bijna sprakeloos. 'O, verdorie, ik zal het wel proberen,' zei
hij uiteindelijk. Zeer waarschijnlijk zou hij allemaal naakte peuters
tekenen die monsters aan aangescherpte kruisbeelden regen. De volgende dag gaf hij me echter een aantal schetsen waarin gracieuze
zwarte kindjes tegen de achtergrond van dr. Washingtons Bear Creek
aan het spelen waren. Toen ik de prachtige tekeningen aan dr. Washington en alle anderen liet zien, keken we elkaar allemaal aan alsof
deze nieuwe Oswald als een langoest uit een oude schelp gekropen
was.

De wereld was aan het veranderen.

Het werd tijd, besloot Arthur, om zijn geheim te delen met Esmé en
te zien wat ze ervan vond. Op een warme middag kort na Thanksgi-
ving zaten hij en Esmé op de oever van de kreek op een groot houtblok met hun voeten in de stapels bladeren te schoppen. Tussen hen
in, op een van mamma's handgeborduurde keukendoeken, lag het
laatste van de pindakaaskoekjes die Liza had gebakken voor hun dagelijkse tocht door het bos. Esmé wierp hem flirtende blikken toe,
wetend dat als ze allebei hun hand zouden uitsteken naar dat laatste
koekje, ze even elkaars hand zouden vasthouden.

Ze hoorde plotseling luide, ritmische voetstappen en keek Arthur
bezorgd aan. 'Dat is mijn hart dat voor jou klopt,' antwoordde hij met
alle ernst van een slechte acteur die een tekst opleest. Quentin had
hem verteld dat als hij niets anders kon bedenken, hij moest zeggen
dat zijn hart voor haar klopte. Opgewonden over de komende onthulling stond hij onbevreesd op. Geen enkel dier in zijn bossen joeg hem
angst aan, of was bang voor hem. Hij wist wie en wat er volgens de
oude legendes altijd al in de holen van Bear Creek had geleefd.

De grote laurierstruik begon wild te bewegen. Zonder enige waarschuwing kwamen een zwarte vrouwtjesbeer en haar jong uit het
dichte groene schild tevoorschijn geschuifeld en bleven, naar Arthur
kijkend, staan. Hij nam het koekje uit Esmés bevende hand, liep zonder enige aarzeling op de beren toe, brak het koekje in twee stukjes en
legde die op een rotsblok. De moeder en haar jong aten de stukjes gretig op. De vrouwtjesbeer woog meer dan honderd kilo en had Arthur
gemakkelijk kunnen verscheuren. In plaats daarvan likte ze zijn hand.

Hij krabde haar achter de oren en deed toen hetzelfde met de welp.

Arthur keerde terug naar het houtblok en ging naast Esmé zitten, wier ogen wijd opengesperd waren. 'Dat is oma Annie met haar zoontje,' legde hij kalm uit. 'Ze heeft hem teruggevonden.' Geestberen en echte beren waren voor hem hetzelfde. Ze behoorden allemaal tot de Powell-familie. 'Ben je bang?' vroeg hij aan Esmé.

Ze keek hem aan met ogen vol vertrouwen. 'Niet als jij zegt dat het in orde is.'

Zijn borst zwol op van trots. Hij ging op het kussen van bladeren zitten en Esmé kwam naast hem zitten. Hij sloeg zijn arm om haar heen en toen kusten ze elkaar. 'Zo kun je de boze Tussers verjagen,' zei hij. 'De boze Tussers hebben Mamma Beer te pakken gekregen. Dat mogen we met oma Annie en haar zoon niet laten gebeuren.'

Esmé staarde naar de moeder en haar jong. 'Wat bedoel je? Wat gebeurt er dan met ze?'

'Ik weet het niet precies. Ik weet alleen dat er vervelende dingen met beren gebeuren als ze in de buurt van mensen komen. IJzeren Beren en gewone beren. We moeten bedenken hoe we ze kunnen redden.'

Ze knikte ernstig. 'Ik zal je helpen.' En ze staken de hoofden bij elkaar.

De beren waren dus teruggekeerd naar Bear Creek – of waren misschien nooit weggeweest. We gingen de strengste winter in tien jaar tegemoet, vervuld van de scherpte van einde en verandering, meer nog dan gewoonlijk het geval is bij winters. Ik zocht in de nachtelijke hemel naar mijn naamgenoten, Ursa Major en Ursa Minor. De sterrenbeelden schoven op hun plaats en zovele wegen, langvergeten of slechts in de diepste slaap gedroomd, begonnen samen te komen.

Het werd december. Beer Twee evolueerde opnieuw tot vier voeten en benen om vervolgens weer te verdwijnen. Quentin werd met de dag stiller, kwader en gefrustreerder.

Arthur hield zijn eigen wake, vlak bij de plek waar Quentin aan het werk was, koortsachtig luisterend naar de instructies die Quentin hem gaf over vrouwen, het leven en hoe je moest lassen. Quentin maakte weer benen en brak ze weer af. Dit was het vijfde stel. We waren nu allemaal gespannen – ik, Arthur, de huurders en Quentin nog het meest. We kregen al vroeg sneeuw, een paar centimeter maar, maar die veranderde in een ijskoude vieze drab. Quentin werkte zonder onderbreking, zijn handen en vingers werden ruw, zijn adem vormde witte wolkjes in de lucht, de modderige drab maakte spetters op zijn rubberlaarzen.

Vier poten, vier benen en het begin van een onderbuik kwamen daarna tevoorschijn, al leek het geen van alle zelfs in de verte maar op een beer. Toen Janine op een dag Esmé kwam ophalen keek ze ongelukkig naar de wei waar het geheel intussen wel iets weg had van een vreemdsoortige kermis. Vonken vlogen omhoog toen Quentin het laatste deel van wat de as van mijn sedan was geweest losbrandde. 'Doet hij dit alleen om te bewijzen dat hij het kan?'

'Ik denk dat hij weinig keus heeft. Het is een obsessie geworden.'

'Nou, dat ding sleept iedereen mee in zijn donkere hol.' Ze zuchtte toen ze naar Esmé en Arthur keek die tevreden samen in de cabine van Quentins vrachtwagen zaten. 'Waar zijn zij mee bezig?'

'Esmé leert erin rijden. Ze gaan alleen hier het pad heen en weer. Een van ons rijdt mee. Ze gaat heel goed vooruit. Ze schakelt als een professional.'

'Ik begrijp die fascinatie voor mechanische dingen niet, maar ik neem aan dat het geen kwaad kan.'

'Beter dan met wapens spelen.'

'O, we geven haar nooit kogels.'

'Ach, wat lief,' zei ik met een uitgestreken gezicht.

Ze fronste haar voorhoofd. 'Val dood, jij en je fokkerscontract.'

'Ben je niet blij dat het geregeld is? Het was een aardig compromis, geef het maar toe.'

'Het kan ermee door. Pappa vindt het vreselijk, maar hij heeft zich erbij neergelegd.'

'Hoe maakt hij het?'

'Niet al te best. Hij speelt veel golf. Hij haat golf!'

'Je moet iets anders zoeken waarmee hij zijn tijd kan vullen.'

Ze viel driftig tegen me uit. 'Geef me niet nog meer advies over het leiden van mijn familie of mijn zaak. Ik krijg al sinds we klein waren te horen hoe fantastisch jij bent, en sinds moeder is gestorven is pappa helemaal je grootste fan. Moeder was een snob, oké? Hij was in haar ogen gewoon een rijke onbeduidende man uit een klein stadje en ze deed altijd alsof ze beneden haar stand was getrouwd. Hij aanbad haar maar ze heeft het hem met veel dingen heel moeilijk gemaakt – ook wat de banden met jouw familie betreft. Hij wil iets goedmaken van het feit dat hij jullie zo lang uit ons sociale kringetje buitengesloten heeft. Maar weet je wat? Het kan mij geen moer schelen!'

'Idem dito, nichtje. Maar luister – we moeten toch in staat zijn iets te doen om je vader er weer bovenop te krijgen.'

'Dat regel ik wel op mijn eigen manier.'

En daarmee liep ze naar de konvooitruck, trok het portier aan de chauffeurskant open en keek Esmé aan. 'Bakkie, bakkie, meld je,' zei Janine met overdreven truckersdramatiek, alsof ze inderdaad via een 27MC-zender communiceerde. 'Is dat mijn nicht Esmé daar aan het stuur van die stoere bak? Ik kan het niet geloven. Over.'

Esmé knipperde verward met haar ogen. 'Ik kan overal heen rijden in deze wagen,' zei ze slechts. 'Dat zal je nog verrassen.'

Zij en Arthur glimlachten.

Net na zonsondergang niet lang voor Kerstmis begon ik oude kerst-versieringen en -slingers op te hangen voor de ramen van de woonka-mer. Mijn armen deden pijn doordat ik een stapel hout van drie meter hoog had klaargelegd op de achterveranda. Ik had extra gas besteld voor de gaskachels in de kamers en had alle quilts tevoorschijn gehaald. Het hele huis rook naar het maïsbrood dat in de oven stond. Op het fornuis stond een pan raapstelen te sudderen, en ernaast stond een pan met stoofappels. Mijn omeletpan hing aan een haak naast mijn grootmoeders ijzeren koekenpan. Liza dekte de tafel voor het avondeten. Ik probeerde mijn nest te beschermen, niet alleen tegen de winter maar tegen een onzichtbare dreiging die door mijn gedachten spookte.

'Kom snel!' riep Arthur. In zijn ogen blonk de angst toen hij het huis binnen kwam stuiven. 'Quentin slaat zijn Beer kapot!'

Liza en ik renden naar buiten. Quentin sloeg met een moker op de halfvoltooide sculptuur in. Kleine stukjes metaal vlogen in het afne-mende licht in het rond, maar de grote stukken waren te stevig vast gelast. Hij was niet in staat iets kapot te maken dat was gemaakt om alles te doorstaan behalve zijn eigen frustratie. Hij zag er woest en woedend uit.

'Hou op,' beval ik hem. 'Quentin, ik zei hou op!' Wankelend als een in elkaar geslagen bokser staakte hij zijn aanval, druipend van het zweet, dampend in de koude lucht, de lange hamer in zijn handen omlaag hangend. 'Ik begin weer opnieuw. Ga uit de weg.'

Arthur begon te huilen. 'Je maakt hem dood. Je maakt hem dood. En ik vond deze mooi. Hij heeft goede voeten.'

Ik sloeg mijn armen om mijn broer heen. 'Hij maakt hem niet dood. Ik ga met hem praten en alles komt weer goed. Ga maar met Liza naar binnen, oké? Liza, neem hem mee naar binnen en maak wat te eten voor hem. Laat hem vanavond niet meer hierheen komen.'

'Kom, schatje,' zei ze en leidde Arthur weg, naar het huis.

Ik haastte me naar Quentin en stak mijn beide handen uit. 'Geef me die moker.'

'Deze is ook niet goed. Laat me nou maar gewoon met rust, dan breek ik hem af, net als de rest.'

'Je ziet de dingen niet meer in het juiste perspectief. Deze sculptuur is prima, maar jijzelf bent gebroken.' Ik bracht mijn handen tussen de zijne en pakte de lange steel van de hamer beet. 'Ik vraag je te kalmeren en hier met me over te praten. Alsjeblieft.'

Zijn schouders zakten omlaag. Hij gooide de zware hamer opzij en liet zich vermoeid op de betonnen fundering neerzakken. Ik hurkte voor hem neer en pakte zijn vuile, met blaren en kloven bedekte handen stevig in de mijne. 'Je wordt zo nog ziek. Je bent afgevallen. Je slaapt niet goed, je eet niet goed, je armen zitten vol halfgenezen brandblaren. Je ziet er verschrikkelijk uit en ik heb je al weken niet zien glimlachen.'

Zijn mond trok iets scheef onder uitgeputte ogen. 'Probeer je me te vleien?'

'Ik heb er spijt van dat ik ooit met dit idee heb ingestemd. Het maakt je kapot.'

'Die verdomde sculptuur heeft me nog niet gedood – nog niet.'

'Ik wil niet dat je zo praat.' Ik ging harder praten, staarde hem aan, plotseling begrijpend. 'Je wílt dat dat ding je kapotmaakt. Waarom, Quentin? Wat denk je je vader te hebben aangedaan om een dergelijk schuldgevoel te verdienen? Wat gaat er in je om?'

'Ik herinner me elke dag meer van mijn vader.' Hij sprak langzaam, moeizaam. 'Met iedere verdomde dag hier buiten, iedere brandblaar, iedere druppel zweet – komt hij een beetje bij me terug. Dingen die hij zei, dingen die hij deed wanneer ik hem in zijn pakhuis opzocht. Dat hij me leerde kaarten, me vertelde wat ik tegen de meisjes moest zeggen, me leerde wat eergevoel en zelfdiscipline was, me leerde een man te zijn zoals hij geloofde dat een man hoorde te zijn.'

'Goed. Dat zijn mooie herinneringen.'

Hij schudde het hoofd. 'Ik herinner me ook dat hij op een warme dag voor een ventilator zat met zijn hoofd in zijn handen, druipend van het zweet. Zijn handen waren overdekt met sneetjes en zijn armen zaten vol brandblaren. En hij zat daar maar alsof hij niet meer de energie had om zich te verroeren. Het was niet alleen fysieke uitputting. Het was zijn hart. Zijn ziel.'

Hij beschreef ook zichzelf zoals hij de laatste tijd was. 'Had je je nooit gerealiseerd hoeveel dit werk van hem vergde?'

'Niet zoals ik heb ontdekt bij mijn pogingen hem te imiteren.' Hij haalde een hand door zijn haar en ik ontdekte een brandblaar op zijn voorhoofd. Ook zijn handen en armen zaten vol blaren en schrammen. 'Ik ben zo terug,' zei ik, liep naar het huis en kwam terug met een potje zalf. 'Je hebt uierzalf nodig,' zei ik.

Hij staarde me aan en lachte toen somber. 'Jij denkt dat dat spul alles geneest.'

'Het is een goed begin.' Ik nam één voor één zijn handen vast, smeerde ze in met de dikke zalf en deed alsof ik zijn handpalm bestudeerde.

'Lees je me de hand? Wat zie je?' Hij sprak op de toon van iemand die er niet in gelooft. Ik geloofde zelf ook niet in handlezen, maar nam mijn kans waar om hem aan het spit te rijgen. 'Angst voor verantwoordelijkheid. Angst voor verbintenissen. Angst om de rest van je leven met dezelfde vrouw te slapen. De gewone dingen.'

'Nee.' Hij draaide zijn hand in de mijne om, pakte mijn hand beet en keek me aan. 'Angst voor de dood,' corrigeerde hij me.

Een hartenklop verstreek in afgemeten stilzwijgen. Uiteindelijk zei ik: 'Vertel eens waarom.'

'De mannen in mijn familie sterven jong. Altijd zo geweest. Gedood in de oorlog, tijdens het werk...' Hij aarzelde, kreeg een cynisch trekje rond zijn mond. 'Misschien hebben de Riconni's een doodsverlangen. Mijn vader bespaarde zichzelf de moeite zich te moeten afvragen hoe het zou gebeuren. Ik moet toegeven dat hij het heft in eigen hand nam.'

Ik staarde hem aan. 'Als ik geloofde...' Ik moest stoppen om mijn keel te schrapen, en zei toen hardop: 'Ik moet geloven dat er een manier is om familietradities te veranderen, of het noodlot, of stomme pech of een slecht beoordelingsvermogen – hoe je het ook wilt noemen. Ik ga de toekomst van mijn familie veranderen. En jij gaat die van jouw familie veranderen.'

'Zolang ik aan de sculptuur werk heb ik een kans te leren begrijpen wie mijn vader was. Elke keer als ik een sculptuur afbreek en opnieuw begin is dat omdat ik het nog steeds niet weet.'

'Je zult misschien nooit begrijpen waarom hij zelfmoord heeft gepleegd.'

Hij keek op. Zijn ogen brandden in de mijne. 'Je hebt het mis.' Hij aarzelde. Niemand had ooit eerder het geheim uit hem getrokken dat hij al meedroeg sinds hij achttien was. *Ze verdient het te weten wie ik ben*, dacht hij. 'Ik heb zijn hart gebroken. Ik heb hem gedood.'

Ik werd erg stil. 'Vertel me hoe.' Het verhaal stroomde over zijn lippen. De vrouw die zijn vaders roofzuchtige mentor was geworden.

Zijn vaders overspel. De onbetaalde rekeningen, de gestolen auto's. Hoe het allemaal tot die confrontatie op een kerkhof had geleid, die botte bekendmaking van het verlies van vertrouwen van een zoon in zijn vader, en de tragedie van een vader. Toen hij was uitgesproken bleef hij met gebogen hoofd zitten. Ik voelde een grote opluchting. Schuldgevoel, daar wist ik alles van. Ik kon hem helpen.

Ik nam zijn gezicht tussen mijn handen en hief het op. 'Het komt zo vaak voor dat ik er in mijn eentje op uit trek en ergens om mijn vader ga zitten huilen. Het doet pijn als ik denk aan alles wat ik nooit tegen hem zal kunnen zeggen. Ik vermoed dat het als we jaren verder zijn nog steeds pijn zal doen. Ik had dat met mijn moeder. Zelfs nu nog – en het is al meer dan twintig jaar geleden – pak ik soms de telefoon in de keuken op en denk dan: *ik had de dokter moeten bellen.* Het is iets waarmee ik moet leven. Ik heb dr. L-J er een keer naar gevraagd en ze zei: "Had je dan verwacht dat je je hele leven geen onbeantwoorde vragen of spijt zou kennen? Leer leven met je vragen, dan zijn ze al voor de helft beantwoord."

Je doet je best, Quentin, je maakt fouten, je leert ervan, je wordt er sterker door en maakt dezelfde fout niet opnieuw. Het punt is dat we onszelf vaak voorhouden dat we nooit dezelfde fouten zullen maken als onze ouders, om dan tot de ontdekking te komen dat we een heel zootje eigen fouten maken. Daar had niemand ons voor gewaarschuwd.'

Hij schudde het hoofd. 'Ik was hem veel verschuldigd.'

'Hij jou ook. Het gaat er niet om wie er fouten heeft gemaakt, wie de ander heeft gekwetst. Het is gewoon gebeurd.'

'Ik kan het mijn moeder niet vertellen. Ik heb haar nooit verteld wat ik tegen hem heb gezegd. En ik wil niet dat ze ooit iets over die vrouw te weten komt. Maar daardoor begrijpt zij niet waarom ik mijn vader niet kan vereren zoals zij dat doet. Dat geheim heeft als een muur tussen ons in gestaan sinds ik nog een jongen was.'

'Je hoeft haar alleen maar te vertellen dat je je vader wel vereert. Want dat is zo.' In zijn ogen zag ik ontkenning en ik ging snel verder. 'Alles wat je hier doet, is voor hém.'

'Nee,' zei hij zacht. 'Het is voor jou.'

Ik kuste hem. Het was een snelle, korte kus, even mijn lippen op zijn mond, toen trok ik me terug. Hij sloot zijn ogen en opende ze toen langzaam, proefde mè op zijn lippen. Ik zag niets wat erop wees dat hij anders over de zaak dacht door iets wat ik had gezegd maar ik kuste hem opnieuw. 'Je hebt het mis,' fluisterde ik. 'Maar ik vind het fijn dat je dat denkt.'

We stonden op. Het licht van de opkomende maan wierp mysteri-euze schaduwen van de IJzeren Beer en zijn gekwelde, halfvoltooide metgezel, wier vormen even onpeilbaar waren als het noodlot dat ons had samengebracht. Er was maar één reden waarom de Riconni's en de Powells ooit met elkaar in contact hadden kunnen komen, en daar stonden we pal voor. Onze toekomst was in ontwikkeling of liep ten einde. We wisten die nacht niet welke van de twee mogelijkheden het zou worden.

We sloegen onze armen om elkaar heen en liepen na een poosje samen naar de tent. Hij maakte vuur in de potkachel. Ik sloeg de dekens op zijn bed terug. De nacht sloot zich om ons heen en zou koud worden, maar tussen ons zou geen kilte bestaan. Hij kwam naar me toe. Ik legde mijn handen op zijn schouders, hij de zijne om mijn middel, waarna hij om me heen draaide. Ik had zijn dilemma niet beantwoord, alleen de deur opengezet naar antwoorden die misschien nooit zouden komen. Dat wist ik. 'Help me het te vergeten,' zei hij met zachte stem.

'Doe jij hetzelfde voor mij,' fluisterde ik.

We bedreven de liefde als dieven voor wie genot zelf een gestolen deugd is geworden. Soms lag hij boven op mij te bewegen en soms ik boven op hem, onze handen in elkaar geslagen, onze ademhaling zwaar en zoet, soms intens stil, soms bevelen of complimenten fluiste-rend. Gedurende die hele turbulente nacht was het inderdaad gemak-kelijk om te vergeten dat er moeilijke beslissingen genomen moesten worden.

De tweede sculptuur zou niet worden afgemaakt. Ik wilde niet dat Quentin het opnieuw probeerde. Ik wist niet wat ik tegen Arthur zou zeggen, of hoe hij zou reageren.

Ik wist die nacht alleen dat ik van Quentin Riconni hield en altijd van hem zou blijven houden, zelfs als hij me verliet.

23

DE MOEDERBEER EN HAAR JONG WAREN TOT EEN ZEKERE OVEREENSTEM-
ming gekomen met Arthur, die ze had verteld dat het tijd was om ze
ergens heen te brengen waar ze veilig zouden zijn. Quentins ellende
en gewelddadigheid tegenover de tweede sculptuur bevestigden dat.
Dit was geen plek voor beren.

En dus lokte Arthur bij het licht van de maan, in een van de korte
perioden dat Quentin en ik die nacht sliepen bij het knetteren van de
brandende kachel en met de quilts over ons heen als een cocon die elk
geluid dempte, de berin en haar jong in de met zeil afgedekte laadbak
van Quentins konvooitruck. En weldra kwam Esmé over het zandpad
aanrollen in haar golfkarretje. Ze had een rugzak met haar revolver en
een pak koekjes bij zich, kuste hem en stapte toen bevend achter het
stuur van de wagen. Arthur ging naast haar zitten en kneep even in
haar hand.

'Het is wel ver,' gaf hij toe.

Ze slikte moeizaam. 'Maar we redden ons wel. En de beren ook. En
als we dit hebben gedaan zal iedereen weten dat we een man en een
vrouw zijn. Geen idioten.'

Heel langzaam reden ze met hun kostbare vracht weg van Bear
Creek.

Hij was niet meer de man die hij voorheen was geweest. Quentin wist
dat, al was de verandering te vers om te kunnen doorgronden. Er was
een fundering gelegd, maar die moest nog uitharden. Toch ervoer hij
een diep besef van concentratie en structuur dat plotseling goed aan-

voelde. *Zo wil ik elke ochtend wakker worden*, dacht hij. *Met haar.*
'Ik moet terug naar het huis voor Arthur wakker wordt,' fluisterde ik. Ik was al half aangekleed toen Quentin zijn ogen opendeed. Het ochtendgloren sijpelde door het doorschijnende canvas van de tent naar binnen. 'Als ik nu ga, zal hij niet beseffen dat ik de hele nacht bij je ben gebleven. Kom over een poosje naar het huis om met ons te ontbijten. Goed?'

Hij ging zitten, waardoor een onweerstaanbare donkerbehaarde borst en buik zichtbaar werden. Ik legde er even mijn hand op en hij pakte hem vast en trok eraan. 'Kom terug in bed en geef me nog een halfuur,' zei hij met die zware, verleidelijke stem die mannen hebben wanneer ze slaperig en opgewonden zijn.

Zusterlijke plicht streed met vrouwelijke behoefte. Beide wonnen. Ik knoopte mijn flanellen shirt open en zag dat hij naar de bewegingen van mijn vingers keek. 'Geef me een kwartier,' pareerde ik met verleidelijke stem, 'en zorg dat het een halfuur lijkt.'

Toen ik eindelijk terugkeerde naar het huis, vond ik twee voorwerpen die Arthur opvallend, als een boodschap, op de keukentafel had achtergelaten. Het ene was een foto uit een tijdschrift van diverse zwarte beren. Het andere was *The Incredible Journey.* Het lag open op mijn tafel, precies zoals Arthur het in het begin van het jaar in Atlanta had achtergelaten.

Ik rende naar boven om te controleren of mijn broer inderdaad niet in zijn bed lag, schoof toen terwijl er gal in mijn keel naar boven kwam zijn slaapkamerraam open en riep tegen Quentin, de huurders, de hele wereld dat ze me moesten komen helpen zoeken voordat er opnieuw iets verschrikkelijks gebeurde.

'Berensporen. Grote beer. Kleine beer. Ik denk een berin met haar jong.' De spoorzoeker van de sheriff zat gehurkt boven de pootafdrukken die over het pad leidden en die verdwenen tussen de afdrukken van de achterbanden van Quentins truck. 'Arthur heeft ze hierheen geleid en ze op de een of andere manier in de wagen gekregen.'

Janine zei luid en met toenemend afgrijzen: 'En daarna is Esmé weggereden met een wagen vol beren?' Hulpsheriffs, boswachters, Tibers en buren dromden rond ons samen op het zandpad. Meneer John was midden in de nacht met pijn in zijn borst in elkaar gezakt toen hij ontdekte dat Esmé weg was. Hij was naar het ziekenhuis gebracht. Janine zag eruit alsof ze elk moment kon ontploffen. Ze draaide zich naar mij om. 'Mijn nicht rijdt hier ergens door die bergen op een openbare weg in een auto die vier ton weegt met beren achterin!'

Ik keek haar vermoeid aan. 'Quentin en ik hebben meteen nadat ik de sheriff had gebeld de hoofdwegen naar het noorden gecontroleerd. Arthur en Esmé zijn het district uit gekomen zonder problemen. Ik weet zeker dat ze heel langzaam rijden en dat het alleen maar een kwestie is van ze vinden.'

'Wat brengt je op het idee dat ze in noordelijke richting zijn gegaan?'

'Hij brengt die beren hoger de bergen in. Dat is de enige richting die hij zou kiezen.'

'Maar je hebt geen idee wanneer hij en Esmé vertrokken zijn. Ze kunnen inmiddels wel halverwege Virginia zijn! Of ergens in een ravijn liggen waar nog niemand het wrak heeft opgemerkt!'

Dat beeld, dat ik had trachten te vermijden, deed mijn knieën knikken en het bloed uit mijn hoofd wegtrekken. Quentin pakte me bij mijn elleboog en trok me weg uit de menigte. 'De sheriff organiseert zijn eigen zoektocht. Hij heeft al hulp ingeroepen van andere districten. We kunnen hier verder niets doen. We moeten zelf op pad.'

'Quentin, ik heb geen idee waar hij die beren heen zou brengen.'

'Daar komen we wel achter. Je broer gaat methodisch, volgens zijn eigen patronen, te werk en Esmé ook. Kom mee.'

We stapten in pappa's truck. Ik riep door het open passagiersportier naar Liza. 'We gaan Arthur zoeken.'

Ze kwam naar ons toe rennen. 'Hoe?'

Ik schudde mijn hoofd. 'Patronen.'

Enkele uren later hadden we twee hoofdroutes gevolgd die naar de ruige bergen tussen Tiberville en North Carolina leidden, zonder een spoor van de legertruck te ontdekken. 'Esmé zou nooit de snelweg of een autoweg nemen,' zei Quentin. 'Zo dapper is ze niet.' Hij draaide de parkeerplaats van een benzinestation op en vulde de tank. Ik stapte uit.

Ik leunde tegen de motorkap van de truck en bestudeerde een kaart van de bergen die ik erop uitgespreid had en dronk een beker melk leeg die Quentin me had opgedrongen. Hij leunde ook over de kaart heen en begon met zijn vingertoppen lijnen te volgen. Zijn ogen vernauwden zich in concentratie. *Hoe denkt Arthur? Hoe houdt hij zijn wereld bijeen? Wat verbindt zijn open ruimten?*

Ik sloeg met mijn vuist op de kaart. 'Er lopen te veel weggetjes die bergen in.'

Hij duwde mijn vuist weg en drukte zijn vingertop op Tiberville. 'Wijs me Bear Creek eens aan op deze kaart. Staat het erop?'

'Nee, maar ik heb een andere kaart waar het wel op staat.' Ik pakte die kaart onder de stoel van de truck vandaan en legde hem open op de motorkap. Quentin boog zich eroverheen, haalde zijn mes uit zijn broekzak, knipte het open en gebruikte het als aanwijzer. 'Is dit de kreek, deze dunne blauwe lijn?'

'Ja. Waarom?'

'Al Arthurs oriëntatiepunten leiden hem terug naar de kreek. Hij heeft me zijn oriëntatiemethode laten zien tijdens wandelingen door het bos. Daardoor kan hij op de boerderij nooit verdwalen. Hij kan overal verdwalen maar niet hier. Hij gebruikt de kreek als zijn kompas.'

'Ik begrijp niet wat je wilt zeggen.'

Hij volgde de kronkelende blauwe lijn in noordelijke richting tot aan de rand van de kaart. 'Ontspringt Bear Creek niet in Tiber County?'

'Nee, bij een bron in...' Ik zweeg, dacht na. Mijn hart begon te bonken. Ik trok de kaart opzij en bestudeerde gejaagd de grotere kaart. Ik hapte naar adem en plantte mijn vinger op een plek ver bij ons vandaan. 'Een bron hoog in de Ridge Mountains.' Ik keek Quentin aan. 'En Arthur is daar al eens geweest.'

Hij kuste me op mijn voorhoofd. 'Patronen! Laten we gaan.'

'Ja, ik heb die grote ouwe legertruck wel in de bossen zien staan toen ik hier vanochtend aankwam,' zei de grijze eigenaar van de Ridge Mountain Grocery tegen ons. Hij praatte met een flink stuk pruimtabak in zijn mond en schoof een doos diskettes over de toonbank. Op zijn laptop, boven op een oude ton waarop aan de zijkant nog altijd *Lila Brand Stone Ground Grits* te lezen was, was de bloederige screensaver te zien van een gewelddadig, al ouder computerspelletje. 'Ik was van plan de wet te bellen om er eens naar te kijken,' zei hij terwijl hij zijn CD-ROMS sorteerde, 'maar ben er nog niet aan toegekomen. Te druk bezig Dragon Quest te spelen met een netwerk van ouwe jongens in Canada.'

We vertelden hem dat de truck van Quentin was en dat we hem later zouden ophalen. 'Ik dacht dat er misschien een legeroefening gaande was,' riep de eigenaar van de winkel toen we naar buiten liepen. 'Omdat die jongens van het leger hier geregeld komen trainen.' Hij lachte. 'Ik krijg hun planning van een kerel in Florida die af en toe meekijkt in de e-mail van de commandant.'

Ik wees naar een smal, doorploegd pad dat langs de zijkant van de berg naar boven ging. 'Neem dat pad maar,' zei ik tegen Quentin. Hij stuurde pappa's oude, protesterende truck een pad op dat van de bestrate weg afboog en al gauw elke pretentie van normaal reizen liet varen. We bereikten een plateau en de weg was verdwenen. Om ons heen niets dan bos. Een wildpad niet breder dan onze schouders leidde over een reeks heuvels. 'Verder kunnen we niet rijden. Nu is het nog een kleine tien kilometer te voet naar waar de kreek ontspringt. Dat zal ons goed twee uur kosten.'

'Laten we gaan dan.'

We liepen naar het oosten. Het was een koude en heldere dag in december, de temperatuur maar net boven nul, volgens een thermometer die ik bij de winkel had zien hangen. We bevonden ons ook op enkele van de hoogste bergen van de staat en op kale bergkammen liepen we vol in de venijnige wind. We droegen allebei dikke jassen en handschoenen, maar ik moest mijn handen op mijn onbedekte oren houden. Het uitzicht was in tegenstelling tot onze sombere en haastige stemming heel sereen en prachtig, de bergen vielen in een winterslaap onder hun mantel van grijs en groen.

De ochtend was verstreken en de zon draaide al naar het westen tegen de tijd dat we de diepe vallei bereikten die ik me herinnerde. In het midden, onder een afdak van de gracieuze groene vingers van hoge sparren, borrelde tussen wat kriskras liggende rotsen een bron. De lucht was vochtig, schoon en koud. Varens, goed beschermd tegen de vorst, streken onder het lopen zacht langs onze benen. De steile hellingen van de bergen torenden boven de vallei uit alsof die het podium in een theater was. Het was een perfecte plek voor elfen en beren.

Arthur en Esmé klommen van een rots omlaag en kwamen glimlachend op ons toe. De berin en haar jong sjokten achter hen aan. 'Waarom hebben jullie dit gedaan?' vroeg ik toen ze hun armen om ons heen sloegen.

'We wilden de mensen laten zien dat we iets belangrijks kunnen doen,' legde Esmé uit. 'Ik heb gereden en de kaart gelezen en Arthur wist hoe hij het pad hierheen moest volgen!' Het was verbazingwekkend te beseffen dat mijn broer dit avontuur had ondernomen en er zelfs nu nog heel ontspannen uitzag, terwijl hij zo ver van huis was.

'Ik ben een man van de wereld,' stelde hij. En toen, met een vreugde die alleen uitgestoten wezens kunnen kennen, zei hij met zijn hand op zijn hart: 'Ik zal nooit meer verdwalen.'

Er voer een huivering van trots en opwinding langs mijn ruggengraat. *Oma Annie heeft eindelijk haar zoon teruggevonden en thuisgebracht. Na al die jaren.*

We zaten gevieren op een rotsrand boven de bron naar de moeder en haar jong te kijken. Arthur zuchtte. 'Oma Annie woont hier boven nog steeds bij Bear Creek. Het is haar thuis. En hier is ze veilig voor de boze Tussers.'

Quentin zei zacht: 'Broeder Arthur, ik weet dat ik je gisteren heb laten schrikken.'

Arthur keek hem droevig aan. 'Je maakt een Beer die je zelf niet eens mooi vindt. Maar je zou hem niet moeten doden.'

'Ik weet het. Misschien moet ik maar geen vriend voor Mamma Beer maken.'

'Misschien niet.' Hij zweeg even, zijn mond trilde. Hij pakte Esmés hand vast om steun te zoeken. 'Ik kan wel zonder Mamma Beer leven als ze naar New York moet.'

Klaar. Na alles wat we hadden doorgemaakt zat hij trots naast Bear Springs, nadat hij op eigen houtje onze berenerfenis had gered en een einde had gemaakt aan maanden van onzekerheid. Quentin kon nu vertrekken. De IJzeren Beer kopen en hem meenemen naar New York. Nooit meer terugkeren. Ik werd koud vanbinnen en kon me er niet toe brengen Quentin aan te kijken.

'Ben ik nog altijd Broeder Beer?' vroeg Quentin hem zacht.

Arthur knikte. 'Je zult altijd Broeder Beer zijn.'

De berin en haar jong gingen naast de bron liggen. Esmé zei: 'Dit is een goede plek voor beren, nietwaar?'

Ik herstelde voldoende om door te gaan alsof de vreemde overwinning niet aanvoelde als een verlies. 'Ze zullen het hier prima hebben. Ze hebben voldoende water. Voldoende eikels en veel bosbessen. En er zijn hier ook grotten in de buurt.'

Arthur keek triest naar ze. 'Ik wilde dat we ze konden opzoeken.'

'Dat is niet nodig. Oma Annie zal altijd over ons waken. Dat zei pappa en hij had gelijk.'

Zijn ogen vulden zich met tranen maar hij knikte. 'En je kunt gemakkelijk de kreek volgen naar huis als je eenzaam bent.'

In de stilte die daarop volgde keek Quentin me aan en zei: 'Soms is dat wat we moeten doen. Gewoon naar huis gaan.' Ik had geen idee wat hij daarmee bedoelde en ik ging een beetje dood vanbinnen. Hij sloeg zijn arm om Arthur heen. 'Laten we teruggaan naar de rest van de wereld voor ze besluiten dat we allemaal verdwaald zijn.'

Esmé schudde het hoofd. 'We hebben geprobeerd weg te gaan, maar de beren laten ons niet gaan.'

Arthur knikte heftig. 'Ze blijven ons achtervolgen! Ik heb een hele tijd geprobeerd het ze uit te leggen, maar tot dusver begrijpen ze nog niet dat dit nu hun thuis is.'

'Ik heb ze gezegd dat ze al alle koekjes uit mijn rugzak op hebben gegeten,' legde Esmé uit. 'En ik heb hem zelfs daarboven op die grote rots gelegd zodat ze ophouden eraan te denken.' Ze gilde toen het jong plotseling op de rots klauterde en recht op haar rugzak afging. Hij liet zich neervallen met de zak tussen zijn voorpoten en begon te kauwen op iets wat erin zat. 'Mijn revolver zit daarin!' riep Esmé. 'Straks doet hij zich nog pijn!'

'Hij is niet geladen,' suste ik.

'Jawel! Ik geloofde niet dat ik iemand zou hoeven neerschieten, maar ik dacht dat ik misschien een paar kogels nodig zou hebben.'

'Jezus Christus,' zei Quentin. Het berenjong lag op de rots vlak voor ons. Hij speelde met de rugzak en kauwde op de revolver. Quentin kwam langzaam overeind. 'Allemaal opstaan – maak het jong niet aan het schrikken – en ga weg uit de vuurlinie.'

Ik trok Esmé overeind, terwijl hij Arthur aanspoorde. 'Ren daarheen,' zei Quentin wijzend. Arthur nam Esmé bij de hand en trok haar mee. Quentin draaide zich naar me om, ging expres tussen mij en de beer staan terwijl hij zijn hand uitstak naar de mijne. Te laat. Het noodlot, onze bestemming of domweg de gedoemde kansen in onze gecombineerde erfenis hadden ons eindelijk gevonden.

Het berenjong beet nog eens en de revolver ging af.

Quentin wankelde maar viel niet neer. Ik hoorde de kogel langs mijn linkerarm suizen en zag de rechterkant van Quentins jasje bewegen alsof er iemand van binnenuit tegenaan sloeg.

Esmé gilde. Zij en Arthur lieten zich op hun knieën zakken en hielden elkaar vast. Quentin en ik keken elkaar verbaasd-ongelovig aan. Aanvankelijk was er niets dan duistere verbazing van zijn gezicht af te lezen. *Dus zo moest het gebeuren.* Hij stak zijn hand in zijn jas en haalde hem weer te voorschijn, bedekt met bloed. 'Ik had moeten weten dat ik door een beer neergeschoten zou worden,' zei hij.

Ik sprong naar hem toe, trok zijn jas open en slaakte een gesmoorde kreet toen ik het ronde gaatje en het bloed eromheen in zijn flanellen shirt zag, net onder zijn ribbenkast. De kogel had hem in de rug geraakt en was door zijn zij heen gegaan.

'Ga zitten,' beval ik en het beangstigde me dat hij dat zonder tegenwerpingen en met knikkende knieën deed. Ik sloeg mijn arm om hem heen opdat hij niet zou vallen en we zakten samen op de grond neer. Het enige waaraan ik kon denken was: *oefen druk uit op de wond,* een parel van wijsheid die ik me herinnerde uit ieder schiet-en-vechtboek dat ik ooit gelezen had. Ik knoopte zijn shirt open en kokhalsde bijna toen ik de kleine, pulserende wond in zijn rechterzij zag. Toen ik aan zijn rug voelde, vond ik daar ook bloed en toen ik keek, zag ik het perfect ronde gaatje aan de rechterkant waar de kogel zijn lichaam was binnengedrongen. Ik leunde tegen hem aan en drukte zo hard mogelijk op beide wonden.

Hij had zijn ogen halfdicht. De pijn sloeg toe. Arthur kwam naar ons toe gekropen, met pure doodsangst in zijn blik. 'Broeder Beer,' fluisterde hij. Achter hem zat Esmé te snikken en te kreunen. Quentin keek hem aan. 'Broeder Arthur! Kom overeind. Sta op. Vergeet niet wat ik je allemaal heb geleerd. Je moet een man zijn, weet je nog?' Arthur kwam wankelend overeind. Hij beefde en keek me schichtig aan.

'Ga terug naar de winkel waar je de wagen hebt laten staan,' zei ik tegen hem. 'Loop zo snel je kunt, maar vergeet niet op het pad te letten – zorg dat je niet verdwaalt. Vertel de man van de winkel dat we hulp nodig hebben en wijs hem op de kaart aan waar we zitten. Esmé, jij moet hem helpen. Ik weet dat jullie dit samen kunnen. Ik zorg wel voor Quentin. Ga nu. Ga!'

Hij draaide zich om, rende naar Esmé en hielp haar overeind, waarna ze samen het pad af holden. Het schot klonk nog steeds na in mijn oren, maar nu kwam daar het gonzen van de angst bij. Quentin en ik waren alleen. Er waren sinds dat schokkende moment maar een paar seconden verstreken. Zwaar ademend zei Quentin: 'Je zou met hen mee moeten gaan. Anders verdwalen ze.'

'Nee. Hij vindt de weg terug wel en hij haalt hulp. Een half jaar geleden had hij dit niet gekund, maar nu heb jij hem geleerd voor zichzelf te zorgen – nu doet hij alsof hij jou is, en dat deel van hem zal nu voor jou zorgen.'

'Ik zeg je dat je beter mij hier kunt laten en hem gaan helpen...'

'Ik laat je hier niet alleen. Heb wat vertrouwen.'

'Op het moment vind ik de manier waarop je in de dingen gelooft niet zo prettig,' zei hij.

Ik zou niet toegeven dat ik visioenen had van Arthur die in paniek raakte en Esmé die volkomen hysterisch werd, verdwaald, zoekend, terwijl Quentin aan de bron van Bear Creek lag en zijn bloed via die weg naar de oceaan stroomde, terwijl een onvoorstelbaar noodlot hem deed doodbloeden om ons duidelijk te maken hoe futiel de lotsbestemming van de Riconni's en de Powells was. Ik voelde zijn bloed al tussen mijn vingers door sijpelen en kuste hem wanhopig.

Zelfs de beren waren verdwenen.

24

IK HIELP HEM NAAR EEN HOOGGELEGEN GRASVELD VLAKBIJ, WAAR IK EEN vuur kon aanleggen. Hij ging op een bed van bladeren liggen die ik bij elkaar had geschoven en probeerde de indruk te wekken dat hij lekker een beetje lag te luieren; zijn ene knie opgetrokken, zijn linkerhand losjes op zijn buik. We zeiden geen van beiden veel. *Geef toe dat er niets ergers kan gebeuren, dan zal het niet gebeuren.* 'Het prikt een beetje,' loog hij toen ik hem vroeg hoe erg de pijn was. Zijn gezicht zag wit, zijn tanden waren opeengeklemd zodra hij dacht dat ik niet keek. Zijn huid was te koud wanneer ik hem aanraakte.

Ik trok mijn jas en daarna mijn wollen shirt uit, dat ik met een zakmes in stroken sneed. Terwijl ik hem met de lange stroken stof verbond, deed hij alsof hij mijn dunne onderhemd bewonderde. 'Hé, de volgende keer dat ik word neergeschoten geen beha.' Het kwam er moeizaam uit.

'Ik zou zelfs naakt voor je dansen als het bloeden daardoor zou stoppen.'

'Dat houd ik te goed voor als ik me wat beter voel.'

Ik trok een rottend houtblok naar zijn voeten. 'Leg je voeten omhoog. Dat doet iets goeds voor de bloedsomloop. Ik kan me alleen niet herinneren wat.' Ik kon me op dat moment zelfs nauwelijks mijn eigen naam herinneren.

'Zorgt dat het bloed naar je hart blijft stromen,' hielp hij me. 'Waarom leg je niet een vuur aan en gaat dan zelf op pad? Ik red me wel. Kijk maar of je Arthur en Esmé kunt inhalen.'

'Omdat het vuur niet blijft branden als ik wegga.' *En jij dat wellicht niet zult overleven*, zei ik er niet bij.

Ik legde mijn jas over hem heen maar hij duwde die van zich af. 'Straks bevries je nog. Trek hem weer aan.'

'Ik loop rond en ik heb het warm genoeg. Wie is hier de verpleegster?'

'Ik ben degene die weet waarom bloed omlaag stroomt. Trek je jas aan, leg dat vuur aan en maak dat je wegkomt.'

Ik liet me naast hem op mijn knieën vallen en nam zijn gezicht tussen mijn handen. 'Verdomme, hou je nou op dat te zeggen? Wíl je soms alleen gelaten worden?'

'Ik wil niet dat je me ziet sterven.'

Ik zag de herinnering in zijn ogen, zijn vader in een grote plas bloed. Riconni's hadden er slag van te sterven in de strijd, door een ongeluk of door zich uit wanhoop in de borst te schieten. Powells hadden er slag van te verdwijnen. Weg te lopen, weg te dwalen, dagdromend te verdwijnen in het niets. Maar deze keer niet – hij niet en ik niet. Ik boog mijn hoofd voorover naar het zijne. 'Ik zal je niet zien sterven, want jij gaat niet dood. Je gaat niet dood, begrepen?'

Toen ik terugweek fluisterde hij: 'Dat ik wil dat jij bij mij weggaat, wil niet zeggen dat ik bij jou weg wil.'

Ik pakte hem bij zijn kraag en kuste hem terwijl ik zijn kraag dichttrok en dichtknoopte. 'Kijk niet om en kijk niet vooruit,' zei ik. 'Blijf gewoon hier.'

Ik legde mijn jas over hem heen en vormde toen bladeren, twijgjes en afgevallen takken tot een stapel. Hij haalde een aansteker uit zijn broekzak en gaf hem aan mij. Ik kreeg een klein vuurtje aan en ging tussen de bomen op zoek naar afgevallen takken, trok kleinere takken van de bomen, eigende me elke vorm van brandstof toe die ik kon vinden. 'Ik ga het grootste vuur aller tijden aanleggen,' beloofde ik hem. 'Je zult het er warm van krijgen en het zal een teken vormen. De boswachters zullen het vast al snel zien. Rust jij maar uit.'

Hij deed zijn ogen dicht. Ik bleef gedurende ruim een minuut naar hem kijken, keek toen omhoog naar de donkerder wordende middaghemel. Ik schatte dat het Arthur en Esmé minstens twee uur zou kosten terug te lopen naar de weg en de winkel. Dan zou het even duren voor ze de man die computerspelletjes zat te spelen hadden uitgelegd wat er aan de hand was, waarna hij hulp moest inschakelen, waarvan het mobiliseren ook weer tijd kostte. Daarna zou het nog eens twee uur duren voor de reddingswerkers ons te voet hadden bereikt. In totaal minstens vijf uur. Dan zou het donker zijn. Vijf uur terwijl

Quentin hier in de kou lag te bloeden, misschien wel dood lag te bloeden.

En hij wist het.

Memento mori. Vergeet niet dat je sterfelijk bent.

'Er zijn dingen die ik je moet zeggen,' fluisterde hij. Ik kroop naast hem met mijn hoofd op zijn schouder en een arm over zijn borst om hem en mezelf warm te houden. Enerzijds wilde ik hem tot stilte manen, de dreiging doen afwenden door het bestaan ervan niet te erkennen. Hij draaide zijn hoofd om. Zijn lippen streelden mijn gezicht. 'Ik hou van je,' zei hij.

Parels koud zonlicht, aan de horizon al vervagend, spatten in mijn aderen uiteen. Hem dat te horen zeggen, de belofte die in die woorden doorklonk, was de pijnlijkste vreugde die ik ooit had gekend. Het leven was niet eerlijk, als we dit punt hadden bereikt alleen maar om er te eindigen. Ik sloeg mijn arm steviger om hem heen en drukte mijn gezicht dicht tegen het zijne. 'En ik hou van jou. Ik heb van je gehouden sinds de dag dat je me mijn eigen schuur uit droeg.'

'Ik wilde dat we meer tijd hadden.'

Ik hief mijn hoofd en keek smekend op hem neer. 'Zeg dat niet. Je redt het vast en zeker. Er zijn dingen waar ik naar weiger te luisteren!'

'Als ik vooruitkijk zie ik jou. Als ik achteromkijk zie ik jou. Je zit in me, je zit om me heen. Ik heb dat nooit eerder gehad, met niemand.' Hij zweeg even, keek me in de ogen. 'Zou je met me getrouwd zijn?'

'Ja.' Huilend kuste ik hem. 'En ik zal met je trouwen. Hoor je me?'

'Zeg tegen mijn moeder dat ik van haar hou. Ze is mijn rots in de branding. Ik ben nooit zo ver gegaan dat ze me niet weer terug kon halen. Ik wil niet dat dit haar dood wordt. Vertel haar dat. Zeg dat ze moet leven. Dat ze met Alfonse moet trouwen. Ja. Ze moet met Alfonse trouwen. Mijn laatste wens. Hij zal voor haar zorgen.'

'Vertel haar dat zelf maar.'

'Vertel alle anderen dat ik van hen hield. De man over wie ik je verteld heb – de oude sergeant? Popeye. Zeg het hem. Iedereen die het volgens jou moet horen. Zeg het hun. Ook al weet je niet zeker of ik wel van ze hou. Ga af op je eigen oordeel. Zorg voor Hammer. Ik wil dat hij bij jou blijft. En behandel Arthur als een man. Vergeet dat niet.'

'Ik kan dit niet langer aanhoren.' Ik kroop dichter tegen hem aan.

'Vertel hun,' drong hij aan, mijn ogen, mijn neus, mijn mond kussend terwijl ik mijn gezicht verdraaide om zijn liefkozingen op te vangen, 'dat ik nu weet wat liefde is.'

Enkele uren later was hij bijna opgehouden te praten, deed hij alleen nog af en toe zijn ogen open als ik erop aandrong en werd hij steeds bleker en zijn huid steeds kouder, ook al hield ik het vuur goed brandende. Ik had het ijskoud en dan weer bloedheet van verdriet en angst, mijn kleren waren bevlekt met Quentins bloed, mijn handen geschaafd, mijn gezicht verschroeid door de hitte van het vuur telkens als ik daarin porde en pookte.

Het begon te schemeren. Ik had alle goed bereikbare plekken al afgestroopt naar takken om te verbranden. Ergens na het invallen van het duister, als er dan nog geen hulp gekomen was, zou het vuur doven. Ik ging weer naast Quentin liggen, kroop onder mijn jas, sloeg mijn armen om hem heen.

'Ursula,' zei hij met een stem zo zwak dat ik hem nauwelijks kon horen. Ik boog me gespannen over hem heen. 'Hier ben ik,' zei ik. 'Hier ben ik.' Hij opende zijn ogen. De diepte daarin – te ver weg kijkend en dan met moeite scherpstellend op mij – beangstigde me. Een verwonderde blik verscheen in zijn ogen. 'Ik begrijp waarom hij het gedaan heeft.'

Tranen stroomden over mijn wangen. Hij hoorde zijn vader al tegen hem fluisteren in het afnemende licht. Ik wilde niet dat hij luisterde, wilde niet dat hij die stem volgde. 'Hou vol, Quentin, alsjeblieft. Geef het alsjeblieft niet op. Alsjeblieft. Hij zegt niet dat je moet ophouden te vechten zoals hij dat heeft gedaan. Dat zou hij niet doen. Hij wil dat je blijft leven.'

'Hij dacht dat hij… ons bevrijdde. Niet meer van hem houden. Geen pijn meer.'

Ik verbeet een snik. 'Hij had het mis. De liefde houdt nooit op. Hoor je me? Er komt nooit een einde aan de liefde. Dat weet je nu.'

Hij sloot zijn ogen, fronste zijn voorhoofd, ontspande toen. Ik drukte gejaagd mijn hand op zijn hart. Mijn handen waren gevoelloos van de kou. Ik voelde zijn hartslag niet. Of toch? *Daar. Nee? Ik weet het niet zeker. O, God.* Hij zou sterven, wegzweven en verdwenen zijn voor ik het besefte.

Paniek kreeg de overhand. Angst kroop mijn hoofd binnen en nam duistere vormen aan en ik begon hardop te praten om die vormen te verjagen – ik beloofde dat ik hem te schande zou maken met bizarre rouwrituelen als hij stierf, en beschreef ze allemaal zeer gedetailleerd. Toen beschreef ik de kinderen die niet geboren zouden worden tenzij hij in leven bleef.

'Het eerste kind wordt een meisje,' zei ik tegen hem. 'We noemen haar Angela Grace – nee, wacht, dat klinkt als een stripper in naam van

Jezus, maar ik doe mijn best de naam van je moeder te gebruiken. Onze tweede dochter zal naar mijn moeder genoemd worden – Victoria. Oké, dat kan haar tweede naam worden, hoewel ik het niet erg zou vinden haar Vick te noemen. Vick, geen Vicki. Laten we teruggaan naar Angela Grace. Ze zal een opvliegend kind zijn. We zullen haar moeten leren dat ze haar Tiber-nichten niet mag slaan. Ze wordt heel pienter. Ik zal haar meteen al gaan voorlezen. En jij zult haar leren patronen te zien in mensen en plaatsen en schuurdaken. Ze wordt bouwkundig ingenieur. Maar wat Vick betreft, Vick Riconni zal het stille type zijn, erg gevoelig, een kunstenares, zoals haar beide grootvaders…'

Vijf kinderen. Tien. Vijftien. Mijn tanden klapperden; ik kraste woorden met de stem van een oude vrouw en viel uiteindelijk stil. Ik raakte zijn ijskoude lippen aan. Zijn gezicht was zo vredig. De zon ging onder en vulde de lucht met het diepste goud, purper en roze terwijl het vuur vonkjes omhoog stuurde naar de eerste sterren.

Concentreer je, concentreer je – zo trachtte ik hem vast te houden met magnetische obsessie, het gewicht van tranen, de kracht van de liefde… mijn hartslag verbinden met de zijne, in hem kruipen en het gat dichten. Duizend voorouders hadden zich opgeofferd om ons op dit punt te brengen. Onze vaders keken beslist toe, luisterden, en konden het niet zo laten eindigen. Ik zou hem niet laten sterven. *Concentreer je*.

Ik keek op omdat ik iets hoorde. Ik zag twee glimmende ogen over de rand van de wereld komen kruipen, parallel en op ons, op Quentin gericht, in de schemering, met eromheen een ronde, donkere vorm die opsteeg tegen de zonsondergang. Een geest, of echt? Een geest waaraan we niet konden ontsnappen. Annie die nog altijd op zoek was naar haar eigen soort? Leven, of dood? Ik schermde Quentin af en keek boos en bang over mijn schouder, daagde het mysterieuze wezen uit echt te zijn. *Ik laat hem niet gaan. Ik heb altijd geweten dat je daar was – en hij weet dat ook. Maar nu is het anders, samen zijn we anders.*

Ik schreeuwde een uitdaging en hoorde een gebulder als antwoord. De donkere berenkop en profetische ogen rezen hoger, wiegden boven de horizon uit, werden een grote, sjokkende IJzeren Beer, mijn naamgenoot-sterrenbeeld, Ursa Major, die tot leven kwam op jacht naar leven, die uit de zonsondergang omlaag klom, dreigend, grommend, met diepe stem zingend aan het firmament van de nacht.

En toen transformeerde.

Ik werd stalen schroefbladen gewaar, het gonzen van een reusachtige motor, het langzame dalen van een machine. De helikopter landde zacht als een vlinder. Arthur had engelen met metalen vleugels gevonden.

Net op tijd, zeiden ze later. Net op tijd.

Ik stond stil als een standbeeld buiten de wachtruimte van de intensive care. Een verpleegster had me een groen uniform gegeven zodat ik mijn bebloede kleren kon uittrekken, en Liza had me een trui gebracht alvorens ze zich terughaastte naar de boerderij om voor Arthur en Esmé te zorgen. Ze waren van streek maar ongedeerd. Tibers hadden Bear Creek overstroomd. Iedereen bejubelde de onversaagde harten van Arthur en Esmé – dierbare heiligen, redders, hoeders van alle beren. En voor Quentin baden ze.

Ik hoorde voetstappen uit de richting van de lift komen. Twee paar, snel lopend. Een lange, statige man met wit haar in een pak en een lange overjas kwam de hoek om. Hij hield een tengere, maar rechtop lopende grijzende vrouw bij de arm vast. Haar zware zwarte mantel zwaaide open toen ze een wandelstok met een koperen knop verzette om haar kreupelheid te verlichten. Quentin had me eens verteld dat zijn moeder zich niet door haar been liet vertragen.

Ik keek in haar wanhopige, zoekende ogen toen ze met één uitgestoken hand op me toe kwam. We herkenden elkaar meteen. Ik nam haar hand in de mijne. 'Hij is nog niet wakker. Ze zeggen dat het wel ochtend wordt voor we met hem kunnen praten.'

'Ik moet hem zien.'

'Ik breng u bij hem.'

'Ik wacht hier wel,' zei de man met kalme waardigheid. Dit moet Alfonse Esposito zijn, dacht ik. Ze draaide zich naar hem om. 'Nee, je gaat mee. Je bent ook familie. Hij heeft je nodig. En… ik heb je ook nodig.'

Er blonk iets in zijn ogen. Hij vergezelde ons de hal en de dubbele deur van de afdeling intensive care door. Een van mijn Tiber-nichten, de hoofdverpleegster van de afdeling, schonk me een discreet knikje dat zei dat bezoekuren niet golden voor haar familie. We stapten de kleine kamer binnen waar Quentin lag, verbonden met een spinnenweb van slangen en machines. Hij was geopereerd en sliep een slaap die dieper was dan dromen.

Hij zag er vreselijk uit, wist ik. Spookachtig bleek, met een zuurstofslangetje onder zijn neus vastgeplakt en al die machines die zijn levenskracht registreerden alsof de technologie hem in zijn macht had. Angeles kleine hand kneep in de mijne, liet toen los. Ze slaakte een zachte, wanhopige kreet. Ik deed een stap terug, net als Alfonse.

Ze zette haar stok tegen het bed en ging naast Quentin staan. Met bevende handen streelde ze zijn gezicht en zijn haar. 'Weet je hoeveel ik van je hou?' zei ze. 'En wat een goede zoon je bent? Nee, dat weet je niet, want dat heb ik je niet meer gezegd sinds je een jongen was. Vergeef me, vergeef me.' Ze kuste zijn voorhoofd en drukte toen haar wang tegen de zijne. Haar stem zwakte af tot een indringend gefluister. 'Je zult blijven leven. Je bent je vaders zoon en hij weet wat je de afgelopen maanden voor hem hebt proberen te doen. Hij is zo trots op je. En ik ook, Quentin.' Ze hief haar hoofd op en keek huilend op hem neer. 'Je moeder en je vader houden van je. We zijn weer een gezin.'

'Haat u me omdat ik hem hierin verzeild heb doen raken?' vroeg ik haar ergens tijdens die lange nacht, toen we in de wachtkamer zaten.

'Zijn vader heeft hem hierin verzeild doen raken,' antwoordde ze zacht. Toen nam ze mijn kin in haar hand, draaide mijn gezicht naar haar toe en voegde er zacht aan toe: 'Jij hebt hem eruit gehaald.' Haar ogen vulden zich met tranen en ze glimlachte. 'Hallo, Rose.'

Ik sloot mijn ogen en ze trok mijn hoofd tegen haar schouder. Ik trok mijn voeten onder me en zat daar als een kind. Een poos later kwam meneer John de kamer binnenlopen. Angele en ik gingen recht zitten en staarden hem ongelovig aan. Hij droeg een blauw ziekenhuishemd, witte sokken en een dunne kamerjas met het logo van Tiber Poultry. Een van de afgekoppelde kabels van zijn hartmonitor stak boven de hals van zijn kamerjas uit. Hij zou weldra door nerveuze verpleegsters gevonden worden.

Ik stelde hem aan Angele voor. Hij pakte haar hand beet en maakte een galante buiging. 'Hoe maakt Quentin het?' vroeg hij me zacht.

'We wachten tot hij wakker wordt, maar dat zal waarschijnlijk pas morgen zijn.'

'Hij blijft wel leven. Hij is sterk. Ongetwijfeld net als zijn vader.' Hij schraapte zijn keel. 'Het duurt lang voor ik iets nieuws geleerd heb. Ik kan niet zeggen dat ik niet onder de indruk ben van de wending die onze Beer genomen heeft, op financieel gebied. Maar het is meer dan dat. De mensen zijn dat ding zeer toegewijd en ik lijk aan de verkeerde kant van die menigte te staan. Ik kan niet zeggen dat ik ooit van die sculptuur zal gaan houden, maar ik hou wel van wat hij vertegenwoordigt voor de mensen die me dierbaar zijn.' Hij stak opnieuw een hand uit naar Angele. 'Ik hoop oprecht dat u me zult kunnen vergeven voor wat ik de sculptuur en de herinnering aan uw man heb misdaan. En ik bid dat Quentin weer gezond zal worden.'

Ze nam zijn hand in de hare en kneep erin ten teken van aanvaarding. 'Ik accepteer uw verontschuldigingen in naam van Richard. En in naam van onze zoon.'

Meneer John wendde zich tot mij. 'Ik wou dat je vader vannacht hier was.'

'Pappa weet wat je tegen hem wilt zeggen, en ik ook.' Ik stond op en omhelsde hem. 'Het is goed.' Meneer John keek me aan met een droefgeestige glimlach en tranen in zijn ogen. 'Ik word al slimmer,' zei hij. 'Sommige mensen zien het licht, maar dat was voor mij niet genoeg.' Hij zweeg even. 'Ik moest de Beer zien.'

Ik glimlachte. We hoorden de verpleegsters van de afdeling cardiologie door de hal rennen. Twee van hen passeerden de wachtkamer, zagen hem en draaiden om. 'Meneer Tiber!' zei een van de twee streng. 'We maken u met handboeien aan uw bed vast!'

'Je bent gearresteerd,' zei ik.

'Ach ja.' Meneer John keek me aan met een spoor van montere vrijheid. Hij grinnikte toen de verpleegsters hem beetpakten.

Toen Quentin de volgende middag wakker werd zat ik naast hem te wachten. Ik leunde over hem heen, kuste zijn voorhoofd, zijn neus, zijn mond, en weer zijn mond. Hij knipperde in slaperige desoriëntatie met zijn ogen, sloot ze toen voor de volgende kus en opende ze weer met een frons om die verbijsterende gevoelens. Ik mompelde zijn naam, streelde zijn gezicht, vertelde hem waar hij was, hoe het met hem ging en wat er op de berg was gebeurd. Hij wendde zijn ogen geen moment van me af, maar ik kon zien dat hij heen en weer zwom door de kanalen van de herinneringen, proberend die verloren uren terug te vinden. De artsen hadden me gewaarschuwd dat mensen die zo dicht bij de dood zijn geweest daar sterk door beïnvloed kunnen worden.

'Als je verdwaald bent, zal ik je helpen de weg terug naar huis te vinden,' beloofde ik hem, bang maar trachtend kalm te blijven.

'Thuis,' fluisterde hij. Het gordijn van verwarring verdween voor zijn ogen en plotseling was hij terug, warm en volop in leven, me aankijkend alsof ik door een wonder verguld was. 'De mensen zullen niet kunnen roddelen,' mompelde hij. Ik realiseerde me dat hij bedoelde dat ik hem niet te schande kon maken, zoals ik bij het vuur had gezworen. Hij leefde en was van plan te blijven leven.

'O, ze zullen toch wel over je praten,' zei ik met ogen vol tranen, lachte, huilde en kuste hem. Deze keer beantwoordde hij mijn kus. Ik zag mijn eigen toewijding weerspiegeld in zijn zwakke glimlach, de zachtheid in zijn grove trekken, zo bleek en vermoeid, zijn kaken bedekt met zwarte baardstoppels, de blauwe kringen onder zijn ogen die vertelden dat hij een lange, zware reis had gemaakt maar daarvan wijzer was teruggekeerd. Opnieuw was hij in mijn ogen knap en ik wilde hem hebben, voor altijd.

25

HET IS EEN ZEGEN TE WETEN VAN WIE JE HOUDT, WAAR JE THUISHOORT en waarvoor je bereid bent te sterven. Prachtige stukken kunnen worden geborgen uit vernietigde hoop, en zelfs op de droevigste herinneringen kunnen nieuwe funderingen worden gelegd.

Quentin droomde weer een keer van zijn vader – hij zag hem in de garage van Goets, jong en glimlachend. Richard leefde weer, in de geest en in Quentins herinneringen. Quentin had hem mee teruggebracht van de bergtop.

Ik nam Angele mee naar de boerderij en we liepen samen de wei over. 'O, Richard,' zei ze met haperende maar gelukkige stem toen ze naar de IJzeren Beer opkeek. 'Quentin ligt te herstellen in een ziekenhuiskamer vol bloemen en kaarten van de mensen die hem hier hebben leren kennen. Ze hebben hem cadeaus en voedsel gebracht. Ze hebben hem overladen met liefde. En ze hebben mij verteld hoezeer ze hem in die korte tijd zijn gaan respecteren. Ze hebben me ook hun verhalen over *Bare Wisdom* verteld – wat de Beer voor hen betekent. Hij heeft hier een doel, Richard. Hij is een wonder. Hij vertegenwoordigt alles waarvoor je ooit hebt willen werken. Hij heeft de levens van de mensen veranderd. Hier hoort hij thuis. Ik heb besloten dat hij hier moet blijven.' Ze aarzelde, pakte toen mijn hand vast en schonk me een blik vol genegenheid alvorens ze weer opkeek naar de sculptuur. 'En onze jongen zal ook hier blijven. Hij heeft iemand gevonden om van te houden, een heel bijzonder iemand. En nu hoort hij ook hier thuis.'

We brachten de winter, die met meer sneeuw was gekruid dan gewoonlijk, in alle rust door voor open haarden en onder dikke dekens. Ik zette een groot bed in mijn slaapkamer in de boerderij, dat de kamer van muur tot muur vulde met zijn gezellige warmte, zijn troost, zijn liefde. Quentins kogelwonden werden roze deukjes in zijn rechterzij, aan de voor- en achterkant. Ik vond het net lijken of een reusachtig beest hem tussen zijn tanden had genomen, hem had geproefd en weer had laten gaan.

Hij vestigde zich in de boerderij met het gemak van een Powell en werd een even welkome aanblik voor bezoekers. Het huis hield van hem en hij hield van het huis. Net als mijn omeletpan die naast mijn grootmoeders oude koekenpan hing, gedijde hij uitstekend. De oude sergeant, Popeye, kwam met koffers en kisten, en de erker van Tiffany, die we op de achterveranda zetten zodat iedereen hem kon bewonderen.

'Wat moet ik in New York zonder jou, kapitein?' vroeg hij aan Quentin. 'En heb je enig idee wat je hier zelf zult gaan doen?'

'Ik dacht erover een pakhuis te huren op het industrieterrein dat John Tiber buiten de stad gaat aanleggen. Misschien wat sloopartikelen aankopen om weer door te verkopen.'

'Ga je helemaal opnieuw beginnen?'

'Niet zonder een assistent om me te helpen en tegen me te schreeuwen als ik een te zware last op mijn schouders probeer te nemen.'

'Huur je pakhuis dan maar, want ik ben je man.' Popeye ging terug naar New York om voor de rest van de winter voor het fabrieksgebouw en zijn huurders te zorgen. Quentin zou het gebouw houden en er een beheerder voor aanstellen. Hij zou zijn voor erkenning vechtende huurders, die jonge kunstenaars, nooit in de steek laten zonder een fatsoenlijke plek om te wonen en werken. Hij zou een plaquette op het gebouw aanbrengen. *Ars artis gratia.* Kunst alleen omwille van de kunst. En onder die woorden: *In memoriam, Richard Riconni.*

Naarmate hij sterker werd, werd ik dat ook. Ik pakte dozen gevuld met mamma's oude weckflessen uit die in de voorraadkamer stonden opgeslagen. Ik opende een pot sperzieboontjes die pappa de zomer voor hij stierf had ingemaakt, haalde er lachend en huilend een sappig groen boontje uit en at het op. Pappa en mamma waren nog steeds bij me, een warme omhelzing in de keuken, een verstandige fluistering in mijn oor; ze gaven me weer voedsel nu ik eindelijk behalve lijfelijk ook in de geest was thuisgekomen.

Op een heldere dag in maart reden Quentin en ik terug naar de bron op Ridge Mountain, samen met Arthur en Esmé. We zagen sporen, maar de moederbeer en haar jong vonden ons niet, en wij hen niet. 'Denk je dat ze bang zijn voor mensen na wat er met die revolver is gebeurd?' vroeg Quentin me.

Ik knikte. 'Ik hoop het, voor hen.'

'Zijn ze veilig omdat ze bang voor ons zijn?' vroeg Arthur met een weemoedige blik.

Ik sloeg een arm om hem heen. 'Ze zijn veilig omdat jij en Esmé voor ze gezorgd hebben. En dankzij jullie weten ze wat het beste is.'

'Het is soms niet gemakkelijk een man te zijn,' zei hij, maar toen lachte Esmé naar hem en daardoor voelde hij zich beter.

We lieten hen staan onder een eekhoornnest hoog in een grote spar. Quentin pakte mijn hand vast en we liepen naar het grasveld waar we op redding hadden gewacht. Hij liet zich op zijn knieën zakken en porde in de verkoolde resten van mijn vuur. 'Het lijkt eeuwen geleden,' zei hij.

'Dat is het ook.'

Hij trok me naast zich neer en we zaten een poos met onze armen om elkaar heen over de bergen uit te kijken. 'Het was een vreselijk moment voor een huwelijksaanzoek,' zei hij. 'Waarom vraag ik je niet opnieuw?'

Ik keek, verblind door de helderheid van de dag, naar de winterzon, wendde toen mijn gezicht naar hem en deelde het zonlicht in mijn ogen met hem. 'Ga je gang.'

'Ursula Powell, wil je met me trouwen?'

Hij kreeg hetzelfde antwoord als de vorige keer en deze keer glimlachte hij.

Toen de eerste paarse krokussen eind maart boven de grond kwamen bestelde Quentin een lading hout en bouwde een zes meter hoog scherm rond de half voltooide Beer Twee. 'Ik ga hem afmaken, maar ik wil geen publiek,' gaf hij toe. Hij zette zijn lasmasker op en begon, heel langzaam en geduldig aan de sculptuur te werken, maar nu verborgen achter een hoge, lichte wand van dennenhout.

Angele kwam over vanuit New York. Zij en ik besloten niets te zeggen, gewoon af te wachten en maar te zien hoe hij vorderde. Ze droeg een smalle verlovingsring aan haar linkerhand. 'Op mijn leeftijd nog verloofd,' zei ze een beetje bars en hoofdschuddend. 'Wat bezielt me toch?'

'Op een dag wordt u grootmoeder,' beloofde ik haar. 'U moet het goede voorbeeld geven.'

'Ik zal mijn kleinkinderen vertellen wat hun grootvader gezegd zou hebben, geef nooit datgene op waarvan je houdt. Geef het nooit op.'

'Afgesproken,' zei ik.

Ik bracht het laatste deel van de winter door met Angele, Liza, Arthur en Esmé aan mijn zij en allemaal letten we op Quentin. Meestentijds zaten we bij de IJzeren Beer of onder de eiken te rillen en luisterden we naar het sissen van zijn lasbrander en het geluid van zijn hamer op het metaal achter het scherm dat hij had gebouwd. De dagen dat ik daar alleen zat bracht ik door met het lezen van en aantekeningen maken bij dr. Washingtons verhalen over Bear Creek.

Ik stuurde een kopie van de verhalen naar de zoon en dochter van dr. Washington in Boston en toen hij op een ochtend in april opkeek van zijn kopje koffie stopten er twee limousines van het vliegveld, waar zijn kinderen en kleinkinderen uit stapten. Opgewonden bracht hij ze de volgende middag mee naar de boerderij en ze dronken thee bij ons.

'Wat is dat?' riepen de kleinkinderen toen ze de IJzeren Beer in de wei zagen staan.

'Kom mee, Esmé en ik zullen het jullie laten zien,' zei Arthur en weldra speelden ze allemaal samen tikkertje onder de zwijgzame blik van de Beer.

'De Beer is doorgedrongen tot hun fantasie,' zei ik tegen dr. Washington. 'Ze komen beslist terug.'

Zijn ogen straalden. Hij knikte.

De huurders en ik openden dat voorjaar Bear Creek Gallery in de stad. Fannie en Bartow boden aan de rustige, kleurrijke winkel te leiden, met hulp van de anderen. Pappa's visie had een plekje gekregen in Main Street. Ingelijste foto's van hem, de IJzeren Beer en Miss Betty sierden de muur achter de toonbank. De planken stonden vol met het glaswerk van Liza en het aardewerk van de Ledbetters. In een achterkamer was het controversiële werk van Oswald te zien, maar voor in de winkel, in een klein hoekje, maar mooi dicht bij de deur, hingen zijn eerste probeersels van de illustraties voor dr. Washingtons boek. De eerste week verkocht hij vijf kleine schilderijen van de gracieuze kinderen van Bear Creek. Ik had het gevoel dat Oswalds artistieke carrière een richting koos die hij zelf nooit verwacht zou hebben.

'Hij is klaar,' verkondigde Quentin op een ochtend halverwege mei. Hij kwam overdekt met vuil en zweet, met zijn lashelm in zijn hand en een blik van pijnlijke tevredenheid in zijn ogen de keuken binnen. Ik rende naar hem toe en kuste hem, we wankelden, hij liet zijn helm vallen en tilde me op. Ik nam zijn gezicht tussen mijn handen en omhelsde hem.

'Ik wil het vieren,' zei ik.

Hij lachte.

Op een avond brak Quentin het houten scherm af en dekte met Arthurs hulp de sculptuur af. Beer Twee was nu bedekt met een stuk zwaar canvas. Arthurs ogen glommen van blijdschap en geheimzinnigheid. Mijn broer en ik gingen tussen het oude en het nieuwe in staan, de IJzeren Beer en zijn verborgen metgezel.

'Is Mamma Beer nog steeds eenzaam?' vroeg ik.

Arthur pakte mijn hand vast. 'Ze mist pappa, en zal hem altijd blijven missen. Maar ze heeft nu een vriend en ze weet dat het soms niet erg is om je eenzaam te voelen. Ze heeft mij en Esmé verteld dat ze gelukkig is.'

'Ze praat de laatste tijd veel tegen je, is het niet?'

'Ze praat altijd, maar ik weet soms niet hoe ik moet luisteren.' Hij drukte mijn handen tegen zijn wangen en keek me zonder aarzeling aan. 'Ik hou van je, Mamma Beer.'

We zetten de poort wijdopen. De hele ochtend kwamen er mensen naar de boerderij op die zaterdag in mei. Angele en Alfonse waren er, en Harriet Davies, en meer Tibers dan ik ooit had gezien. Meneer John begroette zijn familieleden en heette ze welkom alsof er nooit een tijd was geweest dat de Tibers weigerden het grondgebied van de Powells te betreden. Dr. Washington had een ereplaats in de schaduw van een boom en naast hem zat zijn oudste kleinzoon, een tiener die van plan was de volgende zomer bij zijn grootvader te komen logeren. Ze zouden samen een cursus smeden gaan volgen aan het College. Washingtons zouden weer ijzer smeden en hun verankering aan het berggesteente hernieuwen.

'Hoe zie ik eruit?' vroeg Quentin boven, in mijn slaapkamer, onze slaapkamer. Ik streek de revers glad van het mooie zwarte pak dat hij had gekocht; trok zijn zijden stropdas recht. 'Verkeerd,' zei ik. 'Je ziet er heel chic en helemaal verkeerd uit voor de geest van het idee.'

Hij glimlachte. 'Jij ook.' Ik droeg een mooie zijden jurk met bijpassende pumps. We kleedden ons uit, trokken een spijkerbroek en T-shirt aan en op weg naar de deur gaf hij me een klein, prachtig ingepakt doosje. De ring die erin zat glom door de diamanten waarmee hij bezet was. Ik leunde met mijn hoofd tegen zijn schouder toen hij de ring aan mijn linkerhand schoof.

Buiten in de wei speelde een bluegrass-bandje onder een zonnige hemel, en de menigte – even kleurrijk als die tijdens pappa's begrafenis – genoot van een barbecue onder een grote gehuurde tent. Arthur en Esmé zaten onder de eiken als opgewonden kinderen toe te kijken en met elkaar te fluisteren. Op een platform met een microfoon brachten we toespraken, odes aan de IJzeren Beer, spontane poëzie, songs, Elvis-imitaties en tranen ten gehore. Pastoor Roy ging voor in een gebed.

'Quentin is al diverse keren naar zijn kapel geweest,' fluisterde Angele trots tegen Alfonse. 'En Ursula gaat met hem mee. Mijn kleinkinderen zullen ongetwijfeld een kerk in hun leven hebben.'

Alfonse stak zijn arm door de hare en glimlachte peinzend. Jarenlang had hij gehoopt dat Quentin, die hij als een zoon was gaan beschouwen, met Carla zou trouwen. Het was een opluchting dat hopeloze idee opzij te kunnen schuiven. Zijn dochter zou met haar bankier trouwen en gelukkig worden. En hij, Alfonse, zou gelukkig zijn met Angele Riconni Esposito en met Quentin als zijn stiefzoon.

Janine stond een tijdje naast me, keek me van opzij aan. 'Ik heb allerlei plannen om Tiber Poultry te verbeteren. Misschien zou je voor me moeten komen werken.'

Ik lachte. 'Ik denk dat ik je liever *be*werk.'

'Daar was ik al bang voor.' Ze schonk me een spijtige blik. 'Gaat Quentin nog meer beren maken?'

'Ik denk het niet. Hij zal het natuurlijk druk hebben met zijn sloop- en bergingsbedrijf. En we zijn van plan een huis te bouwen op de richel die uitkijkt over de kreek.'

'Wat ben je van plan met de boerderij?'

'Ik laat Liza hier wonen.'

'Ik begrijp het.'

'Ze zal de ateliers beheren. We gaan uitbreiden. Een galerie bouwen en dat soort dingen. We gaan van alles bouwen, maar er komen geen IJzeren Beren meer bij.'

Janine keek naar pappa's kleurrijk beschilderde truck die nu op een ereplekje midden in de wei stond, dicht bij de perzikboom. Ze verbleekte. 'De kunstprojecten uitbreiden?'

Ik lachte. 'Ik ben immers mijn vaders dochter.'

Toen het grote moment daar was, liep Quentin naar een punt van het canvas over Beer Twee en ik naar een andere. 'Dit is voor jou, pappa,' zei hij zo zacht dat alleen ik het kon horen. 'En voor jou, pappa,' fluisterde ik. We trokken het canvas omlaag, liepen toen naar elkaar toe en pakten elkaars handen vast.

De menigte staarde naar Beer Twee, applaudisseerde, hapte naar adem, grinnikte, en schudde het hoofd – alle typerende reacties die een vijf ton zware sculptuur gemaakt van oud roest verdiende. 'Godverdomme,' zei meneer John, maar toen Janine een arm om hem heen sloeg, zuchtte hij gelaten. Vlak bij ons drukte Angele haar handen tegen haar vochtige wangen en glimlachte naar de sculptuur. 'Hij heeft geen kopie gemaakt,' zei ze tegen Alfonse. 'Hij heeft een zoon gemaakt.'

Quentin en ik keken omhoog naar de ijzeren ribben, de kop die van een motorblok was gemaakt, de zijden van in elkaar gedraaide ijzeren hekwerken en zoveel meer. In het doorkijklichaam van Beer Twee hing Liza's cadeautje – een glimmend hart van kunstig verweven glas, teer maar prachtig, in scherp contrast tot het harde ijzer eromheen, maar toch uitermate goed beschermd en hoopvol, zonder te bewegen kloppend op het ritme van zijn toekomst. Beer Twee leefde – hij was lelijk, knap, onhandig, gracieus, lief, afstotend, aardig, wreed, duidelijk provocerend en volstrekt verbijsterend.

'Wat vind je ervan?' vroeg Quentin.

'Hij is perfect,' zei ik.

Ik liep die avond net na zonsondergang naar de IJzeren Beer en ging aan zijn voeten zitten, alleen, omringd door gele narcissen en de lage, zilverkleurige mist die vanaf de oevers van de kreek kwam opzetten. Eindelijk begreep ik het. Niemand had ooit gezegd dat het leven gemakkelijk zou zijn. Pappa, mamma, Richard – ze hadden het allemaal een poosje zo doen voorkomen – het wonder van de schepping – maar het leven was zwaar, het vergde opoffering en geloof. 'Het is aan mij om jou te accepteren,' zei ik hardop tegen de Beer, 'niet aan jou om mij te accepteren. Ik haat je niet langer.'

Ik hoorde de achterdeur open- en dichtgaan. Quentin stapte naar buiten, op zoek naar mij, een silhouet met de gouden gloed van het licht vanuit het huis in zijn rug. Ik stak mijn hand op en zwaaide. Hij kwam naar me toe, zijn tred vredig, zijn stappen zeker in de mist. *Gelukkig*, dacht hij. Gelukkig. Zo simpel was hetgeen hij voelde te benoemen.

Een kleine witte vlinder die een veilige plek zocht fladderde langs me heen, vloog de IJzeren Beer en daarna de tweede sculptuur binnen, waar hij even rondfladderde en zich toen op een reep ijzer liet zakken. Hij vouwde zijn vleugels samen voor de nacht. Ik keek met verbazing toe, keek toen naar Quentin en dacht aan onze toekomst. Ik legde mijn hand op mijn hart. De boodschap was overgekomen. Ik had er tegenwoordig slag van kleine wonderen te herkennen.

Het nieuws van hemel en aarde was goed.

Ik kwam overeind en liep hem tegemoet.